Michelle A. Pietsch

Wie die Wolken über dem Meer

Roman

PIPER

Mehr über unsere Autorinnen, Autoren und Bücher:
www.piper.de

Wir produzieren nachhaltig
www.piper.de

ISBN 978-3-492-50687-8

Redaktion: Cara Kolb
Satz auf Grundlage eines CSS-Layouts
von digital publishing competence (München)
mit abavo vlow (Buchloe)
Umschlaggestaltung und Motiv: www.bookcoverstore.com
Printed in Germany

Dieser Text enthält Themen, die triggernd wirken können. Im Anschluss findet sich eine Auflistung. Wir wünschen ein bestmögliches Leseerlebnis!

- chronische Krankheiten
- Krankheit und Tod nahestehender Familienmitglieder
- Umgang mit Trauer, Verdrängung und Trauerbewältigung

Für Paps

Weil du mir gezeigt hast, dass jede Hürde gemeistert werden kann, Grenzen uns nicht ausbremsen müssen, und wir alles schaffen können, was wir uns vornehmen.

Kapitel 1

Wind pfeift mir um die Ohren und peitscht mir die Haare ins Gesicht. Ich atme tief ein und kann das Salz in der Luft auf meiner Zunge schmecken. Obwohl wir Anfang Juli haben, und ich die letzten Nächte in meiner Dachgeschosswohnung in Köln vor Hitze beinahe zerflossen bin, ziehe ich hier oben an Deck meine Jeansjacke fester um mich. Im Norden ist es fast fünfzehn Grad kälter als in meiner Heimat. Den Temperaturunterschied habe ich schon beim Verlassen des ICEs am Bahnhof in Norddeich gemerkt, aber auf der Fähre ist er durch den Wind noch mal deutlicher zu spüren. Doch er macht mir nichts aus. Im Gegenteil. Das hier ist genau mein Wetter. Wenn das Thermometer sich bei zwanzig Grad einpendelt, bin ich in meinem Element.

Ich lasse meinen Blick über die graue Nordsee schweifen. Das Dröhnen des Schiffes, gepaart mit den Gesprächen der anderen Passagiere um mich herum, erfüllt die Luft. Meine Finger um den Rucksack geschlungen, der auf meinem Schoß liegt, setze ich mich gerade hin. Mein Rücken knackt bei dieser Bewegung einmal kurz. Sofort fühle ich mich besser.

Ich überkreuze meine Füße unter der Sitzbank und merke, wie mein Herzschlag sich allmählich beruhigt. Diesen Effekt hatte die Nordsee schon früher auf mich. Eine Möwe kreist über unseren Köpfen und hofft wahrscheinlich darauf, einem der Passagiere etwas zu essen abluchsen zu können. Ich beobachte, wie sie sich mit ausgebreiteten Flügeln vom Wind tragen lässt, den Blick auf die Fahrgäste gerichtet. Doch nach einigen Momenten macht sie mit einem lauten Schrei kehrt. Vermutlich fliegt sie zurück in Richtung Hafen. Meine Mundwinkel zucken. Dort hat sie bestimmt mehr Glück.

Ohne dass ich es bewusst steuere, schweifen meine Augen erneut zum Wasser. Es ist wie Magie, mein Blick wird automatisch immer wieder davon angezogen.

»Ist hier noch frei?«

Eine Frau mit rotbraunen, gelockten Haaren, die ich auf Anfang sechzig schätze, ist neben mir aufgetaucht und deutet auf die beiden Plätze auf der Sitzbank gegenüber. Einen Schritt hinter ihr steht ein älterer Herr mit zwei Rucksäcken in der Hand.

Ich lächle sie warmherzig an.

»Ja, die Plätze sind frei.«

Dankbar nickt sie mir zu und setzt sich, der Mann tut es ihr gleich. Während sie ihm die Rucksäcke abnimmt, lässt er seinen Blick in Richtung Nordsee gleiten. Sofort erscheint ein verträumter Ausdruck auf seinem Gesicht. Das Meer hat also nicht nur auf mich diese Wirkung.

»Möchten Sie auch einen Keks haben?«, wendet die Frau sich plötzlich an mich und hält mir eine Dose hin.

Perplex blinzele ich. »Oh, äh, danke. Aber ich habe im Zug schon etwas gegessen.«

Sie scheint mir meine Ablehnung nicht übel zu nehmen. Stattdessen holt sie sich selbst einen Keks heraus und verstaut die Dose in ihrem Rucksack. Anschließend lächelt sie mir mütterlich zu.

»Mein Mann und ich fahren jetzt schon zum siebzehnten Mal nach Juist. Nicht wahr, Norbert?«, erklärt sie und steckt sich das Gebäck in den Mund. Dieser brummt zustimmend, lässt sich aber ansonsten nicht beirren und stiert weiter auf das Meer.

Seine Frau nimmt seine Wortkargheit gelassen und klopft sich einen Krümel von ihrer Jacke, bevor sie sich wieder mir zuwendet.

»Die Insel ist so etwas wie unsere zweite Heimat geworden. Tut uns gut, mal rauszukommen. Und Sie? Machen Sie auch Urlaub auf Juist?«

Ich wiege den Kopf hin und her. »Sozusagen. Ich besuche meine Patentante. Sie betreibt eine Pension auf der Insel.«

Drei ganze Monate werde ich bei Biggi auf Juist verbringen. Ich beiße mir auf die Unterlippe. Wirklich realisiert habe ich das immer noch nicht. Eine so lange Auszeit habe ich mir bisher nie genommen, weder nach dem Abi, noch während des Studiums oder bisher im Job als Standesbeamtin. Dass meine Sabbatmonate so problemlos – und kurzfristig – möglich waren, wirkt auf mich immer noch ein wenig unwirklich. Aber diese Auszeit muss sein. Nach allem, was in den letzten Monaten passiert ist …

Mein Herz zieht sich zusammen, und meine Kehle wird enger. Ich schlucke die aufsteigenden Tränen hinunter und presse die Lippen aufeinander. Der Tod meiner Mutter ist jetzt beinahe zwei Monate her. Ich kann nicht jedes Mal losheulen, wenn ich an sie oder ihren Kampf gegen den Krebs denke.

»Ach, wie schön! Welche Pension ist es denn? Vielleicht kennen wir sie. Das wäre doch lustig, Norbert. Nicht wahr?«

Ich brauche einen Moment, um die vielen Bilder der letzten Monate vor meinem inneren Auge wegzuschieben und wieder im Hier und Jetzt zu landen. Dann hole ich tief Luft und fokussiere mich ganz auf mein Gegenüber.

»Sie heißt *Pension Kleine Glücksmomente* und liegt direkt im Hauptort, knapp zehn Gehminuten vom Hafen entfernt.«

»Natürlich, die kennen wir! Waren wir da nicht bei unserem vorletzten Aufenthalt, Norbert?«

»Letztes Jahr im Herbst«, erwidert ihr Mann, ohne seinen Blickkontakt zum Meer zu unterbrechen.

»Eine wirklich nette Pension. Wir wollten eigentlich wieder dorthin. Aber als wir gebucht haben, stand auf der Website, dass sie bis auf Weiteres wegen Reparaturen geschlossen hat. Wie schön, dass sie nun wieder öffnet. Da buchen wir doch direkt für das nächste Mal ein Zimmer.«

Ich horche auf. Von Reparaturarbeiten hat Biggi mir gar nichts erzählt. Oder habe ich das nicht mitbekommen, weil ich so sehr mit der Krankheit und dem Tod meiner Mutter beschäftigt gewesen war? Ich beiße mir auf die Zunge. Ich habe meine Patentante gar nicht mehr gefragt, was bei ihr gerade los ist. Wenn wir miteinander gesprochen haben, ging es immer nur darum, wie ich mich fühle, und wie ich mit allem zurechtkomme.

Ich straffe die Schultern. Das wird sich ändern. Sobald ich einen Fuß auf Juist gesetzt habe, werde ich wieder nach vorn schauen. Raus aus dem Tunnel, in dem ich die letzten Monate gesteckt habe. »Biggi wird sich mit Sicherheit freuen, Sie bald wieder als Gäste begrüßen zu dürfen«, nehme ich das Gespräch mit der Frau erneut auf. »Sie liebt ihre Pension über alles.«

»Biggi, stimmt, ich erinnere mich.« Sie lächelt. »Ihren kölschen Dialekt fand ich sympathisch. Ich muss ja gestehen ...«, sie beugt sie zu mir, die Stimme zu einem Flüstern gesenkt, »dass ich Kölsch sehr gern mag. Das gab es abends sogar aufs Zimmer, wenn man wollte. Verraten Sie es nur nicht meinem Mann. Alles, was kein Pils ist, ist für ihn kein Bier.«

Sie blinzelt verschwörerisch. Mein Blick huscht zu Norbert, der so tut, als würde er uns nicht hören. Aber ich kann genau sehen, wie seine Mundwinkel zucken.

»Keine Sorge, Ihr Geheimnis ist bei mir sicher«, flüstere ich zurück. Dabei macht sich ein Lächeln auf meinem Gesicht breit.

Wir plaudern noch eine Weile – wobei sich die Beteiligung des älteren Herrn weiterhin auf zustimmende Brummlaute und hin und wieder einem kurzen Satz beläuft – und ich spüre, wie der Ballast der letzten Wochen mit jeder Minute mehr von mir abfällt. Das Atmen fällt mir leichter, und in meinem Magen beginnt es zu kribbeln.

Als das charakteristische Horn bläst, das unsere Ankunft ankündigt und unsere Fähre kurz darauf im Hafen von Juist einläuft, fühle ich mich plötzlich wie ein Kind an Weihnachten. Wie von selbst heben sich meine Mundwinkel. Dieses Gefühl habe ich vermisst.

Um mich herum machen die anderen Passagiere sich zum Aufbruch bereit. Brotdosen werden eingepackt, kleine Kinder auf den Arm genommen, Taschen umgeschnallt. Trotzdem wirkt alles ruhig, niemand scheint Zeitdruck zu haben. Als wäre die Hektik auf dem Festland zurückgeblieben.

»Ich wünsche Ihnen alles Gute!« Die Frau gegenüber schenkt mir ein warmes Lächeln. Auch Norbert nickt mir freundlich zu, ehe er seiner Frau die Rucksäcke abnimmt.

»Danke, Ihnen ebenfalls alles Gute.«

Ich sehe den beiden nach, dann trete ich kurz an die Reling, zücke mein Handy und knipse ein Bild vom Juister

Seezeichen, das sich auf einer Plattform vor dem Hafen befindet.

Mit dem Hinweis *Frisch angekommen! Melde mich, sobald ich mein Zimmer in Biggis Pension bezogen habe* schicke ich es an meine beste Freundin Lina. Ihre Antwort folgt prompt: *Viel Spaß und liebe Grüße an meine Lieblings-Exil-Kölnerin!* Gleich darauf kommt ein Foto, auf dem die Dächer von Köln und ganz klein sogar der Dom zu sehen sind.

Bei dem vertrauten Anblick macht sich ein warmes Gefühl in meinem Bauch breit. Lina ist, genau wie ich, in Köln geboren und aufgewachsen. Seit dem Kindergarten sind wir beste Freundinnen.

Ich stecke mein Handy in die Tasche meiner Jeansjacke und mache mich auf den Weg nach unten. Die Schlange hat sich mittlerweile gelichtet, ein Großteil der Passagiere ist bereits von Deck gegangen.

Als ich wenig später den Hafenplatz betrete und meinen Koffer aus dem Gepäckwagen nehme, ist es, als wäre ich in einer anderen Welt. Kein Autolärm, keine Hochhäuser, keine eng bebauten Straßen. Juist ist – bis auf wenige Ausnahmen – autofrei. Stattdessen wird auf der Insel alles mit Kutschen vorgenommen. Von denen einige darauf warten, ihre Gäste ins Loog zu fahren – den Ortsteil von Juist, der ein paar Kilometer vom Hafen entfernt liegt. Ein Familienvater hebt seine kleine Tochter hoch, damit sie eins der Pferde streicheln kann. Am Deich spazieren einige Urlauber, Hunde tollen neben ihnen her. Die Sonne strahlt vom Himmel, zeitgleich weht mir ein leichter Wind um die Nase. Und schlagartig wird mir bewusst: Diese Insel ist für drei Monate mein Zuhause. Und ich kann mir in diesem Moment nichts Schöneres vorstellen.

»Josi!«

Ich stelle mich auf die Zehenspitzen, um über die Köpfe der Leute schauen zu können. Da entdecke ich sie. Biggi steht am Rand des Platzes und winkt mir zu.

Es dauert gefühlt nur ein paar Wimpernschläge, da liegen wir uns in den Armen. Ich vergrabe mein Gesicht in ihren braunen Haaren, die ein ganzes Stück länger geworden sind, seit wir uns das letzte Mal gesehen haben. Dafür duftet meine Patentante wie immer. Nach einem Parfüm, das mich ein wenig an Pfirsich erinnert, Nelken ... und nach Geborgenheit.

Sofort werden meine Augen feucht. Die Erinnerungen an gemeinsame Filmabende mit ihr und meiner Mutter überrollen mich. Mindestens einmal die Woche haben wir drei uns in dem Wohnzimmer meines Elternhauses zusammen kitschige Komödien angeschaut, bevor Biggi für ihren großen Traum nach Juist gezogen ist. Auch Lina war oft bei unseren Frauenabenden dabei.

Biggi drückt mich noch enger an sich, und ich erlaube mir für diese paar Augenblicke, in die Erinnerungen einzutauchen. Die Unbeschwertheit zu fühlen, das Lachen meiner Mutter zu hören, das Popcorn zu schmecken, das in der Mikrowelle jedes Mal leicht angebrannt ist. *Popcorn mit Schmackes* hat sie es immer genannt.

Verlegen wische ich mir die Tränen aus dem Augenwinkel und löse mich von meiner Patentante. Auch Biggi wischt sich mit einer Hand über die Augen, ehe sie sich räuspert und mich mit einem Lächeln im Gesicht ansieht.

»Ich freue mich so, dass du da bist. Wir machen uns eine schöne Zeit, ja?«

Der warme Ton ihrer Stimme sorgt dafür, dass sich sofort ein Kloß in meinem Hals bildet. Tapfer schlucke ich daran vorbei.

»Danke, dass ich hier sein darf.«

»Ach, papperlapapp. Das ist doch selbstverständlich.« Mit einer Handbewegung wischt Biggi meine Worte beiseite. »Sollen wir los? Deinen Trolley nehme ich gern.«

Ohne eine Antwort abzuwarten, schnappt sie sich den Griff meines Rollkoffers und macht sich auf den Weg in Richtung Stadtkern. Meinen Protest, dass ich den Koffer selbst schieben kann und ihr keine Mühe bereiten will, ignoriert sie gekonnt. Also seufze ich nur kurz, schultere meinen Rucksack und folge ihr die Hafenstraße entlang. Vorbei am Kurplatz, auf dem Menschen jeglichen Alters in den blau-weißen Strandkörben sitzen und der Eisdiele, vor der sich eine Schlange gebildet hat.

»Seit ein paar Wochen ist auf Juist einiges los«, erklärt Biggi mir, während wir rechts in die Wilhelmstraße abbiegen. »Die Sommerferien in NRW haben gestartet, deshalb sind viele Familien auf der Insel.«

»Ich find's toll!«

In dem Moment brausen zwei Kinder auf ihren Rädern an uns vorbei.

Biggi lacht. »Mal schauen, ob du das in ein paar Wochen immer noch sagst.«

Ich lasse meinen Blick über den Fahrradverleih und die Geschäfte schweifen, die wir passieren.

»Es hat sich kaum etwas verändert, seit ich das letzte Mal hier war.« Ich überlege kurz – es ist tatsächlich schon wieder drei Jahre her, dass Biggi ihre Pension eröffnet hat.

Meine Patentante nickt. »Manchmal habe ich das Gefühl, dass die Zeit hier stehenbleibt. Aber auf eine gute Art. Genau das liebe ich an dieser Insel.«

Obwohl ich erst vor wenigen Minuten angekommen bin, habe ich bereits eine Idee davon, was sie meint. Schon jetzt habe ich das Gefühl, als würden die Uhren hier anders ticken. Vielleicht liegt es an den entspannten Gesichtern der Menschen, die in aller Ruhe durch das Dorf schlendern. Oder dem Hufgeklapper, das auf den roten Pflastersteinen der Straße widerhallt, und das lauteste Geräusch ist, das man hier wahrnehmen kann. Oder dem sanften Windhauch, der diesen typischen Meeresgeruch mit sich trägt. Nach Salz und Algen.

»Da sind wir.«

Abrupt bleibe ich stehen. Ich war so in Gedanken versunken, dass ich beinahe in Biggi hineingelaufen wäre. Wir sind vor ihrer Pension angekommen, die ganz in der Nähe des Janusparks liegt. Der Strand ist nur wenige Gehminuten entfernt. Ich kann hier sogar das Meeresrauschen wahrnehmen.

Meine Patentante und ich stehen vor einem dreistöckigen, rotgeklinkerten Haus mit grünen Fensterläden. Über der Tür hängt ein Schild mit der Aufschrift *Pension Kleine Glücksmomente* mit einem vierblättrigen Kleeblatt daneben, das in rot und weiß erstrahlt – den Farben von Köln.

Mit Schwung öffnet Biggi die Tür und bedeutet mir, einzutreten. »Herzlich willkommen!«

Ich setze einen Fuß über die Türschwelle und fühle mich direkt pudelwohl. Es ist wie ein Nachhausekommen, obwohl ich bisher erst ein einziges Mal hier war. Aber Biggis Handschrift, ihre Herzlichkeit und ihr unverwechselbarer Einrichtungsstil, sind in jeder Ecke erkennbar.

Direkt gegenüber dem Eingang befindet sich ein weiß glänzender Empfangstresen, der neben einem Deko-Anker und einer Grünpflanze jede Menge Flyer beherbergt.

Links von uns führt eine Holztreppe in die oberen Stockwerke, direkt daneben gibt es einen Fahrstuhl. Hinter der Rezeption ist eine Tür zu einem Flur, von dem Biggis Büro, eine Toilette und ein kleiner Aufenthaltsraum für die Angestellten abgeht, wie ich noch von meinem früheren Besuch weiß. Links davon, direkt am Treppenabsatz und dem Fahrstuhl vorbei, geht es in den hinteren Teil der Pension. Ich trete einen Schritt nach vorn auf den dunkelroten Teppich, der sich vor der Rezeption erstreckt. Er strahlt etwas ungeheuer Gemütliches aus, vor allem durch die goldfarbenen Stickereien, die dezent hervorblitzen.

Während ich meinen Rucksack abnehme, lasse ich meine Augen weiter durch den schönen Eingangsbereich schweifen. Seit der Eröffnung damals hat sich einiges getan, er ist noch mehr ... Biggi geworden. Durch die Fenster fällt jede Menge Tageslicht, wodurch alles hell und freundlich wirkt. In der Luft liegt ein Hauch von – ich schnuppere – Orangenblüten? Kann das sein? Ich atme noch einmal tief ein. Dabei fällt mein Blick auf ein kleines Sofa, zwei Sessel und einen Couchtisch, die neben dem Eingang unter dem Fenster zum Verweilen einladen. Die Sitzgruppe ist in demselben Dunkelrotton gehalten wie der Teppich. Und direkt daneben steht ein Orangenbaum. Daher kommt der Duft also.

Ein Lächeln zupft an meinen Mundwinkeln. Eine exotische Zimmerpflanze in einer Pension mitten an der Nordsee. Das ist typisch Biggi.

Während ich weiter staunend um mich schaue, weil es überall etwas zu entdecken gibt – eine Dünenfotografie an der Wand neben dem Treppenaufgang, das Kölsche Grundgesetz als Postkarte am Schlüsselbrett hinter der Rezeption, holzgeschnitzte Dekofiguren von Seehunden in den Ecken –, tippt Biggi etwas in den PC.

»Ich habe dir ein Zimmer im ersten Stock fertiggemacht. Der Fahrstuhl ist im Moment leider defekt, aber im

Erdgeschoss war nichts mehr frei. Ich hoffe, das ist okay?«

Ihr Blick huscht über den Rand ihrer Lesebrille hinweg zu mir, und sie zieht die Brauen kaum merklich zusammen. Etwas in mir verkrampft sich, doch ich zwinge mich, das Gefühl loszulassen.

»Natürlich ist es das, ich danke dir! Ich bin ja nicht aus Zucker.«

Mit meinem kleinen Scherz gelingt es mir nicht ganz, die Sorgenfalte auf ihrer Stirn zu vertreiben. Deshalb schlage ich einen ernsthafteren Ton an.

»Biggi, ich schaffe das. Die paar Treppen sind kein Problem. Versprochen.«

Sie betrachtet mich einen Moment, scheint abzuwägen, ob sie mir glauben soll. Dann nickt sie. Unwillkürlich atme ich auf. Dass meine Patentante mich wie ein rohes Ei behandelt, hätte mir gerade noch gefehlt. Immerhin geht es meinen Knochen in den letzten Jahren schon viel besser. Es gibt immer noch Tage, an denen ich morgens aufwache und mich fühle, als hätte mich ein Lkw überrollt und dabei mein Skelett einmal ordentlich durchgeschüttelt. Oder Nächte, in denen mich Muskelkrämpfe wachhalten und meine Knochen mir seltsam hohl und instabil vorkommen. Wo ich kaum Kraft habe, und jede Bewegung so viel Anstrengung kostet, dass ich die Zähne zusammenbeißen muss. Aber die Anzahl der Momente, in denen meine Knochen mir so arg zu schaffen machen, hat zum Glück deutlich abgenommen. Seit ich meinen Job im Standesamt angetreten habe, wenn ich es mir recht überlege. Ein Bürojob mit einem festen Tagesablauf, der mir Sicherheit bietet, beruhigt nicht nur meine Nerven, sondern scheint auch gut für meine Knochen zu sein.

Die sind nämlich nicht ganz so, wie sie sein sollen. Als Kind haben Ärzte bei mir eine seltene Krankheit festgestellt, einen Gendefekt, der Auswirkungen auf die Beschaffenheit meiner Knochen hat. Am meisten bemerke ich das beim Gehen, weil ich dadurch humpele. Aber ansonsten macht mir die Knochenkrankheit wenig aus. Ich kenne es nicht anders – und komme mittlerweile schon sechsundzwanzig Jahre damit zurecht. Mein ganzes Leben.

Meistens denke ich gar nicht darüber nach, dass etwas mit meinen Knochen nicht stimmt. Ich tue die Dinge, die ich kann und finde für alles andere Lösungen, mit denen ich mich wohlfühle.

Auch Biggis Sorgenfalte hat sich mittlerweile geglättet. Sie strahlt mich an.

»Okay, dann zeige ich dir dein Zuhause für die nächsten drei Monate. Bist du bereit?«

Sofort schultere ich meinen Rucksack. »Und ob!«

Kapitel 2

Ich verliebe mich auf den ersten Blick in das Zimmer, das Biggi für mich vorbereitet hat. Es handelt sich um ein wahres Schmuckstück und hat alles, was das Herz begehrt: ein King-Size-Bett mit einer beerenfarbenen Tagesdecke, einen zweitürigen Kleiderschrank aus weißem Birkenholz, eine Schreibtischecke, einen Flachbildschirm an der Wand. Neben dem Nachttisch führt eine Tür auf den Balkon hinaus. Eine zweite Tür versteckt ein winziges Bad.

Als ich von meinem kleinen Rundgang zurück ins eigentliche Zimmer trete, kann ich ein Stück Schokolade auf dem Kopfkissen entdecken.

»Biggi, du hast dich selbst übertroffen. Danke!«

Meine Patentante läuft rot an und senkt den Blick. »Ach was, das ist eins meiner kleinsten Zimmer. Ich hoffe, dass dir nicht die Decke auf den Kopf fällt.«

Statt einer Antwort überbrücke ich die wenigen Schritte, die uns trennen, und nehme sie in den Arm. Worte sind im Moment nicht genug, um zu zeigen, wie dankbar ich ihr bin.

Biggi räuspert sich, als wir uns wieder voneinander lösen. Noch immer sind ihre Wangen gerötet.

»Dann lasse ich dich mal in Ruhe ankommen. In einer halben Stunde erwarte ich neue Gäste. Melde dich, wenn du etwas brauchst.«

Mit einem warmen Lächeln durchquert sie den Raum und zieht die Tür hinter sich zu. Sofort schnappe ich mir meinen Koffer und packe ihn aus. Nachdem alle Klamotten im Schrank und mein Kulturbeutel im Bad verstaut ist, schiebe ich den Koffer unter das Bett. Danach ist das Gepäck aus meinem Rucksack an der Reihe. Im Anschluss knipse ich mit meinem Smartphone ein paar Fotos und schicke sie an Lina. Eine ganze Armada von Smileys mit Herzchenaugen erscheint auf meinem Display.

Warte gerade bei 35 Grad auf den Beginn eines Meetings und bin dezent neidisch!, schreibt sie. *Wenn du mir jetzt noch ein Bild davon schickst, wie du entspannt am Strand liegst und dir die Nordseeluft um die Nase wehen lässt, muss ich die Eventplanung hier leider beenden und mich direkt auf den Weg zu dir machen. Besorg mir schon mal ein Fischbrötchen. Ich bringe Kölsch mit. Damit die Nordlichter lernen, wie ein Bier zu schmecken hat :)*

Mit einem breiten Grinsen schüttele ich den Kopf. Genau dafür liebe ich Lina. Dass sie nie um einen flotten Spruch verlegen ist.

Wir haben lange überlegt, ob sie auch mitkommt. Aber in der Agentur, in der sie als Eventmanagerin arbeitet, stehen diesen Sommer mehrere große Veranstaltungen an. Außerdem möchte sie schon ganz bald mit ihrem Freund Tobias zusammenziehen. Wenn sie es schafft, danach für ein paar Tage freizukriegen, will sie auf jeden Fall nachkommen.

Während ich eine Antwort tippe, lasse ich mich auf die Matratze sinken. *Oh.* Sie ist sogar noch bequemer, als sie aussieht. Bisher habe ich noch nie in einem Boxspringbett geschlafen, aber mein Gefühl sagt mir, dass ich es lieben werde.

Lina und ich schreiben noch ein paar Minuten hin und her, doch dann wird im Meeting ihre volle Aufmerksamkeit verlangt. Ich lege mein Handy zur Seite und lasse meinen Blick durch den Raum schweifen. Bis auf das stetige Ticken meines Weckers und das Kinderlachen, das durch die offene Balkontür vom Januspark zu mir herübergetragen wird, ist nichts zu hören. Unruhig trommele ich mit meinen Fingern auf dem Oberschenkel.

Und jetzt?

Diese Ruhe. Dröhnend legt sie sich auf meine Ohren, mein Herz fängt an, unsanft gegen meine Rippen zu schlagen. Plötzlich werden die Gedanken in meinem Kopf viel zu laut. Mein Blick verschwimmt, meine Kehle wird eng.

Was ist denn jetzt auf einmal los?

Wie von der Tarantel gestochen springe ich auf. *Stopp. Einatmen. Ausatmen.*

Ich versuche, mich ganz auf das Heben und Senken meines Brustkorbs zu konzentrieren. Allmählich beruhigt sich mein Puls wieder und das unangenehme Druckgefühl wird weniger.

Stattdessen habe ich mehrere Fragezeichen in meinem Kopf. Was war das bitte?

Als ich mich einigermaßen in der Lage fühle, meine wackeligen Beine zu bewegen, gehe ich die paar Schritte hinüber ins Bad und spritze mir kaltes Wasser ins Gesicht.

Mein Spiegelbild starrt mir mit großen Augen entgegen. Aus meinem Zopf haben sich auf der Fähre ein paar der straßenköterblonden Strähnen gelöst und fallen mir in die Stirn. Die Sommersprossen auf meiner Nase sind durch die letzten sonnigen Tage in Köln deutlich zu sehen, ein Teil wird aber von dem dunklen Brillengestell verdeckt. Meine Pupillen sind geweitet und verschlucken beinahe die gesamte bernsteinfarbene Iris. Ich blinzele und versuche, noch weiter zur Ruhe zu kommen. Dabei ist mein Blick für eine Sekunde so unscharf, dass ich das Gefühl habe, nicht ich schaue mir aus dem Spiegel entgegen – sondern meine Mutter.

Sofort wird meine Kehle wieder enger, auch mein Puls schnellt erneut in die Höhe. Was zur Hölle? Hektisch blinzele ich, nur um dieses Mal – natürlich – in meine eigenen schreckgeweiteten Augen zu blicken.

Himmel. Ich muss hier raus. Sofort.

So schnell es meine wackeligen Beine zulassen, gehe ich zurück in mein Zimmer, schnappe mir mein Handy und die kleine Umhängetasche mit meinem Portemonnaie und dem Zimmerschlüssel und bin schon auf dem Weg nach unten. Als ich dort ankomme, habe ich keine Ahnung, was genau ich eigentlich vorhabe. Frische Luft schnappen und hoffen, dass mir ein Spaziergang hilft, keine Gespenster mehr zu sehen?

Biggi steht hinter der Rezeption und mustert mich mit einem überraschten Gesichtsausdruck. Kein Wunder: Im Spiegel habe ich eben wie ein verschrecktes Rehkitz gewirkt.

»Alles okay, Josi?«

Ich nicke knapp, darauf bedacht, ihr nicht in die Augen zu schauen. »Ja, alles gut. Ich wollte nur ... ich wollte ...« Mein Blick fällt auf eine der Inselkarten, die in dem Flyerhalter auf der Theke stehen. Meine Hand greift danach, ohne dass ich es bewusst steuere. »Ich wollte mir ein wenig die Beine vertreten und an den Strand gehen. Bilder machen. Für Lina. Sie ist ganz traurig, dass sie nicht hier sein kann«, plappere ich drauf los.

Biggis Miene verändert sich. Ein erleichtertes Lächeln zeigt sich auf ihren Zügen.

»Das ist eine gute Idee. Den Strandaufgang kennst du noch von damals?«

In dem Moment ist Hufgetrappel vor der Pension zu hören. Wir schauen durch die großen Fenster am Eingang nach draußen. Zwei Damen, die ich etwa auf Ende fünfzig schätzen würde, steigen aus einer quietschgelben Kutsche aus.

Biggi kommt um die Rezeption herum und öffnet ihnen die Tür. Diese Gelegenheit nutze ich, um mich an ihr vorbei ins Freie zu schieben.

»Wir sehen uns später«, verabschiede ich mich mit einem schnellen Winken, während die Neuankömmlinge ihre Koffer von der Kutscherin entgegennehmen und freudestrahlend auf Biggi zugehen.

Nur wenig später biege ich am *Lütje Teehuus*, das sich in einem wunderschönen Insulanerhäuschen befindet, ab und nehme den Aufgang zum Strand. Es ist wärmer als bei meiner Ankunft, trotzdem bin ich froh, meine Jeansjacke dabeizuhaben.

Hier draußen fällt es mir deutlich leichter, zu atmen. Auch mein Herzschlag normalisiert sich wieder. Die Nordsee strahlt ihre ganz eigene Ruhe aus, kaum dass ich ihr näherkomme.

Auf meinem Weg begegnen mir einige Urlauber, hauptsächlich Familien mit Kindern und ältere Ehepaare. Ein pausbäckiger Junge, mit einem roten Hut auf dem Kopf und einer Schaufel in der Hand, brabbelt fröhlich »Moin Moin« vor sich hin und gluckst dabei immer wieder. Seine Eltern schlendern Hand in Hand hinter ihrem Sohn her und grüßen mich freundlich, als ich ihnen Platz mache.

Dann bin ich am Strandzugang angekommen. Mein Herz macht einen Satz, und statt Beklemmung breitet sich Wärme in meinem Brustkorb aus. Meine Haut beginnt zu prickeln.

Da ist sie. Die raue, wunderschöne, grau-blaue Nordsee. Auf dem Wasser tanzen ein paar Schaumkronen, das Meeresrauschen übertönt jedes andere Geräusch. Wie in Trance gehe ich näher. Spüre den Sand unter meinen Schuhsohlen knirschen. Weiche im letzten Moment ein paar Kindern aus, die sich gegenseitig einen Ball zuwerfen. Schiebe mich vorbei an den Strandkörben, den Blick immerzu aufs Meer gerichtet. Und dann ist da nichts mehr zwischen uns.

Die Wellen kommen und gehen, hinterlassen Muscheln im Sand, umspülen die Knöchel der Urlauber, die barfuß durch den Schlick laufen.

Ich ziehe mein Zopfgummi mit beiden Händen enger, weil der Wind Strähne um Strähne daraus lösen will. Das Salz in der Luft legt sich auf meine Haut, und ich schließe einen Moment die Augen. Trotz der Windböen, die immer wieder aufkommen, strahlt die Sonne kraftvoll vom Himmel und wärmt mich durch und durch.

Es ist herrlich. Die Farben, die Sinneseindrücke, die Nordsee. Das Meer fühlt sich an wie etwas Vertrautes in der Fremde. Es wirkt unerschütterlich und energetisch, strahlt aber gleichzeitig eine Ruhe und raue Schönheit aus, die mir den Atem stocken lässt. Dieser Augenblick ist unglaublich friedvoll. Nicht wie die berühmte Ruhe *vor* dem Sturm, sondern *nach* dem Sturm. Als würden die Wolken sich nach und nach lichten, die meinen Himmel so lange bevölkert haben.

Es ist viel passiert, seit ich diese ostfriesische Insel das letzte Mal besucht habe. Ich habe mein duales Studium beendet und bin in die Berufswelt eingestiegen. Habe die ersten Paare getraut. Mich verliebt, mein Herz gebrochen bekommen, mich entliebt und mein Herz geheilt. Bin erwachsen geworden. Auch durch die Diagnose meiner Mutter, ihre Krankheit, den harten Kampf dagegen und das schmerzhafte Ende.

Meine Lungen werden zusammengepresst, mein Blick verschleiert sich. *Nein.* Ich zwinge mich, tief Luft zu holen und in den Bauch zu atmen. Der unverwechselbare Duft des Meeres strömt mir in die Nase. Das hilft. Der Druck auf meiner Brust löst sich.

Ich vergrabe meine Hände in den Taschen meiner Jeansjacke und schaue hinaus auf die See. Dabei konzentriere ich mich auf das Tosen der Brandung.

Was ist heute bloß mit mir los? So kenne ich mich gar nicht. So eine Situation, wie eben in Biggis Pension, hatte ich bisher noch nie. Dieses seltsame Druckgefühl, das Brüllen der Gedanken in meinem Kopf. Keine Ahnung, was das war. Ob es daran liegt, dass ich nicht mehr in meiner gewohnten Umgebung bin? Dass ich mir endlich ein paar Wochen freigenommen habe?

Ich schüttele den Kopf. *Josephine Schwartz, reiß dich zusammen!*, schelte ich mich innerlich. *Schultern straffen und Kopf hoch. Du bist hier, um Abstand von allem zu gewinnen. Also leg los!*

Loslegen. Okay. Ist nur die Frage ... womit? Ich schaue nach links und rechts. Sehe den Leuten zu, die an der Wasserkante entlangschlendern. Hm ... Einen Augenblick betrachte ich meine weißen Turnschuhe, dann nicke ich und öffne entschieden die Schnürsenkel. Schuhe aus, Socken aus, die Beine der Leggings hochgekrempelt, wate ich die letzten Meter bis zum Wasser – und schon grabe ich meine Zehen in den feuchten Sand. Ich trete einen

Schritt nach rechts, noch einen und noch einen. Muscheln bohren sich in meine Sohlen, und ich steige über eine Alge, die darauf wartet, wieder vom Meer verschluckt zu werden. Mit einem Mal umspült der Ausläufer einer Welle meine Knöchel. Gänsehaut breitet sich von meinen Beinen über meinen gesamten Körper aus. *Kaaaaalt!* Unwillkürlich hüpfe ich zurück, gerate dabei ins Straucheln und kann mich gerade so fangen. Da rauscht auch schon die nächste Welle heran. Und plötzlich verziehen sich meine Lippen zu einem Lächeln.

Ich gehe los. Weiter über den nassen Sand ohne Ziel und ohne Zeitdruck. Dabei passiere ich Urlauber, die es sich auf Handtüchern oder in Strandkörben gemütlich gemacht haben, beobachte eine Gruppe von Teenagern, die sich im Meer tummelt und bibbernd, aber lachend wieder herauskommt. Auch jede Menge Hunde sind unterwegs. Ein brauner Labrador stürzt sich mit einem tiefen Bellen in die Fluten, angelt die Frisbeescheibe, die sein Herrchen geworfen hat, aus dem Wasser und rennt schwanzwedelnd mit seiner Beute zurück.

Kaum zu glauben, dass ich gestern um diese Uhrzeit noch in meinem Büro in der Kölner Innenstadt gehockt habe. Apropos Kölner Büro: Ich wollte doch Lina ein paar Bilder schicken.

Mit meiner freien Hand angele ich mein Handy aus der Umhängetasche und knipse wild drauf los.

Der Strandabschnitt ist wunderschön. Ob ich mich oben in die Dünen setzen soll, um eine Verschnaufpause einzulegen? Meine Beine fühlen sich schwer an. Ich bin es eindeutig nicht gewohnt, durch Sand zu laufen.

Also drehe ich dem Meer den Rücken zu und bahne mir einen Weg an den Strandkörben vorbei. Der leichte Aufstieg sorgt dafür, dass mir mein Puls in den Ohren dröhnt. Uff.

Als ich an der Stelle ankomme, die ich mir als meinen Erholungsplatz auserkoren habe, drehe ich mich wieder um. Und halte die Luft an. Der Anblick, der sich mir bietet, ist atemberaubend schön. Das grüne Dünengras, der weiße Sand, die bunten Streifen der Strandkörbe, das graue Meer, der blaue Himmel, Wolken wie gemalt – und das alles in warmes Sonnenlicht getaucht.

Automatisch hebe ich mein Handy und tippe auf die Kamera. Ob ich die schiere Weite, die hier vor mir liegt, überhaupt einfangen kann? Ich beuge mich zurück, habe aber immer noch nicht den perfekten Bildausschnitt. Den Blick auf mein Display gerichtet, mache ich einen Schritt nach hinten. Und noch einen. Schon besser. Nur noch ein Stückchen ...

In dem Moment pralle ich gegen etwas Hartes, Warmes.

»Oh!«

Meine Beine knicken unter mir weg. Unwillkürlich drehe ich mich um, verliere bei der Aktion aber erst recht das Gleichgewicht. Aus einem Reflex heraus kneife ich die Augen zu. Bereite mich auf den unsanften Aufprall vor. Doch stattdessen lande ich ... auf irgendetwas Weichem.

Merkwürdig. Meine Brust ist gegen etwas Warmes gepresst. Unter meinen Fingern ist kein Sand oder das scharfkantige Dünengras, sondern sie klammern sich um ... Stoff?

Da regt sich etwas unter mir. Und lässt ein dumpfes Stöhnen hören.

Ich erstarre, kann mich nicht einen Millimeter bewegen. Erneut ächzt es unter mir. Und eine männliche Stimme sagt: »Autsch.«

Das sorgt dafür, dass mein Verstand wieder einsetzt. Meine Lider flattern auf – und ich blicke in ein Paar strahlend grüne Augen.

Nase an Nase liegen wir da. Mein Herz poltert in meiner Brust. Mein Gehirn weigert sich, die Situation hier vollständig zu erfassen. Zu begreifen, was gerade passiert.

Der Mann mit den grünen Augen und ich starren uns an. In meinem Inneren ist die Hölle los. Verwirrung schießt durch mich hindurch, gepaart mit Schock, Unglauben und einem seltsamen Flattern in meiner Magengrube, das ich nicht einordnen kann.

Dann räuspert er sich.

»Also normalerweise warte ich immer mindestens bis zum dritten Date, bis ich mich mit einer Frau in so einer Position wiederfinde. Aber du scheinst eher jemand von der stürmischen Sorte zu sein, oder?«

Seine Mundwinkel zucken. Das sorgt dafür, dass mein Blick automatisch auf seinen Lippen landet. *Himmel.* Mir wird warm.

Da sickert die Bedeutung seiner Worte in mein Bewusstsein, und ich nehme endlich wahr, was hier gerade vor sich geht.

Durch den Sturz habe ich ihn nicht nur mit mir zu Boden gerissen, sondern bin dabei auch noch auf seinem Schoß gelandet. Nein: Ich *hocke* regelrecht darauf. Mein Becken an seins gepresst, meine Hände in seinem Oberteil vergraben. Um den Sturz abzufangen, habe ich mich offenbar an ihm festgeklammert. Um Himmels willen, uns trennt gerade mal eine dünne Lage Stoff davon, ein Paradebeispiel für Erregung öffentlichen Ärgernisses zu sein.

Wie von der Tarantel gestochen, rappele ich mich auf und ignoriere den Schmerz, der bei der abrupten Bewegung durch meine Knochen schießt. Meine Wangen brennen vor Scham.

»Ich ... äh ... es tut mir ... leid«, stottere ich atemlos. »Das war keine Absicht, ich habe dich nicht gesehen, und da bin ich ... also ... da ist das hier ...«, mit meiner Hand wedele ich zwischen uns hin und her, »... einfach passiert.«

Der junge Mann, der etwa in meinem Alter sein muss, hat sich mittlerweile aufgesetzt und beobachtet mich amüsiert. Seine Augen funkeln, und seine Lippen sind immer noch zu diesem Lächeln verzogen, das seltsame Dinge mit meinem Magen anstellt. Ich beiße mir auf die Zunge. *Shit.*

Während ich versuche, mein wild pochendes Herz in den Griff zu bekommen, klopft er sich den Sand von seiner Kleidung und erhebt sich. Sofort gehe ich auf Abstand. Meine Beine fühlen sich wie Pudding an. Nicht, dass ich ein zweites Mal auf ihn drauffalle.

»Hast du dir«, ich räuspere mich, weil meine Stimme belegt klingt, »wehgetan oder so was?«

Oder so was? Was für eine selten dämliche Formulierung ist das denn bitte? Meine Eloquenz hat sich offensichtlich mit dem Rest meiner Würde verabschiedet.

Immer noch grinsend schüttelt mein Gegenüber seinen Kopf.

»Alles heil geblieben, nichts gebrochen und kein Kratzer. Ganz so stürmisch wie gedacht war unsere Begegnung also doch nicht.« Mit einem Zwinkern beugt er sich zu mir. Prompt glüht mein Gesicht noch ein wenig mehr.

»Ich bin mir nur nicht sicher, ob das deinem Handy auch so geht.« Er deutet mit einem Finger auf eine Stelle neben meinem Fuß. »Das ist dir bei unserem Kennenlernen heruntergefallen.«

Mein Blick landet auf meinem Smartphone, das mit dem Display nach unten im Sand liegt. Dieses Mal flattert mein Herz vor Panik. *Bitte, bitte, lass es nicht kaputt sein!* Ich bücke mich, um es aufzuheben und genauer in Augenschein zu nehmen. Vorsichtig wische ich die Sandkörner vom Display und warte mit angehaltenem Atem darauf, ob es angeht.

Tut es.

Erleichterung durchströmt mich, und ich lasse einen Schwall Luft entweichen. Es ist nicht mehr das neueste Modell und hat schon die eine oder andere Macke. Aber meine Mutter hat es mir zu meinem Studienabschluss geschenkt, weshalb besondere Erinnerungen daran hängen.

»Und, funktioniert es noch?«, erkundigt sich der junge Mann. Sofort steigt mir wieder Röte ins Gesicht.

»Ja, alles gut.«

»Das freut mich.« Seine Stimme klingt warm und lässt einen wohligen Schauer über meine Arme rieseln. Ich halte inne, den Blick ungläubig auf die Gänsehaut gerichtet. Was zum ...

»Du hast noch etwas verloren.«

»Hm?«

Ich schaue auf, verwirrt von der ganzen Situation.

Statt einer Antwort bückt er sich und hält mir kurz darauf etwas entgegen. »Deine Schuhe, Cinderella.« In seinen Worten schwingt ein unverhohlenes Grinsen mit.

Noch nie in meinem Leben habe ich mir so sehr gewünscht, dass sich bitte der Boden auftun und mich verschlucken möge. Mein Kopf glüht.

Ich greife nach den Schuhen und trete hastig wieder einen Schritt von ihm weg.

»Danke. Aber ich ... äh ... muss dann auch los. Sorry noch mal.«

Ohne ihn erneut anzusehen, mache ich kehrt und sehe zu, dass ich wegkomme. Weit, weit weg von ihm und dieser unangenehmen Situation.

Kapitel 3

Ein Klopfen an meiner Zimmertür lässt mich von meinem Laptop aufblicken.

»Ja?«

Nur wenig später schiebt sich Biggis brauner Haarschopf hindurch. »Darf ich reinkommen?«

»Na klar!«

Lächelnd klappe ich meinen Laptop zu, mit dem ich mich im Schneidersitz auf mein Bett gehockt habe, strecke mich kurz und bedeute Biggi, dass sie sich gern zu mir setzen darf. Sie lässt sich auf der Kante nieder und betrachtet mich mit einem warmen Blick.

»Du fühlst dich hier schon pudelwohl, oder?«

Automatisch zucken meine Gedanken zu der peinlichen Aktion am Strand, nach der ich Hals über Kopf zurück in die Pension geflüchtet bin. Ich war heilfroh, als ich den Empfangsbereich leer vorgefunden hatte und heimlich in mein Zimmer schlüpfen konnte.

Aber davon abgesehen ...

»Ja, das Zimmer ist ein Traum. Ich habe jetzt schon das Gefühl, als wäre ich hier zu Hause.«

Ein Lächeln legt sich auf Biggis Gesicht. »Das liegt an der Insel. Juist schafft es bei ganz vielen Leuten, dass sie sich direkt heimisch fühlen. Mir ging es damals ähnlich, als ich zum ersten Mal hier Urlaub gemacht habe. Am liebsten hätte ich dieses Stückchen Erde nie wieder verlassen.« Sie gluckst, während ihr Blick durch meine Balkontür fällt. »Tja, was soll ich sagen: Irgendwann habe ich das dann einfach wahr gemacht und bin geblieben. Und schwups, ist man plötzlich Juisterin.«

Auch ich muss schmunzeln, denn ich weiß noch sehr genau, wie schwer Biggi die Entscheidung gefallen ist, Köln den Rücken zu kehren und sich hier an der Nordsee selbstständig zu machen. Wie meine beste Freundin Lina ist auch Biggi eigentlich durch und durch Kölnerin – allerdings Kölnerin mit Fernweh.

»Die Insel ist wirklich toll. Aber dass ich mich hier direkt willkommen fühle, liegt vor allem an dir.«

Wie sehr ich meine Patentante vermisst habe, wird mir erst jetzt bewusst.

Biggi quittiert meine Aussage mit einem halb gehobenen Mundwinkel, aber zeitgleich huscht ein Schatten über ihr Gesicht. Ich stutze.

»Tut mir leid, dass ich heute so wenig Zeit für dich habe. Und das direkt an deinem ersten Tag. Aber ich bin im Moment komplett allein in der Pension, mein Rezeptionist Martin liegt seit einer Woche mit Sommergrippe flach, und mein Zimmermädchen Tanja musste kurzfristig in die Heimat, weil ihre Mutter gestürzt ist und –«

»Hey.«

Ich beuge mich zu ihr hinüber und greife nach ihrer Hand. »Hab bitte kein schlechtes Gewissen. Ich bin nämlich schon groß und kann mich selbst beschäftigen, weißt du?« Mit einem Zwinkern drücke ich ihre Finger, was sie zu einem schwachen Lächeln animiert. Dabei betrachte ich sie genauer, sehe die Sorgenfältchen um ihre Augenpartie und den erschöpften Ausdruck auf ihrem Gesicht. Auch ihre Schultern hängen herab, als würde eine schwere Last auf ihnen liegen. Unruhe und Sorge machen sich in meinem Inneren breit. So kenne ich meine Patentante gar nicht, normalerweise versprüht sie immer gute Laune und Zuversicht. Eine echte kölsche Frohnatur.

Mein Herz zieht sich zusammen.

»Wie kann ich helfen?«

Das bringt Leben in Biggi. Sie löst unsere Hände voneinander und wedelt mit ihrem Zeigefinger gespielt tadelnd vor meinem Gesicht herum.

»Nein, nein, meine Liebe. Das kommt gar nicht infrage. Du bist hier, um dich zu entspannen und von den Strapazen der letzten Monate zu erholen.« Einen Moment stockt sie. Ein heißer Schmerz fährt mir in die Brust, und ich schlucke tapfer an dem Kloß vorbei, der sich in meiner Kehle bildet. Hastig senke ich den Blick und blinzele gegen das brennende Gefühl an, das sich hinter meinen Lidern breitmacht.

Biggi räuspert sich kurz, bevor sie die kleine Pause übergeht. »Noch sind nicht alle Zimmer belegt, die meisten Gäste kommen erst übermorgen. Bis dahin ist Martin hoffentlich wieder auf den Beinen, und Tanja kommt auch im Laufe der nächsten Woche zurück. Das bekomme ich schon hin. Ich bin ja nicht aus Zucker.«

Sie stupst mir leicht gegen das Knie, und meine Lippen verziehen sich bei ihrem scherzhaften Ton automatisch zu einem Lächeln. Genau das habe ich vorhin auch zu ihr gesagt, als sie mir nicht glauben wollte, dass ein Zimmer im ersten Stock für mich vollkommen in Ordnung ist. Ich beschließe, das Thema erst mal ruhen zu lassen.

»Okay, jetzt habe ich genug gejammert«, meint meine Patentante und klatscht in die Hände. »Was hältst du davon, wenn ich dich zur Feier des Tages zum Essen einlade? Es gibt ein tolles Restaurant nur ein paar Straßen weiter, wo die wahren Juister hingehen.« Sie lacht. »Jetzt, wo du drei Monate lang quasi zum Inselinventar gehörst, muss ich dich ja in ein paar Geheimnisse einweihen. Also, was sagst du?«

Sie schaut mich so erwartungsvoll an, dass sich auf meinem Gesicht wie von selbst ein Grinsen ausbreitet. »Ich bin dabei!«

Das Restaurant stellt sich als kleines Steak- und Fischhaus heraus, das fußläufig nur fünf Minuten von Biggis Pension entfernt liegt. Von außen sieht es so unscheinbar aus, dass ich beinahe daran vorbeilaufe. Meine Augen flackern zu dem Schriftzug über der Eingangstür, der in blauen Lettern *Da Scholl her!* verkündet. Meine Mundwinkel zucken. Für Wortspiele hatte ich schon immer eine Schwäche.

Als wir ins Innere des Restaurants treten, schaue ich mich interessiert um. Hinter einer dunklen Holztheke sind teuer aussehende Weinflaschen in hohen Regalen aufgestellt. Davor bereitet ein Mann ein paar Drinks zu. Die Tische sind aus demselben Holz wie die Theke, eingerahmt von Bänken und Stühle, deren Polster mit dunkelrotem Leder überzogen sind. Im Hintergrund erklingt leise Jazzmusik, Kerzen flackern an den Wänden. Und es riecht fantastisch. Nach Kräutern, geschmorten Zwiebeln und ... ich schnuppere unauffällig ... gebackenen Ofenkartoffeln. Mir läuft das Wasser im Mund zusammen.

Gemütlich mit einem Hauch spanischem Flair, fälle ich mein erstes Urteil und spüre, wie mein Magen knurrt. Wenn das Essen nur halb so gut schmeckt, wie es duftet, werde ich in meinen drei Monaten hier bestimmt öfter zu Gast sein.

»Biggi!«

Ein dunkelhaariger Mann, der etwa im Alter meiner Patentante sein muss, eilt auf uns zu und schließt sie herzlich in die Arme.

»Rafael.«

»Schön, dich mal wieder zu sehen. Wir haben dich schon vermisst.«

»Ach, du weißt ja, die Arbeit ...« Biggi macht eine wegwerfende Handbewegung, während sie neben mich tritt, und sich ein stolzes Lächeln auf ihrem Gesicht ausbreitet. »Rafael, darf ich vorstellen? Das ist meine Patentochter Josi. Sie besucht mich die nächsten drei Monate.«

Der Mann mustert mich freundlich und wenn ich mich nicht täusche, auch ein bisschen neugierig, während ich ihm die Hand schüttele.

»Du bist also die berühmte Josi! Biggi hat schon viel von dir erzählt. Herzlich willkommen im Töwerland.«

Ich lächele, als ich den Spitznamen höre, den die Insulaner Juist gegeben haben. Töwerland – Zauberland. Ich bin gespannt, welche Magie die ostfriesische Insel für mich bereithält.

»Ich bin Rafael, mit Leib und Seele Gastgeber. Für Insulaner, Zugezogene, Immerwiederkehrende und Kurzbleibende.« Er lässt ein dröhnendes Lachen hören, was ihn mir direkt sympathisch macht. »Du kommst wie Biggi auch aus Köln, richtig?«

»Ja, geboren und aufgewachsen.«

»Ein echtes *kölsches Mädche*, verstehe. Na, da schauen wir doch mal, ob dich unsere geliebte Insel genauso verzaubert wie deine Patentante.« Er zwinkert mir zu. »Darf ich euch an euren Tisch bringen?«

Wir folgen ihm zu einem Platz am Fenster, das den Blick auf einen grün bewachsenen Hinterhof freigibt.

Nachdem Rafael uns die Speisekarte ausgehändigt hat, vertiefen Biggi und ich uns in das Angebot. Neben Fisch, verschiedenen Steaksorten und einer vielfältigen vegetarischen Auswahl, sind auf der Karte auch Nudelgerichte zu finden.

Ich entscheide mich für die Fitnesskartoffel, eine überbackene Ofenkartoffel mit Champignons, Mais und Salat, während Biggi beschließt, die Spaghetti mit Garnelen zu nehmen.

»Immer noch kein Fischfan?«, erkundigt sie sich bei mir grinsend, als Rafael unsere Bestellung aufgenommen hat.

Ich schüttele den Kopf und schaue gespielt zerknirscht zu meiner Patentante.

»Sei ehrlich: Wie unbeliebt mache ich mich auf einer Nordseeinsel damit?«

»Hm, ich würde sagen ...« Betont grüblerisch tippt sie sich gegen das Kinn. »... wenn du mindestens hundertmal am Tag sagst, wie großartig du Juist findest, kannst du diese Verfehlung wieder ausmerzen.«

Mir entschlüpft ein belustigtes Schnauben. Biggi hat schon früher immer versucht, mir Fischgerichte schmackhaft zu machen. Jedes Jahr zu ihrem Geburtstag sind wir zusammen Lachs essen gegangen. Doch auch nach all den Jahren kann ich mit Fisch nichts anfangen.

»Wobei ich dir trotzdem raten würde, das Thema nicht auf den Tisch zu bringen, wenn Insulaner in der Nähe sind.« Biggi schmunzelt. »Oder du behauptest einfach, du hättest eine Fischallergie. Die Ausrede lassen sie dir zähneknirschend durchgehen.«

Meine Mundwinkel zucken verräterisch. »Du willst mich also zum Lügen anstiften, ja?«

»Ich möchte dich nur schützen, mein Kind.« Ihre Stimme klingt dabei so hoheitsvoll, dass wir beide uns zwei, drei Sekunden lang anstarren – bevor wir in schallendes Gelächter ausbrechen.

»Na, hier herrscht ja schon ausgelassene Stimmung!« Rafael taucht mit unseren Getränken neben uns auf.

»So gefällt mir das. Weitermachen.«

Er zwinkert uns zu, bevor er sein Tablett wieder in die Hand nimmt und in Richtung Küche verschwindet.

»Also dann. Auf eine schöne Auszeit hier im Töwerland!«

Unsere Gläser stoßen klirrend gegeneinander, und wir genehmigen uns beide einen großen Schluck.

Während ich mich auf meiner Bank zurücklehne und meiner Patentante lausche, wie sie von der Garnelensauce schwärmt, die ihrer Meinung nach niemand so gut hinbekommt wie der Koch aus diesem Restaurant, taucht Rafael wieder neben uns auf und stellt eine Vorspeisenplatte zusammen mit einem Besteckkorb auf unserem Tisch ab.

»Die geht selbstverständlich aufs Haus. Ein kleiner Willkommensgruß für unsere Juisterin auf Zeit«, er nickt mir mit bedeutungsvollem Blick zu, ehe er sich zu Biggi beugt, »und natürlich für meinen Lieblingsstammgast.«

Augenblicklich verfärben sich Biggis Wangen rot, und ich kämpfe gegen das Zucken meiner Mundwinkel an.

»Guten Appetit, die Damen!«

Während Rafael sich erneut in Richtung Küche verabschiedet, beiße ich mir auf die Zunge.

»Sag jetzt nichts«, brummelt meine Patentante mit immer noch glühenden Wangen und reicht mir den Besteckkorb hinüber.

Ich greife hinein und grinse. »Würde ich nie draufkommen.«

»Ach ja?«

»Ja, weißt du …« Ich zucke betont lässig mit den Schultern. »Es ist einfach so schön, zu sehen, dass deine Flirtkünste nicht nachgelassen haben.«

»Na warte …«

Ich ducke mich lachend, als Biggi nach ihrer Serviette greift und damit auf mich zielt. In ihren Augen blitzt der Schalk und ich weiß sofort, dass sie mir meine freche Bemerkung nicht übel nimmt.

»Biggi Ebersbach?«

Wir drehen uns zeitgleich in die Richtung, aus der die Stimme kommt. Zwei junge Männer bahnen sich einen Weg zwischen den Tischen hindurch auf uns zu. Kurz wird mir die Sicht versperrt, doch dann schnappe ich erschrocken nach Luft. *Das gibt's doch nicht.* Hellbraune, wuschelige Haare. Und ein Hemd, das mir nur zu bekannt vorkommt. Weil es noch keine vier Stunden her ist, dass ich meine Hände darin vergraben habe …

Alles in mir versteift sich. *Das darf doch nicht wahr sein.*

Ohne zu überlegen, tauche ich ab und lasse mich unter den Tisch gleiten. Keine Sekunde zu spät. Denn da kommen zwei Paar Sneaker in mein Sichtfeld.

»Dass man dich auch mal wieder hier sieht. Wir dachten schon, du wärst verschollen.«

»Hey, ihr zwei!«

Aus meiner Froschperspektive erkenne ich, wie Biggi sich erhebt und die beiden in ihre Arme zieht.

»Wie lustig, dass wir uns hier treffen. Darf ich euch meine Nichte – oh, Josi, ist alles in Ordnung? Wo bist du denn?«

Kann es eigentlich noch schlimmer werden? Kurz schließe ich die Augen, in der Hoffnung, dass sich ein Loch im

Boden auftun würde, aber als ich sie wieder öffne, sehe ich nur dunkles Parkett. Verflixt.

Ich hole tief Luft und versuche, krampfhaft zu lächeln, bevor ich wieder unter dem Tisch hervorkomme.

»Ja, alles okay. Ich habe nur die hier«, ich wedele mit der Serviette herum, die Biggi eben nach mir geworfen hat, »aufgehoben.«

Suchend schweift mein Blick durch den Raum, alles nur damit ich nicht die beiden Jungs vor mir ansehen muss. Dann setze ich mich halbwegs elegant wieder auf die Bank.

»Ich glaub's nicht. Cinderella!«

Ja, es geht noch schlimmer.

Meine Kehle fühlt sich mit einem Mal staubtrocken an, während mein Herz ordentlich an Tempo zulegt.

Biggis Brauen schießen nach oben, zeitgleich huscht ihr Blick zwischen mir und den beiden Männern hin und her. »Cinderella? Kennt ihr zwei euch etwa schon?«

Meine Wangen werden heiß.

»Wir sind uns vorhin kurz begegnet«, erwidert der junge Mann und zwinkert mir zu. »Aber das Aufeinandertreffen hat bei mir definitiv einen bleibenden Eindruck hinterlassen.«

Biggi gluckst, und auch die Mundwinkel des zweiten Mannes zucken verdächtig.

Während ich immer noch dabei bin, mir eine halbwegs vernünftige Erklärung einfallen zu lassen, beugt sich meine Strandbekanntschaft zu mir hinunter. Dabei ist er mir plötzlich so nah, dass sein warmer Atem auf meine nackten Arme trifft. Sofort breitet sich an den Stellen eine Gänsehaut aus. *Huch, was ist denn jetzt bitte los?*

Wie ferngesteuert hebe ich meinen Blick – und schaue geradewegs in diese grünen Augen, die mein Gehirn vorhin schon zum Aussetzen gebracht haben.

»Freut mich sehr, dich wiederzusehen. Wobei ich dich mit Schuhen beinahe nicht erkannt hätte.«

Das Funkeln, das bei diesen Worten in seine Augen tritt, sorgt dafür, dass mein Herz ein, zwei Takte aussetzt, ehe es mit doppelter Geschwindigkeit weiterpoltert. Ich beiße mir auf die Unterlippe, immer noch unfähig, irgendetwas zu sagen. Während ich noch damit beschäftigt bin, mich zu erinnern, wie genau Atmen funktioniert, lehnt er sich wieder zurück.

»Das ist übrigens mein Kumpel Joris.«

Der junge Mann mit der dunkelblonden Kurzhaarfrisur hebt die Hand.

»Und ich bin Maxi.«

Aus dem Augenwinkel bemerke ich, wie Biggi uns amüsiert beobachtet.

Ruhig Blut, Josi. Bisher ist ja noch nicht viel passiert.

»Äh, hi«, versuche ich meine Nervosität zu überspielen. »Ich bin Josi.«

»Hey, Josi.«

Im Gegensatz zu mir scheint mein Gegenüber vollkommen gelassen und tiefenentspannt zu sein, was mich nur noch mehr verwirrt. Doch bevor ich weiter darüber nachdenken kann, schaltet sich Biggi ein.

»Josi ist mein Patenkind und besucht mich ein paar Monate.«

Sie wirft mir einen bedeutungsschweren Blick zu, als sie sich ihr Weinglas schnappt und sich einen Schluck genehmigt. Ich kneife die Augen zusammen und funkele sie böse an, was bei ihr aber nur zu einem Schmunzeln führt. *Karma*, ruft ihr belustigter Gesichtsausdruck mir entgegen. Ob das meine Strafe dafür ist, dass ich sie eben für ihren unbeholfenen Flirt mit Rafael aufgezogen habe? Vielleicht.

Gedankenverloren bekomme ich gerade so mit, wie sich Biggi erneut an Maxi und Joris wendet.

»Ihr seid bestimmt hier, um Tomasz zu besuchen?«

Ich starre möglichst unbeteiligt Löcher in die Luft, nehme aus dem Augenwinkel aber wahr, wie die zwei nicken.

»Er hat in zehn Minuten Pause, danach dürfen wir seine neueste Kreation probieren.«

»Oh, hat er wieder etwas Neues auf die Karte gesetzt? Das ist mir gar nicht aufgefallen.«

Maxi schüttelt lachend den Kopf. »Nein, bisher noch nicht. Wir spielen Versuchskaninchen, ob sein neues Gericht massentauglich ist.«

»Wollt ihr euch nicht so lange zu uns setzen?«

Was? Mein Kopf schnellt zu ihr herum.

»Wir warten auf unser Essen und freuen uns über ein wenig Gesellschaft. Oder, Josi?«

Ich kann gerade noch so verhindern, dass mir die Kinnlade herunterfällt. Biggi strahlt mich so herzlich an, dass sich alles in mir zusammenzieht. Normalerweise hat sie einen sechsten Sinn dafür, wenn jemandem etwas unangenehm ist. Doch scheinbar verfolgt sie einen Plan, den ich noch nicht durchschaue. Also setze ich ein tapferes Lächeln auf und nicke.

»Ja, gern.«

Während ich Richtung Fenster rücke, um Platz zu machen, bedeutet sie Joris, sich zu ihr zu setzen.

Moment mal, das heißt ...

»Das scheint heute mein Glückstag zu sein.«

Maxi lässt sich elegant neben mir auf der Bank nieder und grinst. Die plötzliche Nähe überrumpelt mich, weswegen ich das Erstbeste sage, was mir in den Sinn kommt.

»Von jemandem umgerannt und dabei mit Schuhen und einem Handy abgeworfen zu werfen, nennst du Glück?«

Sein Grinsen vertieft sich, wodurch das Grübchen in seiner Wange noch stärker zur Geltung kommt. Dadurch wirkt er irgendwie total ... süß. *Hoppla.* Wo kommt der Gedanke denn jetzt plötzlich her? Hastig zwinge ich mich, wegzusehen, um die Situation nicht noch unangenehmer werden zu lassen.

»Ob du's glaubst oder nicht – ich bin schon mit schlimmeren Sachen beworfen worden. Und was soll ich sagen?« Er zuckt mit den Achseln. »Es war eine schöne Überraschung.«

Mein Herz beginnt zu flattern. Was sollte denn dieser zweideutige Spruch schon wieder? Oder –

Ein amüsiertes Räuspern unterbricht meine Überlegungen. Ertappt zucke ich zusammen und schaue zu Biggi, deren Mundwinkel sich verräterisch heben. *Verflixt.* Ich habe einen Augenblick komplett vergessen, wo ich mich gerade befinde – und dass wir nicht allein sind.

»Na, das wird hier ja eine richtige Willkommensparty!« Rafael steht wieder neben uns und schiebt Maxi und Joris jeweils ein Glas Wasser hin. Zusätzlich zaubert er einen zweiten Vorspeisenteller hinter seinem Rücken hervor und stellt ihn in die Mitte. »Damit ihr mir nicht verhungert.«

Erst jetzt bemerke ich meinen knurrenden Magen und auch den anderen scheint es ähnlich zu gehen. Herzhaft greifen wir zu und lassen uns die verschiedenen Variationen schmecken.

»Wie läuft es denn mit deiner Pension?«, erkundigt Maxi sich, nachdem eine Weile einvernehmliches Schweigen geherrscht hat. »Mein Vater hat mir erzählt, dass die Reparaturen mittlerweile fast abgeschlossen sind.«

Ich werde hellhörig. Stimmt, eigentlich wollte ich sie längst danach gefragt haben.

Biggi nickt. »Ja, alles in Ordnung. Der Fahrstuhl will noch nicht wieder, aber da ist das fehlende Ersatzteil bestellt. Dein Vater hat gute Arbeit geleistet.«

Mit einem Blick zu mir greift sie sich einen der Käsespieße. »Maxis Vater Hanno Bergmann hat hier auf der Insel einen Handwerkerbetrieb. Er ist unser Mann für alle Fälle.«

Weil ich natürlich ausgerechnet jetzt meinen Mund voll habe, antworte ich nur mit einem Nicken.

»Die Beschreibung wird ihm gefallen!« Maxi lacht und auch Joris, der sich bisher eher zurückgehalten hat, schnaubt belustigt. Ich betrachte ihn über den Rand meiner Cola hinweg.

Er sieht nett aus, dunkelblonde Haare, blaue Augen, markantes Gesicht. Vom Aussehen erinnert er mich an die Figur *Ryan* aus *O. C. California*. Einen Sommer lang haben Lina und ich alle Folgen der Serie angeschaut, wobei sie eine Schwäche für *Ryan* entwickelt hatte, den Bad Boy. Ich habe heimlich für *Seth* geschwärmt, den tollpatschigen, liebenswerten Außenseiter, mit dem wuscheligen dunklen Lockenkopf.

»Und du machst immer noch die Lüfte über der Nordsee unsicher?«, wechselt Biggi das Thema und wendet sich Joris zu. Als hätte sie mit der Frage einen Schalter umgelegt, verändert sich mit einem Mal seine gesamte Haltung. Er setzt sich auf, drückt den Rücken durch und beginnt zu strahlen.

»Jeden Tag. Ich kann mir nichts Schöneres vorstellen, als mit unseren Maschinen über Ostfriesland zu fliegen und die Gäste vom Festland auf die Inseln und wieder zurückzubringen. Die Aussicht ist jedes Mal aufs Neue der Knaller, egal, wie oft ich das schon erlebt habe.«

»Du bist Pilot?«, erkundige ich mich und beuge mich interessiert näher.

Joris nickt. »Für den Flugverkehr nach Juist, Norderney und Wangerooge. Die Strecken sind zwar kurz, meistens bin ich nur ein paar Minuten oben in der Luft, aber ich wollte das schon immer machen. Wer von Wasser umgeben aufwächst, weiß den Luftverkehr von klein auf zu schätzen.«

»Fluch und Segen eines Lebens auf der Insel«, ergänzt Maxi. Die beiden tauschen einen wissenden Blick.

Wer von Wasser umgeben aufwächst, hallt es in meinem Kopf nach. Dann sind die zwei also waschechte Insulaner. Wie das wohl sein mag? Am liebsten würde ich die beiden mit zig Fragen löchern, stelle aber erst mal nur eine einzige.

»Du hast den Sommer also gut zu tun, kann ich mir vorstellen.«

Joris lacht. »Definitiv! Die Sommerferien sind Hochsaison für uns in der Tourismusbranche. Es kann ja nicht jeder auf der faulen Haut liegen wie gewisse andere Leute an diesem Tisch.« Bei seinem letzten Satz grinst er Maxi an, der gespielt entrüstet die Arme verschränkt.

»Hey! Ich habe mir diese Pause redlich verdient. Und außerdem plane ich schon fleißig neue Unterrichtsreihen für das kommende Schuljahr.«

»Ach ja? Was ist dieses Mal dran? Mandalas malen?«, zieht Joris seinen Kumpel auf.

Ich horche auf. »Du unterrichtest?«

»Ich bin Grundschullehrer an unserer Inselschule.«

Grundschullehrer. Wie meine Mutter. Sofort spüre ich wieder dieses Stechen in der Brustgegend. Meine Mom hat ihren Job geliebt. Jeden Tag kam sie mit neuen lustigen Geschichten nach Hause, hat sich besondere Aktionen für die Kinder ausgedacht, Klassenfahrten geplant, schwächeren Schülern und Schülerinnen kostenlos Nachhilfe gegeben. Sie war mit Leib und Seele Pädagogin gewesen, gerade sogar zur Direktorin befördert worden – und dann kam der Krebs.

Ich spüre, wie unter dem Tisch jemand nach meiner Hand tastet. Biggi. Dankbar drücke ich ihre Finger und schlucke einmal kurz.

»Jetzt haben wir so viel von uns erzählt, dabei ist das hier ja deine Willkommensparty. Deshalb würde ich sagen: Du bist dran.«

Maxi stützt sein Kinn auf die Hände und schaut mich so erwartungsvoll an, dass meine Mundwinkel sich automatisch zu einem Lächeln verziehen. Wie macht er das nur? Obwohl mein Herz und mein Verstand in seiner Gegenwart regelmäßig ihre Aufgaben vergessen, fühle ich mich mit einem Mal deutlich wohler. Ein paar lustige Bemerkungen von ihm, ein kleiner Flirt – und meine Schultern entspannen sich plötzlich.

»Was möchtest du denn wissen?«, frage ich zurück, ein Schmunzeln auf den Lippen. Gleich darauf erkenne ich das Funkeln in seinem Blick und hätte mich am liebsten selbst geohrfeigt. Ob das so eine gute Idee war? Damit biete ich ihm eine Steilvorlage. Hoffentlich nutzt er sie nicht, um mich über irgendwas Peinliches auszuhorchen …

»Wenn du mich so fragst: Alles.«

Biggi und Joris tauschen einen amüsierten Blick, während ich bereits zu einer Antwort ansetze, aber von Maxi unterbrochen werde.

»Zuerst mal: Ist Josi dein richtiger Name? Oder ein Spitzname?«

Ich blinzele. Okay, mit der Frage habe ich nicht gerechnet. Ich war der felsenfesten Meinung, dass er mich erneut aufziehen oder in eine peinliche Situation bringen würde. Aber das ... ist ja harmlos. Was mich direkt aus dem Konzept bringt. »Äh ...«

Seinem Zwinkern nach zu urteilen, hat Maxi genau das beabsichtigt. Meine Mundwinkel verselbstständigen sich.

»Mein richtiger Name ist Josephine, nach meiner Urgroßmutter. Doch Josi ist mir deutlich lieber.«

»Josephine ...«, wiederholt er und nickt langsam. »Ein schöner Name. Aber ich glaube, Josi passt besser zu dir.«

»Ach ja?« Mit verschränkten Armen und amüsiert hochgezogenen Brauen lehne ich mich auf der Bank zurück. »Und das kannst du nach der kurzen Zeit schon beurteilen, weil ...?«

»Oh, da gibts viele Gründe. Zum Beispiel, dass ich Menschen recht gut einschätzen kann. Das ist eins meiner zahlreichen Talente.«

Mir entfährt ein belustigtes Schnauben, aber er ignoriert es gekonnt. Zeitgleich flattert in meinem Magen plötzlich etwas umher. Doch darüber werde ich mir später Gedanken machen. Jetzt möchte ich mehr über ihn erfahren.

»Und bei dir? Ist Maxi die Kurzform für Maximilian?«

Joris lässt ein kehliges Lachen hören, tarnt es aber direkt als Husten. Trotzdem meine ich, von ihm ein gemurmeltes »Das hätte er gern« wahrzunehmen.

Biggi und ich tauschen einen Blick – ihrer ist gleichzeitig verwirrt und amüsiert, meiner neugierig. Denn Maxis Schultern wirken auf einmal deutlich angespannter als noch vor wenigen Sekunden.

Einen Moment lang glaube ich, dass er meine Frage mit einer Handbewegung beiseite wischen und das Thema wechseln will. Aber da seufzt er und wendet sich mir zu.

»Meine Eltern haben ein Faible für französische Namen. Meine ältere Schwester heißt Denise. Mich haben sie Maxime getauft.«

»Du magst deinen Namen nicht«, stelle ich fest. Sein Ton klingt nicht mehr so scherzhaft wie vorhin, eher ein wenig angestrengt. Als hätte er sich schon oft erklären müssen. Schade eigentlich.

Er zuckt mit den Achseln. »Doch, das ist okay. Aber die meisten nennen mich Maxi. Eigentlich gab es nur eine Person, die mich immer mit meinem vollen Namen angesprochen hat.« Er räuspert sich und senkt den Blick, als hätte er zu viel verraten.

Ich betrachte ihn einen Moment nachdenklich. Seine gesamte Haltung hat sich verändert, seit das Thema zur Sprache kam. Da steckt mehr hinter, das spüre ich. Doch ich befinde mich nicht in der Position, an dieser Stelle nachzuhaken, also lenke ich das Gespräch in eine andere Richtung.

»Ich finde, Maxime ist ein schöner Name. Aber wenn du mich fragst, passt Maxi eindeutig besser zu dir.«

Meine Taktik funktioniert. Das Blitzen in seinen Augen ist zurück. Er imitiert meine Haltung von vorhin, verschränkt seine Arme und wiederholt das, was ich vor wenigen Minuten zu ihm gesagt habe: »Ach ja? Und das kannst du nach der kurzen Zeit schon beurteilen, weil …?«

Mein Grinsen wird breiter. »Na, weißt du, da gibt es so einige Gründe. Zum Beispiel, dass ich Menschen gut einschätzen kann.«

Spätestens jetzt ist seine gute Laune zurückgekehrt. Lachend schüttelt er den Kopf.

»Ich merke schon, Cinderella. Wir werden eine Menge Spaß zusammen haben.«

Ich spüre, wie Röte meinen Hals hinaufkriecht. Gerade möchte ich etwas Schlagfertiges erwidern, da weht ein köstlicher Duft an meine Nase. Automatisch hebe ich den Kopf und sehe einen jungen Mann mit schwarzen Haaren, der mit zwei Tellern in der Hand neben unserer Sitzecke zum Stehen kommt.

»Wieso überrascht es mich nicht, euch beide mal wieder nicht an dem Tisch vorzufinden, den ich reserviert habe? Man kann euch keine zehn Minuten allein lassen.« Missbilligend schüttelt der Mann den Kopf und schaut zwischen Maxi und Joris hin und her. Aber der belustigte Zug um seinen Mund verrät, dass er es den beiden nicht übelnimmt. Maxi zuckt lässig mit den Schultern.

»Du kennst uns, Tomasz. Wir sind eben Gentleman. Die zwei jungen Damen saßen ganz allein hier. Da mussten wir, gut erzogen, wie wir sind, unsere Gesellschaft anbieten.«

»Mmh, klar. Ihr habt ihnen nicht zufälligerweise eure Gesellschaft aufgezwungen, und dann noch einen kostenlosen Vorspeisenteller von Rafael abgestaubt, oder?«

Maxi und Joris greifen zeitgleich nach einem Käsespieß und sehen den dritten jungen Mann, bei dem es sich um ihren Kumpel und Koch handeln muss, mit großen Augen an.

»So etwas würden wir niemals tun.«

Nur mit Mühe kann ich ein Lachen unterdrücken, womit ich nicht die Einzige bin. Auch den anderen steht der Schalk förmlich ins Gesicht geschrieben. Kopfschüttelnd wendet sich der junge Koch an meine Tante.

»Biggi«, er lächelt sie warm an, »wie immer eine Frau mit Geschmack. Es gibt niemanden, der meine Garnelensauce so zu schätzen weiß wie du.«

Die Wangen meiner Patentante verfärben sich rosa, während Tomasz mit einem anerkennenden Nicken den Teller mit der Fitnessofenkartoffel vor mir abstellt. Sie dampft so verheißungsvoll, dass mir das Wasser im Mund zusammenläuft. »Das perfekte Essen für diese Temperaturen. Ich hoffe, dass es dir schmeckt. Guten Appetit wünsche ich euch.« Er macht einen Schritt zurück und nickt seinen Kumpels zu. »Jungs, ich wäre dann so weit.«

»Das ist wohl unser Signal«, erklärt Maxi mit einem Seufzen und rutscht von der Bank. Joris tut es ihm gleich.

Und zu meiner eigenen Überraschung bildet sich in meinem Magen plötzlich ein Knoten. Aus irgendeinem Grund bin ich tatsächlich enttäuscht, dass die beiden sich schon verabschieden.

»Ladies, lasst es euch schmecken.«

Tomasz verabschiedet sich von Biggi und mir, und verschwindet dann in Richtung Küche, dicht gefolgt von Joris. Nur Maxi hält inne – was meinen Magen Purzelbäume schlagen lässt. Der Knoten darin löst sich mit einem Mal auf. *Er will noch nicht gehen*, trällert eine Stimme in meinem Kopf. Ich beiße mir auf die Unterlippe, um das Lächeln zurückzuhalten, das sich anbahnt.

»Morgen Abend gibt es bei der Strandbar *Fette Beute* ein kleines Konzert. Tomasz, Joris und ich gehen hin. Hast du vielleicht Lust, mitzukommen?«

Überrascht schaue ich auf. Möchte er tatsächlich, dass ich ihn und seine Freunde an den Strand begleite? Ich war ewig nicht mehr auf einem Konzert.

»Ähm, ich weiß nicht ...«, unsicher wäge ich ab, und mein Blick flackert zu Biggi. Eigentlich bin ich hier auf Juist, um sie zu besuchen. Über die Abendgestaltung der nächsten Tage haben wir noch nicht gesprochen, aber ich bin bisher davon ausgegangen, dass sie mir in meiner Anfangszeit hier die Insel zeigt. Ihr Zuhause.

»Du bist natürlich auch herzlich eingeladen, Biggi«, ergänzt Maxi, der meinen Blick bemerkt hat.

Aber meine Patentante winkt ab: »Macht das gern ohne mich, ich habe morgen Abend schon was vor.«

Meine Brauen schnellen in die Höhe. *Davon hast du bisher gar nichts erzählt?*, frage ich sie stumm, aber Biggi scheint mit einem Mal ein großes Interesse für ihren Nudeln entwickelt zu haben. Zumindest meidet sie meinen Blick gekonnt.

»Also bist du dabei?«

Maxi lächelt mir zu, wobei so viel Vorfreude auf seinen Zügen liegt, dass sie sich automatisch auf mich überträgt. Mein Magen macht einen Hüpfer.

»Ja, ich komme gern.«

Sein Lächeln wird strahlender. »Klasse. Dann treffen wir uns um zwanzig Uhr am Strandaufgang Strandstraße. Bis morgen, Cinderella!« Anschließend hebt er eine Hand zum Abschied und schlendert in aller Seelenruhe seinen Kumpels hinterher. Ich sehe ihm gedankenverloren nach, verwirrt über die verschiedenen Emotionen, die in meinem Inneren Achterbahn fahren.

Als ich meine Aufmerksamkeit schließlich von ihm losreiße, spüre ich den brennenden Blick meiner Patentante auf mir ruhen. Auf ihren Lippen liegt ein vielsagendes Lächeln, das mich sofort ertappt den Kopf senken lässt. Ich schnappe mir meine Gabel, um die Situation zu überspielen.

»Du hast also morgen Abend schon was vor, ja?« In meiner Stimme ist deutlich zu hören, dass ich ihr diese Ausrede nicht abkaufe.

Biggi lässt sich davon aber nicht einschüchtern, sondern nickt vergnügt. »Mmh. Und du offenbar auch.«

Hitze steigt mir in die Wangen.

»Sieht so aus«, erwidere ich und versuche, dabei betont gleichmütig zu klingen. Als wäre das keine große Sache. Auch wenn spontane Aktionen und vor allem Menschenmassen eigentlich nicht so mein Ding sind. Andererseits habe ich mir für diesen Sommer vorgenommen, mal wieder mehr zu wagen. Ein Konzert am Strand zu besuchen, klingt nach einem guten ersten Schritt. Und gehört zu einem richtigen Inselurlaub schließlich dazu, oder nicht?

Kapitel 4

»Guten Morgen, Sonnenschein!«

Biggi drückt mich an sich, als ich um kurz vor zehn Uhr in den Frühstücksraum der Pension komme und zu ihr an den reich gedeckten Tisch trete.

»Guten Morgen!« Ich lasse mich auf den Stuhl sinken und betrachte neugierig den Brotkorb.

»Hast du gut geschlafen?« Sie zieht meine Tasse zu sich heran und schenkt mir Kaffee ein.

»Ja, die Matratze ist ein Traum. Vermutlich muss ich mir nach der Zeit bei dir auch ein Boxspringbett anschaffen.« Mein Kopf hatte kaum das Kissen berührt, da bin ich gestern Abend schon eingeschlummert. Die Anreise, die vielen neuen Eindrücke und die Seeluft haben mich doch stärker erschöpft, als gedacht.

»Das freut mich zu hören.« Nachdem Biggi mir zwei Päckchen Zucker reicht, verschränkt sie die Hände unter ihrem Kinn und schaut mich abwartend an. Zwar weiß ich ganz genau, worüber meine neugierige Patentante sprechen will, trotzdem beschließe ich, die Ahnungslose zu spielen.

»Was gibts?«

»Du hast heute Abend also ein Date.«

»Was?!« Fast hätte ich vor Schock die Kaffeetasse losgelassen. *Ooooooh nein.* Da hat sie definitiv etwas vollkommen missverstanden. »Auf gar keinen Fall, das ist kein Date. Wie kommst du denn darauf?«

Bei meiner abwehrenden Reaktion vertieft sich das Lächeln auf ihrem Gesicht. »Sag du's mir, *Cinderella.*« Sofort werde ich rot, was ihre Vermutung nur bestätigt.

»So ist das nicht. Wir sind uns gestern Nachmittag durch Zufall, ähm ... über den Weg gelaufen.«

»Mmh, natürlich.« Ihr Tonfall und ihr verschmitztes Grinsen machen deutlich, dass sie mir nicht glaubt. »Deshalb konntet ihr beide gestern Abend auch kaum die Augen voneinander lassen.«

Allmählich bricht mir der Schweiß aus. Eigentlich hatte ich auf einen entspannten Start in den Tag gehofft. Stattdessen bin ich anscheinend in einem Kreuzverhör gelandet.

»Ich habe keine Ahnung, was du meinst.« Um meine trockene Kehle zu befeuchten, nehme ich einen Schluck aus meiner Tasse. Der Kaffee belebt meine Sinne, und ich bemerke ein entscheidendes Detail, das Biggi gerade gekonnt unter den Teppich kehrt. »Darf ich dich daran erinnern, dass *du* die beiden gestern zu uns an den Tisch eingeladen hast?«

Meine Patentante schüttelt lachend den Kopf. »Nicht ablenken, meine Liebe. Da war was zwischen euch. Eure Blicke sprachen Bände.«

Ich beiße mir auf die Lippe. Dass Maxi mit mir geflirtet hat, kann ich kaum abstreiten, und ich würde mich selbst belügen, wenn ich nicht zugeben würde, dass es mir gefallen hat.

»Mag sein«, räume ich nach ein paar Sekunden ein. Dann senke ich den Blick, meine Brust zieht sich zusammen. »Aber ich habe im Moment andere Dinge im Kopf. Und ... zu verarbeiten.« Unaussprechliche Worte stehen zwischen uns, doch Biggi versteht sofort, greift nach meiner Hand und drückt sie leicht.

Meine Gedanken wandern zu meiner Mutter. Sie hätte Maxi gemocht, da bin ich mir sicher. Allein schon, weil er wie sie Grundschulkinder unterrichtet. Und ich glaube, dass seine Schlagfertigkeit gut bei ihr angekommen wäre. Mit meinem Exfreund Benedikt konnte sie nie etwas anfangen, auch wenn sie sich große Mühe gegeben hat, das vor mir zu verbergen. Aber dafür kannte ich sie zu gut. Genau, wie sie mich.

Woah, Moment mal. Wieso überlege ich, ob meine Mutter Maxi gemocht hätte oder nicht? Mal davon abgesehen, dass ich ihn gerade erst kennengelernt habe, und wir insgesamt vielleicht fünfzehn Minuten miteinander verbracht haben, bringen diese *Was-wäre-wenn-Fragen* überhaupt nichts. Denn meine Mutter wird ihn niemals kennenlernen.

Ich schlucke und kneife die Augen zusammen, weil es hinter meinen Lidern schon wieder gefährlich brennt.

Biggi lässt ein Räuspern hören. »Josi, es tut mir leid ... Das war unsensibel von mir. Du weißt, dass ich dich zu nichts drängen wollte, oder?«

Überrascht hebe ich den Kopf und schiebe die düsteren Gedanken schnell beiseite.

»Du musst dich für nichts entschuldigen. Lina meinte auch schon, dass ein Sommerflirt genau das Richtige für mich wäre. Aber ich weiß nicht.« Ich hebe die Schultern. »Ich kann nicht. Nicht nach allem, was in den letzten Monaten passiert ist.«

»Das verstehe ich. Wirklich. Nimm dir die Zeit, die du brauchst.«

Eine Weile sitzen wir einander still gegenüber, jede in ihre Gedanken und Erinnerungen vertieft. Dann räuspert Biggi sich, und schenkt mir ein aufmunterndes Lächeln.

»Jetzt habe ich dich lange genug vom Frühstücken abgehalten. Nicht, dass das Croissant kalt wird. Ofenwarm schmeckt es am besten.« Meine Mundwinkel heben sich. Natürlich erinnert sich meine Patentante noch daran, dass ich Croissants liebe.

»Was darf ich dir denn sonst noch bringen? O-Saft? Ein Ei? Müsli mit Joghurt?«

»Danke dir, ich bin glücklich mit dem, was du hier schon alles serviert hast.« Mein Blick wandert über das üppige Angebot. Butterpäckchen in goldener Folie, verschiedene Marmeladen, zwei Käsesorten, Honig ... Automatisch fängt mein Magen an, unüberhörbar zu knurren.

»Nur das Beste für mein Patenkind«, gluckst sie und erhebt sich. »Ich lasse dich mal in Ruhe frühstücken und ziehe schnell ein paar Betten ab. Ruf mich einfach, wenn du etwas brauchst.«

Während Biggi in Richtung Rezeption verschwindet, nehme ich einen Bissen von meinem Croissant und lasse den Blick durch den Frühstücksraum schweifen. Er ist größer, als ich ihn in Erinnerung hatte und wirklich hübsch eingerichtet. In maritimen Farben gehalten, mit blau-weiß gestreiften Servietten, braunen und weißen Fellen auf den Stühlen sowie hellen Gardinen vor den Fenstern. Am besten gefallen mir die gemalten Bildern von Schiffen auf dem Meer und einer Flaschenpost am Strand, die an den Wänden hängen. Durch sie strahlt der Raum pures Nordseefeeling aus.

Auf den Fensterbänken stehen Glasflaschen mit Pflanzen, die mich an Dünengras erinnern. Die linke Wand wird von einer Frühstückstheke eingenommen, auf dem jeden Morgen das Büffet aufgebaut wird. Frühstück gibt es immer zwischen acht und zehn Uhr. Normalerweise gehöre ich zu den Frühaufstehern, allein schon durch meinen Job. Im Standesamt beginnt mein Arbeitstag meistens gegen sieben Uhr. Aber heute Morgen hatte ich das Bedürfnis, in Ruhe auszuschlafen. Meine Knochen sind durch den Strandspaziergang gestern mit dem ungewohnten Untergrund ganz schön beansprucht worden, wodurch ich etwas schwerer in die Gänge kam. Aber zum Glück habe ich keinen Zeitdruck und kann meinen Körper ohne Hektik wach werden lassen. Bis heute Abend, wenn ich mich mit Maxi treffe, ist bestimmt alles wieder gut.

Ich hebe meine Tasse an die Lippen und nehme einen Schluck.

Maxi ...

Ob das wirklich ein Date ist? Nein. Wir sind ja nicht zu zweit verabredet, sondern ich gehe mit ihm und seinen Kumpels auf das Konzert. Vielleicht sollte ich das nachher trotzdem klarstellen. Nur zur Sicherheit.

Denn im Moment bin ich nicht auf der Suche. Weder nach einem Sommerflirt noch nach etwas Langfristigem. Ich will meine Auszeit hier nutzen, um den Verlust meiner Mutter zu verarbeiten. Doch dafür muss ich den Fokus auf mich richten.

Ich seufze und lege mein halb gegessenes Croissant zurück auf den Teller. Vielleicht ist es besser, wenn ich das Treffen nachher absage, bevor ich mich in etwas hineinmanövriere, aus dem ich so schnell nicht mehr hinauskomme. Viel eher sollte ich zu Hause bleiben, meine Gedanken sortieren und mir einen Plan zurechtlegen, wie ich die nächsten Monate hier verbringen will. Ich greife nach meinem Handy und entsperre das Display, halte dann aber abrupt inne. Shit. Maxi und ich haben gar keine Nummern ausgetauscht.

Mein Blick schweift aus dem Fenster, während ich überlege, wie ich nun weiter vorgehe. Das Wetter ist traumhaft schön, der Himmel wolkenlos und tiefblau. Ob ich noch mal an den Strand gehen soll? Ich könnte mir den Roman mitnehmen, den ich auf der Zugfahrt nach Norddeich begonnen habe.

Bei dem Gedanken, den restlichen Tag lesend in einem der Strandkörbe zu verbringen, macht sich plötzlich Vorfreude in mir breit. Ein entspannter Tag am Meer ist genau das, was ich heute brauche.

Kapitel 5

»Du bist ja tatsächlich gekommen, Cinderella!«

Pünktlich auf die Minute taucht Maxi an unserem verabredeten Treffpunkt auf und bleibt dicht vor mir stehen, die Lippen zu einem Lächeln verzogen.

»Hey«, erwidere ich wenig einfallsreich, dabei sauge ich seinen Anblick förmlich in mich auf. Er sieht gut aus, das kann ich nicht leugnen. Bei seinem olivgrünen Hemd hat er die Ärmel bis zum Ellbogen nach oben gekrempelt, was ihn lässig und elegant zugleich wirken lässt. Die Kombination aus Bluejeans und weißen Sneakern passt perfekt dazu. Am besten gefallen mir aber seine Haare. Sie sind zurückhaltend gestylt, so, als wäre er mehrmals mit seinen Händen hindurchgefahren.

Wuschelig, würde Lina sagen. Typ Harry Styles. Oder Chace Crawford, der *Nate* in *Gossip Girl* gespielt hat. Genau die Art von Männern, die ich attraktiv finde.

Stopp, stopp, stopp! Hastig lenke ich meine Gedanken in eine andere Richtung, während sich das Grübchen in Maxis Wange vertieft. *Verflucht.* Er hat mitbekommen, wie ich ihn angestarrt habe. *Klasse, Josi.*

Schnell durchforste ich mein Gehirn nach einem unverfänglichen Thema, da bemerke ich, dass auch er mich unverhohlen mustert. Und ich danke all meinen Schutzengeln, dass ich Lina vor wenigen Stunden um Modeberatung gebeten habe. Ich trage eine leichte Chiffonbluse mit

Carmenausschnitt in Altrosa zu weißen Sommerleggings, die knapp unterhalb meiner Knie enden. Dazu habe ich rosafarbene Ballerinas kombiniert, die mit ihrer goldenen Schnalle nicht nur hübsch aussehen, sondern auch noch unfassbar bequem sind. Ein paar goldene Akzente wie meine Armbanduhr, eine schmale Kette und kleine Creolen, die mein Ohrläppchen umschließen, runden mein Sommeroutfit ab.

»Tomasz und Joris verspäten sich?«, frage ich, als mir die Stille zu unangenehm wird. Maxi durchschaut mein Ablenkungsmanöver allerdings sofort, was ich an dem amüsierten Zug um seine Mundpartie herum erkenne.

»Nein, im Gegenteil. Sie sind schon da und halten uns Plätze frei. Ich bin nur noch mal weg, um dich hier einzusammeln.«

»Oh.« Sind die drei an mir vorbeigegangen, ohne dass ich es bemerkt habe? Wo bin ich denn heute nur mit meinen Gedanken? Oder geht meine Uhr etwa falsch?

Maxi, der mein Schweigen offensichtlich anders interpretiert, lacht.

»Keine Sorge, Cinderella. Ich verspreche hoch und heilig, dich nicht zu entführen. Insulaner-Ehrenwort.«

Er hebt zwei Finger wie zum Schwur und zwinkert mir zu.

»Also, kommst du?«

Mit einer Hand deutet er auf den Aufgang zum Strand, die zweite steckt er lässig in die Jeanstasche. Und wie er so da steht, eine Seelenruhe ausstrahlt und mich angrinst, kann ich nicht anders: Plötzlich entspanne ich mich. Was macht dieser Kerl nur mit mir?

»Ja, gern.«

Ich folge ihm den Strandweg entlang und lächele, als die Nordsee in unser Blickfeld gerät, und das Rauschen der Wellen an mein Ohr dringt. Ich atme tief ein. Obwohl die Sonne noch immer kraftvoll vom Himmel strahlt und sich Wärme auf meine Haut legt, weht hier am Strand ein ordentlicher Wind. Doch auch er ist angenehm. Ich nehme mir einen Moment, um das Bild, das sich mir bietet, wie einen Schnappschuss in meinem Gedächtnis festzuhalten. Ob ich mich während meiner Zeit hier jemals daran gewöhnen werde, wie schön die Insel ist?

»Immer wieder aufs Neue atemberaubend, oder?«, murmelt Maxi neben mir, als hätte er meine Gedanken gelesen. »Ich wohne fast mein ganzes Leben hier und habe mich trotzdem noch nicht daran sattgesehen.«

Seine Augen sind aufs Meer gerichtet, als ich mich zu ihm drehe. Der Ausdruck auf seinem Gesicht lässt meinen Atem stocken. Denn das Grün seiner Iris ist so intensiv, dass ich keine Worte dafür finde. Dankbarkeit spiegelt sich in seinen Zügen, gepaart mit kindlichem Erstaunen und diesem warmen Gefühl, das ich während meines kurzen Aufenthalts hier schon ein paar Mal verspürt habe und das durch die Wassermassen ausgelöst wird. Ich fühle mich dann mit einem Mal ganz klein, weiß aber zeitgleich, dass ich Teil eines großen Ganzen bin, und alles miteinander zusammenhängt.

Irgendwann löst er seinen Blick von den Wellen und verzieht seine Lippen zu einem schiefen Grinsen. Ertappt drehe ich mich von ihm weg und versuche, meinen rasenden Herzschlag unter Kontrolle zu bekommen.

»Tomasz und Joris sitzen da drüben. Sollen wir zu ihnen?«

»Hm? Oh, ja klar.«

Ein wenig neben der Spur folge ich Maxi von dem befestigten Weg hinunter auf den Sand. Erst jetzt bemerke ich die Strandbar, die einer Holzhütte gleicht, und die vielen bunten Strandstühle. Alle sind auf eine kleine Bühne ausgerichtet, auf der ein einzelner Stuhl und ein Mikrofonständer stehen.

Die meisten der Plätze sind schon belegt, überall sitzen Menschen mit Cocktails, Bier oder Softdrinks in der Hand beieinander. Aus allen Ecken dringen Gesprächsfetzen und Gelächter zu uns herüber.

»Da bist du ja wieder«, begrüßt Tomasz ihn und schenkt mir ein Lächeln. »Mit Verstärkung dieses Mal. Hi. Josi, richtig?«

Ich nicke und erwidere sein Lächeln. »Genau.«

»Ich bin Tomasz, wir hatten gestern gar nicht die Gelegenheit, uns vorzustellen.«

Er beugt sich aus seinem Stuhl vor und schüttelt mir kurz die Hand.

»Ihr beide kennt euch ja schon«, erklärt er, als er sich anschließend wieder zurücklehnt und deutet auf Joris, der auf seiner anderen Seite sitzt. Dieser nickt mir zur Begrüßung zu und nippt an einer Flasche Cola.

Maxi deutet auf den Stuhl neben Tomasz und lässt sich selbst auf den Platz ganz am Rand fallen. Ich mache es mir ebenfalls bequem und blicke verstohlen auf die schmalen Armlehnen. An denen muss ich mich später beim Aufstehen hochstemmen, weil die Stühle tiefer sind, als ich dachte. Zwischen der Sitzfläche und dem Boden befinden sich nur wenige Zentimeter. Wie ich es nachher wieder hier herausschaffen soll, weiß ich noch nicht. Für das Hochstemmen ohne Hilfe haben meine Arme und Beine eindeutig zu wenig Kraft. Aber das wird schon.

»Du kannst direkt wieder aufstehen«, meint Tomasz in dem Moment, und mein Blick zuckt zu ihm. Allerdings richtet der junge Koch seine volle Aufmerksamkeit auf Maxi. »Du bist mit dem Getränkeholen dran.«

Als würde er die Worte unterstreichen wollen, hebt er seine leere Bierflasche hoch.

Maxi schnaubt belustigt. »Und das hätte dir keine fünf Sekunden früher einfallen können?«

»Nö.« Tomasz grinst. »Da war meine Flasche noch halb voll.«

»Na klar.«

Maxi schüttelt den Kopf, aber ich kann sehen, dass seine Mundwinkel zucken. »Also ein Bier für den Herren mit dem großen Durst. Joris, für dich noch mal eine Cola?«

Sein Kumpel nickt und setzt seine Flasche an, um den letzten Schluck zu nehmen. Dann reicht er sie hinüber.

»Danke dir.«

»Kein Problem.«

Damit ruht Maxis Blick auf mir. »Was kann ich dir mitbringen?«

»Wenn's das auf der Karte gibt, gern einen Eistee.«

Meine Hand zuckt zu meiner Tasche, um mein Portemonnaie hervorzukramen, doch Maxi schüttelt den Kopf und erhebt sich.

»Lass stecken, du bist natürlich eingeladen.«

»Oh.« Ich halte mitten in der Bewegung inne. »Danke. Aber dann geht die nächste Runde auf mich.« *Nur keine falschen Signale senden ...*

Tomasz grinst. »Die Frau gefällt mir, Maxi. Die darfst du gern öfter mitbringen.«

Meine Wangen verfärben sich dunkel, während Maxi die Augen verdreht.

»Falls Josi nicht gleich schreiend wegrennt, wenn ich euch jetzt mit ihr allein lasse.« Er beugt sich zu mir hinunter und flüstert verschwörerisch: »Ich beeile mich. Versprochen.«

Mit den leeren Flaschen in der Hand, dreht er sich um und macht sich auf den Weg zur Bar. Ich schaue ihm über meine Schulter hinterher, ehe ich mich Tomasz und Joris zuwende.

Und damit in zwei neugierige Gesichter blicke, Joris mit einem leichten, fast schon schüchternen Lächeln, Tomasz mit einem wissenden.

Sofort fängt meine Haut an zu prickeln. *Oh oh.*

»Also ...«, beginnt der junge Koch in diesem Moment und beugt sich in seinem Stuhl vor.

Ich halte seiner Musterung stand, auch wenn sich in meiner Brust ein nervöses Flattern bemerkbar macht, das mit jeder Sekunde stärker wird. Sein Blick huscht nämlich auffällig zwischen der Bar und mir hin und her. Es würde nur noch fehlen, dass er mit den Augenbrauen wackelt.

Damit Tomasz erst gar nicht in die Versuchung kommt, das Gespräch in diese Richtung zu lenken, schiebe ich schnell eine unverfängliche Frage dazwischen.

»Wer spielt heute Abend eigentlich auf der Bühne?«

Zu meiner Überraschung vertieft sich Tomasz' Grinsen.

»Du weißt nicht, wer das Konzert gibt, hast aber trotzdem zugesagt?«

Ich lege den Kopf schief. Hm ... Wenn er das so sagt ...

»Verstehe.« Jetzt wackelt er tatsächlich mit den Augenbrauen. »Gab wohl andere Gründe, heute Abend mitzukommen.«

Mir klappt der Mund auf, aber ich bleibe stumm wie ein Fisch. Mist, warum fällt mir in solchen Situationen nie eine passende Antwort ein. In solchen Momenten wünsche ich mir manchmal, mehr wie meine beste Freundin Lina zu sein. Sie wüsste mit Sicherheit einen Konter.

»Tomasz, lass gut sein«, kommt Joris mir zum Glück zu Hilfe und bedenkt seinen Kumpel mit einem warnenden Blick.

Die Anspannung weicht aus meinen Schultern, als Tomasz aufhört, mich zu mustern, und sich stattdessen Joris zuwendet. Obwohl er bisher wenig gesagt hat und somit ähnlich wortkarg ist wie gestern, ist er mir sympathisch.

»Ich meine ja nur.« Tomasz zuckt betont lässig mit den Schultern. »Hardcore Metal muss man mögen.«

Hardcore Metal?! Beunruhigt schiele ich zur Bühne.

»Erwischt.«

Mein Blick schnellt zurück zu Tomasz, der feixend in seinem Stuhl sitzt. »Du hättest dein Gesicht sehen sollen, das war zu gut!«

Meine Augen verengen sich, während Joris kopfschüttelnd schnaubt. »Du bist einfach unverbesserlich.«

»Ach, komm schon. Den kleinen Spaß konnte ich mir nicht entgehen lassen. Und du nimmst es mir nicht übel, Josi, oder?«

Einige Sekunden betrachte ich ihn. Er würde sich bestens mit Lina verstehen.

»Also keine Metal-Band?«

Er grinst. »Nein.«

»Verratet ihr mir denn, wer wirklich heute Abend auftritt?«

Ich schaue zu Joris und lächle ihm zu, weil ich glaube, dass er mir eine ehrliche Antwort geben wird.

Nach einem Räuspern richtet er sich in seinem Stuhl ein wenig auf. »Der Künstler heißt Emilio Ferrenze. Ein deutscher Singer-Songwriter mit italienischen Wurzeln. Er gibt heute ein Akustik-Konzert. Nur er und seine Gitarre.«

Wieder wandert mein Blick zur Bühne. Das erklärt den Barhocker, der dort steht. Und trifft schon mehr meinen Musikgeschmack. Der Name sagt mir zwar nichts, aber Singer-Songwriter höre ich privat rauf und runter.

»Klingt gut. Singt er auf Italienisch?«

»Tut er, auch wenn der Künstlername täuscht. In Wirklichkeit heißt er nämlich Emil Fischer.«

Maxi ist mit einem Mal wieder hinter uns aufgetaucht und reicht uns die Getränke. Dabei berühren sich unsere Fingerspitzen für den Bruchteil einer Sekunde, als ich ihm das Glas abnehme. Ein Stromstoß jagt meinen Arm bis zum Ellbogen hinauf. Erschrocken lasse ich meine Hand sinken und starre auf die kühle Flüssigkeit, die bei meiner plötzlichen Bewegung hin und her schwappt.

Schnell stelle ich mein Getränk auf den kleinen Tisch vor uns und versuche, meine eisigen Fingerkuppen mit der anderen Hand zu wärmen.

Währenddessen hat Maxi sich auf seine Strandliege gesetzt und umfasst sein Glas mit beiden Händen.

»Was hast du denn da?« Skeptisch beäugt Tomasz die farblose Flüssigkeit von Maxis Getränk, auf dem oben ein paar Minzblätter schwimmen.

»Hausgemachte Zitronenminzlimo.« Maxi hebt das Glas an seine Lippen. »Schmeckt ziemlich lecker.«

»Hm ...« Tomasz schaut immer noch mit zusammengezogenen Brauen auf das Getränk. »Eher fruchtig-sauer oder erfrischend-minzig?«

Maxi gluckst und hält ihm das Glas hin. »Hier, probier! Es rattert schon wieder in deinem Kopf, oder? Wenn du das Rezept haben willst, gibt Ole es dir bestimmt.«

In meine Richtung gewandt erklärt er: »Ole ist der Besitzer der Strandbar.«

Tomasz, der zuerst an dem Glas schnuppert, ehe er es ansetzt und schlürfend einen Schluck nimmt, wie man es normalerweise bei einer Weinprobe macht, nickt zufrieden.

»Kann sich sehen lassen. Und bringt mich direkt auf eine Idee.«

Maxi nimmt ihm das Glas wieder ab, während Tomasz sein Handy aus der Hosentasche zieht und konzentriert auf dem Display herumtippt.

»Mit dem können wir frühestens in einer halben Stunde wieder etwas anfangen, bis er das perfekte Rezept für eine eigene Limonadenkreation entwickelt hat«, murmelt Joris und nippt an seiner Cola, während er Tomasz beobachtet. »Ein Limonaden-Tasting hatten wir bisher noch nicht. Könnte spannend werden.«

Er und Maxi tauschen einen amüsierten Blick. Tomasz bekommt von alldem nichts mit. Er ist so fokussiert, dass sogar seine Zungenspitze zwischen den Zähnen hervorblitzt.

Die letzten Plätze haben sich mittlerweile gefüllt, hinten im Bereich der Bar stehen sogar einige Leute, die keine der Strandstühle mehr ergattern konnten. Vorfreude liegt in der Luft, und ich spüre, wie sich ein angenehmes Kribbeln in mir ausbreitet. So muss ein perfekter Sommer für mich sein. Meeresrauschen im Hintergrund, die warme Abendsonne auf der Haut, ein leichter Wind, der den Salzgeruch der See herüberweht, entspannte Menschen um einen herum, ein Konzert am Strand. Ein Lächeln breitet sich auf meinem Gesicht aus.

Aber noch ist die Bühne leer. Die ideale Gelegenheit, ein bisschen mehr über die Musik herauszufinden, die gleich gespielt wird.

Ich wende mich Maxi zu, nur um zu bemerken, dass er mich beobachtet. Hat er das etwa schon die ganze Zeit getan? Verlegen räuspere ich mich. »Du meintest, der Sänger heißt in Wirklichkeit Emil Fischer?«

Einer seiner Mundwinkel hebt sich. »Emil *Riccardo* Fischer, das darf ich nicht unter den Tisch fallen lassen. Und er ist tatsächlich zu einem Viertel Italiener. Seine Oma war komplett aus dem Häuschen, als sie erfuhr, dass er mit der Musik wieder zu seinen Wurzeln zurückkehren will.«

»Wenn er nicht gerade seine Gitarre in der Hand hatte, hat er sein Italienisch aufpoliert«, ergänzt Joris.

Überrascht schaue ich zwischen den beiden hin und her.

»Das klingt, als würdet ihr ihn näher kennen?«

»Wir sind zusammen zur Schule gegangen«, schaltet sich Tomasz da ein und schiebt sein Handy zurück in seine Hosentasche.

Oh. Es gibt noch einen Vierten in der Runde? »Dann ist Emil auch Juister?«

Tomasz lacht. »Das hätte er wohl gern. Aber es kann nicht jeder auf der schönsten Sandbank der Welt aufgewachsen sein.«

Joris hat den Blick auf seine Flasche gesenkt, doch ich kann genau sehen, dass er schmunzelt. Ich komme allerdings nicht ganz mit.

»Emil ist auf Baltrum groß geworden«, erklärt Maxi mir in diesem Moment, »eine der Nachbarinseln.«

»Oh, okay.« Hinter meiner Stirn setzen sich ein paar Puzzleteile zusammen. »Und Baltrum hat keine eigene Schule?«

Maxi schüttelt den Kopf. »Schulen gibt es auf allen Ostfriesischen Inseln, allerdings nur bis zur zehnten Klasse.

Wer ein Abitur machen möchte, muss aufs Festland. Wir alle waren auf dem Internat in Esens.«

Tomasz nickt ihm zu. »Am Wochenende kann man nach Hause, aber man lernt trotzdem, auf eigenen Beinen zu stehen.«

»Und beugt einem Inselkoller vor«, ergänzt Maxi lachend.

Wow. Mir schwirrt ein wenig der Kopf. Was für die drei ganz normal ist, kann ich mir kaum vorstellen. In dem Wissen aufzuwachsen, dass man mit sechzehn von zu Hause raus muss, wenn man weiter zur Schule gehen will ... Mein Respekt wächst. Gleichzeitig muss ich schmunzeln. Wenn ich das Wort *Internat* höre, denke ich automatisch an meine früheren Kinderbücher. Ich habe Internatsgeschichten geliebt und rauf und runter gelesen. Schulabenteuer, Mitternachtspartys im Schlafsaal, Lehrern Streiche spielen ...

Verstohlen mustere ich die drei – und kann ein Grinsen nicht unterdrücken. Das kann ich mir bei ihnen absolut vorstellen.

»Auf diesem Internat habt ihr Emil kennengelernt«, schlage ich den Bogen noch mal zu unserem Anfangsthema.

Sie nicken synchron.

»Und seitdem besucht ihr ihn regelmäßig auf seinen Konzerten?«

»Zumindest, wenn er auf Juist ist«, erklärt Maxi, wobei seine Mundwinkel zucken, »Wir reisen ihm jetzt nicht fangirlmäßig hinterher.«

»Auch wenn es mittlerweile schon ein paar Grüppchen gibt, die ihm überall hin folgen.« Tomasz gluckst und deutet mit einem Kopfnicken in Richtung Bar. Ich werfe einen Blick über meine Schulter. Tatsächlich. Da stehen ein paar Teenager, kichernd und mit geröteten Wangen. Einer hat sogar ein T-Shirt an, auf dem in großen Lettern *EMILIO FERRENZE* gedruckt steht. Anscheinend ist der Sänger zu einer lokalen Berühmtheit geworden.

»Wie ist das bei dir?«, reißt Maxis Stimme mich aus meiner Beobachtung.

»Du meinst, ob ich jemandem fangirlmäßig hinterher reise?«

Automatisch flackern Bilder von Shawn Mendes vor meinem inneren Auge, auch wenn ich bisher erst auf einem Konzert von ihm war – allerdings tatsächlich in einem anderen Land. Noch während ich die Erinnerung an eine spontane Ausflugsfahrt nach Amsterdam wegschiebe, bemerke ich die perplexen Gesichter der drei Jungs.

Maxi blinzelt, ehe er in Gelächter ausbricht. Tomasz stimmt ein, und sogar Joris gluckst vor sich hin.

Ich blicke von einem zum anderen, die Stirn in Falten gelegt. In was für ein Fettnäpfchen bin ich denn jetzt wieder getreten?

»Das kannst du mir natürlich auch gern beantworten.« Maxi beruhigt sich allmählich wieder und holt japsend Luft. »Ich meinte aber eigentlich, wie das bei dir mit der Schule abgelaufen ist.«

»Oh.«

Ich beiße mir auf die Lippe. Ja, das ergibt eindeutig mehr Sinn. Verlegen nippe ich an meinem Eistee, bevor ich von meiner eigenen Schulzeit berichte. Von der Grundschule in dem Veedel, wo ich aufgewachsen bin und dem Wechsel auf das Gymnasium im benachbarten Stadtteil. Ganze fünf Stationen mussten Lina und ich mit der Straßenbahn fahren, was wir in der fünften Klasse richtig aufregend fanden. Ab der sechsten Klasse waren wir dann schon alte Hasen. Noch heute verbinde ich die Linie 18 vor allem mit Latein-Hausaufgaben, die jemand abschreibt, dem Tauschen von Butterbroten und dem aufgedrehten Gekicher, wenn wir am 11.11. verkleidet auf dem Weg zur Schule waren.

Am Ende meiner Erzählung angelangt, zucke ich mit den Schultern. »Ich hatte eine schöne Schulzeit, aber alles in allem war sie nicht besonders aufregend.«

»Du bist eine richtige Großstadtpflanze, oder?«, fragt Tomasz.

Ich lache. »Wie man's nimmt. Köln hat zwar eine Million Einwohner, ist aber trotzdem eher ein Dorf. Kein Vergleich zu Berlin, Hamburg oder München.«

Joris lächelt. »Das sagt Biggi auch immer. Letztens meinte sie, dass unsere Insel sie an ihr altes Veedel erinnert. Nicht die Umgebung, aber die Leute.«

Ich lasse mir seine Worte einen Moment durch den Kopf gehen. Interessanter Vergleich, vielleicht ist das einer der Gründe, warum Biggi sich hier so wohlfühlt.

»Du magst Köln sehr, oder?«

Meine Augen wandern von Joris zurück zu Maxi. In seiner Stimme liegt eine solche Wärme, dass ich überrascht innehalte. Dann überlege ich, wie ich meine Liebe zu meiner Heimatstadt am besten beschreiben kann.

»Köln hat Charakter, das mag ich. Die Menschen dort sind aus einem besonderen Holz geschnitzt. Sie haben immer einen flotten Spruch auf Lager, sind offen und alles wird mit einem gewissen Augenzwinkern gesehen.«

»Klingt schön«, meint Maxi mit solch einer Überzeugung, dass es mir einen Schauer über den Rücken jagt. Es scheint, als wüsste er genau, was ich meine, als verstünde er mich auch ohne viele Worte. Dieses Gefühl hatte ich schon sehr lange nicht mehr.

Da fängt eine Frau hinter uns mit einem Mal an zu kreischen. Ich fahre so erschrocken zusammen, dass meine Nackenmuskulatur lautstark protestiert. Eine weitere Stimme gesellt sich dazu, dann noch eine und noch eine.

Erst, als um uns herum alle anfangen zu klatschen, begreife ich, dass das Jubelschreie sind.

Himmel. Für einen Moment hatte ich völlig vergessen, wo wir sind.

Ich falle in das Klatschen ein und schaue in Richtung Bühne, auf der ein junger Mann mit einer Gitarre in der Hand auf den Barhocker hüpft und strahlend in die Zuschauermenge winkt. Er hat schwarze Locken, trägt ein offenes, kariertes Hemd über einem dunklen T-Shirt und Jeans, die an den Knien zerrissen sind. Eine Lederkette baumelt um seinen Hals.

Mit einem Lächeln, das jeden Darsteller aus einer Zahnpastawerbung neidisch gemacht hätte, beugt er sich zum Mikrofon.

»Guten Abend, verehrtes Publikum! Mein Name ist Emilio Ferrenze, und ich freue mich, euch heute vor dieser malerischen Kulisse ein paar meiner Songs präsentieren zu dürfen.«

»Hört, hört«, murmelt Tomasz rechts neben mir, was ihm einen missbilligenden Seitenblick von Joris einbringt.

Emilio – oder besser gesagt Emil – fährt sanft mit den Fingern über die Saiten seiner Gitarre.

»Der erste Song heißt *Tramonto del Sole. Sonnenuntergang*. Viel Spaß!«

Wieder brandet Applaus um uns herum auf, und ich rutsche auf meinem Stuhl gespannt weiter nach vorn. Dass Maxi es mir gleichtut, merke ich erst, als mein Knie plötzlich seins berührt – und ein Kribbeln mein Bein hinaufjagt.

»Jetzt hast du uns aber eine Kleinigkeit verschwiegen«, raunt Maxi mir zu, während Emilio zu spielen beginnt, und eine fröhliche, jazzige Melodie die Luft erfüllt.

»Und zwar?«, wispere ich zurück, den Kopf halb zu ihm, halb zur Bühne gewandt.

Ein Lächeln umspielt seine Mundwinkel. »Wem *du* fangirlmäßig hinterher reist.« Er beugt sich noch ein wenig näher, als die ersten italienischen Zeilen von der Bühne herüberwehen. Mein Herz donnert in meiner Brust, während ich Maxi wie gebannt anstarre, unfähig, einen vollständigen Satz herauszubringen. Und erneut deutet mein Nebenmann mein Schweigen falsch.

»Ich sehe dir an deiner Nasenspitze an, dass es da jemanden gibt. Aber keine Sorge ...« Jetzt ist er mir so nahe, dass ich eine kleine Narbe über seiner Oberlippe erkennen kann. *Moment mal. Wieso schaue ich auf seine Oberlippe?* Sofort huscht mein Blick zurück zu seinen Augen, in denen ein wissendes Funkeln liegt. »... ich bin gut darin, Geheimnisse für mich zu behalten.«

Ich schlucke, kann aber nicht verhindern, dass meine Zunge mal wieder schneller ist als mein Verstand. »Eins deiner zahlreichen Talente?«

Seine Brauen heben sich kaum merklich, und für einen kurzen Augenblick starrt er mich nur verblüfft an. Dann dringt ein leises Lachen über seine Lippen. »Absolut. Und glaube mir: Davon gibt es noch viel mehr.«

Ein amüsiertes Räuspern, das ganz nach Tomasz klingt, sorgt dafür, dass ich erneut zusammenzucke.

Was zur Hölle mache ich hier?

In blinder Hast rücke ich von Maxi ab, meine Gedanken rasen. In meiner Eile falle ich beinahe vom Stuhl, er gerät zumindest gefährlich in Schieflage. Und für den Bruchteil einer Sekunde glaube ich, meinen peinlichen Sturz von gestern Nachmittag noch mal zu toppen. Doch dann finde ich zum Glück mein Gleichgewicht wieder.

Mit aller Macht umklammere ich die Holzlehnen der Strandliege und bekomme kaum mit, wie Emilio auf der Bühne zum Mitsingen auffordert. Meine Wangen brennen wie Feuer. Hastig greife ich nach vorn, um meinen Eistee vom Tisch zu nehmen. Dabei schaue ich weiter Richtung Bühne – und fasse prompt daneben. Erst im letzten Moment kann ich verhindern, dass mein Glas kippt und sich der Inhalt über meine Füße ergießt. Zum Glück sind alle so auf den Sänger konzentriert, dass die Aktion unkommentiert bleibt.

Den Rest des Abends verkrieche ich mich förmlich in meinem Sitz und versuche, mich so wenig wie möglich zu bewegen.

Kapitel 6

Etwa eine Stunde später spielt Emilio Ferrenze nach zwei Zugaben den letzten Akkord auf seiner Gitarre und verbeugt sich auf der Bühne. Applaus brandet um uns herum auf, während er mit einem Lächeln vom Barhocker heruntersteigt, zum Abschied winkt und mit einem leichtfüßigen Hopser von der Bühne springt. Es dauert keine zwei Sekunden, da ist er auch schon von einer Mädelsgruppe umringt.

»Na, hat dir das Konzert gefallen?«

Maxi lächelt mir zu, und ich umklammere automatisch mein Glas fester. Es ist zwar mittlerweile leer, aber nachdem ich es vorhin fast umgeschmissen habe, habe ich mich nicht mehr getraut, es irgendwo abzustellen.

»Ich fand's toll!«, antworte ich ehrlich. »Genau der richtige Mix aus sommerlich, kitschig und ernst.«

In den meisten seiner Songs geht es um Liebe und Freundschaft. Eins seiner Stücke hat mich besonders gefesselt. Es handelt von dem Gefühl, immer mehr zu wollen und doch nie genug zu haben. Sich Ziele zu stecken, aber nie innezuhalten, um zu feiern, wenn man sie erreicht hat. Solche Texte habe ich vorher noch nie gehört und muss zugeben, dass mich das beeindruckt.

Tomasz brummt zustimmend. »Emil hat es echt drauf, auch wenn er mir damals mit seiner Gitarre tierisch auf die Nerven gegangen ist.«

»Du hast gut reden.« Joris rückt auf seinem Stuhl ein wenig vor. »Immerhin hast du dir nicht das Zimmer mit ihm geteilt und bist jede Nacht davon wach geworden, wie er im Licht seines Handydisplays eine Songidee nach der nächsten in sein Notizbuch gekritzelt hat.«

»Touché.« Tomasz grinst und hält Joris seine Faust hin. Dieser boxt kurz dagegen, bevor er sich erhebt und sich nach seinem ehemaligen Schulfreund umschaut.

»Ich sag Emil mal Hallo und verabschiede mich für heute. Morgen steht die Route zwischen Wangerooge und Harle und zwei Rundflüge an. Da muss ich fit sein.« Er wendet seinen Kopf zurück zu uns. »Möchte jemand mitkommen?«

»Klar, bin dabei.« Tomasz setzt seine Bierflasche an, trinkt den letzten Schluck daraus und steht auf. »Schließlich muss ich als Kumpel meinen Pflichten nachkommen, und ihn aus den Klauen der liebeshungrigen Fans retten. Das kann man ja nicht mitansehen, der arme Mann.«

»Mmh. Er sieht definitiv so aus, als ob er gerettet werden muss.« Maxi gluckst, denn ein einziger Blick auf Emil zeigt, dass dieser sich pudelwohl fühlt. Gerade ist er dabei, für einige Fotos zu posieren.

Tomasz fasst sich mit einer theatralischen Geste ans Herz. »Also wirklich, der Junge stand gerade über eine Stunde auf der Bühne und hat sich eine Pause verdient! Ich sollte zusehen, dass ich ihm zwei bis drei der Fans abnehme, damit er mal Luft holen kann.«

Meine Mundwinkel zucken. Tomasz gehört also zu der flirty Sorte von Männern – oder er klopft gern große Sprüche. Beides völlig legitim.

Er wirft Maxi und mir einen Blick zu. »Also, kommt ihr?«

»Um dir zuzuschauen, wie du versuchst, ein paar junge Damen zu bezirzen?« Maxi schüttelt belustigt den Kopf. »Danke, aber da will ich lieber nicht stören. Geht ruhig.«

Über Tomasz' Gesicht huscht ein Grinsen, dann wendet er sich zu mir. »Was ist mit dir? Kommst du noch mit rüber?«

Ich überlege einen Moment, schüttele aber dann den Kopf.

»Ich sollte auch gehen.«

»Okay ...« Tomasz' Blick gleitet von mir zu Maxi und wieder zurück zu mir. Dabei hebt er kaum merklich einen Mundwinkel.

»Gut, dann sehen wir uns!«, verabschiedet er sich, und ehe ich mich versehe, sind die zwei auch schon verschwunden. Was bedeutet: Maxi und ich sind allein. Die beste Gelegenheit, um –

Stopp. Das ist nicht richtig. Du wolltest doch eine klare Grenze ziehen.

Die mahnende Stimme setzt sich wie ein Floh in mein Ohr und flüstert mir weitere Warnungen zu. Also stoße ich einen resignierten Seufzer aus, beuge ich mich vor, stelle mein leeres Glas auf den Tisch ab und drehe mich im Sitzen zu Maxi.

»Danke für die Einladung, es hat Spaß gemacht. Wir ... sehen uns dann.«

Obwohl ich mir Mühe gebe, gelassen zu wirken, kann ich nicht verhindern, dass meine letzten Worte eher wie eine Frage klingen. Eine Frage, in der viel zu viel Hoffnung mitschwingt.

»Freut mich, dass du Spaß hattest. Ich hatte so eine Ahnung, dass dir Emils Musik gefallen könnte.«

Das Lächeln auf Maxis Gesicht bringt mich beinahe davon ab, den Abend an dieser Stelle zu beenden. Am liebsten würde ich meine ganzen Vorsätze über Bord werfen, der Sonne von unserem Platz aus zusehen, wie sie mit jeder Minute mehr von der Nordsee verschluckt wird, und mit Maxi über Gott und die Welt quatschen.

Aber ich kann nicht. Es wäre nicht richtig. Also nicke ich nur kurz zur Antwort und mache mich bereit, den Heimweg anzutreten.

Was mich zum nächsten Problem bringt: diesem Stuhl. Ich stütze mich auf den Armlehnen ab und versuche, mich hochzustemmen. Aber meine Arme haben zu wenig Kraft. Ebenso wie meine Beine. Nach dem langen Sitzen fehlt es mir daran. Als müssten meine Knochen erst mal aus dem Ruhemodus aufwachen. Kaum habe ich mich ein paar Zentimeter erhoben, plumpse ich auch schon wieder zurück.

Da erscheint plötzlich eine Hand in meinem Sichtfeld.

Maxi steht vor mir, den Arm ausgestreckt und mit schief gelegtem Kopf. »Darf ich dir helfen?«

Unschlüssig wäge ich meine Optionen ab, nur, um festzustellen, dass ich keine habe. Allein schaffe ich es nicht, was mich innerlich seufzen lässt. Normalerweise komme ich gut damit zurecht, dass ich durch meine Knochenkrankheit weniger Muskeln habe, und nicht so viel Kraft aufbringe. Aber dann gibt es so kleine, alltägliche Momente wie diesen hier. Tomasz und Joris haben beim Aufstehen gerade wahrscheinlich nicht mal einen einzigen Gedanken daran verschwendet, wie sie es schaffen werden. Ich hingegen komme mir schwach und hilflos vor. Obwohl es völliger Quatsch ist. Denn was ist schon dabei, sich von jemandem hochhelfen zu lassen?

Nach einem letzten Zögern springe ich über meinen Schatten und ergreife Maxis Hand. Die sich unendlich warm anfühlt. Warm und weich.

Woah. Fehler. Groooooßer Fehler.

Während er mich auf die Füße zieht – und ich mir dabei vorkomme wie ein nasser Sack –, schießt ein Prickeln meinen Arm hinauf, und mein Herzschlag beschleunigt sich erneut. Kaum habe ich einen festen Stand, lasse ich seine Hand los. So abrupt, als hätte ich mich verbrannt.

Um meine Verlegenheit zu überspielen, straffe ich meine Schultern und sage mit kräftiger Stimme: »Danke. Fürs Hochhelfen.«

»Gern.«

Wieder stehen wir uns stumm gegenüber. Ich mit trommelndem Herzen, weil ich keine Ahnung habe, wie ich mich jetzt verhalten soll. Er dagegen ist die Ruhe selbst.

Die Hände hat er lässig in die Taschen seiner Jeans vergraben, seine Augen mustern mich mit einem vergnügten Funkeln.

Ich verlagere mein Gewicht von einem Bein auf das andere – durch das lange Sitzen fühlen sich meine Gelenke ganz steif an – und umklammere meine Tasche fester.

»Tja, dann ... geh ich mal.«

»Gut. Ich komme mit.«

Perplex reiße ich meinen Kopf hoch.

»Du kommst mit?«

Mit einem schiefen Grinsen nickt er. »Ja, ich muss in dieselbe Richtung.«

Ach ja?

»Okay. Das, äh ... ist gut zu wissen. Es ist nur so, dass ... also ...«, stammele ich überfordert vor mich hin. Dann schließe ich einen Moment die Augen, sammle mich und atme tief durch. »Ich hatte eigentlich vor, am Strand entlang zurückzulaufen.«

Seine Mundwinkel zucken. »Trifft sich gut. Das war auch mein Plan.«

Ich starre ihn an. Das meint er nicht ernst. Versteht er den Wink mit dem Zaunpfahl nicht oder ...

»Ich meine: Bei dem Blick?« Maxi deutet mit einem Kopfnicken hinter sich. Und ich halte die Luft an, völlig überwältigt von dem, was sich vor meinen Augen abspielt.

Der Himmel hat sich rosa-orange verfärbt. Die Sonne spiegelt sich auf der Wasseroberfläche, wodurch alles in einen warmen Goldton getaucht wird. Die Farbenvielfalt dieses Naturschauspiels raubt mir den Atem.

»Wow«, entfährt es mir. Dabei ist meine Stimme leise und voller Ehrfurcht.

Maxi brummt zustimmend.

Mich erfüllt mit einem Mal eine tiefe Ruhe, die von einer Mischung aus Faszination und Staunen begleitet wird. Es ist nicht so, als hätte ich noch nie einen Sonnenuntergang am Strand gesehen. Aber diese Farben sind einzigartig.

Ich lausche dem Möwengeschrei über uns und den fröhlichen Gesprächen der Leute um uns herum. Ich spüre dem Wind nach, der meine Strähnen hin und wieder aus meinem Gesicht pustet, blicke in die letzten Strahlen der Sonne und atme tief den salzigen Geruch des Meeres ein. Alles in mir kribbelt. Es ist, als würden Glücksbläschen in meinem Inneren zerplatzen.

Ich verliere jegliches Zeitgefühl, stehe einfach nur da und schaue hinaus auf das weite Wattenmeer. Beobachte, wie der orangerote Feuerball hinter dem Horizont verschwindet.

Es hat sich jetzt schon gelohnt, hierherzukommen, flüstert eine Stimme in meinem Kopf.

»Gleich wird es dunkel«, murmelt Maxi in meine Gedanken hinein.

Wie in Trance wende ich meinen Kopf leicht in seine Richtung, will aber noch nicht ganz akzeptieren, dass dieses Naturschauspiel gleich ein Ende hat.

Kaum eine Minute später wird allerdings auch der letzte Rest des Feuerballs vom Meer verschluckt. Nur die Lampions, die als Girlande über das Gelände der Strandbar gespannt sind, erhellen die Szenerie.

Maxi räuspert sich. »Sollen wir?«

Ich nicke, unfähig, einen klaren Satz herauszubringen. Dafür hallt die Schönheit dieses Sonnenuntergangs noch viel zu sehr in mir nach.

Schweigend wenden wir uns nach rechts, gehen an den Menschengruppen und der Bühne vorbei, bis wir nebeneinander am Strand entlangschlendern. Links von uns das Meer, vor und hinter uns vereinzelt andere Urlauber, Einheimische, Freunde, Pärchen, Familien.

Obwohl ich erst zwei Tage hier bin, fühlt sich mein Leben in Köln enorm weit weg an. Als würden die Uhren hier auf der Insel anders ticken und mir ein ganz neues Zeitgefühl vermitteln.

Mein Blick flackert zu Maxi hinüber, der die Hände in die Taschen seiner Jeans vergraben hat und ohne Eile neben mir hergeht. Ob er wirklich in dieselbe Richtung muss wie ich? Mir fällt auf, dass wir bisher noch gar nicht darüber gesprochen haben, wo er auf der Insel wohnt. Mir liegt die Frage schon auf der Zunge, aber da dreht Maxi mit einem Mal seinen Kopf zu mir.

»Wenn du eine Farbe wärst, welche wärst du?«

Verdattert starre ich ihn an. Eine Sekunde, zwei Sekunden, drei Sekunden. »Was?«

»Wenn du eine Farbe wärst, welche wäre das?«

Das geduldige Lächeln, mit dem er mich bedenkt, zusammen mit dem ruhigen Ton seiner Stimme, verstärken meine Verwirrung nur noch mehr. *Bitte was?*

»Äh …«

»Ich glaube, ich wäre grün«, sinniert er, als wäre dieses Thema ganz klassisch für einen abendlichen Strandspaziergang mit einer quasi Fremden. »Die Farbe mochte ich schon immer.«

Er spricht mit einer solchen Ernsthaftigkeit, dass ich trotz dieser kuriosen Frage schmunzeln muss.

»Ist das nicht ein bisschen zu naheliegend?«

»Inwiefern?« Er wirft mir einen neugierigen Blick zu.

»Na ja …« Ich zucke mit den Schultern und mache eine vage Handbewegung in Richtung seines Gesichts. »Wegen deiner Augenfarbe.«

Für einen Moment meine ich, trotz der Dunkelheit um uns herum eine Emotion in eben diesen grünen Augen aufblitzen zu sehen. Überraschung? Der Ausdruck ist aber so schnell wieder verschwunden, dass ich mir nicht sicher bin, ob ich es mir nicht nur eingebildet habe. »Du willst doch nicht etwa behaupten, ich sei unkreativ?«

»Ein bisschen vielleicht.« Ein Grinsen huscht über mein Gesicht. »Immerhin steht dir das gesamte Farbspektrum der Welt zur Verfügung. Da klingt die Antwort *grün* irgendwie langweilig, oder?«

»Dann zeig mal, was du an kreativen Ideen draufhast, Cinderella. Was für eine Farbe wäre ich denn deiner Meinung nach?«

»Hm …«

Ich mustere ihn von der Seite.

»Ein ganz klares Spiegeleidottergelb.«

Seine Augen huschen amüsiert zu mir, während wir weiter nebeneinanderher schlendern.

»Mit anderen Worten: Ich bin für dich also das Gelbe vom Ei?«

Ich pruste los. »Gegenfrage: Siehst du dich als Farbe Grün, weil du immer ...«, ich mache eine bedeutungsschwangere Pause, »... grün vor Neid wirst? Oder mit deinen Mitmenschen nicht oft auf einen grünen Zweig kommst? Oder weil du noch ... grün hinter den Ohren bist?« Ich wiege meinen Kopf gespielt unschlüssig hin und her, kann aber nicht verhindern, dass meine Lippen sich zu einem Lächeln verziehen.

»Du bist ganz schön frech, Cinderella.«

»Hey!« Ich lache. »Wer von uns hat denn das Thema angeschnitten?«

»Touché«, rudert Maxi zurück und zwinkert mir zu. »In Wortwitzen kannst du mir also das Wasser reichen. Das wird positiv vermerkt.«

»Ach ja?« Belustigt schaue ich zu ihm hinüber. »Führst du etwa Buch?«

»Was soll ich sagen? Typische Lehrergewohnheit.« Maxi seufzt theatralisch. »Da kann ich einfach nicht aus meiner Haut. Wenn du mir jetzt noch sagst, dass du gut Strichmännchen malen kannst, gibt es sogar ein Fleißsternchen.«

Ich schüttele lachend den Kopf. »Obwohl ich das Fleißsternchen wirklich gern hätte, muss ich dich leider enttäuschen. Im Zeichnen bin ich eine absolute Niete.«

Maxi wirft mir einen gespielt schockierten Blick zu. »Noch nicht mal Strichmännchen?«

»Die bekomme ich gerade so hin.« Ich schmunzele. »Aber da hört es dann tatsächlich auch schon auf. Meine Talente liegen eher woanders.«

»Jetzt bin ich neugierig.« Maxi mustert mich von der Seite, wobei einer seiner Mundwinkel verdächtig zuckt.

»Das Manko, kein Zeichenass zu sein, musst du mit etwas richtig Großem ausmerzen.«

»Oje. Bekomme ich sonst einen traurigen Smiley in deinem Büchlein vermerkt?«

Er grinst. »Noch schlimmer: In solchen Fällen gibt es einen Sticker von einer grauen Wolke mit traurigem Gesicht, die regnet.«

»Ui, das ist natürlich ein Schlag. Dann lass mich mal überlegen, mit welchem Talent ich die graue Regenwolke vermeiden kann.« Ich tippe mir mit meinem Zeigefinger gegen das Kinn. »Zählt Traureden schreiben?«

»Oh, du bist Trauednerin?«

»Nicht ganz, aber es gehört zu meinem Job dazu. Ich arbeite als Standesbeamtin.«

»Wow.« Er wirft mir einen interessierten Blick zu. »Das heißt, du vermählst Paare?«

»Unter anderem. Zu meinem Job gehören auch ganz klassisch Verwaltung, Beurkundungen und viel Papierkram. Aber mir gefällt's. Wobei die Trauungen mein absolutes Highlight sind. Und da noch mal speziell die Trauden.«

»Du bist also Romantikerin.«

Es ist eine Feststellung, keine Frage. Und seine Worte klingen nicht abwertend, sondern ehrlich interessiert. Das versetzt meinem Herz einen Hüpfer. *Er will mehr über dich erfahren*, singt eine Stimme in meinem Kopf fröhlich vor sich hin.

»Das kommt wahrscheinlich ganz darauf an, was du unter Romantik verstehst. Mein Job an sich ist eher administrativ. Aber wenn es um die Trauungen geht, versuche ich immer, ein paar persönliche Worte zu sagen. Schließlich soll es der schönste Tag im Leben der Ehepartner werden. Oder zumindest einer der schönsten Tage.«

Maxi betrachtet mich ein paar Sekunden lang, bevor seine Lippen sich zu einem erneuten Grinsen verziehen. »Jap. Du bist definitiv Romantikerin.«

Meine Wangen werden rot: »Wahrscheinlich schon. Mir geht dabei das Herz auf. Die Aufregung, die in der Luft liegt. Das freudige Kribbeln beim Brautpaar und den Gästen. Die festliche Stimmung. Alles Gründe, warum ich unbedingt Standesbeamtin werden wollte.«

Die Hände weiter um den Gurt meiner Tasche geklammert, schaue ich zu Maxi hinüber. Er schlendert ohne Hast neben mir her, die Augen auf den Strandabschnitt vor uns gerichtet, einen entspannten Ausdruck im Gesicht.

»Bei dir ist es ähnlich, oder?«

Maxi hebt den Blick. Seine Augen funkeln überrascht, aber vor allem amüsiert. Das kann ich sogar bei der Dunkelheit erkennen.

»Du meinst, ob ich auch ein Romantiker bin?«

Was? Nein, nein, nein! Prompt beginnt mein Herz, unsanft gegen meine Rippen zu schlagen. In was habe ich mich denn da schon wieder reinmanövriert?

»Also, eigentlich meinte ich deinen Job. Dass du ihn genauso magst wie ich meinen. Aber wenn du beim Thema Romantik bleiben willst ... Von außen betrachtet würde ich dich schon als Romantiker bezeichnen. Immerhin lebst und arbeitest du auf einer idyllischen kleinen Insel mitten in der Nordsee, kannst jeden Tag Sonnenuntergänge über dem Meer beobachten, lauschst sanften Gitarrenklängen am Strand, während du auf diese malerische Kulisse blickst ...«

Was rede ich denn da? Statt die Situation zu retten, reite ich mich hier immer tiefer hinein.

Maxi blinzelt, dann legt er den Kopf in den Nacken und lacht. »Wenn du das so sagst, klingt das tatsächlich wie aus einem kitschigen Liebesfilm. Nicht zu vergessen die romantischen Spaziergänge nachts am Strand ...«

Prompt schlägt mein Magen einen Purzelbaum. *Oh, oh.* Mit meinem Geplapper habe ich alles nur noch schlimmer gemacht. Wir begeben uns hier auf gefährliches Terrain. Fieberhaft überlege ich, wie ich das Gespräch wieder in neutralere Bahnen lenken kann. *Nur keine falschen Signale senden.*

Ich räuspere mich. »Habe ich das heute richtig verstanden: Tomasz, Joris und du habt euch hier auf der Schule kennengelernt?«

Ich spüre, dass Maxi mich von der Seite mustert. Einen Wimpernschlag lang glaube ich, dass er etwas zu meinem abrupten – und, zugegeben, sehr plumpen – Themenwechsel sagen wird. Doch dann beantwortet er meine Frage so locker, als hätten wir uns schon die ganze Zeit über nichts anderes unterhalten.

»Sogar schon vorher. Wir drei sind seit unserem ersten gemeinsamen Tag in der Kita beste Freunde. Dann ging es zusammen auf die Inselschule, später auf das Gymnasium in Esens. Nach dem Abi haben sich unsere Wege dann für ein paar Jahre getrennt. Tomasz hat seine Ausbildung zum Koch in Hamburg gemacht, Joris ist für sein Studium und seine Pilotenausbildung nach Bremen gezogen und mich hat es nach Oldenburg verschlagen, um dort an der Uni Grundschullehramt zu studieren.«

Ein Lächeln schleicht sich auf mein Gesicht. »Ihr seid aber trotzdem alle im Norden geblieben.«

»Wie es sich für echte Nordlichter gehört.« Maxi lacht. »Wirklich lange hat es keiner von uns ohne unsere Heimatinsel ausgehalten.« Ein Schmunzeln umspielt seine Mundwinkel. »Aus verschiedenen Gründen.«

Er senkt den Blick, und ich meine, einen Schatten über sein Gesicht huschen zu sehen, der nichts mit der Dunkelheit um uns herum zu tun hat. Ich schlucke. Aber ehe ich nachhaken kann, spricht Maxi wieder in seinem gewohnt vergnügten Tonfall weiter.

»Nach unserer Rückkehr auf die Insel wurde unsere Freundschaft sogar noch inniger. Obwohl wir kaum unterschiedlicher sein könnten.« Er schüttelt belustigt den Kopf.

»Ihr seid also so etwas wie die drei Musketiere?«, frage ich mit einem scherzhaften Unterton.

Seine Mundwinkel zucken. »So nennen wir uns tatsächlich.« Er blinzelt mir zu. »Oder wirfst du mir gleich wieder vor, dass das zu naheliegend ist, und wir bei der Namensgebung unserer Freundesgruppe unkreativ waren?«

Ich quittiere seine Frage mit einem Grinsen. »Ach, weißt du: Jeder so, wie er kann …«

Bei meiner Antwort öffnet er gespielt empört den Mund.

»Also gut, Cinderella. Große Töne spucken, ist einfach. Aber Worten müssen auch Taten folgen.« Er reckt herausfordernd das Kinn. »Was kannst du denn für andere Namensvorschläge liefern?«

»Hm …« Ich überlege einen Moment. »Wie wär's mit Triple Trouble? Die drei von der Insel? Das Töwerland-Trio?«

»Okay, okay.« Lachend winkt er ab und gibt seine Darstellung einer beleidigten Leberwurst auf. »Für den Punkt Kreativität hast du dir definitiv ein Sternchen verdient.«

Ich lächele. »Damit ist der Sticker von der traurig dreinblickenden Regenwolke endgültig vom Tisch?«

»Ah, das überlege ich mir noch. Aber sagen wir mal so: Du bist auf einem guten Weg.«

Er zwinkert mir zu, während ich belustigt den Kopf schüttele.

Eine Weile laufen wir schweigend nebeneinanderher. Unser Tempo ist gemächlich, als hätte es keiner von uns beiden eilig, sein Ziel zu erreichen. Das leise Pfeifen des Windes und das entfernte Plätschern der Wellen sorgen dafür, dass mich eine tiefe, innere Ruhe erfüllt. Dieser Ort scheint aus allen Ecken und Enden Entspannung auszustrahlen.

Oder liegt das an Maxi?

Der Gedanke sorgt dafür, dass mein Herz einen Schlag aussetzt, bevor es wieder wild zu klopfen beginnt. Ich werfe ihm einen verstohlenen Blick zu.

Sich mit ihm zu unterhalten, fühlt sich unheimlich leicht an.

»Kann ich dich etwas fragen?«, erkundige ich mich. Meine Augen folgen einem verliebten Pärchen, das Händchen haltend an uns vorbeischlendert. Ein sehnsuchtsvolles Ziehen macht sich in meiner Brust bemerkbar. *Huch. Wo kommt das denn her?*

»Klar.«

Ich reiße meinen Blick von dem Paar los, immer noch verwirrt über meine Reaktion, und versuche, mich auf Maxi zu konzentrieren.

»Du bist ja ein waschechter Insulaner?«

Er legt seinen Kopf schief und betrachtet mich aufmerksam. »Ja.«

»Und es gibt nicht so viele von euch.«

Seine Mundwinkel zucken. »Die Zahl schwankt durch die Saisonarbeitskräfte immer ein bisschen, aber ich glaube, im Moment sind es ungefähr eintausendachthundert.«

»Was bedeutet, dass deutlich mehr Urlauber und Touristen auf der Insel sind als Einheimische.«

Maxi nickt. Neugier spiegelt sich in seinen Zügen.

Ich hole tief Luft. »Ich frage mich die ganze Zeit, wie sich das anfühlt. Also an einem Ort aufzuwachsen, den die meisten Menschen mit Urlaubmachen verbinden. Wenn ständig neue Gesichter um einen herum sind, während man selbst aber seinen ganz normalen Alltag und Lebensmittelpunkt hier hat.«

Vielleicht kommt meine Neugier daher, dass mein eigenes Leben so ganz anders verlaufen ist. Seit die drei Jungs mir heute von ihrer Schulzeit hier auf der Insel erzählt haben, versuche ich, das Thema zu greifen zu bekommen. Weil es mich völlig fasziniert.

In Maxis Miene verändert sich etwas. Sie wird wärmer.

»Ich kann nur für mich sprechen, aber ich empfinde das als ganz normal. Der Tourismus sichert den meisten Insulanern ihr Einkommen. Fast jeder hat eine Ferienwohnung, die er vermietet, oder betreibt ein Hotel, ein Restaurant, bringt die Urlauber von A nach B ...« Seine Augen verweilen auf meinem Gesicht. »Das Leben hier wird nie langweilig. Im Sommer ist zwar viel los, dann ist der Strand auch schon mal überlaufen oder die Restaurants sehr voll. Aber als Insulaner kennt man trotzdem immer Plätze, wo man hinkann. Unsere geheimen Ecken.« Er grinst. »Und in der Nebensaison ist es deutlich ruhiger, da haben wir die Insel quasi für uns allein. In der Zeit fehlt mir der Trubel manchmal richtig. Die meisten Menschen kommen her, um Urlaub zu machen, und das merkt man ihnen an. Sie sind entspannt, und es gibt keine Hektik.

Dadurch ist mein Alltag auch deutlich gelassener, denke ich.« Er zuckt mit den Schultern. »Mal davon abgesehen, dass ich nach dem Unterricht nur ein paar Schritte gehen muss und direkt das Meer vor der Nase habe. Das Privileg möchte ich nicht missen.«

Wir sind mittlerweile stehengeblieben, und er schaut auf die Nordsee hinaus, die im Mondlicht glitzert. »Andererseits ... Nicht alle, die hier großgeworden sind, kommen mit dieser Struktur zurecht. Nehmen wir mal meine Schwester Denise.«

Ich horche auf, um ja nichts von seinen nächsten Worten zu verpassen. Dass er eine Schwester hat, hat er gestern im *Da Scholl her!* schon kurz erwähnt.

»Obwohl sie die Insel über alles liebt, hat sie es hier nicht lange ausgehalten. Ich glaube, sie hat sich zu eingeschränkt gefühlt. Also ist sie aufs Festland gegangen und dageblieben.«

In seiner Stimme schwingt Wärme, aber auch eine Spur Wehmut mit. Mein Herz zieht sich zusammen, weil ich dieses Gefühl nur zu gut kenne. Allerdings auf einer anderen Ebene.

»Du vermisst sie.«

Maxi schenkt mir ein schiefes Lächeln, das seine Augen jedoch nicht ganz erreicht. »Ja, das schon. Aber für Denise war es die richtige Entscheidung. Sie arbeitet als Anwältin in Bremen und lebt für ihren Job. Die Insel hätte sie nicht glücklich gemacht.« Sein Blick wird weich. »Ich kenne niemanden, der so ehrgeizig ist wie meine Schwester.«

Auch ich muss lächeln. »Klingt so, als wäre sie ihren Weg gegangen.«

»O ja.« Maxi dreht sich wieder zu mir, seine Haltung ist deutlich gelöster als noch vor wenigen Augenblicken.

»Denise konnte einen schon immer mit ein paar gezielten Fragen festnageln und dich gegen die Wand argumentieren. Wenn sie sich einmal in etwas verbeißt, hast du keine Chance mehr.« Er gluckst. »Ich möchte nicht in der Haut der Anwälte stecken, die die Gegenparteien vertreten. Was meine Schwester da manchmal für Geschichten erzählt …« Kopfschüttelnd fährt er sich mit einer Hand über den Nacken.

»Hast du Geschwister?«, erkundigt er sich, und wir setzen uns auf ein unbestimmtes Signal hin wieder in Bewegung.

»Nein, es gibt nur mich und meine – nur mich.«

Beinahe hätte ich *und meine Mutter* gesagt. Schmerz zuckt durch mich hindurch, und ich wende den Blick ab. Sie fehlt mir unbeschreiblich. Wir haben uns immer scherzhaft »ein unschlagbares Mutter-Tochter-Duo« genannt, und ich bin dankbar, dass wir ein so enges Verhältnis hatten. Was die Leere, die sie hinterlassen hat, allerdings um einiges größer macht. Obwohl es immer noch um die zwanzig Grad haben muss, fröstele ich plötzlich.

»Hier geht es hoch«, bemerkt Maxi leise, ohne mein seltsames Schweigen zu kommentieren. Er scheint wirklich ein gutes Gespür für zwischenmenschliche Schwingungen zu haben.

Ich blicke auf. Hinter der Düne kann ich das Haus des Kurgastes erkennen. Biggis Pension ist keine fünf Minuten mehr entfernt.

Wir verlassen den Strand und stehen wenig später auf der Promenade. Ein Ehepaar mit einem schwarzen Labrador grüßt uns freundlich, als wir sie vorbeilassen.

Ich lächele ihnen zu und trete dann auf den gepflasterten Weg.

»Oh, hast du dich verletzt?«

»Hm?« Über meine Schulter schaue ich zurück zu Maxi.

Er deutet auf mein linkes Bein. »Es sah gerade so aus, als ob du humpelst. Alles gut?«

Oh. Innerlich wappne ich mich.

Wie schon so oft spule ich meine typische Antwort ab. Begleitet von einer wegwischenden Handbewegung.

»Ja, alles halb so wild. Ich humpele immer ein wenig, weil ich eine Knochenkrankheit habe. Das behindert mich manchmal beim Gehen. Meine Knochen sind nicht ganz so, wie sie sein sollten. Ist ein seltenes Syndrom, es gibt nur etwa dreihundert Menschen weltweit, die das haben.«

Ich meide seinen Blick, weil ich sein Mitleid nicht sehen möchte. Denn auch wenn ich beteuere, dass ich gut zurechtkomme, bleibt bei den meisten Menschen trotzdem ein schlechtes Gewissen und eine zweifelnde Miene.

»Dann würde ich sagen: Herzlichen Glückwunsch!«

Ich blinzele und hebe perplex den Blick. »Was?«

Warum gratuliert er mir? Vorsichtig suche ich in seinem Gesicht nach Antworten, aber da ist nur ein warmes Lächeln.

»Na ja, es ist doch gut, wenn die Ärzte deine Krankheit trotz der Seltenheit diagnostizieren konnten.«

Wieder blinzele ich. Mein Gehirn hat Schwierigkeiten damit, dieser Richtung des Gesprächs zu folgen. Weil ähnliche Situationen in der Vergangenheit, in denen ich Menschen von meiner chronischen Erkrankung erzählt habe, nicht mal annähernd so verlaufen sind.

»Ähm … ja, ich schätze … schon.«

Meine Gedanken wirbeln durcheinander. So habe ich das noch nie gesehen. Es war tatsächlich ein Zufall, dass die Diagnose bei mir gestellt werden konnte.

Ich kann mich nicht mehr an alles erinnern. Aber ich weiß noch, dass wir in meiner Kindheit bei zahlreichen Ärzten waren, weil mir die Beine oft wehtaten. Und weil ich nicht so ausgeprägte Muskeln hatte wie andere Kinder in meinem Alter. Die Ärzte haben meiner Mutter empfohlen, mich möglichst viel Sport treiben zu lassen, damit die Muskeln sich entwickeln. Also war ich in einer Schwimmgruppe für Kinder, habe Ballett getanzt und bin einmal die Woche zum Kinderturnen gegangen. Danach war ich jedes Mal platt und musste die Stunden irgendwann aufgeben, weil die Schmerzen zu krass wurden.

»Ist das okay, wenn ich dich dazu noch etwas frage?«, nimmt Maxi nach einem längeren Schweigen das Gespräch wieder auf.

Stumm nicke ich. Zeitgleich macht sich ein nervöses Flattern in meiner Magengegend bemerkbar. Rückfragen habe ich in der Vergangenheit eher selten bekommen. Was er wohl wissen möchte?

»So ein Spaziergang am Strand ist für dich aber okay?«

Wieder huscht mein Blick zu seinem Gesicht, doch auch dieses Mal erkenne ich da nur ehrliches Interesse und Neugier. Mir stockt der Atem. Ich fühle mich ... gesehen. Als ob er versucht, hinter die Fassade zu schauen und zu verstehen, was ich ihm erzähle.

»Ich merke, dass es etwas anderes ist, über Sand zu laufen als über einen befestigten Gehweg. Wenn mir das zu viel wird, reagiert mein Körper mit Krämpfen, aber das meistens erst nachts. Wenn meine Muskeln wieder zur Ruhe kommen. In dem Tempo, in dem wir unterwegs waren, ging das gut. Und wir haben Sommer.« Mit einer Hand deute ich in Richtung Himmel. »Bei warmen Temperaturen habe ich nicht ganz so sehr mit Schmerzen zu kämpfen. Im Winter ist das anders.«

»Inwiefern?«

Ich überlege, wie ich das am besten ausdrücken kann.

»Da fühlt mein Körper sich steifer an. Ich komme schwerer in die Gänge und bin unsicherer auf den Beinen. Trotzdem ist der Winter meine Lieblingsjahreszeit.«

Einer von Maxis Mundwinkeln wandert in die Höhe. »Lass mich raten: Du bist ein totaler Weihnachtsfan?«

Sofort ist unser Gespräch wieder lockerer, und ich lache auf. »Erwischt. Am liebsten würde ich das ganze Jahr über Weihnachtslieder hören. Mit *Last Christmas* beginnt für mich die schönste Zeit des Jahres. Dann verwandele ich meine Wohnung in ein kitschiges Weihnachtsparadies und schaue jedes Wochenende einen anderen Weihnachtsfilm. Oder auch zwei. Oder drei.«

Maxi schaut sich um, ehe er sich zu mir beugt und verschwörerisch blinzelt. Er senkt seine Stimme.

»Verrate das bloß nicht Tomasz und Joris, aber mir geht es mit Weihnachten genauso. Je mehr Kitsch, desto besser.«

Meine Mundwinkel zucken. »Wirklich?«

»Na klar! Ich liebe die Stunden, in denen ich mit meinen Schülerinnen und Schülern Weihnachtsdeko basteln kann. Auch wenn ich vor meinen Kolleginnen und Kollegen natürlich so tue, als wäre das eine reine Pflichtübung.«

Meine Augen verengen sich. »Sie machen sich doch nicht etwa über meine Vorliebe für Kitschiges und Romantisches lustig, Herr Lehrer?«

»Ich?« Betont schockiert fasst Maxi sich an den Brustkorb. »So etwas würde ich mir niemals erlauben, Frau Standesbeamtin.«

»Mmh ...« Ich fixiere ihn weiter, kann aber nicht verhindern, dass mein belustigter Tonfall mich verrät. »Ich tue einfach mal so, als ob ich dir glaube. Ich habe gehört, du kennst eine gute Anwältin, mit der man sich besser nicht anlegt.«

Maxi lacht. »Touché.«

Ich schüttele grinsend den Kopf, drehe mich in die Richtung von Biggis Pension und setze mich wieder in Bewegung. Maxi tut es mit gleich. Die letzten Meter legen wir schweigend zurück, aber es ist eine angenehme Stille.

Das *Lütje Teehuus* ist mittlerweile dunkel, und im Januspark ist nur noch ein einziger Spaziergänger mit seinem Hund unterwegs. Da kommt auch schon Biggis Pension in Sicht.

Ich trete auf den Bürgersteig und krame in meiner Tasche, um den Schlüssel hervorzuholen. Als ich kurz vor der Tür zum Stehen komme, wende ich mich noch einmal zu Maxi um.

»Also dann ...«

Ich beiße mir auf die Lippe. Wie verabschiede ich mich denn jetzt am besten von ihm? Bedanke ich mich für den schönen Abend oder sende ich damit ein falsches Signal?

Die Hände erneut in den Taschen seiner Jeans vergraben, legt sich ein schiefes Lächeln auf sein Gesicht.

»Ist das die Stelle, an der du mir sagst, dass wir nur Freunde sein können?«

Mein Atem stockt. *Wie macht er das?* Es ist, als hätte er einen direkten Draht zu meinen Gedanken. Nicht mal Lina kann meine Stimmungsumschwünge so genau lesen, obwohl sie der Mensch ist, dem ich am nächsten stehe, und der mich am besten kennt.

Verlegen senke ich den Blick und nestele an meiner Tasche herum.

»Ja. Aber es liegt nicht an dir.« Jetzt habe ich sie gesagt. Die klischeehaftesten Wörter der Welt, direkt nach *Wir müssen reden* und *Es ist nicht das, wonach es aussieht.* Dafür, dass ich den ganzen Tag und den gesamten Abend Zeit hatte, darüber nachzudenken, wie ich Maxi die Situation erkläre, ist das nicht gerade der kreativste Einstieg. Aber wenn ich nervös bin, spuckt mein Hirn selten geniale Ideen aus. Dass ich überhaupt einen ruhigen Satz hervorgebracht habe, gleicht einem Wunder. Normalerweise gerate ich in solchen Momenten immer ins Plappern, verhaspele mich und höre dann irgendwann mit hochrotem Kopf auf zu reden.

Trotzdem habe ich das Bedürfnis, mich Maxi gegenüber zu erklären. Ihm zu sagen, was Sache ist. Also hole ich zitternd Luft und wähle die nächsten Worte mit Bedacht.

»Ich bin mit einer bestimmten Absicht nach Juist gekommen. Die letzten Monate waren ... hart. Der Sommer hier auf der Insel soll so etwas wie ein Neuanfang sein. Oder vielleicht eher der erste Schritt.« Mein Blick schweift zum Eingang von Biggis Pension.

»Die Wochen hier sind eine Auszeit, die ich dringend brauche. Für mich.« Ich räuspere mich, als die Erinnerungen an die letzten Tage mit meiner Mutter hochkommen. *Versprich mir eins*, hatte sie in einem ihrer klaren Momente zu mir gesagt. *Vergiss nie, dir Zeit für dich selbst zu nehmen. Halte immer wieder zwischendurch inne und versuche, genau hinzuhören, was dein Körper dir sagt. Egal, was auch passieren mag: Du kennst den richtigen Weg.*

Mein Brustkorb verengt sich, aber ich beiße die Zähne zusammen und atme gegen das unangenehme Gefühl an. So weh diese Erinnerung tut, so wichtig ist sie. Weil ich meiner Mutter dieses Versprechen gegeben habe – und vorhabe, mich daran zu halten.

»Es gibt ein paar Dinge, mit denen ich mich auseinandersetzen muss. Bisher konnte ich das nicht – oder vielleicht wollte ich auch nicht. Aber es ist notwendig und …«

»Du musst dich nicht erklären. Ich verstehe das.«

Es liegt keinerlei Bitterkeit in Maxis Worten. Im Gegenteil: Er klingt ruhig und gefasst.

Und mit einem Mal weicht alle Anspannung aus meinen Schultern. Der ganze Druck, den ich mir den Abend über gemacht habe, fällt von mir ab.

»Du hast Glück«, erklärt er, und ich hebe überrascht die Brauen.

»Ach ja?«

»Absolut. Ich bin nämlich richtig gut als Freund. Frag die beiden Jungs.« Ein Grinsen huscht über sein Gesicht. »Also wenn du während deiner Zeit hier mal jemanden zum Quatschen brauchst, quasi eine Auszeit von der Auszeit, stelle ich mich gern zur Verfügung. Zuhören kann ich gut.«

Ich muss schmunzeln. »Ein weiteres deiner zahlreichen Talente?«

»Aber hallo.« Maxi nickt mir zu. »Was hältst du denn davon, wenn wir Nummern tauschen?«

»Ich … weiß nicht, ob das so eine gute Idee ist«, erwidere ich zögerlich, wobei sich alles in mir verkrampft. Ich möchte ihn nicht von mir stoßen, denn die letzten Stunden waren die unbeschwertesten seit Wochen. Gleichzeitig will ich aber keine falschen Signale senden.

»Okay, dann lass es uns so machen: Ich gebe dir meine Handynummer. Damit liegt es in deiner Hand, ob du dich bei mir meldest oder nicht.«

»Als Freunde.«

»Als Freunde.«

Unschlüssig überlege ich, ob das eine gute Idee ist. Doch warum eigentlich nicht? Es hat gutgetan, mal wieder rauszukommen. Wie meinte er gerade? *Eine Auszeit von der Auszeit.*

Ich schürze die Lippen, dann treffe ich eine Entscheidung. Sein Vorschlag klingt fair. Und wenn ich in der kurzen Zeit hier eins gelernt habe, dann, dass diese Insel klein ist, und wir uns so oder so wieder über den Weg laufen werden.

»In Ordnung.«

Ich hole mein Handy aus der Umhängetasche, entsperre mein Display und reiche es ihm. Wenig später drückt er es mir wieder in die Hand.

»Gut, dann … danke. Komm gut nach Hause.«

»Schlaf gut, Cinderella.«

Maxi schenkt mir ein letztes Lächeln, bevor ich mich zur Tür wende.

»Ach, und, Cinderella?«

Den Fuß schon über die Schwelle, drehe ich mich noch mal zu ihm um. »Ja?«

»Das war eine absolute Premiere.«

Einige Sekunden schaue ich ihn verständnislos an.

»Dass du einer Frau deine Nummer gibst, ohne ihre zu bekommen?«

Im Licht der Laterne huscht ein Grinsen über sein Gesicht.

»Das auch. Aber ich meinte eher, dass ich einer Frau erst meine Nummer gebe, *nachdem* sie mich schon am Strand flachgelegt hat.«

Sein Lachen klingelt mir noch in den Ohren, als ich zwanzig Minuten später zugedeckt und mit viel zu geröteten Wangen in meinem Bett liege.

Kapitel 7

Ich starre auf mein Handy. Seit einer halben Stunde sitze ich jetzt schon mitten auf meinem Bett, den Bauch mit Biggis liebevoll zubereitetem Frühstück vollgeschlagen, die Haare frisch gewaschen und bereit für einen neuen Tag – aber ich schaffe es nicht, mich auch nur einen Millimeter zu bewegen. Weil mein Smartphone vor mir auf der Bettdecke liegt und mich allein durch seine Anwesenheit förmlich verhöhnt. Plötzlich ertönt ein Klopfen an meiner Tür, und ich zucke zusammen.

»Ja?«

Biggi steckt ihren Kopf in mein Zimmer.

»Tut mir leid für die Störung, ich wollte eigentlich nur fragen, ob ... Ist alles okay?«

Ihre Stirn ist gerunzelt, als sie von mir zu meinem Handy und zurück zu mir schaut. Wahrscheinlich befürchtet sie, ich hätte schlechte Nachrichten bekommen.

Ich seufze. »Ja, ich wälze gerade nur ein Problem in meinem Kopf hin und her.«

Biggis Stirn glättet sich augenblicklich.

»Willst du mir erzählen, worum es geht? Vielleicht kann deine Patentante helfen?«

Munter betritt sie mein Zimmer, schließt die Tür hinter sich und lehnt sich mit dem Rücken dagegen.

»Maxi hat mir gestern seine Nummer gegeben«, erkläre ich ihr und merke erst nach einigen Augenblicken, dass ich weiter ausholen muss, um den Sachverhalt greifbar zu machen.

»Und jetzt weiß ich nicht, ob ich ihm schreiben soll.«

Mein Blick zuckt erneut zu meinem Handy.

»Mmh, verstehe.«

»Ja?« Hoffnungsvoll hebe ich meine Brauen und lasse meine Augen erneut zu ihr hinüberwandern. »Ich verstehe mich nämlich leider selbst nicht so ganz.«

Ein Schmunzeln spielt um ihre Mundwinkel. »Dann gehen wir das Problem Schritt für Schritt durch.« Sie hebt einen Finger in die Höhe. »Frage Nummer eins: Was hält dich davon ab, ihm zu schreiben?«

»Ich will ihm keine falschen Signale senden«, kommt meine Antwort wie aus der Pistole geschossen.

Biggi nickt, sagt aber erst mal nichts dazu. Stattdessen hebt sie einen zweiten Finger: »Und was genau wäre ein falsches Signal?«

Da wird es schon schwieriger. »Na ja, dass ... ich Interesse habe. Mich noch mal mit ihm treffen will.«

Biggis Mundwinkel zucken. »Willst du ihn denn nicht mehr treffen?«

»Ja, schon. Aber nicht ... auf die Art.«

»Und was spricht dagegen, ihm genau das zu sagen?«

Ich zucke mit den Schultern, was Biggi stutzen lässt. »Weiß Maxi, dass du gerade kein Date suchst?«

»Ja.«

»Und er hat dir trotzdem seine Nummer gegeben.«

»Ja.«

Belustigt verschränkt sie die Arme und mustert mich mit einer amüsiert erhobenen Braue. »Also was ist noch mal genau das Problem?«

Ich öffne den Mund, um ihr erneut zu sagen, dass ich keine falschen Signale senden will, halte dann aber inne. Biggi bemerkt mein Zögern und kommt auf mich zu.

»Ich frage anders. Wenn es andersherum wäre. Also das Ganze mit vertauschten Rollen passiert wäre: Ihr verbringt einen netten Abend zusammen. Danach sagt er dir, dass er nicht auf der Suche nach einem Sommerflirt ist und sich zwischen euch deshalb höchstens eine Freundschaft entwickeln kann ...« Als sie nicht weiterspricht, lege ich den Kopf schief und betrachte sie neugierig. »Ja ...?«

»Wie würdest du es finden, wenn er dir dann *nicht* schreibt?«

Ich verziehe das Gesicht und muss nicht lange nachdenken. »Ich fände das ziemlich doof.«

»Und warum?«

»Na ja, weil ...« Ich zucke mit den Schultern, während meine Finger an der Bettdecke herumnesteln. »Weil ich dann hinterfragen würde, ob er den Abend wirklich so nett fand, wie er behauptet hat. Außerdem ist es ziemlich unhöflich, sich gar nicht mehr zu melden.« Ich lasse den Saum der Bettdecke los.

Biggi grinst. »Na also. Problem gelöst.«

Sie gluckst leise vor sich hin, während sie von meinem Bett aufsteht und wieder Richtung Tür geht. Erst im letzten Moment fällt mir ein, dass sie ja wegen etwas vollkommen anderes hergekommen ist.

»Biggi? Was wolltest du mich eigentlich fragen?«

»Hmmm?« Sie schaut mich für den Bruchteil einer Sekunde fragend an, dann scheint es ihr wieder einzufallen. »Das hätte ich beinahe vergessen. Meine nächsten Gäste kommen erst heute Nachmittag. Hast du Lust auf eine kleine Fahrradtour, bei der ich dir die Insel ein bisschen zeige? Wir könnten uns ein Snackpaket zusammenstellen und ein Picknick machen.«

Mein Herz beginnt vor Begeisterung schneller zu klopfen. Ein Ausflug mit einem meiner Lieblingsmenschen? Klingt nach dem perfekten Tagesprogramm.

Doch da dämpft eine Überlegung meine Vorfreude. Es ist ewig her, dass ich zuletzt Fahrrad gefahren bin. Ob ich dafür überhaupt noch die Kraft in den Beinen habe? Unschlüssig beiße ich mir auf die Lippe.

Als hätte Biggi meine Gedanken gelesen, beugt sie sich zu mir vor und legt mir sanft eine Hand auf den Unterarm.

»Ich muss direkt etwas gestehen: Seit ich hier wohne, bin ich faul geworden. Das Strampeln gegen den Wind tue ich mir nicht mehr an. Die ersten Wochen habe ich noch tapfer durchgehalten, aber dann hat mein innerer Schweinehund gesiegt, und ich habe mir ein E-Bike gegönnt.« Sie macht eine kurze Pause. »Und natürlich habe ich auch eins für dich. Mein Nachbar Paul hat mir seines geliehen. Wir können uns das Töwerland also ganz entspannt mit einem motorisierten Untersatz anschauen. Was meinst du?«

Am liebsten würde ich ihr um den Hals fallen, denn mir quillt bei dem Gedanken, dass Biggi schon im Vorfeld an alle Eventualitäten gedacht hat, das Herz über.

»Hast du denn wirklich Zeit dafür?« Ich habe nicht vergessen, dass ihre beiden Mitarbeiter immer noch verhindert sind, und sie die Pension im Moment allein am Laufen hält. Doch Biggi wischt meinen Einwand mit einer Handbewegung beiseite. »Die Zeit nehme ich mir. Ich muss zwar gleich noch kurz telefonieren, aber dann bin ich startklar. Also? Was sagst du? Machen wir einen Patentante-Patenkind-Ausflug so wie früher?«

Meine Mundwinkel wandern in die Höhe. Bilder von Zoobesuchen, Achterbahnfahrten im Phantasialand, Touren durch Museen und Shoppingtrips in Holland flackern vor meinem inneren Auge auf.

»Ich bin dabei!«

»Perfekt, das wollte ich hören.« Biggi lächelt mir zu. »Dann treffen wir uns in einer halben Stunde unten an der Rezeption.« Damit lässt sie mich und mein Handy wieder allein und dieses Mal braucht es nicht lange, bis ich meine Nachricht an Maxi formuliert habe.

Hey Maxi, ich wollte mich bei dir noch mal für die Einladung gestern und den Eistee bedanken. Mein Versprechen, dass die nächste Runde auf mich geht, konnte ich gar nicht mehr einlösen. Ich schulde Tomasz, Joris und dir also noch was. Deshalb ist es nur fair, wenn du meine Nummer auch bekommst.
Cinderella – aka die Frau der stürmischen Begrüßungen :)

Ja, das sollte gehen. Es ist höflich und persönlich, aber trotzdem vage genug, um keinen falschen Eindruck zu vermitteln. Ohne lange zu überlegen, drücke ich auf Senden. Dann schalte ich mein Handy in den Flugmodus, damit die nächsten Stunden ohne Ablenkung ganz meiner Patentante und mir gehören. So laufe ich auch nicht Gefahr, alle paar Minuten auf mein Smartphone zu schauen, ob vielleicht eine neue Nachricht eingegangen ist. Das interessiert mich nämlich überhaupt nicht. Null. Nada.

Eine halbe Stunde später stehe ich unten an der Rezeption, einen Turnbeutel mit einer großen Wasserflasche auf dem Rücken, und warte darauf, dass Biggi zu mir stößt. Aus ihrem Büro dringt dumpf ihre Stimme, sie scheint noch zu telefonieren.

Mein Blick gleitet durch die großen Fenster nach draußen auf die Straße. Zwei schwarz glänzende Räder stehen schon vor der Pension bereit. Das müssen unsere E-Bikes sein. Ich überlege gerade, ob ich mir das Rad mal näher angucken soll, als die Tür hinter der Rezeption aufgeht, und Biggi im Rahmen erscheint. Der Ausdruck in ihrem Gesicht wirkt seltsam gehetzt, sie hat rote Flecken auf den Wangen. Mein Herz beginnt dumpf zu pochen. Ist etwas passiert? Sorgenvoll trete ich einen Schritt auf sie zu.

»Biggi?«

»Hm?«

Erst mit einiger Verzögerung scheint sie zu bemerken, dass ich vor ihr stehe. Sie blinzelt kurz, bevor sie ein Lächeln aufsetzt, das ihre Augen aber nicht ganz erreicht.

»Oh, Josi. Entschuldige bitte, wartest du schon lange?«

Mit zusammengezogenen Brauen mustere ich sie. »Nein, ich bin gerade erst runtergekommen. Ist alles okay?«

»Wie? Ach so, ja.« Biggi macht eine wegwerfende Geste, aber ihre Augen huschen weiterhin ruhelos umher. »Mein Telefonat hat nur ein bisschen länger gedauert als geplant. Sollen wir dann? Ich hole nur noch schnell unser Snackpaket.«

Ohne meine Antwort abzuwarten, kommt sie um die Rezeption herum und verschwindet in Richtung der Pensionsküche.

Irritiert schaue ich ihr hinterher. So kenne ich Biggi gar nicht. Fieberhaft überlege ich, was der Auslöser für die Sorgenfalte meiner Patentante sein könnte. Haben Gäste kurzfristig storniert? Gab es Reklamationen? Fallen ihre

Mitarbeiter länger aus? Doch bevor ich weitergrübeln kann, was los ist, kommt Biggi mit einer kleinen Kühltasche über der Schulter zurück. »Ich bin startklar! Bereit für eine Juist-Tour?«

Der rastlose Ausdruck in ihren Augen ist verschwunden. Stattdessen lächelt sie mir so euphorisch zu, dass meine Mundwinkel sich automatisch ebenfalls heben.

»Bereit!«

Zuerst fahren meine Patentante und ich zum Osten der Insel, immer die Flugplatzstraße entlang. Vorbei an Pferdekoppeln, der Aussichtsplattform des Otto-Leege-Pfades, benannt nach einem berühmten Naturschützer, der auf der Insel gewirkt hat, und einem Schullandheim, bis wir den Flugplatz erreichen. Davor wartet eine Pferdekutsche darauf, die ankommenden Gäste zu ihren Unterkünften zu bringen.

Biggi stellt mich der Kutscherin vor, und wir unterhalten uns ein paar Minuten. Als ihre Fahrgäste eintreffen, verabschieden wir uns, stellen unsere Räder ab und beobachten eine Zeit lang, wie die kleinen Flieger am Himmel auftauchen, landen und wenig später wieder in die Lüfte steigen. Ich bin überrascht davon, was für ein reger Betrieb herrscht, und wie viele Maschinen hier ankommen und abheben. Die Anreise per Luft nutzen mehr Leute, als ich dachte.

Unwillkürlich frage ich mich, ob Joris in einem der Flugzeuge sitzt. Doch da fällt mir wieder ein, dass er etwas von Rundflügen erzählt hat, die er heute Nachmittag fliegt.

Biggi winkt den Ankommenden fröhlich zu, und ich tue es ihr gleich. Wir lachen beide auf, als einer der Piloten seine Arme hochnimmt und uns so stürmisch und mit einem fetten Grinsen im Gesicht zurückwinkt, dass er seinem Co-Piloten beinahe die Brille von der Nase schlägt.

»Das ist Ulli«, berichtet Biggi mir und schüttelt lächelnd den Kopf. »Er lebt mit seiner Familie auf dem Festland, manchmal kommen sie aber für ein paar Tage zu uns auf die Insel, um Urlaub zu machen. Beim letzten Mal waren sie bei mir in der Pension.«

Wir beobachten, wie Ulli und sein Kollege das Gepäck der abreisenden Gäste in die Maschine einladen und wenig später in die Lüfte steigen. Während wir ihnen noch einmal zuwinken, hänge ich meinen Gedanken nach. Zu sehen, wie verwurzelt Biggi in ihrer neuen Heimat ist – ob beim Flirten mit Rafael im *Da Scholl her!*, dem Plausch mit der Kutscherin oder der Verbundenheit zu dem Piloten –, sorgt für ein warmes Gefühl in meiner Brust. Alle scheinen sie herzlich aufgenommen zu haben.

»Weißt du eigentlich, wie stolz ich auf dich bin? Du hast es geschafft, dir in den letzten Jahren ein ganz neues Leben aufzubauen«, spreche ich schließlich das aus, was mir durch den Kopf geht.

Meine Patentante wirft mir einen überraschten Blick zu. Als sie den melancholischen Ausdruck auf meinem Gesicht wahrnimmt, schluckt sie schwer. Dann zieht sie mich fest an sich. Ich erwidere die Umarmung.

»Danke«, flüstert sie in mein Ohr. Ich drücke sie noch einmal fest, bevor wir uns voneinander lösen.

Ihre Augen wirken gerötet, als sie sich mit einer Hand darüber wischt. Dann räuspert sie sich.

»Sollen wir weiter? Ich wollte dir eigentlich noch den Westen der Insel zeigen.«

Ich horche in mich hinein. Trotz der ungewohnten Bewegung durch das Radfahren geht es meinen Knochen erstaunlich gut. Auch meine Muskeln protestieren bisher nicht. Kein Zwicken, keine Krämpfe, keine Schmerzen. Einer größeren Tour steht also nichts im Weg. Auf meinem Gesicht breitet sich ein Lächeln aus. »Gern!«

Wir schwingen uns wieder auf unsere Räder und fahren den Weg zurück, den wir gekommen sind. Dabei überholen wir die quietschgelbe Kutsche, die vorhin auf die Fluggäste gewartet hat, und machen einen Abstecher zum Hafen. Dort klettern wir im gemächlichen Tempo die Stufen des Seezeichens hoch, das wie ein Segel aus Stahl in die Höhe ragt und einen fantastischen Ausblick über die Nordsee und die Insel bietet. Biggi knipst ein paar Bilder, von mir vor dieser Kulisse, von uns beiden zusammen und von der Sonne, die auf dem Wasser glitzert. Auch am Leuchtturm machen wir kurz Halt, bevor es weiter am Deich entlanggeht.

»E-Bikes sind das Größte!«, rufe ich Biggi zu, als ich in die Pedale trete und spüre, wie der Motor die Kraft meines Tritts verstärkt. Sie lacht, während wir über die gepflasterte Straße gleiten, vorbei an einer Familie mit Kindern, die den nassen Haaren und dem Gepäck in ihren Körben nach zu urteilen, auf dem Rückweg vom Strand ist.

Irgendwann gelangen wir in eine Wohngegend und Biggi drosselt das Tempo.

»Das hier ist das Loog«, erklärt sie, als ich bremse, und wir langsam nebeneinanderher fahren. »Friesisch für Dorf. Unser zweiter Ortsteil. Ein bisschen weiter weg vom Geschehen, aber genauso idyllisch.«

Interessiert schaue ich mich um. Die Häuser hier sehen hübsch aus. In einem der Gärten, an denen wir vorbeifahren, sitzt eine Gruppe Erwachsener unter einem Apfelbaum zusammen und winkt uns fröhlich zu. Direkt nebenan spielen zwei Kinder auf einer Terrasse miteinander fangen, während vor ihnen auf der Wäscheleine ein Bettlaken in der Brise flattert.

Biggi biegt ab, wodurch wir das Wohngebiet wieder verlassen. Links von uns erstrecken sich grüne Wiesen, auf denen ein paar Pferde grasen. Dahinter ist das Wattenmeer. »Die Straße führt bis zum Westende der Insel, vorbei am Hammersee, dem Hundestrand und zwei unserer beliebtesten Ausflugslokale, der Domäne Loog und der Domäne Bill.« Sie deutet auf die zahlreichen Radfahrer, die vor uns den Weg entlangfahren. »Die meisten fahren bis zur Domäne Bill, das ist sozusagen Pflichtprogramm für einen gelungenen Töwerland-Urlaub. Der Rosinenstuten dort ist mittlerweile eine richtige Juister Spezialität.« Biggi lächelt mir zu. »Da gehen wir in deiner Zeit hier definitiv auch einmal gemeinsam hin. Heute würde ich dich aber zu der Aussichtsdüne am Hammersee mitnehmen, von da hat man einen fantastischen Blick über das Loog und die Nordsee. Ein perfekter Platz für eine Rast.«

»Klingt super!«

Keine fünf Minuten später stellen wir unsere Räder ab und folgen einem Holzschild, auf dem in dunklen Lettern *HAMMERSEE* prangt.

»Ein paar Schritte sind es zwar, aber es lohnt sich. Versprochen!«, erklärt Biggi und läuft gemächlich los. Zögernd betrachte ich den unebenen Sandweg, den meine Patentante betreten hat. Ob ich meinen Knochen heute nicht doch zu viel zumute, wenn ich jetzt eine Wanderung unternehme? Probeweise wage ich einen Schritt auf den unbefestigten Weg. Und dann noch einen. Auf den ersten Metern protestieren meine Knochen ein bisschen, weil sie sich an den holprigen Untergrund gewöhnen müssen, aber es ist aushaltbar. Also folge ich Biggi.

Wie versprochen erreichen wir nach wenigen Minuten die Aussichtsplattform.

Schweiß rinnt meinen Rücken hinab, die Sonne knallt mittlerweile unbarmherzig vom Himmel, und ich ringe um Atem, weil der Weg hierhin doch anstrengender war als gedacht. Aber meine Patentante hat nicht zu viel versprochen: Der Ausblick ist wunderschön.

»Von hier kann man sogar bis nach Norderney sehen!« Biggi deutet nach rechts. Ich blinzele gegen das helle Sonnenlicht an, und entdecke tatsächlich in der Ferne die Nachbarinsel.

»Wow«, murmele ich und nehme mir einen Moment Zeit, die schiere Weite zu erfassen.

Vor meinen Augen bietet sich das reinste Naturschauspiel. Umringt vom Wattenmeer, bei dem derzeit Flut herrscht, und das Wasser dunkelblau glitzert, stehen wir mitten auf der aus Holz gebauten Plattform in grün bewachsenen Dünen. Unter uns breitet sich der goldgelbe Sandstrand aus, am Horizont kann ich ein paar Schiffe erkennen. Weiße Schaumkronen bilden sich dort, wo die Wellen sich brechen. Das Rauschen wird mit mehreren Sekunden Verspätung von dem Wind bis hier oben zu uns getragen. Ich lasse meinen Blick über den wolkenlosen Himmel gleiten, von dem ein Leuchten ausgeht, und wende mich nach rechts. Auch hier glitzert dunkelblaues Wasser, das im Gegensatz zum Meer aber ruhig da liegt.

»Das ist der Hammersee.« Biggi tritt neben mich. »Der größte Süßwassersee auf einer Nordseeinsel. An dieser Stelle ist die Insel durch die Petriflut im 17. Jahrhundert in zwei Hälften geteilt worden. Die Menschen hier haben es erst über zweihundert Jahre später durch Aufschüttungen und einen Deich geschafft, die beiden Inselteile wieder miteinander zu verbinden. Doch dann gab es in den Dreißigerjahren eine weitere Sturmflut. Der Deich wurde durchbrochen, das Gelände dahinter überschwemmt – und das Wasser ist nicht mehr abgeflossen. Das Ergebnis siehst du hier.« Biggi deutet auf den See vor uns. Und mir wird zum ersten Mal bewusst, wie ausgeliefert die Menschen auf einer Insel den Launen der Natur sind.

»Lust auf eine Stärkung?«

Mit einem Lächeln klopft Biggi auf die Kühltasche.

Was sie daraus alles hervorzaubert, lässt mir das Wasser im Mund zusammenlaufen. Kräcker mit Frischkäse, Möhren, die sie zu kunstvollen Rosen geschnitzt hat, Paprikastreifen in rot, grün und gelb, Schinkenröllchen, eisgekühlte Flaschen mit Wasser.

»Also wenn ich mir das so anschaue«, ich lecke über meine Lippen, nachdem ich mein zweites Schinkenröllchen verputzt habe, »könntest du in deiner Pension neben dem Frühstück auch eine Karte mit Nachmittagssnacks anbieten.«

Biggi lacht. »Ne, lass mal lieber. Das wäre mir dann doch zu viel Aufwand.«

Ihr Blick gleitet einen Moment in die Ferne, und ich meine, eine Sorgenfalte zwischen ihren Brauen aufblitzen zu sehen. Doch sie verschwindet genauso schnell wie sie gekommen ist, sodass ich wieder keine Gelegenheit bekomme, sie darauf anzusprechen.

Als eine Wandergruppe die Stufen zur Aussichtsplattform erklimmt, packen Biggi und ich die Reste unseres Picknicks zusammen und begeben uns auf den Rückweg zu unseren Fahrrädern. Dank der Stärkung fällt mir das Gehen deutlich leichter. Die Pause hat meinen müden Beinen gutgetan.

»Die Strecke bis zum Billriff fahren wir ein andermal, ja?«, fragt meine Patentante mit einem Blick auf ihre Uhr.

»Das ist absolut in Ordnung. Ich bin ja noch ein bisschen hier«, beruhige ich sie.

Während sie auf ihr Rad steigt, grinst sie. »Das stimmt. Ich habe nur das vage Gefühl, dass du deine Ausflüge hier auf der Insel schon ganz bald lieber mit jemand anderem machen willst ...«

Mit einem Stöhnen lege ich den Kopf zurück, da tritt Biggi schon lachend in die Pedale. Ich beeile mich, ihr hinterherzukommen.

»Maxi und ich sind nur Freunde!« Falls man das nach unseren drei Begegnungen überhaupt schon so nennen kann.

»Mmh, ich weiß.« Sie wirft mir einen belustigten Blick zu. »Ist aber interessant, dass du bei meiner Bemerkung direkt an Maxi denkst. Ich habe gar keinen Namen erwähnt.«

Mein Mund klappt auf, und ich vergesse vor Überraschung, weiter in die Pedale zu treten.

Erst, als ich Biggis Glucksen aus ein paar Metern Entfernung wahrnehme, und der Abstand zwischen uns immer größer wird, schließe ich wieder zu ihr auf.

»Hier vorn wohnt er übrigens!«

Sie deutet auf ein Haus links von uns, zu dem ein gepflegter kleiner Vorgarten gehört.

Über den Fahrtwind hinweg glaube ich erst, mich verhört zu haben. Ich radele ein wenig schneller, um neben Biggi zu gelangen.

»Du meinst Maxi?«

Sie nickt. Und ich zähle eins und eins zusammen. *Von wegen, er musste gestern Abend in die gleiche Richtung wie ich ...*

Doch bevor ich wieder in einer Endlosschleife meiner Gedanken hängenbleibe, frage ich Biggi den restlichen

Rückweg über die anderen Gäste aus, die im Moment bei ihr im Haus wohnen. Ein paar habe ich heute Morgen beim Frühstück kennengelernt.

Wieder in meinem Zimmer, stelle ich mich erst mal unter die Dusche und lasse das Wasser auf meine verkrampfte Nackenmuskulatur prasseln. Danach lege ich mich ein paar Minuten aufs Bett und strecke meine müden Beine aus. *Ah, das tut gut.* Trotz des E-Bikes werde ich morgen wahrscheinlich einen ordentlichen Muskelkater haben, aber das war die Fahrradtour heute auf jeden Fall wert.

Dann endlich schnappe ich mir mein Handy, deaktiviere den Flugmodus und warte einen Moment. Mein Herz klopft einen Takt schneller als üblich, als das Smartphone in meiner Hand vibriert und mir den Eingang mehrerer Nachrichten anzeigt. Die meisten sind von Lina – aber mir blinkt noch ein anderer Name entgegen. Maxi.

Trotz meiner Neugier zwinge ich mich, zuerst meinen Nachrichtenverlauf mit Lina zu öffnen. Sie hat mir in ihrer Mittagspause eine Sprachnachricht aufgenommen und berichtet von ihrem Alltag in Köln, dem heißen Wetter und der Überlegung, welchen Eisbecher sie sich heute gönnt. »Aber jetzt berichte du mal«, kommt sie zum Ende ihrer Erzählung, »hast du auf Juist schon die Eisdielen ausprobiert? Falls nicht, bekommst du hiermit den feierlichen Auftrag von mir, dich durch alle Sorten durchzuprobieren und ein Ranking zu erstellen, welche die Beste ist. Nach eurer Fahrradtour hast du dir mindestens einen Jumbobecher verdient. Grüß Biggi von mir!«

Lachend schüttele ich den Kopf. Linas Eisliebe ist eine Klasse für sich. Ich weiß jetzt schon, dass sie ab sofort jeden Tag nachfragen wird, wo ich Eis essen war, und welche Sorte mir bisher am besten geschmeckt hat. Wenn ich mich richtig erinnere, sind Biggi und ich vorhin tatsächlich an einer Eisdiele vorbeigekommen. Vielleicht kann ich als Dankeschön für den tollen Ausflug nachher zwei Eisbecher für uns besorgen.

Den Plan formuliere ich direkt als Nachricht an Lina. Danach schicke ich ihr ein paar Fotos und Videos von der Fahrradtour, wobei ich bei dem Selfie von Biggi und mir lächeln muss. Darauf ist deutlich zu sehen, wie viel Spaß wir haben.

Lina antwortet prompt und schickt jede Menge Emojis mit Herzchenaugen. Wir schreiben noch ein paar Minuten hin und her und verabreden uns für ein Telefonat heute Abend.

Ich schließe unser Chatfenster und starre mit klopfendem Herzen auf mein Display. Denn jetzt gibt es nur noch eine ungelesene Nachricht auf meinem Handy.

Maxi: Dann kann ich Tomasz beruhigen. Er hat schon einen Antrag gestellt, deinen Spitznamen von Cinderella in Zechprellerin ändern zu lassen, weil du deine versprochene Runde an Getränken nicht spendiert hast … :)

Ich lache auf und tippe unverzüglich meine Antwort.

Josi: Versprochen. Ich gebe alles, damit der Antrag abgelehnt wird.
PS: Du bist eindeutig verbeamtet, oder? Wenn deine Freunde bei dir Anträge stellen müssen …

Ich will mein Smartphone gerade zur Seite legen, als sich die Haken neben meiner Nachricht blau verfärben. Sofort huschen meine Augen zum oberen Rand des Displays. Unter Maxis Namen steht online, dann ändert sich sein

Status zu *schreibt* … Ich halte den Atem an, bis ein neuer Text in unserem Chatfenster auftaucht.

Maxi: Erwischt, Frau Beamtenkollegin. Aber keine Angst: Ich erfülle zum Glück nur etwa die Hälfte der Beamtenklischees. Die meisten Anträge winke ich zum Beispiel mit einem wohlwollenden Lächeln durch. Wenn dann doch mal einer abgelehnt werden muss, lindere ich den Schmerz mit einem liebevollen Sticker.
Josi: Zum Beispiel von einer grauen Regenwolke, die traurig guckt?

Ich stelle mir vor, wie er vor seinem Handy sitzt und bei meiner Antwort lächelt. Das bringt meine Mundwinkel dazu, noch weiter in die Höhe zu wandern. Es dauert nicht lange, bis er sich darauf zurückmeldet.

Maxi: Ja, da hat Tomasz Glück. Erst gestern Abend ist so ein Aufkleber freigeworden. Eigentlich war die Wolke für jemand anderen reserviert, der – stell dir vor – beim Zeichnen eines Strichmännchens überfordert ist!

Am Ende seines Texts steht ein Emoji, dessen Gehirn vor Unglauben explodiert. Ich grinse und tippe: *Skandalös!*
Nur ein paar Sekunden später leuchtet mein Display mit einer Antwort auf.

Maxi: Ja, oder? Zum Glück hat die Person gestern noch bewiesen, dass sie dafür andere Qualitäten hat.

Schon wieder muss ich grinsen. Das Nachrichtenschreiben mit Maxi fühlt sich leicht an. Als würden wir uns bereits ewig kennen.

Meine Finger schweben über der Tastatur auf meinem Display, um eine flapsige Antwort zu formulieren, doch da halte ich inne. Apropos gestern Abend …

Josi: Komme gerade von einer Fahrradtour mit Biggi zurück. Sie hat mir dabei unter anderem erzählt, wer alles im Loog wohnt … Du musstest also gestern auf dem Nachhauseweg in dieselbe Richtung wie ich, ja?

Ich setze noch einen wissend lächelnden Smiley hinter die Nachricht und warte. Seine Antwort folgt prompt.

Maxi: Mmh, das stimmte tatsächlich. Mein Rad stand zufälligerweise ganz in der Nähe von Biggis Pension …
Josi: Die Ausrede lasse ich dir gerade so durchgehen. Aber nur, wenn ich für meinen guten Willen einen Sternchenaufkleber bekomme!

Dieses Mal dauert es eine Weile, bis er sich zurückmeldet. Sofort beginnt es in meinem Kopf zu rattern, ob meine Nachricht vielleicht zu sehr die *Wir-können-nur-Freunde-sein-Grenze* überschreitet. Doch dann trudelt ein Selfie von ihm ein, und ich muss laut loslachen. Maxi hält einen Stickerbogen mit goldenen Sternen in die Kamera. Darunter hat er kommentiert: *Den Deal gehe ich ein.*

Ich winkele die Beine an und lehne mich mit dem Rücken gegen das Kopfteil meines Bettes. Sogar auf dem Foto ist ein Funkeln in Maxis Augen zu erkennen. Ich betrachte es einige Sekunden lang, bevor ich ihm als Antwort ein paar Lach-Smileys schicke.

Wenig später bekomme ich ein zweites Foto von ihm. Dieses Mal hält er grinsend einen Stickerbogen in die Kamera, der genau diesen Lach-Smiley in zigfacher Ausfertigung abbildet.

Auch die graue Regenwolke, von der er mit gestern erzählt hat, fotografiert er mir, gefolgt von jeder Menge anderer Aufkleber. Seine Sammlung scheint unerschöpflich zu sein.

Es dauert nicht lange, bis wir beginnen, ein Ranking zu erstellen und die Designs in Duellen gegeneinander antreten zu lassen, um uns auf den ultimativen Sticker zu einigen. Trotz ihres traurigen Gesichts gewinnt mit Abstand die graue Regenwolke. Sie sieht mit ihrem Schmollmund einfach zu niedlich aus, als dass die anderen Aufkleber ihr ernsthafte Konkurrenz machen könnten.

Danach erkundigt Maxi sich, was Biggi mir heute bei der Juist-Fahrradtour gezeigt hat. Ich schicke ihm ein paar der Fotos und berichte von unserer kurzen Wanderung am Hammersee. Als ich ihn nach seinen Lieblingsausflügen auf der Insel frage, schildert er mir ausführlich, wie Tomasz in der fünften Klasse eine geheime Schatzkarte gefunden hat, und sie sich gemeinsam mit Joris sofort ins Abenteuer gestürzt haben. Mehrere Tage sind sie über Juist geradelt und haben überall Ausgrabungen vorgenommen, bis herauskam, dass die Karte ein Streich von den Sechstklässlern gewesen war. Die Enttäuschung, dass es keinen echten Schatz gab, war so groß, dass Tomasz' Eltern zu seinem elften Geburtstag wenige Wochen später eine Piratenparty organisierten, bei der sie dann tatsächlich eine Schatztruhe ausbuddeln konnten.

Dafür will Maxi wissen, was meine Lieblingsgeburtstagserinnerung ist, und so kommen wir von einem Thema zum nächsten.

Als mein Magen ein lautes Knurren von sich gibt, halte ich irritiert inne und schaue verwirrt auf die Uhr. WAS?!

Maxi und ich chatten seit fast drei Stunden miteinander. Ich habe gar nicht gemerkt, wie die Zeit verflogen ist.

Mein Nacken kribbelt auf einmal unangenehm. So lustig das Nachrichtenaustauschen mit Maxi auch war: Es ist genau das eingetreten, wovor ich Angst hatte. Ich habe mich durch ihn ablenken lassen. *Verflixt.*

Heute Morgen schien es mir noch eine gute Idee zu sein, ihm zu texten, damit er meine Nummer hat. Aber jetzt bin ich mir da nicht mehr so sicher. Das hier darf nicht zur Regel werden.

Ich muss los, tippe ich und kaue auf meiner Unterlippe. Dann füge ich noch hinzu: *Danke für die kleine Auszeit von der Auszeit. Aber ich glaube, ich habe das ein wenig überstrapaziert heute. In den nächsten Tagen muss ich mir ein bisschen mehr Zeit für mich nehmen. Hab noch einen schönen Abend. Und grüß Tomasz und Joris von mir.*

Mein Herz klopft vor Nervosität, als ich mir die Sätze ein letztes Mal durchlese, dann schicke ich die Nachricht ab. Die Haken werden sofort blau.

Mit angehaltenem Atem starre ich auf mein Handy und warte. Ob ich ihm damit vor den Kopf stoße? Ich will nicht, dass er denkt, ich würde ihn ausnutzen.

Maxi schreibt. Es dauert nur ein paar Sekunden, trotzdem dröhnt mein Pulsschlag mir in den Ohren.

Maxi: Gern, Cinderella. Mein Angebot steht – melde dich jederzeit. Und wenn nicht, ist das genauso in Ordnung.

Ich muss schlucken. Und weiß schon jetzt, dass ich gleich mit Lina kein anderes Gesprächsthema haben werde als diese Nachricht.

Verflixt. Ich stecke jetzt schon tiefer drin, als ich wollte.

Kapitel 8

Biografien, historische Romane, Inselromane, Liebesromane … Mein Blick erfasst das Angebot der Buchhandlung, dann trete ich einen Schritt näher an das Regal mit den Liebesgeschichten und lasse meine Finger über die Buchrücken fahren. Ein warmes Gefühl breitet sich in meinem Bauch aus. Seit ich denken kann, lese ich gern. Sobald ich von Büchern umgeben bin, geht es mir automatisch gut. Mich in ferne Welten zu träumen, mit starken Protagonistinnen mitzufiebern, Abenteuer zu erleben, während ich zu Hause auf meinem Sofa sitze. Das ist das Schönste, das ich mir vorstellen kann. Nirgendwo sonst komme ich so zur Ruhe wie beim Lesen. Etwas, das ich mit meiner Mutter gemeinsam habe.

Bei dem Gedanken an sie muss ich schlucken. Schon wieder ist da die Enge in meiner Brust, und ich habe Mühe, gleichmäßig zu atmen. Hinter meinen Lidern brennt es gefährlich, aber ich blinzele tapfer gegen die aufsteigenden Tränen an.

Um mich abzulenken, versuche ich mich wieder auf die Romane vor mir zu konzentrieren. Ich möchte kein zu schweres Thema … Völlig in Gedanken versunken, ziehe ich hier und da ein Buch aus dem Regal, um den Klappentext zu überfliegen. Das erfüllt mich mit einer solchen Ruhe, dass der Stapel auf meinen Armen immer weiter wächst. Jetzt muss ich damit nur noch gefahrlos zur Kasse kommen.

Die Bücher vor mir her balancierend, drehe ich mich um – und pralle prompt gegen einen Widerstand. Mit einem Knall fallen die obersten drei Romane vom Stapel, die anderen kann ich gerade noch so fangen.

Bevor ich realisieren kann, wogegen ich da geknallt bin, dringt leises Lachen an mein Ohr. Mit einer Stimme, die mir nur zu bekannt vorkommt. Ich versteife mich. *Das kann doch nicht wahr sein.*

»Dinge nach jemandem zu werfen, scheint ein Begrüßungsritual von dir zu sein, oder?«

Ich zwinge mich, aufzuschauen – und sehe geradewegs in Maxis grinsendes Gesicht.

Hitze schießt mir in die Wangen. Doch bevor ich mich in Grund und Boden schäme, plappere ich wild drauf los.

»Vielleicht stehst du einfach immer im Weg?«

Sein Grinsen wird breiter. »Das kann natürlich auch sein. Ich glaube aber eher«, er tritt einen Schritt näher zu mir, »dass ich eine magische Anziehung auf dich ausübe.«

Bei seinen Worten streift sein Atem mein Gesicht, und sein herber, männlicher Duft steigt mir in die Nase. Er riecht nach einem minz-fruchtigen Duschgel und etwas, das mich an Sommerabende am Lagerfeuer erinnert. Einen Moment bin ich wie benebelt. Erst mit deutlicher Verzögerung reagiert mein Verstand auf die eben gesagten Worte.

»Bitte was?«, stammle ich empört.

Maxi lacht. »Vielleicht stehst du auf einen gewissen Knalleffekt?«

Natürlich. Entrüstet rolle ich mit den Augen, merke aber selbst, wie meine Mundwinkel nach oben wandern.

»Hier.« Maxi bückt sich und hebt die Bücher auf, die mir heruntergefallen sind. Einen Moment beäugt er neugierig den wackeligen Stapel, bevor er sie vorsichtig oben ablegt.

»Danke.«

»Alles in Ordnung bei Ihnen?«, ertönt da eine Stimme hinter uns. Der Verkäufer steht mit besorgter Miene im Ladenlokal.

Ich räuspere mich. »Ja, alles bestens.«

Als die Bücher erneut zu schwanken beginnen, eilt er mir zu Hilfe. Da erst scheint er Maxi zu bemerken.

»Ach, hallo! Wie gehts dir? Ich habe schon gehört, dass du trotz der Ferien auf der Insel geblieben bist.«

Er eilt geschäftig zur Kasse hinüber, Maxi und ich folgen ihm.

»Mir gehts hervorragend, danke der Nachfrage. Hat mein Vater wieder geplaudert?«

Aus dem Augenwinkel kann ich sehen, wie Maxis Mundwinkel zucken.

»Habe ihn vor Kurzem unten in der Hafenkneipe getroffen. Da kommt man nach dem dritten Bier ja gern mal ins Plaudern. Nimm es deinem alten Herrn nicht übel. Er ist eben stolz auf seine Kinder.«

In seiner Stimme klingt auf einmal eine Ernsthaftigkeit mit, die mich überrascht innehalten lässt. Auch Maxis Haltung verändert sich, seine Schultern werden steif. Mit einem Mal liegt eine Spannung in der Luft, die förmlich mit Händen zu greifen ist. Wieso reagiert Maxi bei der Erwähnung seiner Familie so seltsam? Neugierig lasse ich meinen Blick zwischen ihm und dem Buchhändler hin und her wandern.

Als er nach einigen Sekunden immer noch nichts erwidert, wird mir die Stille unangenehm. Um ihr zu entkommen, plappere ich drauf los, wie ich es so oft tue, wenn ich nervös bin.

»Haben Sie … haben Sie vielleicht eine Tasche für die Bücher? Der Weg ist zwar nicht weit, aber ich möchte lieber nicht riskieren, noch mal welche fallen zu lassen. Eine Person pro Tag umzurennen, reicht aus, würde ich sagen. Mal davon abgesehen, dass es klasse wäre, wenn alle Bücher unbeschadet mit mir in der Pension ankommen. Dann kann ich sie nach dem Lesen vielleicht noch spenden. Hier gibt es doch bestimmt irgendwo einen Bücherschrank oder eine Bücherei, an die man sie geben kann?«

Ein wenig atemlos halte ich inne. Und schaue in zwei perplexe Gesichter. Am liebsten würde ich mich unter ihren Blicken winden. *Was war das denn für eine Aktion?* Mein ungefiltertes Geplapper hat zwar die Stille durchbrochen, aber die Stimmung ist keinen Deut besser geworden. So unbehaglich habe ich mich schon lange nicht mehr gefühlt.

»Bitte? Eine Tasche? Ja. Ja, natürlich«, murmelt der Verkäufer irgendwann gedankenverloren. »Lieber aus Stoff oder aus Plastik?«

»Gern eine aus Stoff. Danke.«

»Selbstverständlich.«

Er greift unter die Kasse und holt einen Stoffbeutel mit dem Logo der Buchhandlung hervor. Nachdem er die Bücher darin verstaut hat, bezahle ich alles und bedanke mich.

»Also dann, bis zum nächsten Mal«, verabschiede ich mich und nehme die bis obenhin gefüllte Tasche vom Tresen. Dabei wische ich beinahe den Aufsteller mit Lesezeichen herunter. Maxi greift geistesgegenwärtig danach und stellt ihn kommentarlos wieder an seinen Platz.

Ich schließe für einen Moment peinlich berührt die Augen. »Entschuldigung!«

»Nichts passiert«, höre ich Maxis beruhigende Stimme, bevor er mich mit seinem Blick fragt, ob er lieber die Tasche nehmen soll. Ich nicke knapp und halte ihm die Henkel entgegen. Bei meinem Glück reiße ich mit dem vollen Beutel beim Rückzug aus dem Laden sonst noch irgendetwas anderes zu Boden.

»Danke für Ihren Einkauf«, meint der Buchhändler mechanisch, während Maxi mich zur Tür bugsiert.

Draußen angekommen, lasse ich einen Schwall Luft entweichen und versuche, mich zu sammeln.

»Das war furchtbar«, spreche ich das Offensichtliche aus und vergrabe mein Gesicht in den Händen. »Du musst mich ja für eine wandelnde Gefahr auf zwei Beinen halten.«

»Ich finde es ehrlich gesagt ziemlich niedlich.«

Durch meine Finger schiele ich ungläubig zu ihm.

Er lacht. »Tollpatschigkeit ist doch eine liebenswerte Eigenschaft.«

Ich brummele vor mich hin. »Das sagst du nur, weil du Grundschullehrer bist. Bei den Kids ist das süß. Aber nicht mehr bei einer erwachsenen Frau.«

Maxi prustet los. Seine heitere Reaktion sorgt dafür, dass die Anspannung allmählich aus meinen Schultern weicht.

»Na komm, Cinderella. Ich bringe deine Büchertasche und dich sicher nach Hause.«

Er schultert die Stofftasche und dreht sich in die Richtung von Biggis Pension.

Zuerst will ich protestieren, aber dann klappe ich den Mund wieder zu. Denn eigentlich freue ich mich darüber, noch ein paar Minuten länger mit Maxi zu verbringen.

»Jetzt habe ich dich davon abgehalten, deine eigene Besorgung zu machen, oder?«

Er schaut mich kurz an, bevor er eine wegwerfende Handbewegung macht. »Nein, alles gut. Ich wollte gar nichts kaufen.«

Ich werfe ihm einen irritierten Blick zu. »Und was hast du dann in der Buchhandlung gemacht?«

»Ich habe nebenan einen Kinogutschein besorgt und beim Rauskommen gesehen, dass du ganz versunken vor einem Regal standest. Da wollte ich kurz Hallo sagen.«

»Oh.«

Mein Herz setzt einen Schlag aus, ehe es im doppelten Tempo weiterschlägt. Ohne dass ich es steuern kann, verziehen meine Lippen sich zu einem Lächeln. Schnell senke ich den Kopf, damit Maxi es nicht sieht.

»Danke übrigens«, meint er, als wir rechts abbiegen.

»Wofür?«

»Dass du vom Thema abgelenkt und die Stimmung aufgelockert hast. Auch wenn deine Methode ... speziell ist.«

Ich höre den Schalk aus seiner Stimme und merke, wie meine Ohren heiß werden.

»Wenn ich ehrlich bin, war die Ablenkung gar nicht meine primäre Absicht. Aber das ist so ein Tick von mir. Immer, wenn ich nervös bin, plappere ich los.«

Maxis Blick liegt so intensiv auf mir, dass ich einfach weiterrede und im ersten Moment gar nicht bemerke, wie ich meine Aussage aktiv unter Beweis stelle. »Das ist schon so, seit ich denken kann. Meine Mutter meinte früher immer, ich hätte *Sabbelwasser* getrunken und –«

Meine Stimme versagt, und ich stocke mitten im Satz. Es ist, als hätte ich mir durch die unbedachte Erwähnung meiner Mom einen Schlag in die Magengrube verpasst. Abrupt wende ich den Blick ab. *Atmen, Josi. Alles ist gut.*

Es dauert einen Moment, bis ich mich auf dieses innere Mantra konzentrieren kann.

Verstohlen werfe ich einen Blick zu Maxi. Ob er etwas gemerkt hat? Zumindest ist er Gentleman genug und spricht es nicht an, als er unsere Unterhaltung fortsetzt.

»Auch das finde ich ziemlich niedlich.«

Ungläubig reiße ich die Augen auf.

»Du findest es niedlich, wenn jemand in Stresssituationen ohne Sinn und Verstand vor sich hinredet?« Skeptisch ziehe ich die Brauen zusammen.

Er lacht. »Du unterschätzt dich. Auch wenn Piet im ersten Moment sicher ein wenig verwirrt war.«

»Piet?«

»Der Besitzer der Buchhandlung«, klärt er mich auf. »Und es hat funktioniert. Zumindest bei mir war die angespannte Stimmung sofort verflogen.«

Immer noch skeptisch beäuge ich ihn, aber er erwidert meinen Blick mit einem Grinsen. Dabei funkeln seine Augen in einem so intensiven Grün, dass mein Magen einen Salto schlägt. Wie kann man nur so grüne Iriden haben?

Der Farbton wird sogar noch leuchtender, als Maxi plötzlich stehen bleibt und sich das Grinsen auf seinem Gesicht vertieft.

»Josi?«

»Ja?« Meine Stimme klingt atemlos, und ich bemerke, wie er amüsiert eine Braue hebt.

»Wir sind da.«

»Wir sind ... was?« Ich reiße meinen Blick von ihm los und schaue auf den Eingang von Biggis Pension. Perplex blinzele ich.

Maxi neben mir gluckst. »Schaffst du es die letzten Meter allein oder brauchst du noch Geleitschutz, bis du drinnen bist?«

Als Antwort strecke ich meine Hand aus, damit er mir die Tasche mit den Büchern überreicht.

Betont unschlüssig schaut Maxi erst meine Hand, dann die Tasche und anschließend den kurzen Weg bis zur Tür an, bevor er den Kopf hin und her wiegt und die Lippen schürzt.

Schließlich seufzt er theatralisch.

»Na gut. Aber auf eigene Gefahr!«

Er lässt sich die Tasche von der Schulter gleiten und gibt sie mir. Dabei berühren sich unsere Fingerspitzen – und ein Stromstoß jagt meinen Arm hinauf. Das plötzliche Kribbeln überrascht mich so sehr, dass ich die Henkel loslasse. Mit einem dumpfen *Rumms* landet die Tasche zwischen Maxis und meinen Füßen auf dem Bürgersteig.

Na super. Die Augen auf den Beutel mit den Büchern vor mir gerichtet, blinzele ich. Einmal. Zweimal. Dann bücke ich mich, um die Tasche aufzuheben. Doch dummerweise hat Maxi anscheinend den gleichen Plan. Krachend donnern unsere Köpfe zusammen. *Aua.* Wir weichen zurück, und ich reibe mir über die Stirn. Dann treffen sich unsere Blicke. Und wir brechen in Gelächter aus.

»Ich sag ja, du stehst auf einen gewissen Knalleffekt«, meint er, als wir uns wieder halbwegs beruhigt haben. Dann bückt er sich ein weiteres Mal, hebt die Tasche hoch und reicht sie mir erneut.

»Danke.«

Meine Stimme klingt kratzig, und ich muss schlucken.

»Kein Problem.«

Betont selbstsicher gehe ich auf Biggis Pension zu, da ertönt ein Räuspern hinter mir.

»Ach, Josi?«

Ich halte inne und werfe Maxi einen Blick über meine Schulter zu. »Ja?«

»Morgen Abend gebe ich eine kleine Gartenparty. Joris hat Geburtstag, und da grillen wir traditionell immer zusammen. Weil ich der einzige von uns dreien mit Garten bin, veranstalten wir das Ganze bei mir. Wenn du magst, kannst du gern kommen.«

Überrascht starre ich ihn an. In meinem Inneren liefern sich gerade die unterschiedlichsten Gefühle einen erbitterten Kampf. Einerseits freue ich mich sehr über die Einladung und würde liebend gern mehr Zeit mit Maxi verbringen, andererseits fällt das definitiv in den Bereich Ablenkung – und die wollte ich doch auf jeden Fall vermeiden. Maxi scheint mir anzusehen, dass ich in meinem Kopf gerade eine Pro-und-Contra-Liste erstelle.

»Es ist nichts Großes, eher ein gemütliches Beisammensein. Joris steht nicht so auf ausladende Feierlichkeiten. Eigentlich sind es nur Tomasz, er und ich. Und wie ich meinen Vater kenne, wird er bestimmt auch mal kurz vorbeischneien.«

Ich horche auf. Maxis Papa wird dabei sein? Das weckt meine Neugier. Nachdem Maxi eben in der Buchhandlung so seltsam auf Piets Kommentar reagiert hat, als dieser über seinen Vater gesprochen hat, reizt es mich, der Geschichte auf den Grund zu gehen.

»Überlege es dir in Ruhe«, merkt Maxi noch an. »Um sieben geht es los. Wo ich wohne, weißt du ja.«

Er zwinkert und hebt die Hand zum Abschied.

»Bis dann«, murmele ich und betrete völlig in Gedanken versunken die Pension.

»Hey, Josi!«, begrüßt mich meine Patentante und schaut von ihrem Laptop auf. Sie steht hinter der Rezeption. Ihr Blick huscht kurz nach draußen, wo Maxi gerade die Straßenseite wechselt.

»Ich war Bücher shoppen. Ein bisschen Sommerlektüre, wenn ich wieder an den Strand gehe.« Ich zeige auf die randvolle Tasche.

»Verstehe.« Sie lächelt wissend und zieht vermutlich absolut die falschen Schlüsse. Aber darauf kann ich mich im Moment nicht konzentrieren, in meinem Kopf wälze ich die ganze Zeit Maxis Einladung hin und her.

»Ich bringe die Bücher nach oben. Wir sehen uns später«, antworte ich ihr nur.

»Ja, bis nachher.«

Während sie sich wieder dem Computer zuwendet, gehe ich auf die Treppe zu. Doch bevor ich die erste Stufe erreiche, mache ich noch einmal kehrt.

»Biggi?«

Sie hebt den Blick. »Ja?«

»Wo kann ich hier Geburtstagsgeschenke kaufen?«

Kapitel 9

Mein Herz klopft aufgeregt in meiner Brust, als ich am nächsten Abend vor der dunkelblauen Haustür stehe. In einer Hand habe ich ein hübsch verpacktes Geschenk für Joris, in der anderen ein Sixpack Bier.

Mit den Augen fahre ich die Außenfassade des Hauses ab. Es sieht gepflegt aus, hell, freundlich und maritim. Rechts von mir führt eine gemauerte Treppe hoch ins erste Stockwerk, wo ich eine weitere Tür erkennen kann. Direkt über der ersten Stufe ist ein Schild angebracht, auf dem ein Pfeil nach oben deutet, und die Worte *Wohnung Blaue Nordseeperle* eingraviert sind.

Ich schaue wieder zurück zur Haustür vor mir, atme ein letztes Mal tief durch und drücke dann mit meinem Knöchel auf die Klingel, in der in dicken Lettern BERGMANN (PRIVAT) prangt.

Ein Läuten, das mich ein wenig an meine alte Schulglocke erinnert, ertönt. Kurz darauf wird die Tür mit einem Schwung aufgerissen.

Maxi steht vor mir, ein Geschirrtuch über der linken Schulter, und ich sauge seinen Anblick förmlich in mich auf. Er trägt ein graues T-Shirt zu einer hellblauen, verwaschenen Jeans, die an den Knien fransig ist und knapp oberhalb seiner Knöchel endet. Dazu hat er grau-blaue Sneaker kombiniert. Wäre Lina hier, wäre ihr Kommentar vermutlich »Lässig-chic, der Mann weiß, was ihm steht«.

Zuerst scheint er überrascht, dass ich tatsächlich vor seiner Tür stehe. Dann breitet sich ein so herzliches Lächeln auf seinem Gesicht aus, dass mir automatisch wärmer wird.

»Du bist gekommen!«

Ich zucke betont lässig mit den Achseln.

»Ich kann mir doch keine Geburtstagsgartenparty entgehen lassen!« Mit einem Kopfnicken deute ich auf das Sixpack Bier in meiner Hand. »Außerdem habe ich noch ein Versprechen einzulösen.«

Sein Blick fällt auf die Getränke, und ihm entschlüpft ein Lachen. »Damit sicherst du dir für alle Zeiten Tomasz' Gunst, das garantiere ich dir. Das ist nämlich seine Lieblingssorte.«

Meine Mundwinkel wandern in die Höhe. Also habe ich es mir richtig gemerkt, welches Bier er beim Konzert getrunken hat.

»Was soll ich sagen: Ich konnte es nicht riskieren, den Ruf einer Zechprellerin zu bekommen. Die Insel ist klein, und ich habe eigentlich vor, noch ein wenig zu bleiben.«

Maxi grinst. »Diese Gefahr ist gebannt, denke ich. Möchtest du reinkommen?«

Er macht einen Schritt zur Seite, damit ich eintreten kann, und ich sehe mich möglichst unauffällig um.

Wir stehen in einem hellblau gestrichenen Flur, von dem vier Türen abgehen. Das maritime Flair der Außenfassade des Hauses zieht sich auch hier durch. Über der weißen Kommode, die rechts an der Wand steht, hängt ein Bild von einem Anker. Auf der Kommode befindet sich eine Glasvase, in der keine Blumen stecken, sondern Sand und Muscheln eingefüllt wurden. An der gegenüberliegenden Wand ist ein längliches Stück Treibholz angebracht. Die Form lässt mich stutzen, weil sie mir bekannt vorkommt. Bei näherem Hinsehen erkenne ich, dass das Brett die Umrisse von Juist darstellt.

»Das haben mir meine Schüler letztes Jahr zu Weihnachten geschenkt.«

Ertappt zucke ich zusammen, als Maxi neben mich tritt und mit einem Lächeln auf die Treibholzversion von Juist deutet. Ich habe mich wohl doch nicht so unauffällig umgesehen.

»Wir haben das Stück Holz bei einem Ausflug am Strand gefunden. Danach haben sie es gemeinsam im Kunstunterricht ausgesägt, lackiert und unterschrieben.«

Tatsächlich: Als ich näher herangehe, kann ich mehrere Namen in krakeliger Kinderschrift darauf entziffern. Mein Herz zieht sich vor Rührung zusammen.

»Es sieht toll aus«, erwidere ich ehrlich. »Ein echtes Unikat.«

Maxi lächelt, während er die Wanddekoration mit einem warmen Blick betrachtet.

»Danke.« Dann räuspert er sich.

»Die anderen sind schon da, sie sitzen hinten im Garten. Sollen wir weiter?«

Ich nicke und folge Maxi vom Flur in ein geräumiges Wohnzimmer, das in eine offene Küche übergeht. Auch hier ist alles in verschiedenen Blau- und Grautönen gehalten. Auf der Anrichte rechts stehen mehrere Schüsseln und Teller – ein Salatbüffet. Von dort geht es geradewegs auf die offene Glastür gegenüber von uns zu.

»Ah, da ist ja unsere Großstädterin!«, werde ich auch schon begrüßt, kaum dass ich auf der weitläufigen Terrasse stehe.

Ich wende mich nach rechts und entdecke Tomasz, der hinter einem Grill steht und mir mit einer Grillzange in der Hand zuwinkt.

»Hey, Tomasz!«

Er grinst, bevor ein Zischen auf dem Rost ihn ablenkt, und er sich auf die Fleischstücke vor sich fokussiert. Es duftet himmlisch. Rauchig und würzig. Obwohl ich eigentlich wenig Fleisch esse und eher zur Fraktion Maiskolben und Grillkäse gehöre, läuft mir das Wasser im Mund zusammen.

»Schau mal, was Josi mitgebracht hat!«, merkt Maxi an, woraufhin Tomasz erneut vom Grill aufblickt und über das ganze Gesicht zu strahlen beginnt, als ich das Sixpack hochhalte. Maxi nimmt es mir ab und stellt es auf den gedeckten Tisch auf der Terrasse.

»Eine Frau, die ihre Versprechen hält. Maxi, da hast du eine gute Wahl getroffen!«, kommentiert er meinen Kauf.

Ich laufe knallrot an, während Tomasz vielsagend mit den Augenbrauen wackelt.

Maxi stöhnt auf. »Ach, komm schon, Tommy.«

»Warum nennt ihr mich eigentlich immer bei meinem Spitznamen aus der Grundschule, wenn ihr mich ermahnt«, murmelt der vor sich hin, grinst aber weiter in meine Richtung.

»Weil du dich vorher meistens wie ein Sechsjähriger benommen hast«, ertönt da Joris' Stimme ungerührt. Er erhebt sich von einem Gartenstuhl und kommt die wenigen Schritte zu uns herüber.

»Hey, Josi. Schön, dass du da bist.«

Ich räuspere mich, noch immer ein wenig überfordert von Tomasz' Spruch, und strecke Joris mein Geschenk entgegen. »Alles Gute zum Geburtstag!«

Überrascht blickt Joris von dem Päckchen hoch in mein Gesicht. »Du musst mir doch nichts schenken!«

Ein Lächeln zupft an meinen Mundwinkeln.

»Ich weiß. Aber ich wollte es gern.«

Ich hebe das Geschenk ein bisschen höher, um meine Worte zu unterstreichen. Joris zögert einen Moment, nimmt mir das Päckchen dann jedoch ab. Er hält es mit beiden Händen fest und schenkt mir ein leichtes Lächeln.

»Keine falsche Bescheidenheit, Junge!« Tomasz kommt mit der Zange in der Hand um den Grill herum. »Jetzt mach es schon auf.«

Als Joris' Blick zu seinem Kumpel wandert, zucken seine Mundwinkel verdächtig. »Vielleicht möchte ich es ja auch erst später öffnen, ohne Publikum?«

»Das wäre Josi gegenüber undankbar«, kontert Tomasz trocken. »Sie will bestimmt deine Reaktion sehen, wenn du es auspackst.«

»Klar. Dir geht es einzig und allein darum, dass hier die Höflichkeitsetikette gewahrt wird.« Joris legt grinsend seinen Kopf schief. »Und nicht etwa darum, dass du fast vor Neugier platzt.«

»Du weißt, wie sehr ich Höflichkeit schätze. Mein Spitzname ist nicht umsonst Mr. Knigge.«

Maxi schnaubt neben mir belustigt, und auch ich muss mir auf die Lippe beißen, um nicht loszuprusten.

»Wenn du das sagst ...«

»Tue ich. Und jetzt: Auspacken!«

Mein Blick zuckt belustigt zwischen den dreien hin und her. Tomasz sieht aus wie ein kleines Kind an Weihnachten kurz vor der Bescherung, Maxi beäugt ihn mit einem Kopfschütteln, bevor er Joris einen *Du-kennst-ihn-ja*-Blick zuwirft, und dieser hebt lachend die Arme.

»Okay, okay, ich mach ja schon.«

Er beugt sich über das Geschenk und beginnt damit, das Papier zu lösen. Dabei geht er so langsam vor, dass Tomasz neben mir genervt aufstöhnt.

»Wird das in diesem Leben noch was?«, brummt Tomasz ungeduldig, aber Joris lässt sich davon nicht beirren. In aller Seelenruhe faltet er das Papier zusammen, nachdem er es von der Pappschachtel gelöst hat, und hebt dann den Deckel.

Seine Augen leuchten auf, als er den Inhalt entdeckt. Es handelt sich um den Bausatz für ein kleines Flugzeugmodell.

»Das ist ja der Knaller, danke!«

Mir fällt ein Stein vom Herzen. Er scheint sich ehrlich zu freuen. Ich hatte ein bisschen Sorge, ob es nicht zu kitschig sein könnte. Aber in letzter Minute ein Geschenk für jemanden zu besorgen, von dem ich eigentlich nur weiß, dass er mit Leib und Seele Pilot ist, war nicht die einfachste Aufgabe.

»Da ist auch ein Sockel bei«, erkläre ich und deute auf die Pappschachtel. »Wenn du das zusammengebaute Modell daraufstellst, wird es zu einer Lampe.«

Statt einer Antwort drückt Joris dem überrascht aussehenden Maxi das Päckchen in die Hand und zieht mich in eine Umarmung. Er flüstert mir ein heiseres »Danke« ins Ohr, bevor er sich wieder von mir löst, Maxi das Geschenk abnimmt, und es wie einen Schatz behutsam zum Tisch trägt.

Ich streiche mir perplex meinen grauen Sweatrock glatt, weil ich nicht mit so viel Begeisterung gerechnet habe.

»Du bist also auch noch gut im Schenken«, meint Tomasz neben mir und beobachtet Joris dabei, wie er sich in einen der Gartenstühle fallen lässt, die Bauanleitung aus dem Karton fischt und anfängt, sie zu lesen.

»Was habt ihr ihm denn geschenkt?«

Die beiden tauschen einen Blick.

»Einen Kinogutschein.«

Sofort blitzt die Erinnerung an gestern in meinem Kopf auf, und meine Augen schweifen zu Maxi. Das Funkeln in seinem Blick verrät mir, dass er genauso an unser gestriges Aufeinandertreffen denkt. Mein Puls beschleunigt sich, und ein warmes Kribbeln breitet sich in meiner Magengegend aus.

Da erklingt neben mir das Klicken einer Grillzange, und ich zucke zusammen.

»Sieht so aus, als wäre unser Geburtstagskind erst mal beschäftigt. Dann kümmere ich mich weiter ums Essen.«

Tomasz klickt wie zur Bestätigung noch einmal mit der Zange, bevor er sich erneut hinter den Grill stellt.

Gleichzeitig versuche ich, meinen Herzschlag wieder unter Kontrolle zu bekommen. *Himmel.* Warum passiert mir das in Maxis Nähe ständig? So etwas habe ich noch nie erlebt. Seine Blicke fühlen sich echter und intensiver an als manche Küsse, die ich mit meinem Exfreund Benedikt hatte. Dabei mochte ich es immer, ihn zu küssen.

Wie es sich wohl anfühlen mag, wenn Maxis Lippen auf meinen liegen?

Was?! Wo kommt der Gedanke denn bitte her? *Stoppstoppstopp.*

Nur Freunde, erinnere ich mich an meine Grenze und versuche, mich abzulenken.

»Kann ich noch irgendwie helfen? Brot schneiden, Dips anrühren, Getränkenachschub holen oder so etwas?«

Ich werfe einen schnellen Blick zu Maxi, aber es ist Tomasz, der mir antwortet.

»Ist alles schon erledigt. Essen ist schließlich mein Spezialgebiet.«

Er grinst mir über den dampfenden Grill hinweg zu.

»Du darfst nachher gern meine Limonaden probieren und bewerten, da habe ich verschiedene Rezepte getestet. Die müssen aber noch ein bisschen ziehen.«

Damit wendet er sich wieder dem Grill zu und summt fröhlich vor sich hin.

Ich bleibe unschlüssig mitten im Garten stehen. Joris ist immer noch in die Bauanleitung seines Modellflugzeugs vertieft, und ich fühle mich mit einem Mal seltsam fehl am Platz. Doch Maxi rettet mich aus meinem Anflug von Unwohlsein.

»Kann ich dir vor dem Limonaden-Tasting etwas anderes zu trinken anbieten? Wir haben Bier, Cola, Eistee, Wasser, Apfelschorle, Iced Coffee ... Der Kühlschrank quillt förmlich über.«

»Gern«, nehme ich seinen Vorschlag dankbar an und folge ihm durch die Terrassentür in die Wohnküche.

Nach einem kurzen Blick auf das Getränkeangebot entscheide ich mich für Eistee, Maxi nimmt sich eine Cola.

Geschickt wirft er den Kronkorken in einen Mülleimer unter der Spüle, dann lehnt er sich gegen die Anrichte. Ein Lächeln umspielt seine Mundwinkel. Ich erwidere es unsicher.

»Also ...«

Da steht Tomasz mit einem Mal im Türrahmen, murmelt »Kräuterbutter, Kräuterbutter« vor sich hin, öffnet mit suchendem Blick den Kühlschrank und holt eine Schüssel hervor.

»Essen ist in zehn Minuten fertig. Ich rufe euch dann einfach!«

Damit verschwindet er genauso schnell, wie er gekommen ist.

Maxi und ich starren ihm nach.

»Sieht so aus, als wäre unsere Hilfe nicht erwünscht«, unterbreche ich schließlich die Stille.

Maxi gluckst. »Ja, beim Thema Essen ist er eigen. Was hältst du von einer Wohnungstour?«

Ich zögere einen Moment, weil ich nicht weiß, ob es eine so gute Idee ist, noch mehr Zeit allein mit ihm zu verbringen. Aber schließlich siegt meine Neugier. »Gern.«

Maxi stößt sich von der Anrichte ab, stellt seine Flasche ab und klatscht einmal in die Hände. »Also dann: Herzlich willkommen in der Casa Bergmann!«

Mit einer ausladenden Armbewegung umfasst er den Raum, in dem wir uns befinden.

»Es war 2015, als der Sohn des Hauses, Maxime Immanuel Bergmann, seinen Bachelor mit fulminantem Erfolg abschloss und weiterhin eisern sein Ziel verfolgte, der beste Grundschullehrer aller Zeiten zu werden.« Er zwinkert mir zu. »Das Ziel konnte er natürlich nur auf der schönsten Insel der Welt erreichen. Also gab er auch in seinem Masterstudium alles, um an der hiesigen Inselschule sein Referendariat zu machen. Was ihm – dank seiner hervorragenden Überzeugungskünste, seinem unermüdlichen Einsatz und dem Glauben an sich selbst – selbstverständlich gelang.«

Meine Mundwinkel zucken.

»Den Masterabschluss in der Tasche kehrte der einst abtrünnig gewordene Sohn also zurück nach Juist. Womit wir«, er legt eine dramatische Pause ein, »zu diesem Haus kommen. Eigens von den Händen seines Vaters gebaut, wurde es jahrzehntelang hauptsächlich als Urlaubsdomizil von Leuten vom Festland genutzt. Mit anderen Worten: Das Haus bestand aus zwei Ferienwohnungen. Als nun der Sohn der Familie, herangewachsen zu einem reifen

Mann, wieder Teil der Inselgemeinde wurde, hat sein Vater keine Kosten und Mühen gescheut, ihm ein angemessenes Nest zur Verfügung zu stellen. Einige Malerarbeiten, neue Möbel und viele Glückstränen später, fand der junge Lehrer hier ein Zuhause in seiner neuen alten Heimat.«

Er geht einige Schritte in den Raum hinein und räuspert sich gespielt erhaben. »Dieses Zimmer ist innerhalb der Wohnung der Lebensmittelpunkt des Heimkehrers. Hier verbringt er die meiste Zeit, weil er entweder auf dem Sofa sitzt, in Bücher eintaucht oder mit seinen Freunden zusammen Videospiele zockt«, seine Hand deutet dabei in Richtung des großen Flachbildschirms, »oder weil ihn ein guter Freund in die Geheimnisse der Kochkunst einweihen will. Ein Unterfangen, an dem nicht nur der Kochlehrer regelmäßig verzweifelt.«

Ich schüttele amüsiert den Kopf.

»Sprichst du von dir selbst eigentlich oft in der dritten Person?«

Maxi grinst. »Das Leben wäre doch langweilig, wenn wir es immer aus derselben Perspektive betrachten würden. Bereit für die nächsten Räume?«

In den kommenden Minuten führt er mich durch ein Arbeitszimmer, das nicht nur einen Schreib-, sondern auch einen Basteltisch beinhaltet.

»Natürlich rein für die Vorbereitungen der Kunststunden«, beteuert Maxi mit einem Grinsen. Weiter geht es zu einer kleinen Kammer, die zeitgleich Vorratsraum und Haushaltsschrank ist und in ein geräumiges Badezimmer, bei dem ein Quietscheentchen mit Kapitänsmütze auf dem Rand der modernen Badewanne sitzt. Zum Schluss machen wir bei der Besichtigungstour vor der Tür zu seinem Schlafzimmer Halt. Aus irgendeinem Grund beginnt mein Herz schneller zu klopfen.

»Das letzte Zimmer«, meint Maxi. Seine Stimme klingt belegt. Dann öffnet er die Tür.

Ich trete ein und schaue mich scheu, aber auch mit einer gewissen Portion Neugier, um.

Es hat etwas seltsam Intimes, mitten in seinem Schlafzimmer zu stehen. Dabei könnte der Raum nicht unschuldiger wirken:

Ein breiter Kleiderschrank mit Spiegel nimmt die linke Wand ein. Direkt daneben führt eine Tür ins Badezimmer, das wir vorhin vom Flur aus betreten haben. Rechts steht ein großes Bett, das mit einer dunkelblau-grauen Bettwäsche bezogen ist. An der Wand gegenüber, auf der anderen Seite der Tür zum Badezimmer, ist ein weiterer Flachbildschirm angebracht. Er kann zwar nicht mit der Größe des Fernsehers im Wohnzimmer mithalten, misst aber trotzdem eine beeindruckende Diagonale. Durch ein Fenster links neben dem Kopfende des Bettes dringt Tageslicht in den Raum. Allerdings sind die Jalousien halb geschlossen, wodurch alles im Halbdunkeln liegt.

Meine Augen wandern weiter an den Wänden entlang, bis sie rechts mehrere Fotos entdecken. Sie sind in einem Kreis angebracht. Erst auf den zweiten Blick erkenne ich, dass es sich um eine Uhr handelt.

Unsicher schiele ich zu Maxi, denn gerade Fotos sind immer eine sehr persönliche Angelegenheit, doch seine Mundwinkel heben sich leicht, was ich als Zustimmung deute.

Vorsichtig nähere ich mich der Fotouhr. Und muss lächeln, als ich die einzelnen Rahmen nacheinander unter die Lupe nehme.

Auf vielen der Bilder ist Maxi zusammen mit Joris und Tomasz zu sehen. Beim Kitesurfen auf dem Meer, am Tresen der Strandbar *Fette Beute.* Ein Foto zeigt die drei mit Zeugnissen in der Hand vor einem rot geklinkerten Gebäude. Ich vermute, dass es sich dabei um das Internat auf dem Festland handelt, an dem sie ihr Abitur gemacht haben.

Der Rahmen schräg darunter zeigt Maxi zusammen mit einer jungen Frau, deren Haare den gleichen Hellbraunton haben wie seine. Auch ihre Augen blitzen in dem Grün auf, das mir mittlerweile so vertraut ist. Die zwei grinsen vergnügt in die Kamera, Maxi hat einen Arm um ihre Schultern geschlungen. Die Ähnlichkeit der beiden ist verblüffend.

»Das ist meine Schwester Denise«, bestätigt Maxi in dem Moment meine Vermutung und tritt neben mich. »Und das hier oben sind meine Eltern.«

Er deutet auf das Bild in der oberen linken Ecke. Neugierig lehne ich mich weiter vor und betrachte das Paar, das auf dem Foto abgelichtet wurde.

Hanno Bergmann sieht aus wie eine ältere Version seines Sohnes, nur, dass seine Haare dunkler sind, und sein Gesicht von einem Bart eingenommen wird. Er trägt ein Flanellhemd, das er an den Ärmeln hochgekrempelt hat und wirkt, als ob er sich jeden Moment aufmacht, um auf einer Baustelle nach dem Rechten zu sehen.

Wie magisch angezogen wird mein Blick allerdings von seiner Mutter. Ich halte die Luft an. Sie ist eine bildschöne Frau. Mit langen, welligen, haselnussbraunen Haaren, die sie sich auf dem Bild lachend über die Schulter wirft. Maxi hat seine Augenform von ihr geerbt, und auch das Grübchen auf seiner Wange stammt eindeutig von ihr.

»Deine Familie sieht sehr nett aus«, meine ich nach einer Weile. Meine Augen wandern von seiner Mutter zu seinem Vater und von dort weiter zu dem Foto mit seiner Schwester. »Man merkt, wie nahe ihr euch steht.«

»Ja ...«

Etwas an Maxis Tonfall lässt mich stutzen. Ich drehe meinen Kopf zu ihm, aber er schaut weiter auf die Fotouhr vor uns. Dabei scheint sein Blick jedoch ins Leere zu gehen. Mit einem Mal wirkt sein Gesicht viel sorgenvoller. Oder nein ... das ist keine Sorge. Das ist Wehmut. In meiner Brust zieht sich etwas schmerzhaft zusammen. Hastig wende ich den Blick ab und entdecke einen leeren Bilderrahmen links unten. Ich runzele meine Stirn.

»Da war ein Foto von meiner Exfreundin und mir drin.«

Als hätte er meine Gedanken gelesen, tippt Maxi auf das Glas. »Nach unserer Trennung habe ich es entfernt. Bisher gab es noch kein neues Bild, was ich stattdessen einrahmen wollte.«

»Wie lange wart ihr ...« Ich beiße mir auf die Zunge. Die Worte sind mir herausgerutscht, bevor ich es verhindern konnte. *Grenzen, Grenzen, Grenzen!*, brüllt eine alarmierte Stimme in meinem Kopf. *Das hat dich nicht zu interessieren!*

»... zusammen?« Maxi scheint mir meine Frage nicht übelzunehmen. Stattdessen schaut er nachdenklich auf den leeren Rahmen. »Etwas mehr als vier Jahre. Sarah und ich haben uns im Studium kennengelernt, direkt im ersten Semester. Sie hat auch auf Lehramt studiert, allerdings für Gymnasien und Gesamtschulen. Wir hatten eine tolle Zeit zusammen, haben jede freie Sekunde miteinander verbracht.«

In meinem Magen beginnt es zu rumoren, aber ich ignoriere das Gefühl mit aller Macht. Stattdessen halte ich den Atem an und lausche gebannt, ganz darauf bedacht, nicht zu interessiert zu gucken. Woran ich kläglich scheitere. Als Maxi verstummt, dauert es keine zwei Sekunden, bis ich nachfrage.

»Und ... dann?«

Mein innerer Kritiker lässt eine Schimpftirade nach der nächsten los. *Haben dich alle guten Geister verlassen? Warum fragst du ihn so etwas? Das geht dich überhaupt nichts an. Und hat dich vor allem auch nicht zu interessieren.*

Aber meine Neugier ist stärker als die Scham.

Maxi seufzt, bevor er mit den Schultern zuckt.

»Dann kam meine Entscheidung, zurück nach Juist zu gehen. Es gab verschiedene Gründe dafür.«

Er stockt, was mich aufhorchen lässt. Ich habe einen Moment lang das Gefühl, dass er noch etwas hinzufügen möchte. Doch dann fährt er fort, ohne darauf einzugehen.

»Sarah hat meine Entscheidung zwar nachvollziehen können, aber für sie kam es nie infrage, mitzukommen. Sie ist ein Großstadtmensch.« Er hebt leicht einen Mundwinkel. »Ihr hat der Trubel gefehlt. Zu jeder Tages- und Nachtzeit zu wissen, dass man immer irgendwo einkaufen gehen kann, das Rattern der Straßenbahnen, sogar das Stimmengewirr der letzten Feiernden um vier Uhr nachts.«

Ich schlucke, während ich auf den leeren Bilderrahmen starre. In einer Großstadt aufgewachsen ... Unweigerlich frage ich mich, welche Parallelen es noch zwischen uns gibt. Und ob mir der Trubel auch fehlt.

»Mal davon abgesehen, dass es auf Juist nur die Inselschule gibt und die nach der zehnten Klasse aufhört. Ihr hat es immer am meisten Spaß gemacht, die Oberstufe zu unterrichten und ihre Schülerinnen und Schüler auf das Abitur vorzubereiten. Mit anderen Worten«, er klingt ruhig und gefasst, als er sich zu mir dreht, »Sarah wäre hier nie glücklich geworden. Wir haben zwar alle Möglichkeiten besprochen, die es für uns gab. Eine Fernbeziehung zu führen, es doch zumindest eine Zeit lang hier gemeinsam auf der Insel zu versuchen ...« Seine Stimme wird leiser, ehe er innehält und dann den Kopf schüttelt. »Aber uns war zu dem Zeitpunkt eigentlich beiden schon klar, dass nichts davon funktionieren wird. Es hat sich angefühlt, als würden wir uns gegenseitig im Weg stehen. Also haben wir irgendwann die Reißleine gezogen. Und auch, wenn es wehtat, war es die richtige Entscheidung. Für uns beide.«

Seine Augen liegen wieder auf dem leeren Fotorahmen. Und ich erwische mich bei der Vorstellung, wie seine Exfreundin wohl aussieht. *Stoppstoppstopp.*

Ich muss auf andere Gedanken kommen. Sofort.

»Eine Fernbeziehung funktioniert meiner Erfahrung nach meistens nicht. Zumindest hat es bei meinem Exfreund und mir nicht lange gehalten.«

Es dauert einen Augenblick, bis ich realisiere, was ich gesagt habe. *Das ist also deine Auffassung von einem Themenwechsel?*, spottet diese kleine, fiese Stimme in meinem Kopf, die sich in den letzten Tagen häufiger gemeldet hat. Ich würge sie ab. Jetzt ist es sowieso zu spät.

Maxi wirft mir einen halb überraschten, halb neugierigen Blick zu.

»Du hattest eine Fernbeziehung?«

Ich hole tief Luft. Soll ich das Fass wirklich aufmachen? Eigentlich habe ich mit der ganzen Sache abgeschlossen und rede nicht mehr über das, was mit Benedikt war. Andererseits ... Maxi war ehrlich zu mir, was seine Exfreundin angeht. Da ist es nur fair, wenn ich ihm auch von meiner letzten Beziehung erzähle.

»Wir haben es zumindest versucht. Es war ähnlich wie bei dir und Sarah.« Sein Kiefermuskel zuckt, als ich ihren Namen sage, aber ich rede weiter, als hätte ich es nicht bemerkt.

»Benedikt und ich haben uns auch im Studium kennengelernt. Wir haben beide dual studiert, also zusätzlich eine Ausbildung gemacht. Wir waren bei der Stadt Köln angestellt, dadurch sind wir uns auch auf der Arbeit immer wieder begegnet. Irgendwann hat es dann gefunkt.«

Meine Gedanken schweifen zu dem Abend, an dem ich Benedikt das erste Mal geküsst habe. Das war auf einer Party unserer Uni. Eigentlich war ich dort mit einer Kommilitonin verabredet, die mich allerdings im letzten Moment versetzt hat, und meine Laune war entsprechend im Keller. Dann ist Benedikt vor mir aufgetaucht und hat alles getan, um mich wieder aufzumuntern. Wir haben getanzt, uns gegenseitig die schlechtesten Witze erzählt, die wir kannten, und irgendwann beschlossen, Pizza essen zu gehen. Mitten in der Nacht. Es hat Ewigkeiten gedauert, bis wir einen Laden gefunden hatten, der noch geöffnet und Pizza angeboten hatte. Aber das war uns egal. Wir haben die ganze Zeit geredet und ich habe mich in seiner Gegenwart unheimlich wohlgefühlt. Zum Abschied hat er mich geküsst. Wie im Film – vor meiner Haustür, während ich dabei war, so zu tun, als würde ich meinen Schlüssel hervorkramen. Von da an waren wir ein Paar.

»Nachdem wir beide unseren Abschluss in der Tasche hatten, bin ich bei der Stadt Köln geblieben. Benedikt hat ein Jobangebot in Frankfurt bekommen. Zu der Firma wollte er schon immer, also hat er nicht lange überlegt. Ich habe ihn dabei unterstützt, weil ich wusste, wie viel ihm dieser Job bedeutet.« Ich schlucke. »Köln und Frankfurt liegen mit dem ICE nur eine gute Stunde auseinander, deshalb haben wir gesagt, dass wir es mit einer Fernbeziehung versuchen wollen. Eine Zeit lang hat es gut funktioniert. Aber schließlich haben sich immer mehr Dinge eingeschlichen.« Ich zucke mit den Schultern. »Mal hat er ein Telefonat ausfallen lassen, dann ich. Unsere Nachrichten wurden weniger. Und bei unseren Besuchen wurde es immer schwieriger, gemeinsame Themen zu finden. Er hat in Frankfurt ein ganz anderes Leben geführt als ich in Köln. Irgendwann haben sich die Fahrten zu ihm wie eine Pflichtübung angefühlt, und wir hatten uns kaum noch etwas zu sagen.«

Mein Magen verkrampft sich, als ich an unser letztes gemeinsames Wochenende zurückdenke, das hauptsächlich aus Schweigen bestanden hatte. Er konnte mit den Geschichten über meine Kollegen, meine Erlebnisse mit Lina und die neuen Restaurants, die ich mit ihr besucht hatte, wenig anfangen. Mir ging es ähnlich mit seinen Erzählungen über Clubs, in die er mit seinem Team gegangen ist, oder seinem neu erwachten Interesse für die Börse.

»Ich glaube, wir wussten beide, dass wir uns nur etwas vormachen. Nur aussprechen, konnten wir es aus irgendeinem Grund nicht. Die Abstände zwischen unseren Besuchen wurden länger, es gab immer neue Ausreden. Von ihm, aber auch von mir. Irgendwann habe ich das nicht mehr ausgehalten.«

Ich erinnere mich noch an das taube Gefühl in meiner Brust, als eine Mail von Benedikt eingetrudelt kam. Wir hatten uns schon zwei Monate nicht mehr persönlich gesehen, da immer etwas dazwischengekommen war. Aber er wollte mich eigentlich am Wochenende besuchen, weil wir Karten für ein Musical hatten. Es wäre unser dritter Jahrestag gewesen. In meinem Kopf hatte sich dieses Datum als mein persönlicher Rettungsanker festgesetzt. Wenn wir es bis dahin überstehen würden, würde alles wieder gut werden. Davon war ich fest überzeugt. Heute weiß ich, wie naiv das war. Lina hat mehr als einmal versucht, mir vorsichtig klarzumachen, dass ich mich an eine falsche Hoffnung klammere. Aber ich wollte es zu dem Zeitpunkt noch nicht wahrhaben.

Doch dann kam seine Mail. Zwei kurze Zeilen, dass er bei einem dringenden Geschäftsessen teilnehmen muss, und es deswegen nicht nach Köln schafft. Meine Augen sind fassungslos über seinen Text gehuscht, auf der Suche nach einem *leider* oder einer Entschuldigung, dass er unser Treffen schon wieder absagt. Aber da war nichts.

In dem Moment ist die Blase geplatzt, die ich um mich herum errichtet hatte. Keine zehn Sekunden später hatte ich mein Handy in der Hand, habe ihn angerufen und das Telefonat mit den Worten »Wir müssen reden« begonnen.

»Als wir uns getrennt haben, hatten wir nach Ewigkeiten wieder ein offenes und ehrliches Gespräch. Das hat gutgetan, weil wir beide alles auf den Tisch bringen konnten. Das war ein klarer und notwendiger Schlussstrich. Der Liebeskummer hat mich trotzdem eine Zeit lang ziemlich aus der Bahn geworfen, aber es war richtig. Für uns beide.«

Ein Knarzen erfüllt den Raum, und ich werde mit einem Schlag ins Hier und Jetzt zurückgerissen. Mein Kopf zuckt herum: Maxi verlagert sein Gewicht von einem Bein auf das andere, wodurch der Laminatboden unter ihm ächzt.

Mir schießt das Blut in die Wangen. Um Himmels willen. Habe ich ihm in den letzten Minuten wirklich mein Herz ausgeschüttet?

Ich öffne gerade den Mund, ohne genau zu wissen, was ich eigentlich sagen will, als Maxi sich räuspert.

»Wie ... lange ist das her? Dass ... Benedikt und du euch getrennt habt?«

In seiner Stimme klingt Unsicherheit mit. Als wüsste er nicht, ob diese Frage zu intim ist.

Ich schlucke schwer. Zögernd kaue ich auf meiner Lippe.

»Zwei Jahre«, antworte ich schließlich.

Aber hier, in diesem Moment, fühlt es sich an, als wäre es in einem anderen Leben passiert. Weil es nicht mehr wehtut, darüber zu sprechen. Meine Beziehung mit Benedikt liegt in der Vergangenheit. Wir hatten eine schöne Zeit miteinander, ein paar Monate, die schwierig waren, und einige Wochen, in denen wir uns wehgetan haben. Immer wieder, ohne es zu wollen. Aber das alles ist mittlerweile nur noch eine Erinnerung. Und ich spüre, dass sie mir nichts mehr anhaben kann. Mich durchflutet eine solche Erleichterung, dass meine Mundwinkel sich wie von selbst zu einem Lächeln verziehen. Einem Lächeln, mit dem ich zu Beginn dieses Gesprächs niemals gerechnet hätte. Einem Lächeln, das sich nicht nur echt, sondern auch richtig anfühlt.

Maxi schaut mich mit seinen grünen Augen an. Wir stehen uns gegenüber, keine dreißig Zentimeter voneinander entfernt. Die Stimmung zwischen uns verändert sich. Es ist, als würde die Luft mit einem Mal surren.

Mein Herzschlag legt einen Zahn zu, als sein Blick von Sekunde zu Sekunde leuchtender wird.

Obwohl keiner von uns etwas sagt – und nur unsere Atemgeräusche zu hören sind, die abgehackt klingen –, schwirren Worte zwischen uns. Fragen. Antworten. Ich verliere jegliches Zeitgefühl.

»Essen ist fertig!«, tönt es da vom Garten zu uns.

Wir zucken beide zusammen.

Was. Zur. Hölle???

Maxi sieht genauso verwirrt aus, wie ich mich fühle. Er blinzelt mehrfach, während ich versuche, meinen Atem unter Kontrolle zu bekommen.

Dann schielt er ein letztes Mal zu seiner Fotouhr, bevor er sich die Hände in die Hosentaschen schiebt.

»Hunger?«

Durch mein Inneres wirbelt ein ganzer Tornado an unterschiedlichen Emotionen. Dinge, mit denen ich mich auseinandersetzen muss. Definitiv. Aber nicht jetzt.

»Und wie!«, antworte ich deswegen euphorischer als geplant.

Kapitel 10

Der Rest des Abends fliegt nur so davon. Ich lasse mir von Tomasz ein Steak auf den Teller geben, das so butterzart ist, dass ich nur mit Mühe ein genussvolles Stöhnen zurückhalten kann. Maxis belustigtem Seitenblick nach zu urteilen, gelingt mir das nur halb. Sofort werden meine Ohren heiß, und ich esse mit Vorsicht und Bedacht weiter.

Die Stimmung ist ausgelassen, und ich spüre, wie der intensive Moment mit Maxi vor seiner Fotouhr immer mehr in den Hintergrund rückt. Gemeinsam probieren wir Tomasz' Limonadenkreationen, wobei mir die Erdbeer-Basilikum-Variante, der er den Namen *Töwerland-Limo* verpasst hat, am besten schmeckt. Außerdem erfahre ich, dass Joris eine Schwäche für alte Filme hat und sich regelmäßig im Inselkino Klassiker ansieht, und lasse mich auf ein Mario-Kart-Rennen gegen die drei ein. Dabei verliere ich so haushoch, dass Tomasz mir meine desaströse Leistung den gesamten Abend unter die Nase reibt.

Wie von Maxi vorhergesagt, schaut sein Vater für eine gute Stunde vorbei, um Joris zu gratulieren. Er sieht exakt so aus wie auf dem Bild. Mit seiner herzlichen Art und dem dröhnenden Lachen ist er mir direkt sympathisch.

»Du bist also Josi, Biggis Patentochter«, begrüßt er mich, als er sich neben mich auf einen der Gartenstühle fallen lässt. »Es hat auf der Insel schon die Runde gemacht, dass du sie für ein paar Monate besuchst.«

Ich verziehe betont entsetzt das Gesicht. »Hier auf Juist weiß wirklich jeder alles über jeden, oder?«

Hanno Bergmann lacht schallend. »Du hast die Dynamik schon gut erkannt. Meistens wissen die anderen sogar mehr über einen als man selbst. Aber sieh es so: Wenn dein Besuch für anhaltenden Gesprächsstoff sorgt, heißt das, wir haben dich als Teil unserer Gemeinschaft akzeptiert.« Mit einem Glucksen hält er mir seine Bierflasche hin, und wir stoßen an.

»Dabei habe ich noch gar nicht so viele Insulaner kennengelernt.« Ich nehme einen Schluck von meiner Limo und lasse die vergangenen Tage mit allen Begegnungen Revue passieren.

»Aber bei den Leuten, die du getroffen hast, hast du Eindruck hinterlassen«, schaltet Maxi sich mit einem Grinsen in unser Gespräch ein. Er setzt sich neben seinen Vater. »Rafael schwärmt in den höchsten Tönen davon, wie charmant du bist, und was für eine tolle Patentochter Biggi hat. Unsere Eisdielenbesitzerin Elke erzählt jedem, der es hören will, dass du nicht nur ihre neue Stamm-, sondern vor allem auch Lieblingskundin bist. Von Piet, unserem Buchhändler, ganz zu schweigen.«

Er blinzelt mir verschwörerisch zu, als mein Kopf die Farbe einer überreifen Tomate annimmt.

Maxis Vater gluckst. »Lass dich von meinem Sohnemann bloß nicht ärgern. Sein Benehmen hat er während des Studiums auf dem Festland zurückgelassen.«

Maxi schnaubt belustigt, bevor er an seinem Limonadenglas nippt und zu Joris und Tomasz hinüberschaut. Die beiden liefern sich ein Mario-Kart-Duell der Extraklasse.

Unbeeindruckt von dem Schnauben seines Sohnes, wendet Herr Bergmann sich wieder zu mir.

»Dass du noch nicht viele Insulaner getroffen hast, macht gar nichts. Es reicht schon die Tatsache, dass du Biggis Patentochter bist. Dadurch bist du automatisch Gesprächsthema. Denn Biggi kennt hier jeder.«

»Ach ja?«

Überrascht blicke ich zwischen den beiden hin und her, als sie vehement nicken.

»Na klar! Eine Exil-Kölnerin mit Weltreisedrang auf unserer ostfriesischen Insel? Glaub mir: Da war was los. Mit Veränderungen haben Juister immer zu kämpfen.«

Mein Herz zieht sich zusammen. Es klingt so, als hätten die Insulaner meine Patentante nicht gerade mit offenen Armen hier empfangen.

»Aber Biggi hat sofort alle um ihren Finger gewickelt. Ein Besuch in der Stammkneipe von uns Juistern, und sie war direkt integriert.«

Ein Schmunzeln zeichnet sich auf Herrn Bergmanns Gesicht ab.

Ich atme auf. Das klingt schon eher nach Biggi.

»Meine Patentante lässt sich nicht so leicht ins Bockshorn jagen.«

Maxi und sein Vater sehen sich an, bevor sie beide lachen.

»Gut gesagt«, erklärt Herr Bergmann, nachdem er sich wieder beruhigt hat. »Biggi ist auch eine harte Verhandlungspartnerin, wenn es um die Reparaturarbeiten in ihrer Pension geht. Meine Mitarbeiter leiten ihre Anrufe immer direkt an mich weiter.«

Meine Mundwinkel zucken. »Das glaube ich Ihnen sofort.«

»Na, das ›Sie‹ lassen wir mal. Da fühle ich mich ganz alt, obwohl ich noch so ein junger Hüpfer bin.«

Er beugt sich mit einem vergnügten Ausdruck im Gesicht zu mir.

»Allein die Tatsache, dass du Begriffe wie *junger Hüpfer* verwendest, zeigt schon, dass du das nicht mehr bist.«

Maxis Lippen verziehen sich zu einem Grinsen, als der Kopf seines Vaters in gespielter Entrüstung zu ihm herumschnellt.

Er schnalzt missbilligend, grinst dabei aber, dann wendet er sich wieder an mich.

»Also: Ich bin Hanno.«

»Josi«, gebe ich lächelnd zurück. »Aber das weißt du durch die Inselflüsterpost bestimmt schon.«

Um seine Augenpartie bilden sich ein paar Lachfältchen. »Ah, ja, du hast die Kommunikationswege hier durchschaut.«

In dem Moment stöhnt Tomasz laut auf, und wir blicken zu ihm und Joris hinüber. Er verschränkt mit einem Kopfschütteln die Arme, während Joris seinen Controller mit einem zufriedenen Grinsen neben sich auf die Sitzgarnitur vor der Leinwand legt.

»Ich verlange eine Revanche.«

»Ich habe dich in drei von drei Rennen besiegt. Das sollte für heute reichen, sonst ist das unfair. Ich will dich ja nicht noch mehr blamieren«, gibt Joris mit einem Schulterzucken zurück. Dabei zucken seine Mundwinkel.

Tomasz Augen werden schmal. »Na warte …«

Hanno beobachtet die Auseinandersetzung der beiden schmunzelnd.

»So, Kinderchen, jetzt haben wir uns alle wieder lieb. Sonst muss der alte Herr euch euer Spielzeug leider wegnehmen.«

In meine Richtung flüstert er, allerdings so laut, dass jeder Anwesende seine Worte verstehen kann: »Die Methode hat früher immer geklappt, wenn die drei Streithähne aufeinander losgehen wollten.«

Joris und Tomasz tauschen einen amüsierten Blick, und Maxi zieht seine Brauen belustigt nach oben.

Dann kommen die beiden Kontrahenten zu uns an den Tisch und lassen sich auf die freien Gartenstühle fallen.

»Kinderchen?«, fragt Joris an Hanno gewandt. »Ich dachte, ich werde heute achtundzwanzig und nicht acht.«

»Das könnte auch dein hundertster Geburtstag sein. Ich werde euch trotzdem immer als kleine Stöpsel mit Piratenschatzkarte über die Insel huschen sehen.«

Wir prusten los.

In den nächsten Minuten erzählen die vier mir Geschichten über frühere Geburtstagspartys und die Streiche, bei denen Hanno sie ertappt hat, bis sie schließlich dazu übergehen, mich in die vielen kleinen und großen Geheimnisse der Insulaner einzuweihen.

Als Maxis Vater sich verabschiedet, habe ich das Gefühl, besser über das Geschehen auf Juist informiert zu sein, als ich es je über mein eigenes Leben war. Mir schwirrt der Kopf von den ganzen neuen Infos. Aber die vier haben so wertschätzend über jeden Einzelnen hier gesprochen, dass ich trotzdem niemandem mit Vorurteilen begegnen werde.

Irgendwann wirft Tomasz eine Sommerpop-Playlist an, bei der zwischendurch auch Songs von Emilio Ferrenze vorkommen, wie ich mit einem Schmunzeln bemerke. Maxi holt währenddessen das Gesellschaftsspiel *Phase 10* aus dem Wohnzimmer, und wir verbringen den restlichen Abend damit, verschiedene Zahlenreihenfolgen, Drillinge,

Vierlinge und farblich zusammengehörende Karten zu sammeln.

Der dunkler werdende Himmel über uns kündigt den Einbruch der Nacht an, aber ich merke gar nicht, wie die Zeit vergeht. Dass Joris sich gewünscht hat, seinen Geburtstag so ruhig zu verbringen, gefällt mir. Was das angeht, scheint er genauso introvertiert zu sein wie ich. Ich ziehe einen entspannten Abend mit meinen besten Freunden, guten Gesprächen und viel Lachen jeder großen Party vor – und genieße deshalb diese lockeren Stunden mit den drei Jungs sehr. Als Joris schließlich die letzte Phase vor sich auf dem Tisch auslegt und damit gewinnt, strecke ich mich. Vom vielen Sitzen sind meine Glieder steif geworden. Auch die anderen lassen ihren Nacken und ihre Arme kreisen.

»Ich hole mir ein letztes Bier für heute«, verkündet Tomasz und erhebt sich. »Eins geht noch, bevor ich morgen Mittag wieder in der Küche stehen muss. Kann ich jemandem etwas mitbringen?«

Joris nickt. »Bei Alkohol bin ich raus, auf mich warten in der Frühe mehrere Rundflüge mit Touristen. Aber ich nehme gern noch ein Glas von deiner Töwerland-Limo.«

»Für mich auch«, fügt Maxi hinzu.

Ich überlege einen Moment. Ein Getränk ist okay, aber dann sollte ich mich auf den Weg machen.

»Die nehme ich ebenfalls.«

»Kommt sofort, die Herren und die Dame.«

Tomasz macht auf dem Absatz kehrt, hält dann jedoch mitten in der Bewegung inne. Er starrt in Richtung des Grills. Irritiert folge ich seinem Blick, kann in der Dunkelheit aber wenig erkennen.

»Ich habe vergessen, das Rost einzuweichen.«

Seine Stimme klingt so panisch, dass ich zusammenzucke.

»Jetzt dauert es ewig, bis wir das wieder sauberkriegen. Verdammt.«

Wie zur Salzsäule erstarrt, schaut Tomasz weiter auf den Grill. Er sieht aus, als wäre sein schlimmster Albtraum Realität geworden. Ich beobachte ihn verwirrt.

Ich bin zwar keine Expertin, was die Reinigung von Grills angeht, kann mir aber nicht vorstellen, dass es ein Weltuntergang ist, wenn der Rost nicht eingeweicht wird. Tomasz' Gesichtsausdruck nach zu urteilen, würde er jedoch am liebsten einen Notstand ausrufen.

Maxi erhebt sich und klopft seinem Kumpel auf den Rücken. »Na komm, ich helfe dir. Ist alles nur halb so schlimm.«

Sein Tonfall ist deutlich amüsiert, was der Situation direkt die Dramatik nimmt.

Trotzdem räuspere ich mich. »Braucht ihr Hil–«

»Kommt gar nicht infrage«, unterbricht Maxi mich sofort. »Du bist hier zu Gast, und Joris als unser Geburtstagskind bleibt selbstverständlich auch vom Abwasch verschont.«

»Und was ist mit mir?«, fragt Tomasz lauernd. Maxi zieht leicht eine Braue nach oben.

»Wer hat den Dreck denn verursacht, Herr Grillmeister?«

»Ja, hast ja recht.«

Brummelnd geht er zum Grill hinüber und zieht den Rost hervor. Gemeinsam tragen sie ihn durch die Terrassentür in die Küche.

Mit meinen Augen folge ich den beiden, insbesondere Maxis Rücken, wie er im Inneren des Hauses verschwindet.

»Er ist ein guter Kerl.«

Ertappt lasse ich meinen Kopf herumfliegen. Joris beobachtet mich mit einem ungewöhnlich intensiven Blick. *Verflixt.* Sofort fangen meine Wangen Feuer, und ich muss schlucken.

»Ich glaube, ihr seid alle ziemlich gute Kerle.«

Er lächelt leicht. »Das ist nett von dir, aber ich denke, wir wissen beide, von wem ich rede.«

Mein Herz pocht viel zu schnell in meiner Brust. Ich habe keine Ahnung, was ich antworten soll.

»Hör mal, ich weiß nicht, was Maxi und du für eine Abmachung habt, oder was das zwischen euch ist. Aber ich habe Augen im Kopf.« Er sieht mich so eindringlich an, dass mir der Atem stockt. »Der Ausdruck in deinem Blick, wenn du ihn beobachtest, und er es nicht bemerkt. Genau auf die Art schaut er dich übrigens auch an, wenn du nicht hinsiehst.«

Ich schlucke. Mein Herz ist mittlerweile dazu übergegangen, wie ein Kolibri in meiner Brust zu flattern.

»Wir kennen uns noch nicht lange, Josi, aber ich mag dich. Ich glaube, wir könnten Freunde werden. Deshalb hoffe ich, du nimmst mir das nicht übel, wenn ich dich um einen Gefallen bitte.«

Abwartend mustert Joris mich. Meine Kehle fühlt sich staubtrocken an, und ich traue meiner Stimme nicht. Darum nicke ich nur.

»Maxi ist mein bester Kumpel, und er hat in den letzten Jahren einiges durchgemacht. Deswegen habe ich eine Bitte: Sei ehrlich. Zu dir, aber auch zu ihm. Entscheide dich, was das hier für dich ist, und dann steh zu der Entscheidung. Ein gebrochenes Herz kann niemand gebrauchen. Und zwei schon gar nicht.«

Ich starre Joris an. Mein Herz schlägt so unsanft gegen meine Rippen, dass es wehtut. Erst nach und nach sickert die Bedeutung seiner kleinen Rede in mein Bewusstsein vor. Einen aberwitzigen Moment lang fühle ich mich wie in einer Highschool-Romcom, bei der der große Bruder den Crush seiner Schwester zur Seite nimmt und ihm unmissverständlich klarmacht, wie die Regeln lauten. Nur, dass Joris in diesem Beispiel die Rolle des Bruders innehat, und ich die des Crushes.

Ich schüttele dieses abstruse Bild ab. Dann realisiere ich, was mich in solch eine Schockstarre versetzt hat. Nicht Joris' Worte an sich. Sondern der Tonfall, den er angeschlagen hat.

Darin lagen so viele verschiedene Emotionen, dass ich einen Moment brauche, um alle zu identifizieren. Sorge um seinen besten Freund, ein bisschen Sorge um mich. Aber auch etwas anderes. Etwas, das ich nicht ganz zu greifen bekomme.

»Kannst du mir das versprechen?«, fragt Joris eindringlich und wirft dabei einen Blick über meine Schulter. Tomasz' und Maxis Lachen dringt bis zu uns auf die Terrasse. Sie scheinen jeden Moment wieder zu uns zu stoßen.

Da bekomme ich die letzte Emotion zu fassen. *Schmerz.* Da lag Schmerz in Joris' Stimme. Als würde er seinen besten Freund vor etwas bewahren wollen, was er selbst nur zu gut kennt.

Als ich das realisiere, kommt meine Antwort wie von allein über meine Lippen. Und ich spüre, wie verdammt ehrlich ich sie meine.

»Ja. Ich versprech's.«

Kapitel 11

Es ist weit nach Mitternacht, als ich zurück in die Pension komme. In meinem Kopf höre ich immer noch Joris' eindringliche Stimme.

Sei ehrlich. Zu dir, aber auch zu ihm. Entscheide dich, was das hier für dich ist, und dann steh zu der Entscheidung.

Ich schiebe mein Rad in den kleinen Schuppen hinter dem Haus, während seine Worte sich in meinem Inneren wie in Dauerschleife abspielen.

Entscheide dich, was das hier für dich ist. Als ich um das Haus herumgehe, hänge ich weiter meinen Gedanken nach. Ich dachte eigentlich, dass ich meine Entscheidung längst getroffen hätte: Nur Freunde. Keine Ablenkung. Allerdings scheint das Ganze doch nicht so leicht so sein, weil mein Herz etwas anderes will als mein Verstand ...

Seufzend öffne ich die Tür zur Pension.

Der Eingangsbereich ist dunkel, nur die Nachtbeleuchtung im Treppenhaus brennt. So leise wie möglich durchquere ich die Lobby und setze gerade meinen Fuß auf die erste Stufe, da durchbricht ein Wimmern die Stille. Das Geräusch geht mir durch Mark und Bein.

Ich erstarre mitten in der Bewegung. *Was war das?* Mit angehaltenem Atem lausche ich. Da höre ich es wieder. Eindeutig. Ein gedämpftes Schluchzen. Es klingt so qualvoll, dass es mir die Kehle zuschnürt.

Unruhig huscht mein Blick durch den Eingangsbereich. Irgendwo hier unten weint jemand. Da fällt er auf die Tür hinter der Rezeption. Ein schmaler Streifen Licht blitzt darunter hervor.

Nein, bitte nicht.

In mir regt sich ein Verdacht. Mein Herz flattert vor Unbehagen in meiner Brust.

Auf Zehenspitzen nähere ich mich der Tür. Das Schluchzen wird lauter. Ich schlucke, einen Moment lang hin und her gerissen, ob ich hier gerade das Richtige tue. Doch dann schiebe ich jeden Zweifel beiseite und stoße sanft die Tür auf. Kurz darauf stehe ich in dem kleinen Flur, der zum Aufenthaltsraum für die Angestellten, zu einer Toilette, einem Lager und Biggis Büro führt.

Mein Magen zieht sich zusammen. Das Schluchzen kommt eindeutig von da.

Die Tür ist nur angelehnt. Mit einem letzten tiefen Atemzug wage ich einen Blick hinein. Und habe das Gefühl, als hätte jemand einen Eimer mit eiskaltem Wasser über mir ausgeleert.

Meine Patentante sitzt zusammengesunken an ihrem Schreibtisch und weint haltlos.

»Biggi?«, flüstere ich sanft und bin mit nur wenigen Schritten bei ihr.

»J-josi?«

Biggi klingt, als hätte sie Schmirgelpapier gegessen. Sie hebt den Kopf, und es fühlt sich an, als würde jemand meinen Brustkorb entzweireißen. Ihre Wangen sind tränennass, ihr ganzes Gesicht wirkt verquollen. Sie hat dunkle Schatten unter den Augen und eine solch tiefe Sorgenfalte zwischen den Brauen, sodass sie mit einem Mal um Jahre älter aussieht. So müde und abgekämpft habe ich meine Patentante noch nie gesehen. Der Kummer, den sie in diesem Moment mit jeder Pore ausstrahlt, tut mir in der Seele weh.

Statt einer Antwort ziehe ich Biggi fest an mich und halte sie. Sie fühlt sich kraftlos in meinen Armen an, wodurch ich sie noch enger umschlinge. Ich versuche, so viel wie möglich in diese Umarmung zu legen. Ihr zu zeigen, dass sie nicht allein ist. Dass alles gut werden wird. Dass ich für sie da bin.

Die Panik, die sich wie Eiszapfen in mein Herz bohren will, dränge ich mit jeglicher Macht zurück. All die Fragen, die mir durch den Kopf schwirren. Das ist in diesem Moment nicht wichtig. Jetzt und hier geht es nur darum, meine Patentante zu trösten.

Nach einer Weile verändert Biggi ihre Position. Hing sie eben noch wie ein nasser Sack auf ihrem Stuhl, hebt sie nun zögerlich ihre Arme und legt sie um meine Mitte. Anschließend geht ein Schütteln durch ihren Körper. Erst tonlos, dann leise wimmernd, schließlich weint sie an meiner Schulter. Und ich drücke sie noch fester an mich.

Ich weiß nicht, wie lange wir so verharren. Mehrere Minuten, vielleicht eine Viertelstunde, vielleicht länger. Ich verliere jegliches Zeitgefühl.

Es ist egal, dass meine Knie protestieren, weil die Position für sie ungewohnt und unbequem ist. Es ist egal, dass mein Shirt von ihr durchnässt wird. Es ist egal, dass es mitten in der Nacht ist und über uns und im Flur neben uns Gäste schlafen. Ich bewege mich keinen Millimeter, sondern bleibe genau so sitzen, um Biggi Halt geben zu können.

Irgendwann verebbt ihr Schluchzen. Auch das Schütteln ihres Körpers nimmt ab, bis sie reglos in meinen Armen liegt.

Ich zähle im Kopf bis zehn, bis ich mich langsam von ihr löse. Aber nur so weit, dass ich ihr ins Gesicht sehen kann.

»Besser?«, wispere ich.

Biggi versucht sich an einem leichten Lächeln. »Danke.«

Schweigen macht sich zwischen uns breit. Biggi senkt den Blick und hängt scheinbar ihren Gedanken nach. Ich lasse mich nach hinten sinken und setze mich im Schneidersitz auf den Boden. Bei meiner Bewegung schaut Biggi auf.

Vorsichtig wage ich einen ersten Vorstoß.

»Möchtest du mir erzählen, was los ist?«

Sie zögert und einen Herzschlag lang glaube ich, Biggi wird abwinken. Doch dann holt meine Patentante tief Luft.

»Heute Abend hat mein Rezeptionist Martin sich gemeldet, dass er keine Sommergrippe hat, sondern Pfeiffersches Drüsenfieber. Er fällt noch mehrere Wochen aus. Und die Mutter von meinem Zimmermädchen Tanja hat sich bei dem Sturz ihre Hüfte gebrochen. Das wird also auch eine ganze Weile dauern, bis Tanja wieder zurückkehren kann. Ob sie diese Saison überhaupt wiederkommt, steht in den Sternen.« Sie fährt sich mit einer Hand durch ihre braunen Locken. »So kurzfristig qualifiziertes Ersatzpersonal zu bekommen, ist so gut wie unmöglich. Das bedeutet, ich muss die Pension komplett allein stemmen. Aber …« Ihre Augen füllen sich erneut mit Tränen. »Ich kann nicht mehr. Seit Wochen arbeite ich jeden Tag, beziehe Betten, richte das Frühstücksbuffet an, checke die Gäste ein und aus. Und meine eigentliche Arbeit hier …« Biggi schaut auf den Stapel Papiere vor sich auf dem Schreibtisch. »… bleibt liegen. Die ganze

Buchhaltung, die Anfragen, das Marketing. Alles fällt hinten runter. Dabei könnte ich wirklich jeden Cent gebrauchen.« Biggi lacht bitter auf: »Ich bin nämlich so gut wie pleite.«

Perplex blinzele ich. Eine Sekunde. Zwei Sekunden.

»Aber ...«, erwidere ich, schüttele kurz den Kopf, um meine Gedanken zu sortieren. »Ich dachte, die Pension wäre ausgebucht?«

Biggi seufzt. »Das schon. Aber ich habe das komplette Ostergeschäft nicht mitnehmen können. Und die letzte Saison war ... schwierig.«

Mein Magen verkrampft sich. Letzten Sommer hat meine Mutter mit der Bestrahlung angefangen, und Biggi war bei jedem einzelnen Termin dabei. Erst jetzt realisiere ich das ganze Ausmaß des Opfers, das sie für meine Mutter gebracht hat – und für mich. Biggi hat ihre Existenz aufs Spiel gesetzt, um für uns da zu sein. Mir wird übel vor schlechtem Gewissen.

Doch ich lasse mir nichts anmerken, denn Biggi holt weiter aus.

»Im Winter hatte ich die Handwerker in der Pension, um ein paar Mängel zu beseitigen. Das Haus ist eigentlich gut in Schuss, aber alt. Während der Reparaturarbeiten sind immer mehr Sachen aufgefallen, die nicht in Ordnung waren. Marode Leitungen, der Wasserboiler wollte auf einmal nicht mehr, dann gab es noch einen Stromausfall und der Fahrstuhl hat plötzlich auch den Geist aufgegeben.«

Ihr Blick wandert in die Ferne.

»Durch diese ganzen ungeplanten Reparaturen habe ich einen Großteil der Hauptsaison verpasst und meinen Budgetrahmen komplett überspannt. Die meisten der

Rechnungen sind noch offen, und ich weiß nicht, wie ich das Geld dafür rechtzeitig auftreiben soll.«

Sie verstummt für einige Augenblicke, während sich in mir Hilflosigkeit und Überforderung breitmachen. Doch je länger Biggi schweigt, desto mehr kristallisiert sich für mich eine Erkenntnis heraus: dass ich alles in meiner Macht Stehende tun werde, um sie zu unterstützen.

»Biggi …«, beginne ich zaghaft. Obwohl ich extra leise gesprochen habe, zuckt sie zusammen.

»Ja?«

»Also, wenn es um die Finanzierung geht. Da hätte ich eine Idee.« Ich atme zitternd ein. »Du weißt ja, dass ich nach Mamas Tod das Haus geerbt habe. Nach allem, was passiert ist, kann ich mir aber nicht mehr vorstellen, dort jemals wieder einzuziehen. Ich könnte es stattdessen verk–«

»Nein.«

Biggis Tonfall ist so scharf, dass ich erschrocken zusammenzucke.

»Das kommt nicht infrage.«

Der Blick meiner Patentante durchbohrt mich förmlich.

»Ich lasse auf keinen Fall zu, dass du dein Zuhause meinetwegen verkaufst. Egal ob du dort wohnen willst, oder nicht.«

Ich öffne den Mund, um ihr zu versichern, dass ich es nicht nur ihretwegen machen würde. Aber ich sehe an Biggis verschlossenem Blick und dem harten Zug um ihre Lippen, dass diese Diskussion sinnlos wäre.

»Okay. Ich … verstehe.« Meine Stimme ist seltsam emotionslos, dabei herrscht in meinem Inneren ein absolutes Gefühlschaos.

Es ist einige Sekunden still zwischen uns. Ich verlagere mein Gewicht ein wenig, um meinen schmerzenden Rücken zu entlasten. Auch meine Beine werden allmählich taub.

Da wird Biggis Blick plötzlich weicher. Sie gleitet von ihrem Bürostuhl hinunter und hockt sich neben mich.

»Josi, es tut mir leid. Ich wollte dich mit meiner Reaktion nicht verletzen. Allein, dass du so ein Angebot überhaupt machst …« Sie schließt einen Moment die Augen. »Ich vergesse manchmal, wie erwachsen du mittlerweile geworden bist. Und wie viel Ähnlichkeit du mit deiner Mutter hast. Nicht nur äußerlich.«

Ein Lächeln breitet sich auf ihrem Gesicht aus. Halb traurig, halb stolz. Ein gefährliches Brennen macht sich hinter meinen Lidern bemerkbar.

»Ich könnte niemals Geld von dir annehmen. Nicht in diesem Ausmaß. Genauso wenig, wie ich jemals Geld von Alexandra angenommen hätte. Ihr seid keine Kreditgeber, sondern meine Familie.«

Ich nicke bekräftigend, denn genau das ist Biggi auch für mich. Familie.

»Weißt du, Biggi«, taste ich mich erneut vor, »in meiner Familie hilft man sich, wo man kann. Bedingungslos.« Meine Stimme ist nur ein Wispern, und ich kann nicht mehr verhindern, dass mir Tränen über die Wangen laufen. Ich schlinge meine Arme um meine Patentante. Sie drückt mich fest an sich.

»Wir sind schon so zwei«, murmelt sie irgendwann, bevor sie sich von mir löst und mir ein halbes Lächeln schenkt. »Aber für heute sollten wir ins Bett. Der Tag war lang. Morgen sieht die Welt schon wieder anders aus.«

Sie erhebt sich und hält mir ihre Hand hin, um mich hochzuziehen. Dankbar ergreife ich sie, und wir laufen gemeinsam durch die stockdunkle Lobby und die Treppe hinauf. An meinem Zimmer bleiben wir kurz stehen, und ich drücke meine Patentante noch einmal ganz fest an mich.

»Wir finden eine Lösung. Okay?«, murmle ich ihr ins Ohr.

Einen Moment versteift sie sich, und ich habe schon Sorge, dass sie wieder in Tränen ausbricht. Doch dann nickt sie kaum wahrnehmbar.

»Okay.«

Kapitel 12

Weiß-rosa Schlieren ziehen sich über den Himmel, die Luft ist klar und mit dem typischen Salzgeruch angereichert, an den ich mich in den letzten Tagen schon so gewöhnt habe. Ich atme tief ein und lasse meinen Blick über das Watt gleiten. Es herrscht Ebbe an diesem frühen Morgen, nur in der Ferne ist das Rauschen der Nordsee zu hören. In den nächsten Stunden wird das Wasser sich unbeirrt bis zum Strand vorarbeiten, bevor es sich dann wieder zurückzieht. Der stetige Lauf der Gezeiten.

Als eine leichte Brise über den Sand weht, vergrabe ich meine Hände tiefer in den Taschen meiner Sweatjacke. Obwohl schon jetzt spürbar ist, dass heute wieder ein warmer Tag wird, bin ich froh, sie mir übergeworfen zu haben. Auch wenn die Gänsehaut auf meinen Armen nichts mit den Temperaturen zu tun hat.

Langsam setze ich mich in Bewegung, gehe an den Strandkörben vorbei, die um diese Uhrzeit noch unbesetzt sind, und wende mich nach links. Es ist kaum jemand am Strand unterwegs, nur in der Ferne kann ich einen hüpfenden Punkt ausmachen. Wahrscheinlich ein Jogger. Auch auf dem Weg hierhin sind mir einige wenige Menschen entgegengekommen, ein paar Frühaufsteher, die unterwegs waren, sich den Sonnenaufgang anzusehen, und eine ältere Dame mit ihrem Hund. Kein Wunder: Es ist erst viertel nach sechs, und die meisten Urlauber drehen sich vermutlich gerade noch einmal in ihren Betten um. Normalerweise hätte ich das auch getan. Nur, dass ich diese Nacht kein Auge zubekommen habe.

In Gedanken versunken, setze ich einen Fuß vor den anderen. Es knirscht unter meinen Sohlen, während ich auf Muscheln trete, die vom Schlick verborgen werden.

Die Szene, wie ich Biggi heute Nacht in ihrem Büro gefunden habe, geht mir nicht mehr aus dem Kopf. Zu sehen, wie viel Kummer sie mit sich herumschleppt, und das schon seit Monaten. Ich war so sehr in mein eigenes Leid und meine eigene Trauer vertieft, dass ich Biggis Sorgen nicht mal annähernd mitbekommen habe.

Ich vergrabe die Hände tiefer in den Taschen meiner Jacke, als mir ein neuer Schauer den Rücken hinabläuft. Dieses Mal aufgrund des schlechten Gewissens.

So verzweifelt habe ich meine Patentante noch nie gesehen. Biggi ist normalerweise die fröhlichste Person, die ich kenne. Sie strotzt nur so vor positiver Energie und lässt sich nicht unterkriegen, egal, was passiert. Zumindest, wenn es darum geht, anderen unter die Arme zu greifen und ihnen Mut zu machen.

Ich atme tief durch und lasse meinen Blick über den Strand und das Watt wandern. Vielleicht ist es an der Zeit, dass jemand meiner Patentante unter die Arme greift und ihr Mut macht. Nicht nur irgendjemand. Sondern ich.

Bekräftigend nicke ich, auch wenn mich hier am Strand niemand sehen kann. Es ist Zeit, Biggi etwas zurückzugeben. Dabei weiß ich jetzt schon, dass sie sich mit Händen und Füßen wehren wird. Ein leichtes Lächeln zupft an meinen Mundwinkeln. Biggi gehört zu der Sorte Mensch, die sofort am Start ist, wenn jemand Hilfe braucht. Aber selbst Unterstützung anzunehmen, fällt ihr unglaublich schwer.

Doch so, wie die Situation im Moment ist, geht es nicht weiter. Niemand sollte über Wochen und Monate hinweg immer wieder an seine Grenzen kommen – und schon gar nicht ständig darüber hinausgehen. Pausen sind wichtig. Wenn ich etwas in den letzten Monaten und durch die lange Krankheit meiner Mutter gelernt habe, dann das.

Das entfernte Rauschen der Nordsee im Ohr schlendere ich am Strand entlang und fasse einen Entschluss.

Ich werde meine Zeit hier nutzen, um Biggi in der Pension zu helfen. Betten beziehen, Frühstück machen, Wäsche waschen, neue Gäste einchecken, Zimmer putzen, und was noch alles anfällt. Ich will sie, so weit es geht, entlasten.

Nach und nach fallen mir immer mehr Dinge ein, bei denen ich meine Patentante unterstützen möchte.

Nur bei der Frage, wie wir das fehlende Geld für die Reparaturen auftreiben sollen, fällt mir partout nichts Brauchbares ein. Nachher werde ich mal recherchieren, ob es vom Land Niedersachsen irgendwelche Möglichkeiten gibt. Einen Kredit für Selbstständige in Notlagen oder etwas in die Richtung.

Vielleicht schaffe ich es auch, heute noch mal mit Lina zu telefonieren. Wie ich sie kenne, hat sie sofort eine Million Ideen, wie wir Biggi helfen können.

Voller Tatendrang hole ich mein Handy aus meiner Jackentasche und tippe eine kurze Nachricht an sie. Noch während ich sie abschicke, fällt mir auf, dass ich bereits seit zwei Tagen nichts von ihr gehört habe. Ich runzele die Stirn. Hm, das ist ungewöhnlich. Normalerweise schreiben wir uns jeden Tag. Aber anscheinend haben wir beide gerade andere Dinge im Kopf. Steigt heute Abend nicht das Open-Air-Konzert? Zur Sicherheit schicke ich ein *Viel Glück und Erfolg für das Konzert heute!* hinterher.

»Guten Morgen, Cinderella!«

Noch völlig in mein Handy vertieft, fahre ich zusammen. Als ich den Kopf schließlich hebe, traue ich meinen Augen nicht:

Maxi steht vor mir, mit einer kurzen Sporthose und einem dunkelblauen Shirt bekleidet, und nimmt sich gerade einen Kopfhörer aus dem Ohr. Seine Wangen sind gerötet, sein Haar verschwitzt. Dadurch ist es eine Nuance dunkler als sonst, was Dinge mit meinem Magen anstellt, die ich lieber nicht näher ergründen will. Ich schlucke.

»Hey, Maxi. Was ... machst du denn hier?«

Seine Augen blitzen belustigt auf. »Ich komme von meiner morgendlichen Joggingrunde. Und du? Was verschlägt dich so früh morgens an unseren Strandabschnitt im Loog?«

»Im Loog?«

Ich kann ihm nicht ganz folgen.

Er legt den Kopf schief und betrachtet mich eingehend. »Ja. Hier links ist der Strandaufgang zur Domäne Bill.«

Maxi deutet hinter sich, und ich blinzele irritiert. Bin ich etwa so weit gelaufen, dass ich fast am Westende der Insel angekommen bin? Das sind locker sechs, wenn nicht sogar sieben Kilometer, die ich zurückgelegt haben muss. Wie lange bin ich denn schon unterwegs? Ich war so in Gedanken versunken, dass ich völlig mein Zeitgefühl verloren und gar nicht mehr auf meine Umgebung geachtet habe. Als ich mich jetzt umschaue, merke ich, dass Maxi recht hat. Auf dem kreuzförmigen Schild, das den Strandaufgang markiert, steht eindeutig *Domäne Bill.*

»Oh. So weit wollte ich gar nicht gehen.« Ich werfe einen Blick über meine Schulter. Vor allem bedeutet das, dass ich den ganzen Weg wieder zurückmuss. Da schaffe ich es niemals rechtzeitig in die Pension, um Biggi bei der Vorbereitung des Frühstücks zu helfen.

Maxi schmunzelt. »Ja, das passiert hier am Strand schnell. Vor allem, wenn man so früh unterwegs ist und nicht im Zickzack um Urlauber herumlaufen muss. Einer der Gründe, warum ich gern morgens hier entlang jogge. Da teilt man sich den Strand nur mit ein paar Hundebesitzern.« Ein Grinsen ziert sein Gesicht. »Und wie ich heute gelernt habe, auch mit Beamtenkolleginnen aus Köln, die das frühe Aufstehen durch ihren Job gewöhnt sind.«

Ich ringe mir ein schwaches Lächeln ab, weil ich im Kopf noch immer ausrechne, wie viel Zeit ich für den Rückweg brauchen werde. Außerdem machen sich meine Beine und Füße, jetzt, da ich zum Stehen gekommen bin, bemerkbar. So eine lange Strecke gehe ich eher selten am Stück, und dann noch über so ungewohnten Boden wie Sand ... Vorsichtig verlagere ich mein Gewicht von den Ballen auf meine Fersen. *Au.* Ich hab's mit meinem Morgenspaziergang eindeutig übertrieben. Sobald ich in der Pension ankomme, werde ich direkt unter die Dusche springen und meine müden Beine mit heißem Wasser abbrausen, um die Gefahr für Muskelkrämpfe zu verringern.

Unvermittelt landet mein Blick auf Maxis Waden. Ob er wohl oft mit Krämpfen zu tun hat, wenn er regelmäßig am Strand joggt? Oder steckt er den Untergrund locker weg, weil er von klein auf daran gewöhnt ist?

»Du bist also gestern noch gut nach Hause gekommen?«, reißt mich seine Stimme aus meinen Überlegungen.

Meine Augen schnellen zu seinem Gesicht, auf dem sich ein spitzbübisches Grinsen breitmacht. Er hat mein Starren bemerkt. Eindeutig. Genau wie gestern.

Mit einem Mal prasseln die Erinnerungen an unseren Moment vor der Fotouhr in seinem Schlafzimmer, aber auch an das Gespräch mit Joris auf mich ein. Durch die Situation mit Biggi habe ich das völlig verdrängt. Doch jetzt hallen Joris' Worte erneut in meinem Inneren wider.

Sei ehrlich. Zu dir, aber auch zu ihm. Entscheide dich, was das hier für dich ist, und dann steh zu der Entscheidung. Ein gebrochenes Herz kann niemand gebrauchen. Und zwei schon gar nicht.

Mein Puls beschleunigt sich, und ich kann nicht anders, als ihn weiter anzustarren. Dann endlich, nach einer gefühlten Ewigkeit, bringe ich einen ganzen Satz zustande.

»Ja, ich bin wieder gut zu Hause angekommen. Der Weg ist ja nicht weit, mit dem E-Bike sowieso nicht.«

Ich mache eine wegwerfende Handbewegung und wende den Blick ab. Mein Herz donnert noch immer in meiner Brust. Nicht mal das Rauschen der Nordsee, die jetzt schon deutlich näher ist als zu Beginn des Spaziergangs, kann es in diesem Moment beruhigen. Dafür sind Joris' Worte viel zu präsent in meinem Ohr.

»Josi?«

Nur widerwillig löse ich den Blick vom Meer, weil ich genau weiß, dass Maxis Erscheinung nicht dazu beitragen wird, meinen Pulsschlag zu regulieren.

»Ja?«

Maxi schaut mich prüfend an. Sein Blick ist so intensiv, dass ich mich gerade so davon abhalten kann, nervös zu zappeln.

»Ist alles okay? Du bist so abrupt gefahren, als Tomasz und ich vom Abwasch zurückkamen. Dabei hatte ich vorher das Gefühl, dass du dich wohlfühlst. Ist irgendetwas vorgefallen? Oder ...«, er schluckt, und meine Augen zucken für den Bruchteil einer Sekunde zu seinem Adamsapfel, der sich dabei abzeichnet, »... oder lag das an mir? Wenn ja, tut es mir leid. Wenn ich gestern Grenzen überschritten oder dafür gesorgt habe, dass es dir zu viel geworden ist. Das wollte ich nicht. Ganz bestimmt nicht. Du hast von vorneherein klar gemacht, dass wir nur Freunde sein können und ...«

Ich schüttele den Kopf, um seinen Redeschwall zu unterbrechen, aber er spricht unbeirrt weiter.

»... ich weiß, gestern gab es da diesen einen Moment. Als ich dir von Sarah erzählt habe. Das war ganz schön intensiv, und ich kann mir vorstellen, dass dich das verschreckt hat.«

»Maxi.«

»Mir ist wichtig, dass du weißt, dass ich deine Grenze respektiere. Am besten vergessen wir das einfach und –«

»Maxi!«

Dieses Mal brülle ich seinen Namen beinahe, was zu funktionieren scheint. Er hält mitten im Satz inne und schaut mich an.

Auf meinem Gesicht breitet sich langsam, aber sicher, ein Lächeln aus. »Kann es sein, dass ich nicht die einzige Person bin, die zum Plappern neigt, wenn sie nervös ist?«

Einen Moment betrachtet er mich perplex, dann spielt auch um seine Lippen ein Grinsen. »Das kann gut sein. Ist mir vorher noch nicht aufgefallen, aber vielleicht färbt das ja ab?«

»Mmh. Ich habe gehört, dass es Leute gibt, die das sympathisch finden. Ein Freund von mir meinte, dass er das, und ich zitiere«, mit meinen Fingern male ich Anführungszeichen in die Luft, »›niedlich‹ findet.«

Maxis Mundwinkel zucken. »Ein Freund von dir, ja?«

»Ja ... Ein ziemlich netter Kerl. Er lacht viel, hat immer einen flotten Spruch auf Lager, und er hat es sich zur Aufgabe gemacht, mich als Inselneuling unter seine Fittiche zu nehmen, wann immer mir danach ist. Da gibt es nur diese eine nervige Eigenschaft.« Ich stoße einen betont theatralischen Seufzer aus.

»Ach ja?« Maxi verschränkt die Arme und zieht amüsiert eine Braue in die Höhe.

»Er liebt es, mich in Verlegenheit zu bringen. Was wiederum dazu führt, dass ich in seiner Nähe immer besonders tollpatschig bin.«

Er lacht. »Das liegt also einzig und allein an seiner Gegenwart?«

»Definitiv.« Ich zucke mit den Schultern. »Das fing schon bei unserem Kennenlernen an. Wäre er nicht da gewesen, hätte ich an dem Tag niemals eine Bruchlandung hingelegt. Inklusive Schuhewerfen. Die Stelle am Strand meide ich immer noch.«

»Verstehe.« Maxi legt den Kopf schief und blinzelt mir zu. »Aber ohne deine Bruchlandung, bei der du die Schuhe verloren hast, hätte dieser Freund dir einen anderen Spitznamen verpassen müssen. Das wäre doch schade, oder?«

Mit ebenfalls verschränkten Armen blicke ich ihn herausfordernd an. »Kommt ganz auf den Spitznamen an, würde ich sagen. Was gibt es denn für Alternativen?«

»Lass mich mal überlegen ...« Er tippt sich nachdenklich mit seinem Finger gegen das Kinn. »Wenn wir uns nicht zum ersten Mal am Strand begegnet wären, hätten wir uns erst abends bei Rafael im *Da Scholl her!* kennengelernt ...«

»Woah, Moment mal. Wer spricht denn hier von dir und mir? Du meintest doch diesen *einen Freund*«, gebe ich grinsend zurück.

Maxi haut sich gegen die Stirn. »Richtig. Selbstverständlich rede ich von diesem, mir völlig unbekannten Freund.«

Schmunzelnd schüttelt er den Kopf. »Also wenn dieser Freund«, er wirft mir einen vielsagenden Blick zu, »und du euch erst bei Rafael kennengelernt hättet, wäre dein Spitzname wahrscheinlich *Downunder.*«

»Downunder?«

»Weil du dich unter dem Tisch versteckt hast.«

Meine Wangen fangen Feuer. Das hatte ich komplett verdrängt.

»Ich habe mich nicht versteckt«, murmele ich mit glühendem Kopf und streiche mir eine Haarsträhne hinter mein Ohr. »Ich habe nur eine Serviette aufgehoben, die heruntergefallen ist.«

»Ich tue mal so, als ob ich dir glauben würde.«

Maxi grinst, bevor er fortfährt. »Gepasst hätte aber auch *Die Käsespieß-Lady.*«

Ich pruste los. »Die Käsespieß-Lady? Wirklich?«

»Na klar! Die hast du in rauen Mengen vom Vorspeisenteller verputzt.«

»Habe ich das, soso.« Meine Lippen verziehen sich zu einem Grinsen. »Du hast mich an dem Abend aber ziemlich genau beobachtet.«

Maxi blinzelt verschwörerisch. »Wer redet denn hier von mir? Ich dachte, es geht um diesen geheimnisvollen Freund?«

Mir entschlüpft ein leises Lachen. »Touché. Ich merke schon: Mit Cinderella bin ich ziemlich gut dran. Und wenn ich ehrlich bin ...«, verlegen schaue ich auf meine Füße, »... mir gefällt Cinderella.«

Maxi schmunzelt, wodurch das Grübchen in seiner Wange sichtbar wird. »Gut. Geht mir auch so.«

Allmählich wird es um uns herum lebhafter. Zwei Hunde bellen und rennen um die Wette, die Besitzer stehen ein paar Meter von uns entfernt und beobachten das Schauspiel.

Ich lasse meinen Blick zum Meer schweifen. Am Horizont kann ich ein Schiff ausmachen, darüber verwandelt der Himmel sich von blassrosa in ein kräftiges Hellblau.

Da räuspert Maxi sich.

»Also ist alles okay? Wegen gestern, meine ich.«

Ich wende meinen Blick vom Meer ab und schaue ihn an. Meine Ablenkungsstrategie hat demnach nur kurzfristig gewirkt.

Sei ehrlich. Zu dir, aber auch zu ihm.

Ich hole tief Luft. Versprochen ist versprochen.

»Ja, es ist alles okay. Du hast nichts falsch gemacht, ganz im Gegenteil. Der Abend war schön. Es ist nur so, dass ich ein paar Dinge zum Nachdenken bekommen habe.«

Seine grünen Augen mustern mich aufmerksam. Ich halte seinem Blick stand, bis er schließlich nickt.

»Gut. Aber du gibst Bescheid, wenn ich dir helfen kann?«

Meine Mundwinkel heben sich leicht. »Das mache ich.«

Wir tauschen einen weiteren Blick, dann greift Maxi nach dem Kopfhörerkabel, das ihm um den Hals hängt.

»Ich mach mich mal auf den Weg, meine Dusche ruft. Komm gut nach Hause.« Damit hebt er eine Hand zum Abschied und dreht sich um.

Ich schmunzele, als ich ebenfalls kehrtmache und den Heimweg antrete. Da fällt mir etwas auf. Der genaue Wortlaut von Maxis Verabschiedung. *Komm gut nach Hause.* Nicht: *Komm gut zurück in die Pension* oder *Komm gut zurück zu Biggi.*

Ich habe bis eben nicht drüber nachgedacht, weil es so ... richtig klang. Und vor allem: weil es sich so richtig angefühlt hat. Mein Herz klopft kräftig gegen meine Rippen. In diesem Moment wird mir klar, wie wohl ich mich auf diesem kleinen Fleckchen Erde fühle. Trotz der kurzen Zeit, die ich erst hier bin. Und trotz der Umstände, die mich hierhergeführt haben.

»Ach, Josi?«

Überrascht drehe ich mich noch einmal um und sehe, wie Maxi ein paar Meter entfernt stehengeblieben ist.

»Ja?«

Ein Grinsen breitet sich auf seinem Gesicht aus. »Ich denke, wir wissen beide, wieso du wirklich bis hierhin gelaufen bist.«

Meine Mundwinkel zucken bei seinem Tonfall, der eine Mischung aus lauernd, belustigt und gespielt triumphierend ist.

»Und zwar?«

»In der Hoffnung, mich zu sehen natürlich. Mach's gut!«

Damit dreht er sich um und joggt hoch zum Strandaufgang.

Mein Lachen, das nach ein paar Sekunden Verblüffung über meine Lippen kommt, ist so schallend, echt und glücklich, dass er es mit großer Wahrscheinlichkeit noch hört.

Kapitel 13

In den nächsten Tagen lerne ich Biggis Pension auf eine komplett andere Art und Weise kennen. Wie erwartet, hat Biggi sich bei meinem Angebot, ihr zu helfen, mit Händen und Füßen gewehrt. Die körperliche Arbeit sei viel zu anstrengend, war ihr stärkstes Argument. Doch so zart besaitet bin ich nun auch wieder nicht. Wie eine Klette hefte ich mich an ihre Fersen, während sie durch die Pension huscht, woraufhin sie irgendwann kapituliert und mir erklärt, was ich bei der Zimmerreinigung alles beachten muss, und welche Kleinigkeiten für den gewissen Wohlfühleffekt sorgen. Schon nach wenigen Minuten stehen mir die Schweißperlen auf der Stirn, und ich spüre am Abend jeden einzelnen Knochen, was ich meiner Patentante gegenüber natürlich verschweige. Meine Knie und mein Rücken piesacken mich durch die vielen ungewohnten Bewegungen. Zwar beziehe ich mein Bett zu Hause auch regelmäßig und putze meine Wohnung – aber nicht unter dem Zeitdruck, wie es bei einem Gästewechsel in der Pension der Fall ist. Außerdem fühlen sich meine Füße durch das viele Herumlaufen so wund und geschunden an, als hätte ich den ganzen Tag mehrere Steinchen im Schuh gehabt. Aber mit einer Fußmassage und einer Schmerztablette vor dem Schlafengehen bekomme ich das bestimmt wieder in den Griff.

Gleichzeitig steigt mein Respekt vor Biggi ins Unermessliche. Wie sie dieses Pensum seit mehreren Wochen durchhält, ist mir ein Rätsel. Denn neben diesen Aufgaben sorgt sie jeden Morgen für das Frühstücksbuffet und steht dafür ab halb sieben Uhr in der Küche. Auch dabei gehe ich ihr ab jetzt zur Hand.

Außerdem meldet sich Lina endlich mit einer Nachricht bei mir.

Lina: Hey Josi, tut mir leid, dass ich mich im Moment kaum melde. Auf der Arbeit ist die ganze Woche noch die Hölle los. Lass uns gerne danach wieder in Ruhe sprechen, ja?
Josi: Na klar! Schreib einfach, wenn es für dich passt, aber stress dich bitte nicht wegen mir. Du schaffst das. Halte durch!

Am dritten Tag meiner Aushilfstätigkeit in der Pension führt meine Patentante mich in die Geheimnisse der Buchungsanfragen ein. Hier habe ich deutlich mehr Spaß. Das System hat Struktur, und es existieren feste Abläufe, was mir unheimlich viel Sicherheit gibt. Bei den Putztätigkeiten unterstütze ich Biggi trotzdem weiterhin, auch wenn ich merke, wie sie alle körperlichen Aufgaben von mir fernhalten möchte.

»Wenn du mir die Arbeit im Büro abnimmst, ist das für mich die größte Hilfe«, erklärt sie und scheucht mich aus der Abstellkammer, wo ich gerade den Putzwagen holen will. »Die Anfragen und Mails nehmen nämlich die meiste Zeit in Anspruch. Wenn ich die anderweitig nutzen kann, haben wir beide pünktlich Feierabend.«

Ich freue mich mit jedem Tag mehr, dass mein Plan aufgeht, und ich Biggi zumindest diese Sorge abnehmen kann. Mein Ehrgeiz, alles zu bearbeiten, was bei ihr durch die Zeitnot in den letzten Wochen liegengeblieben ist, wächst stetig. Nur bei der Frage nach der Finanzierung der Reparaturarbeiten will mir einfach keine passende Lösung einfallen.

Mit mehreren Müllbeuteln in der Hand gehe ich hinter die Pension und entsorge sie in den Tonnen. Ich blicke mich in dem kleinen Garten um, der hier wildert. Mir gefällt die verwunschene Atmosphäre, allerdings müsste dringend an einigen Stellen Unkraut gejätet werden. Und der Rasen könnte auch wieder gemäht werden. Ich setze diese beiden Punkte innerlich auf meine To-do-Liste.

Auf dem Rückweg in die Lobby grüße ich Anita, die den Souvenirshop auf der gegenüberliegenden Straßenseite betreibt und mir fröhlich zuwinkt. Allerdings zeigt mir ein Blick auf die Uhr, dass ich nicht lange mit ihr quatschen kann. Die nächsten Gäste sollten jeden Moment eintreffen.

Biggi ist gerade noch dabei, das Zimmer bezugsfertig zu machen, deshalb darf ich die neuen Besucher einchecken. Es handelt sich um zwei Frauen, die ich beide auf etwa Mitte fünfzig schätze, mit Sonnenbrillen in den Haaren und riesigen Koffern neben sich. Sie lächeln mir zu.

»Herzlich willkommen in der Pension *Kleine Glücksmomente.* Mein Name ist Josi, und ich freue mich, Sie bei uns im Haus begrüßen zu dürfen. Hatten Sie eine gute Anreise?«

»Es war herrlich!«, schwärmt die kleinere der beiden Frauen und nickt zur Unterstreichung ihrer Worte heftig mit dem Kopf, wobei ihre rostroten Locken auf und ab wippen. »Ich hatte schon auf der Fähre das Gefühl, wir betreten eine andere Welt. Ich bin bereits jetzt tiefenentspannt.«

Ihre Begleiterin lacht. »Na, da kann das ja nur ein schöner Urlaub werden. Ich bin sehr gespannt auf unsere Zeit hier. Wir sind nämlich zum ersten Mal auf Juist.«

Während ich die beiden Damen einchecke, erzählen sie mir, dass sie es sich zum Ziel gesetzt haben, jedes Jahr eine andere Nordseeinsel zu erkunden. Borkum, Langeoog und Wangerooge haben sie sich schon angesehen. Letztes Jahr war Norderney an der Reihe.

»Das scheint die Partyinsel zu sein«, flüstert mir die größere der beiden Frauen – Christiane Flink, wie ich mittlerweile weiß – verstohlen zu. »Das war uns dann doch ein bisschen zu wild. Obwohl wir aus Köln kommen und Trubel gewohnt sind, aber wir hatten uns auf einen ruhigen Urlaub eingestellt.«

»Ruhe werden Sie auf Juist definitiv finden«, erwidere ich lächelnd und gebe ihr ihren Ausweis zurück, dessen Daten ich gerade in den PC eingegeben habe. »Und wenn Sie mögen, bringt meine Patentante, der diese Pension gehört, Ihnen nachher gern noch ein Kölsch aufs Zimmer.«

Die Augen von Frau Flink hellen sich auf. »Ach, wie lustig! Sie haben Kölsch im Angebot?« Ich zwinkere den beiden Damen zu. »Wir kommen ebenfalls aus der Domstadt.«

»Und dann hat es Sie hier an die Nordsee verschlagen?«

»Das ist eine längere Geschichte.« Ich schmunzele. Die beiden sind mir bereits jetzt sympathisch. »Ihr Zimmer ist in etwa einer Stunde fertig. Wenn Sie möchten, können Sie so lange hier vorn Platz nehmen«, ich deute auf die Sofagruppe am Fenster, »oder Sie erkunden in der Zeit die Insel. Ihr Gepäck verwahren wir gern und bringen es dann auf Ihr Zimmer.«

»Ach, das ist aber freundlich. Ich würde am liebsten direkt zum Strand. Was meinst du, Petra?«

»Fantastische Idee.« Ihre Begleiterin klopft auf die Handtasche über ihrer Schulter. »Die Sonnencreme habe ich vorsorglich auf der Fähre schon umgepackt, wir sind also ausgestattet.«

Ich erkläre den beiden, wie sie auf dem schnellsten Weg zum Strand gelangen und schiebe anschließend ihre Koffer in den dafür vorgesehenen Raum.

Als ich zurück zur Rezeption komme, steht dort jemand mit dem Rücken zu mir. Durch die Sonne, die durch die große Fensterfront scheint, werde ich einen Moment so geblendet, dass ich nur die Umrisse der Person ausmachen kann. Irritiert kneife ich die Augen zusammen. Eigentlich erwarten wir für heute keine neuen Gäste mehr. Ob Christiane oder Petra etwas vergessen hat? Nein, dafür ist der Schatten vor mir zu schmächtig. Und zu dunkelhaarig.

Dann blinzele ich. Einmal. Zweimal.

Das kann nicht sein.

Meine Augen spielen mir einen Streich. Eindeutig. Denn das vor mir kann unmöglich ...

»Lina?«

Meine beste Freundin dreht sich schwungvoll zu mir um, eine große Sonnenbrille auf der Nase, und strahlt mich an.

»Überraschung!«

Einen Augenblick bin ich wie gelähmt. Aber dann kommt Leben in meine starren Glieder. Ich stürze um die Rezeption herum auf Lina zu und ziehe sie in eine Umarmung. Dabei vergrabe ich meine Nase in ihre dunkelbraune Haarmähne, die ihr wie immer offen über die Schultern fallen. Sofort umgibt mich ihr vertrauter Geruch nach Kirschblüte – was sie ihrer Lieblingsbodylotion zu verdanken hat – und dem sommerlich-leichten Parfüm, das sie immer auflegt.

Lina lacht bei meiner stürmischen Begrüßung und drückt mich ebenso fest an sich wie ich sie.

»Die Überraschung ist geglückt, würde ich sagen.«

»Und wie!« Ich löse mich von ihr und halte sie dann auf Armeslänge von mir weg. »Nur, um sicherzugehen. Du bist keine Halluzination, oder?«

Lina grinst, wobei ihr Gesicht noch immer zur Hälfte von der riesigen Sonnenbrille verdeckt wird. »Nope. Ich stehe wahrhaftig in Fleisch und Blut vor dir.«

»Das ist ... Das ist ...«

Mit einem Schmunzeln legt sie den Kopf schief.

»Fantastisch? Exorbitant gut? Phänomenal?«

Ihr belustigter Tonfall sorgt dafür, dass ich sie direkt noch mal in die Arme schließen muss. Erst jetzt bemerke ich, wie sehr sie mir in den letzten Tagen gefehlt hat. Mein Herz macht mehrere freudige Hüpfer, als mir bewusst wird, dass meine beste Freundin wirklich hier ist. Auf Juist. Mitten in Biggis Pension. Apropos ...

»Weiß Biggi, dass du kommst?«

Lina schüttelt den Kopf. »Bisher noch nicht. Das war eine ... ziemlich spontane Idee, euch besuchen zu kommen.«

Ihre Stimme klingt mit einem Mal irgendwie dünn. Ich stutze. Schwingt da etwa Unsicherheit mit? So kenne ich meine beste Freundin gar nicht. Mit gerunzelter Stirn betrachte ich sie, aber sie wendet den Blick ab. Seltsam ...

»Biggi wird sich unglaublich freuen, dich zu sehen. Da wette ich mit dir. Komm, wir gehen sie suchen.«

Mit meiner Hand greife ich nach ihrer, wobei ich zum ersten Mal ihren Koffer bemerke. Es ist ein Wunder, dass er mir bisher noch nicht aufgefallen ist. Ihn als riesig zu bezeichnen, wäre eine Untertreibung. Es handelt sich um ein richtiges Monstrum.

Langsam wandert mein Blick von dem gewaltigen Gepäckstück zu Linas Gesicht, meine Brauen fragend erhoben. Mein Verdacht, dass irgendetwas nicht stimmt, verhärtet sich.

»Hast du vor, auszuwandern? Da drin findet locker dein gesamter Kleiderschrank Platz.«

»Ach, halb so schlimm. Ich dachte mir nur, man muss schließlich auf alles vorbereitet sein.«

Immer noch perplex schaue ich wieder auf den riesigen Trolley neben ihr. Ihre schwammige Antwort gibt mir zu denken, weil sie mir ganz klar etwas verheimlicht. Aber dann zucke ich mit den Schultern. Wenn Lina bereit ist, mir zu sagen, was los ist, wird sie sich mir anvertrauen.

»Am besten stellen wir ihn in unseren Kofferraum, bevor wir Biggi suchen.«

Aber so weit kommen wir gar nicht. Denn just in dem Moment öffnet sich die Tür zum Flur, hinter dem die Zimmer des Erdgeschosses liegen, und meine Patentante tritt hindurch, einen Putzwagen hinter sich herziehend.

»So, das Zimmer ist bezugsfertig. Unsere neuen Gäste können also gern –«

Ihre Augen weiten sich, als sie meine beste Freundin entdeckt.

»Das gibts nicht. Lina!«

Mit großen Schritten durchquert sie die Lobby und wirft ihre Arme um unsere neue Besucherin. Ich senke grinsend den Kopf, während Lina im kräftigen Griff meiner Patentante leise ächzt.

Als Biggi sie wieder loslässt, reibt sie sich unauffällig über die Rippen.

»Mensch, was für eine schöne Überraschung! Dass ich dich mal außerhalb von Köln sehe, hätte ich ehrlicherweise nie gedacht. Du bist ja noch heimatverbundener als mein Patenkind.«

Sie zwinkert uns beiden zu.

Lina lacht auf. »Jetzt übertreibst du aber. Manchmal packt selbst mich das Fernweh. Und was gibt es da für ein besseres Ziel als Juist, wo meine zwei Lieblingsmenschen sich aktuell befinden.«

Erneut werfe ich ihr einen irritierten Blick, denn die Info mit dem Fernweh ist mir neu. Lina fühlt sich pudelwohl in Köln und hatte meines Wissens nach bisher noch nie das Bedürfnis, die Stadtmauern zu verlassen. Doch bevor ich darauf eingehen kann, springt Biggi dazwischen.

»Du bist bei mir immer herzlich willkommen«, meint sie und schenkt Lina ein warmherziges Lächeln.

»Das ist lieb von dir, danke. Ich ...«, Lina verzieht das Gesicht schuldbewusst, »... hab mich ziemlich kurzfristig entschieden, nach Juist zu fahren, und hab online nirgendwo mehr ein Zimmer buchen können. Ich will euch keine Umstände bereiten, aber wisst ihr vielleicht, wo ich –«

»Du kannst bei mir im Zimmer schlafen«, beruhige ich sie.

»Nein, kommt überhaupt nicht infrage.« Biggi schüttelt den Kopf. »Junge Frauen brauchen ihre Privatsphäre. Und dein Zimmer ist für zwei Personen zu klein, aber neben Josi ist spontan etwas freigeworden. Dort kannst du dich gern einquartieren, Lina.«

Meine beste Freundin atmet erleichtert auf.

»Sicher? Aber dann zahle ich auf jeden Fall für die Zeit, in der ich das Zimmer belege.«

Biggi schnaubt empört und stemmt die Hände in ihre Hüften. »Willst du mich etwa beleidigen? Natürlich zahlst du keinen einzigen Cent. Das wäre ja noch schöner.«

»Aber ...«

»Nichts aber.«

Meine Patentante schüttelt wieder vehement den Kopf. »Durch die Kurzfristigkeit der Absage sind Stornogebühren angefallen, das Zimmer ist also schon bezahlt. Damit ist das Thema abgehakt.«

Lina schaut verstohlen zu mir hinüber, aber ich zucke nur mit den Schultern. Diskussion zwecklos, gebe ich ihr wortlos zu verstehen. Auch wenn ich weiß, dass Biggi das Geld gut gebrauchen könnte, und die Stornogebühren nur fünfzig Prozent des eigentlichen Zimmerpreises betragen, wird meine Patentante sich nie und nimmer darauf einlassen, eine Bezahlung von Lina anzunehmen.

»Okay, wenn das so ist ... Danke.«

Lina schenkt ihr ein zaghaftes Lächeln, was Biggi mit einem breiten Grinsen quittiert. Dann klatscht sie in die Hände.

»Gut. Ich würde sagen: Auf gehts in den ersten Stock. Josi und ich zeigen dir jetzt deine Bude!«

Kapitel 14

Nachdem wir zu dritt Linas Bleibe für die nächsten Tage hergerichtet haben, verabschiedet Biggi sich.

»Wir setzen uns heute Abend bei einem Kölsch zusammen«, erklärt sie mit einem Lächeln und schließt dann leise die Zimmertür hinter sich. Während Lina vorhin kurz im Bad war, hat meine Patentante mir den Rest des Tages freigegeben und keine Widerrede zugelassen. Ich bin ihr dankbar, auch wenn zeitgleich ein schlechtes Gewissen an mir nagt.

Lina und ich hocken uns im Schneidersitz zusammen auf ihr Bett. Das Zimmer sieht aus wie ein Duplikat von meinem. Der einzige Unterschied besteht in der Farbe der Accessoires und Deko-Elemente: Während bei mir alles in Beerentönen gehalten ist, dominieren bei Lina blaue und grüne Farbtupfer.

»Die Pension ist wunderschön«, meint meine beste Freundin, deren Blick ebenfalls durch ihre neue Bleibe wandert. »Das habe ich unten im Empfangsbereich schon gedacht. Alles hier sieht so nach ... Biggi aus.«

Meine Mundwinkel zucken. »Genau das ist mir auch durch den Kopf geschossen, als ich hier angekommen bin.«

Lina lächelt, wobei der Ausdruck ihre Augen nicht ganz erreicht. In meiner Magengegend macht sich ein mulmiges Gefühl breit. Jetzt, wo sie die Sonnenbrille nicht mehr trägt, sind die roten Ränder um ihre Augenpartie deutlich zu erkennen.

»Also«, frage ich betont fröhlich und falte die Hände im Schoß zusammen, »die Überraschung ist dir gelungen! Ich freue mich, dass du es nach Juist geschafft hast. Hat deine Chefin dir kurzfristig freigegeben?«

Lina zupft an der Bettdecke herum. »Ja, es ging dann doch irgendwie.«

Ihre Stimme klingt so emotionslos, dass ich sie prüfend mustere. Sie hält den Blick zwar gesenkt, aber mir fallen trotzdem die Augenringe auf, die sich dunkel auf ihrem Gesicht abzeichnen.

Mein Herz zieht sich zusammen. Automatisch strecke ich meine Hand aus und lege sie ihr sanft auf den Arm.

»Lina, was ist los?«

Das bricht bei ihr alle Dämme. Ihre Lippen fangen an zu beben, zeitgleich füllen sich ihre haselnussbraunen Augen mit Tränen. Dann beginnt sie zu schluchzen.

Sofort ziehe ich sie in meine Arme und halte sie fest. Lina klammert sich an meine Schultern, während ihr immer mehr Tränen über die Wangen laufen. Ich drücke sie noch fester an mich.

Irgendwann löst sie sich von mir. Wie von selbst greife ich nach hinten und ziehe die Box mit Taschentüchern vom Nachttisch, die Biggi in jedem Zimmer aufgestellt hat. Lina zieht mehrere Blätter daraus hervor und putzt sich geräuschvoll die Nase.

Behutsam stelle ich die Taschentuchbox zwischen uns auf dem Bett ab. Dann warte ich. Wenn meine beste Freundin mir erzählen möchte, was passiert ist, kann sie das jederzeit tun. Aber ich will sie zu nichts drängen, und das weiß sie. Schließlich holt sie tief Luft und hebt den Kopf.

»Ich habe Tobias in flagranti mit einer anderen im Bett erwischt.«

Mir klappt der Mund auf. »Was?«

»Jap. Es war wie in einem schlechten Film. Die letzten Wochen waren extrem stressig, und ich habe überlegt, ihn mit einem romantischen Weinabend zu überraschen. Also habe ich früher Feierabend gemacht, war einkaufen und bin danach noch schnell in meine Wohnung, um mir etwas Schönes anzuziehen. Ich war sogar extra das Wochenende vorher shoppen, um mir neue Dessous zu besorgen.« Sie verzieht das Gesicht. »Dann bin ich zu ihm gefahren und wollte alles in Ruhe vorbereiten.« Lina lacht bitter auf. »Ich schiebe mich also mit den vollbeladenen Tüten durch die Wohnungstür und bleibe wie angewurzelt stehen. Überall in seinem Flur lagen Kleidungsstücke verstreut. Einen Moment habe ich Panik geschoben und gedacht, jemand wäre eingebrochen. Dann habe ich die Geräusche aus seinem Schlafzimmer gehört. Ziemlich eindeutige Geräusche.«

Ich beiße die Zähne vor Wut und Ekel zusammen.

Lina und Tobi sind seit mittlerweile drei Jahren ein Paar. Er ist mit uns zur Schule gegangen, gefunkt hat es zwischen den beiden aber erst deutlich später, als sie sich an Karneval wiederbegegnet sind. Danach ging alles ganz schnell. Ein Date, ein gemeinsamer Wochenendtrip, und es hatte sie voll erwischt. Seitdem waren sie ein Herz und eine Seele. Eigentlich wollten sie kommenden Monat den nächsten großen Schritt wagen und zusammenziehen. Seit Wochen ist Lina schon dabei, Kisten zu packen.

»Ich war wie gelähmt, als sich die Puzzleteile in meinem Kopf zusammengefügt haben. Dann bin ich ohne Umschweife ins Schlafzimmer gestürmt. Die vollen Einkaufstüten noch in der Hand. Du hättest mal sein Gesicht sehen sollen.«

Obwohl die Situation alles andere als komisch ist, heben sich meine Mundwinkel. Ich kann mir nur zu gut vorstellen, wie Lina – ganz die Rachegöttin mit wehendem Haar und mit mehreren Weinflaschen, Käsewürfeln und Baguettestangen bewaffnet – in Tobis Stelldichein geplatzt ist. *Geschieht ihm recht.*

»Gott, es war so erbärmlich. Die Frau hat so spitz geschrien, dass mir beinahe das Trommelfell gerissen ist. Und Tobi sind fast die Augen aus dem Kopf gefallen. Er hat sich von ihr heruntergerollt und sich ein Kissen vor den Körper gehalten.« Sie schnaubt. »Als ob ich ihn noch nie nackt gesehen hätte. Dieser Vollidiot.«

»Und dann?«

Ich schäme mich ein bisschen dafür, wie neugierig meine Stimme klingt.

»Ich habe ihn eine gefühlte Ewigkeit lang wortlos angestarrt, dann mit ruhiger Stimme gesagt ›Das war's‹, mich umgedreht und bin gegangen. Keine Ahnung, wie ich das geschafft habe. Aber irgendwie bin ich nach Hause gekommen und hab den Abend heulend mit der Flasche Wein zwischen meinen gepackten Umzugskisten verbracht.«

Sie wirft mir ein trauriges Lächeln zu, und ich kann sehen, dass ihre Augen wieder feucht werden. Meine Finger tasten nach ihren und drücken sie leicht.

»Weißt du, was das Schlimmste an der Sache war?«

Ich schüttele den Kopf.

»Dass er während der ganzen Situation nicht einen Ton gesagt hat. Er saß da wie ein stummer Fisch und hat mich angestarrt, als hätte er eine Erscheinung.« Sie schluckt, schließt einen Moment die Augen und atmet tief durch. »Drei Jahre. Einfach so verpufft.«

Lina senkt den Blick, während ihr eine Träne über die Wange kullert.

»Es tut mir so leid.«

Ich weiß, dass meine Worte ihr in diesem Augenblick nicht viel bringen. Aber sie soll trotzdem wissen, dass sie da nicht allein durch muss.

Sie lächelt leicht, als sie den Kopf hebt. In ihren Augen schimmern noch immer Tränen. »Willst du nicht so etwas sagen wie ›Ohne ihn bist du viel besser dran‹ oder ›Ich habe ihn eh nie gemocht‹?«

Ich erwidere ihr Lächeln. Tobi und ich sind tatsächlich nie so richtig gut miteinander klargekommen. Auch wenn wir uns für Lina zusammengerissen haben.

»Würde es dir denn damit besser gehen?«

»Vielleicht. Ich weiß nicht.« Sie zuckt mit den Schultern. Dann seufzt sie. »Nein, wahrscheinlich nicht.«

Ich tätschele ihr die Hand. »Ich kann ihm aber gerne die Leviten lesen. Spontan fallen mir da zwei, drei Dinge ein ... Hast du die Baguettebrote noch?«

Ein leises Lachen kommt über ihre Lippen. »Die habe ich entsorgt. Mittlerweile wären sie vermutlich aber auch steinhart.«

»Umso besser.«

Linas Blick landet auf mir, und ihre Mundwinkel heben sich.

»Das würde ich gerne sehen. Wie Josephine Schwartz, der sanftmütigste, liebste Mensch der Welt, mit einem mehrere Tage alten Baguette auf meinen Ex-Freund eindrischt.«

»Mit Vergnügen!«

Erst da realisiere ich, was Lina gerade gesagt hat. *Mehrere Tage alt?* Moment. Ich räuspere mich.

»Wie lange ist es her, dass du ...?« Ich schlucke.

»… ihn beim Fremdgehen erwischt habe? Fünf Tage.«

Ich starre meine beste Freundin an. In meinem Kopf macht es klick. Deshalb hat sie plötzlich kaum noch Nachrichten geschrieben. Dann schrillen meine Alarmglocken los. Sie hat das fünf Tage allein mit sich ausgemacht? Wenn ich das gewusst hätte, wäre ich sofort auf die nächste Fähre gestiegen und zu ihr gefahren, um für sie da zu sein.

Als hätte sie meine Gedanken gelesen, ist es dieses Mal Lina, die beruhigend meine Finger drückt.

»Ich habe extra nichts gesagt. Erst mal musste ich für mich ein paar Dinge sortieren.«

Eine Weile hängen wir beide unseren Gedanken nach, bis Lina wieder das Wort ergreift.

»Das ist mittlerweile erledigt, jetzt brauche ich dringend Ablenkung«, verkündet sie und setzt dabei eine betont fröhliche Miene auf. »Also, was stellen wir auf die Beine? Du hast doch bestimmt eine *Was man unbedingt auf Juist getan haben muss*-Liste angelegt, wie ich dich kenne.«

Ich nicke langsam und schaue ihr prüfend ins Gesicht.

»Bist du sicher?«

»Ja.« Entschieden wischt sie sich mit einer Hand über die Augen. »Ich habe dem Idioten schon viel zu viele Tränen nachgeweint. Dabei ist er nicht eine einzige davon wert, wenn er nicht erkennt, was er an mir hat.« Sie räuspert sich. »Hatte«, korrigiert sie.

Einen Moment kaue ich auf meiner Lippe, dann treffe ich eine Entscheidung.

»Okay. Ich hätte da tatsächlich etwas, bei dem ich deine Hilfe brauche.«

Kapitel 15

Lina hört mir die gesamte Zeit geduldig zu, während ich ihr von Biggis schwieriger Situation mit der Pension erzähle. Weil meine beste Freundin ebenso zu meiner Familie zählt wie meine Patentante, und die beiden sich sehr nahestehen, bin ich ihr gegenüber offen und beschönige nichts. Ich weiß, dass das für Biggi in Ordnung geht.

»Zu zweit bekommen wir das mit den Zimmern und den Buchungsanfragen bisher gut hin«, schließe ich meinen Monolog, bevor ich mir über die Stirn reibe. »Nur bei den Reparaturkosten weiß ich nicht weiter. Ich habe keine Ahnung, wie wir das Geld dafür auftreiben können. Biggi möchte von mir nichts annehmen, auch wenn ich ja ein bisschen was geerbt habe.«

»Mmh …«

In Linas Augen blitzt etwas auf. Ich kann förmlich sehen, wie es hinter ihrer Stirn arbeitet. Sie hat die Brauen konzentriert zusammengezogen, ihr Blick huscht von links nach rechts. Mit einem Mal erhellt sich ihr Gesichtsausdruck.

»Ich glaube, ich habe eine Idee.«

Sie springt vom Bett auf und wühlt in ihrer Tasche, die sie auf dem Schreibtischstuhl abgestellt hat. Ich beobachte sie dabei, wie sie einen Block und einen Kugelschreiber herauszieht und damit wieder zurück auf die Matratze klettert. Dann schlägt sie den Block auf und beugt sich tief darüber. Ihre Haare verbergen mir einen genauen Blick auf das Papier, trotzdem kann ich sehen, wie ihr Stift förmlich darüber fliegt.

Meine Mundwinkel zucken. Das ist typisch Lina. Wenn man ihr ein Problem hinwirft, egal, wie groß oder klein es sein mag, ruht sie nicht länger, bis sie eine Lösung dafür gefunden hat. Je kreativer und außergewöhnlicher, desto besser. In solchen Momenten ist sie ganz in ihrem Element. Und vor allem so vertieft, dass sie mindestens die nächste halbe Stunde nicht ansprechbar sein wird.

Ich beobachte sie eine Weile dabei, wie sie vor sich hinmurmelt, den Kopf schüttelt, etwas auf ihrem Block durchstreicht und sich anschließend noch tiefer darüber beugt. Ich schlucke. Hoffentlich hilft die Ablenkung, ihr gebrochenes Herz zu heilen. Oder den Liebeskummer zumindest für eine Weile hinter sich zu lassen.

Apropos Ablenkung: Lina hat nach einem *Was-man-unbedingt-auf-Juist-getan-haben-muss*-Programm gefragt. Da fallen mir spontan gleich mehrere Dinge ein. Ich greife mir mein Handy und will gerade die Notizapp öffnen, als eine neue Nachricht eintrudelt. Maxis Name blinkt mir entgegen. Sofort legt mein Herz einen Zahn zu, und ich beiße mir auf die Lippe. Nach unserer Begegnung am Strand habe ich ihm geschrieben, dass ich beschlossen habe, Biggi ein wenig bei der Arbeit in der Pension unter die Arme zu greifen. Seitdem schreiben wir uns hin und wieder. Aber er hat den Wink verstanden, dass ich im Moment keine Zeit für Ausflüge oder Treffen habe.

Mit klopfendem Herzen werfe ich Lina einen Blick zu, die immer noch konzentriert auf ihrem Block kritzelt, dann öffne ich Maxis Nachricht.

Maxi: Auf einer Skala von eins bis zehn: Wie niedlich ist dieser Frosch?

Gleich danach hat er ein Foto von einem quietschgrünen Froschaufkleber im Comiclook geschickt, der eine Krone trägt und so breit lächelt, dass sein Maul größer ist als sein Körper.

Ich grinse und tippe eine Antwort.

Josi: Als Motivationssticker für deine Grundschüler eindeutig eine klare Zehn! Für einen erwachsenen achtundzwanzigjährigen Mann jedoch …

Es dauert nicht lange, bis Maxi sich zurückmeldet.

Maxi: Hey! Vielleicht liebt dieser gut aussehende, erwachsene achtundzwanzigjährige Mann Frösche über alles, weil sein erstes Kuscheltier ein Frosch namens Fridolin war?

Meine Mundwinkel zucken.

Josi: Dein erstes Kuscheltier hieß Fridolin? PS: Denk bloß nicht, ich hätte nicht bemerkt, dass du ein neues Adjektiv für die Beschreibung deiner Person eingefügt hast …

Ich hänge einen Nerd-Smiley mit Brille an.

Es dauert keine dreißig Sekunden, bis eine Antwort von ihm auf meinem Bildschirm aufblinkt.

Maxi: Zu meiner Verteidigung: Er hieß schon so, als ich ihn bekommen habe. Meine Schwester wollte ihn in »Froschie« umbenennen, aber ich mochte den Namen Fridolin. PS:

Denk bloß nicht, ich hätte nicht bemerkt, dass von dir kein Widerspruch für das neue Adjektiv kam …

Lina verlagert ihr Gewicht, und ich zucke zusammen, als deswegen die Matratze knarzt. Für einen Moment habe ich völlig ausgeblendet, wo ich bin. Verlegen beiße ich mir auf die Lippe und versuche, mich wieder auf meine eigentliche Aufgabe zu konzentrieren. Eine Liste erstellen. Eine Liste mit Aktivitäten für Lina und mich, um ihr die Insel zu zeigen. Mein Daumen schwebt über dem Symbol für den Internetbrowser meines Handys.

Wobei … Ich zögere einen Augenblick, dann öffne ich erneut das Chatfenster mit Maxi. Meine Finger fliegen wie von selbst über das Display.

Josi: Was sind deine Top-Drei-Dinge, die man auf Juist unbedingt erlebt haben muss?
PS: Frage für eine Freundin :)

Ich halte die Luft an, während ich auf seine Antwort warte. Der abrupte Themenwechsel kränkt ihn hoffentlich nicht, aber ich kann nicht auf seinen vorherigen Kommentar eingehen. Dafür müsste ich darüber nachdenken, ob ich ihn tatsächlich gut aussehend finde oder … na ja … mir eingestehen, *dass* er ziemlich attraktiv ist – und durch diese Tür kann und will ich im Moment definitiv nicht schreiten.

Bevor ich weiter darüber grübeln kann, blinkt eine neue Nachricht von ihm auf.

Maxi:
1. Rosinenstuten in der Domäne Bill essen.
2. Eine Kutschfahrt über die Insel machen.

3. Nachts das Meeresleuchten beobachten.
Oh, und falls »deine Freundin« einen privaten Inselführer benötigt: Ich kenne da zufällig jemanden, der hier aufgewachsen ist und eine Juisterin auf Zeit mit Sicherheit gern in die Geheimnisse des Töwerlands einweiht … :)

Ohne dass ich etwas dagegen machen kann, verziehen meine Mundwinkel sich zu einem Lächeln. Na, das kann ich auch.

Josi: Das klingt gut. Wann hätte Tomasz denn Zeit?

»Du magst ihn sehr, oder?«

Ertappt fahre ich zusammen. Lina betrachtet mich mit schief gelegtem Kopf, und meine Wangen werden heiß. Verflixt. Sofort bekomme ich ein schlechtes Gewissen. Als ich nichts erwidere, nickt sie in Richtung meines Handys.

»Du schreibst doch gerade mit Maxi, oder?«

Räuspernd lege ich mein Smartphone zur Seite. »Ja, aber … so ist das zwischen uns nicht.«

»Josi.« Ihre Lippen verziehen sich zu einem leichten Lächeln. »Nur, weil ich Liebeskummer habe, heißt das nicht, dass du mir nichts von ihm erzählen kannst. Ganz im Gegenteil. Als meine beste Freundin ist es vor allem jetzt sogar deine Pflicht, mich daran teilhaben zu lassen, wenn du dich glücklich verknallst. Damit ich den Glauben nicht verliere, dass es dort draußen auch noch gute Kerle gibt.«

Bei ihren letzten Worten legt sie betont feierlich eine Hand auf ihr Herz. Obwohl sie versucht, die Stimmung dadurch aufzulockern, laufe ich knallrot an.

»Das hast du falsch interpretiert. Ich bin nicht in Maxi … Also … Ich meine … Wir kennen uns ja kaum. Und überhaupt, so schnell kann sich doch niemand verknallen.«

Selbst in meinen Ohren klingt das Lachen, das ich daraufhin ausstoße, viel zu überdreht. Linas zuckende Mundwinkel zeigen deutlich, dass sie mir nicht glaubt.

»Mmh, na klar. Rede dir das ruhig weiter ein.«

Ich schüttele den Kopf, gehe aber nicht auf ihre Bemerkung ein. Stattdessen deute ich auf den Block, den sie auf ihren Knien balanciert.

»Du hast also eine Idee, wie wir Biggi mit den Reparaturkosten helfen können? Willst du sie mir erklären?«

»Cleverer Themenwechsel, aber du weißt, dass ich mich so leicht nicht abschütteln lasse.«

Sie schaut mich mit einem wissenden Blick an, doch ich erwidere ihn möglichst ungerührt. Was die Größe unseres Dickschädels angeht, sind wir beide auf einem ähnlichen Niveau.

Irgendwann gibt Lina schließlich auf. Zumindest fürs Erste.

Ich atme erleichtert auf, als sie das Thema fallen lässt. 1:0 für mich.

»Na gut, ich verstehe. Ein bisschen muss ich an meiner Idee noch feilen, aber bis zum Abendessen sollte ein grobes Konzept stehen. Das präsentiere ich euch dann gern.«

Ich versuche mich an meinem besten Hundeblick. »Bekomme ich wenigstens einen klitzekleinen Hinweis, was du dir überlegt hast?«

Ein geheimnisvolles Lächeln spielt um Linas Mundwinkel.

»Du musst dich leider bis heute Abend gedulden.«

Ich ziehe eine Schnute, spiele die beleidigte Leberwurst. Aber weder Bitten noch Betteln helfen. Dieses Mal ist Linas Dickschädel stärker. Und es steht 1:1.

Kapitel 16

Als Biggi, Lina und ich wenige Stunden später im Frühstücksbereich der Pension zusammensitzen, merke ich schnell, dass sich das Warten gelohnt hat. Denn ich hänge meiner besten Freundin an den Lippen, während sie ihren Plan vor Biggi und mir ausbreitet.

»Ich habe mir überlegt, dass wir einen Tag der offenen Tür in der Pension veranstalten. Mit verschiedenen Aktionen für Jung und Alt. Und wir nennen das Ganze: Das Festival der kleinen und großen Glücksmomente!«

Sie hält ein DIN-A4-Blatt hoch, auf das Biggis Pensionslogo gedruckt ist, allerdings nicht mit einem vierblättrigen Kleeblatt, wie es sonst der Fall ist, sondern mit zwei. Eins ist rot-weiß, die Farben von Köln. Das zweite Kleeblatt ist in blau-gelb abgebildet, die Farben der Juister Flagge.

»Es geht aber nicht nur darum, glückliche Erinnerungen zu schaffen. Sondern vor allem soll die Freundschaft zwischen Juist und Köln gefeiert werden, die die Pension ausmacht«, erklärt Lina und legt das Papier vor uns auf den Tisch. »Das Ganze soll ein Tag mit verschiedenen Angeboten werden, die hervorheben, wie in dieser Pension Kölsche Lebensfreude auf Juister Gastfreundlichkeit trifft.«

Sie schiebt uns einen Zeitplan über die Tischplatte zu. Biggi und ich beugen interessiert unsere Köpfe darüber.

»Los gehts morgens mit einem Frühstücksbüffet. Dort tischen wir all das auf, was man als außenstehende Person als Erstes mit Köln, aber auch mit dem Ostfriesland verbindet. Auf der einen Seite haben wir Kölsche Spezialitäten wie Halve Hahn, Mettbrötchen, Rievkooche, rheinische Leberwurst und so weiter. Auf der anderen Seite gibt es typisch Ostfriesisches: Nordseekrabbensalat, Rosinenstuten, Milchreis, Schwarztee ... Danach veranstalten wir dann einen Tag der offenen Tür hier in der Pension. Vielleicht können wir etwas zur Entstehungsgeschichte des Hauses erzählen, Grüße von früheren Gästen ausdrucken und aufhängen. Selbstverständlich gibt es auch eine Hausführung«, sie beugt sich zu Biggi vor, »natürlich stilecht op Kölsch.«

Ein Lächeln huscht über das Gesicht meiner Patentante, bevor Lina fortfährt. »Im Garten der Pension bauen wir einen Grill auf und verkaufen Bratwürstchen, Steaks, Maiskolben und kleine Burger. Außerdem gibt es dort für Kinder verschiedene Angebote, zum Beispiel ein Planschbecken, in dem sie Enten angeln können. Dosenwerfen, eine Lostrommel, solche Dinge. Sozusagen eine Mini-Ausgabe der Deutzer Kirmes. Dann kommt der Abend.«

Lina umfasst mit einer Handbewegung den gesamten Frühstücksraum. »Da verwandeln wir die Pension in eine Veranstaltungslocation und geben ein Konzert. Zum Beispiel mit einem Juister Musiker. Und über den Tag verteilt gibt es ein Gewinnspiel namens *Das große Glück.* Wir könnten als Hauptpreis eine oder mehrere Übernachtungen hier in der Pension inklusive Frühstück verlosen.«

Sie lehnt sich in ihrem Stuhl zurück und schaut uns aufmerksam an. »So weit zu meiner Idee. Sie ist noch recht grob, aber mit ein bisschen mehr Zeit können wir die Details bestimmt ausarbeiten. Was meint ihr?«

Biggi und ich tauschen einen langen Blick. In den Augen meiner Patentante kann ich eine ganze Bandbreite an Emotionen wahrnehmen: Rührung, Überforderung, Unglaube, Freude, und vor allem Begeisterung. Womit es ihr genau wie mir geht.

Nachdem wir uns stumm verständigt haben, wende ich mich zu Lina.

»Das nennst du eine *grobe* Idee? Lina, das ist einfach ... einfach ...«

»Großartig!«, übernimmt Biggi und springt von ihrem Stuhl auf. Sie läuft um den Tisch herum und zieht Lina in eine Umarmung. Als die beiden sich voneinander lösen, haben sie feuchte Augen. Ich senke den Kopf, um ihnen ein wenig Privatsphäre zu gönnen, und schmunzele, während Biggi sich wieder neben mich setzt und verstohlen über ihr Gesicht wischt.

»Also seid ihr einverstanden?«

So zögerlich habe ich meine beste Freundin selten erlebt. Die Rührung ist ihrer Stimme deutlich anzuhören.

»Mehr als das.« Biggi lächelt, und ich schaue Lina stolz an. Sie atmet erleichtert auf, bevor ihre Miene geschäftsmäßig wird.

»Okay, dann arbeite ich das Konzept weiter aus, und wir einigen uns am besten zeitnah auf einen Termin. Danach gibts viel zu tun.«

»Ja, was das angeht ...« Meine Patentante seufzt und wirft uns einen entschuldigenden Blick zu. »So lange Martin und Tanja noch ausfallen, habe ich leider wenig Zeit, euch bei den Vorbereitungen zu unterstützen.«

»Lass das mal meine Sorge sein«, erwidert Lina. »Das Festival war meine Idee, also kümmere ich mich auch um die Vorbereitungen. Mach dir da bitte keinen Kopf.«

»Das ist lieb von dir.« Auf Biggis Gesicht erscheint ein Lächeln, trotzdem ist immer noch eine Sorgenfalte auf ihrer Stirn zu erkennen. »Aber meinst du nicht, dass das für eine Person zu viel ist?«

»Ich helfe Lina.«

Zwei Augenpaare heften sich auf mich. In Biggis Blick flammt erneut Sorge auf, doch ich beeile mich, ihrem Veto zuvorzukommen.

»Ich weiß, was du sagen möchtest, aber ich bekomme das hin. Wir zwei haben uns mit der Arbeit in der Pension gut eingespielt, oder? Und Lina und ich haben privat schon so viele Sachen gemeinsam auf die Beine gestellt, da wird das Festival bestimmt ein Klacks.«

»Hm ...«

Biggi beäugt mich noch immer skeptisch, und ich bemühe mich um eine entspannte und zuversichtliche Miene.

Lina springt mir zur Seite. »Josi hat recht, wir zwei sind ein eingespieltes Team. Aber wenn es dich beruhigt: Vielleicht können wir noch ein paar andere freiwillige Helfer rekrutieren. Was ist denn zum Beispiel mit Maxi und seinen Kumpels?«

Mir stockt bei Linas Vorschlag einen Moment der Atem. *Bitte was?* So war das definitiv nicht geplant.

Ich will schon Einspruch erheben, als Biggi neben mir die Stirn in Falten legt und nachdenkt. Die Zeit nutzt Lina, um mir ein vielsagendes Grinsen zuzuwerfen. *Das hat sie absichtlich gemacht.* Ich kneife die Augen zusammen. Wir beide müssen gleich noch mal ein ernstes Gespräch führen.

»Ja, ein paar helfende Hände schaden bei diesem Projekt sicher nicht«, überlegt Biggi laut, woraufhin sich Lina mit einem triumphierenden Ausdruck im Gesicht über den Tisch zu mir beugt.

»Schreibst du Maxi, ob er und seine Jungs mitmachen? Je eher wir mit den Planungen loslegen, desto besser.«

Mein Herz klopft ein wenig schneller. Ich hatte gehofft, das hinauszögern zu können. Joris' Worte schwirren mir wieder im Kopf umher. *Entscheide dich, was das hier für dich ist, und dann steh zu der Entscheidung.*

Wenn ich Maxi bitte, uns bei den Vorbereitungen zu unterstützen, verbringen wir viel Zeit miteinander. Mehr, als ich eigentlich geplant hatte. Mehr, als mir guttut, wenn ich daran denke, wie durcheinander mich seine Nähe jetzt schon bringt.

Andererseits ... Das hier sind mildernde Umstände, oder? Maxi und ich sind Freunde. Und Freunde helfen sich in Notsituationen. Richtig?

»Kann ich machen«, krächze ich nach einer gefühlten Ewigkeit. Immerhin geht es hier um Biggi und ihre Pension. Da werde ich über meinen Schatten springen.

»Super.« Lina klatscht in die Hände und grinst mir zu. »Ich kann es kaum erwarten, ihn kennenzulernen.«

Ihr Glück, dass Biggi in dem Moment ihren Stuhl nach hinten schiebt und dabei mit ihrem Knie schmerzvoll gegen meins stößt. Sonst hätte ich meiner besten Freundin für ihren zweideutigen Tonfall liebend gern einen Tritt gegen das Schienbein verpasst.

Kapitel 17

»Er will um zehn Uhr hier sein, richtig?«

Lina reckt den Hals und schaut vom Empfangstresen der Pension nach draußen. Ich verdrehe die Augen, weil sie das in den letzten Minuten gefühlt schon hundertmal getan hat.

»Ja, zumindest hat Maxi mir das gestern Abend geschrieben.«

Mein Herz klopft automatisch einen Tick schneller, als ich daran denke, wie er, ohne zu zögern, seine Hilfe für das Pensionsfest zugesagt hat. Auch Tomasz und Joris waren sofort Feuer und Flamme. Wie sie das mit ihren Arbeitszeiten vereinbaren wollen, stellt mich zwar vor ein Rätsel, aber Maxi meinte, darum sollen wir uns keine Sorgen machen.

Ich öffne auf dem Desktop vor mir den Buchungskalender und überprüfe noch einmal, ob alles für die neu eintreffenden Gäste vorbereitet ist. Da krallt Lina sich plötzlich in meinen Arm.

»Ich glaubs ja nicht«, quietscht sie, lässt mich abrupt los und rennt um den Empfangstresen herum. »Du hast mich angelogen!«

»Was ist denn los?« Ich beobachte sie lachend dabei, wie sie mit offenem Mund mitten im Foyer steht. Zeitgleich reibe ich mir über die Stelle meines Unterarms, in die sie ihre Fingernägel gegraben hat. Das gibt bestimmt einen blauen Fleck, aber dazu neige ich generell. »Womit habe ich dich angelogen?«

»Dass Maxi *ganz nett* aussieht.« Sie wirft mir einen vielsagenden Blick zu. »Er ist heiß. Und zwar so was von!«

Ich trete um den Tresen herum zu ihr. »Wie kommst du denn zu der Erkenntnis?«

»Na deswegen!«

Mit einer Kopfbewegung deutet sie durch die offen stehende Pensionstür nach draußen. Und jetzt sehe ich es auch. Mir stockt der Atem.

Vor der Pension steht eine der Ausflugskutschen, die tagtäglich über die Insel fahren. Die beiden Pferde, die davor angespannt sind – eins braun, eins gescheckt –, werden von einem jungen Mann getätschelt, der ein Shirt mit dem Logo des Kutschbetriebs trägt. Hinter ihm springt Maxi gerade vom Kutschbock herunter und winkt, als er meinen Blick bemerkt.

»Überraschung!«

Ich lache auf. »Das kannst du laut sagen!«

Mit wenigen Schritten durchquere ich das Foyer und trete nach draußen. Lina ist dicht hinter mir und nickt anerkennend, während sie die Kutsche begutachtet und Maxi anschließend eine Hand hinhält.

»Ich bin zwar erst seit gestern hier. Aber wenn ihr Insulaner euch alle so ins Zeug legt, um eine Frau zu beeindrucken, kann ich nur sagen: Richtig so! Ich bin Lina.«

Ich laufe knallrot an. *Das ist nicht ihr Ernst.* Maxi nimmt Linas Bemerkung zum Glück mit Humor. Seine Augen blitzen amüsiert auf, als er ihr die Hand schüttelt.

»Schön zu wissen, dass jemand meine Mühen wertschätzt. Ich bin Maxi und freue mich, endlich die sagenumwobene beste Freundin kennenzulernen.«

»Sagenumwoben?«

Lina wirft mir einen halb fragenden, halb belustigten Blick zu. Ich bin immer noch dabei, ihren Eröffnungskommentar dieses Gesprächs zu verarbeiten und meine Gesichtsfarbe durch tiefe Atemzüge auf ein einigermaßen akzeptables Level zu bringen. Deshalb zucke ich nur mit den Schultern.

»Josi spricht in den höchsten Tönen von dir, keine Sorge.« Maxi lacht, bevor er mir zublinzelt. »Ich glaube, es ist allerdings das erste Mal in der Geschichte der Menschheit, dass jemand den Satz *Ich frage für eine Freundin* verwendet, und er tatsächlich stimmt.«

Jetzt ist es an Lina, zu grinsen. »Und wie er stimmt! Aber sag mal, Herr Grundschullehrer: Wie kommen wir denn zu der Ehre mit der Kutsche?«

»Ich dachte mir, wir schlagen zwei Fliegen mit einer Klappe und verbinden das Angenehme mit dem Nützlichen. Wir besprechen die Pläne für das Pensionsfest und haken gleichzeitig zwei Punkte von unserer *Was-man-auf-Juist-unbedingt-getan-haben-muss-Liste* ab. Eine Kutschfahrt über die Insel bis zur Domäne Bill, um dort Rosinenstuten zu essen.«

In meiner Brust beginnt es zu poltern. Das alles hat Maxi für uns organisiert? In so kurzer Zeit. Wärme breitet sich in meinem Bauch aus, und ich muss das starke Bedürfnis, ihm deswegen um den Hals zu fallen, mit aller Macht unterdrücken.

Ich räuspere mich. »Danke. Das ist … wirklich lieb.«

Seine Mundwinkel heben sich.

»Biggi hat dir die Insel schon auf dem Rad gezeigt, Stranderkundungen zu Fuß hast du auch angestellt. Deshalb dachte ich, eine Kutschfahrt über das Töwerland ist genau das Richtige, um Juist noch besser kennenzulernen.

Und ich verspreche dir, dieses Exemplar verwandelt sich um Mitternacht nicht zurück in einen Kürbis.«

Er wackelt mit den Brauen, und ich beiße mir verlegen auf die Unterlippe. Mein Blick landet auf Lina, die sich ein paar Schritte entfernt und so tut, als wären die beiden Kutschpferde das Spannendste, was sie je zu Gesicht bekommen hat. Dabei kann ich ganz genau sehen, wie sie gegen ein Grinsen ankämpft.

»Äh ...«, erwidere ich wenig eloquent und überlege fieberhaft, was ich darauf antworten kann, ohne wieder in nervöses Plappern zu geraten. Da durchzuckt mich plötzlich ein Gedanke, bei dem mir das Blut in den Adern gefriert. »Warte mal. Ist das nicht viel zu teuer?« Erst vor ein paar Tagen habe ich für einen von Biggis Gästen ein Angebot für eine Ausflugsfahrt eingeholt. Die Preise pro Person waren nicht gerade günstig. Das kann ich unmöglich annehmen.

Doch bevor ich protestieren kann, lacht Maxi auf. »Keine Sorge, Cinderella. Peer, der Geschäftsführer des Kutschbetriebs, hat mir einen Gefallen geschuldet. Ich zahle hierfür keinen Cent.«

Zweifelnd schaue ich zwischen ihm und der Kutsche hin und her. Ob das stimmt? Einerseits reizt es mich, Juist auf diese Art kennenzulernen. Und wenn ich ehrlich bin, finde ich diese Aktion wirklich romantisch. Andererseits kann ich das schlechte Gewissen nicht abschütteln, sollte Maxi doch ein kleines Vermögen hierfür ausgegeben haben.

Hin- und hergerissen kaue ich auf meiner Unterlippe.

Da springt Lina mir zur Seite.

»Wollen wir wissen, wieso Peer dir einen Gefallen geschuldet hat?«

Auf Maxis Gesicht breitet sich ein gewieftes Lächeln aus, zeitgleich blitzt in seinen Augen etwas auf.

»Ich habe ihm mein großes Insulaner-Ehrenwort gegeben, diese Geschichte nicht einer einzigen Menschenseele anzuvertrauen.«

»Ein Mann mit Prinzipien. Ihr Juister gefallt mir immer mehr.« Lina grinst schief, bevor sie sich an mich wendet. »Dann können wir los, oder?«

Ohne meine Antwort abzuwarten, greift sie nach meiner Hand.

Und ich lasse mich von ihr mitziehen. Mit ihrer Hilfe erklimme ich die Stufen, die in die Kutsche führen und setze mich auf eine der Holzbänke. Dort atme ich tief durch und reibe mir unauffällig über meine Unterschenkel, die dumpf vor Schmerz pochen. Die Metallstufen sind ziemlich hoch und steil, wodurch der Aufstieg von meinen Beinen mehr Kraft gefordert hat, als sie haben. Trotz Linas Hilfe. Hoffentlich fällt mir der Abstieg gleich leichter. Maxi gesellt sich zu uns und gibt dem Kutscher das Zeichen, loszufahren. »Auf dem Weg sammeln wir noch Tomasz ein, er muss heute erst nachmittags in der Küche stehen. Joris sitzt den ganzen Tag im Flieger, er ist also leider nicht dabei. Aber wir sollen ihn einfach einplanen, hat er gesagt.«

Lina klatscht in die Hände. »Sehr gut. Wir können tatkräftige Unterstützung gebrauchen.«

Unsere Kutsche biegt nach links ab. Ein kleines Mädchen und ihr Bruder schauen uns mit offenen Mündern an, als wir an ihnen vorbeifahren.

Lina holt ihr Handy hervor und macht Bilder, während wir in gemächlichem Schritttempo durch den Ort kutschiert werden. Sie hat sichtlich Spaß und winkt den Touristen fröhlich zu, die auf den Bürgersteigen stehenbleiben und auf die beiden Pferde deuten. Ich beobachte sie lächelnd dabei und freue mich, dass Lina sich trotz Liebeskummer voller Tatendrang in die schönen Dinge des Lebens stürzt.

»Du hast deiner besten Freundin also von mir erzählt«, raunt Maxi mir so leise zu, dass nur ich ihn hören kann. Dabei streift sein Atem mein Ohr, worauf ich prompt mit einer Gänsehaut reagiere.

Ich rutsche verlegen auf der Bank der Kutsche hin und her. Mein Herzschlag legt einen Zahn zu. »Wie kommst du denn darauf?«

»Sie wusste meinen Namen, und dass ich Grundschullehrer bin.«

Maxi grinst mir wissend zu. Meine Wangen werden heiß.

»Also gut«, gebe ich schließlich zu. »Ich habe dich ihr gegenüber vielleicht ein- oder zweimal erwähnt.«

Ihm entfährt ein leises Lachen, das einen wohligen Schauer meine Wirbelsäule hinabrieseln lässt. Himmel, der Klang seiner Stimme. »Mmh.«

In dem Moment kommt die Kutsche zum Stehen und erspart mir zum Glück eine Antwort. Einen Augenblick später springt Tomasz die Stufen zu uns hinauf.

»Ihr seid ja überpünktlich! Nur fünf Minuten früher, und ihr hättet mich noch unter der Dusche hervorzerren müssen. Gut, dass ich einer von der schnellen Sorte bin, sonst wäre das Ganze –«

Mitten im Satz reißt er plötzlich die Augen auf und kommt zum Verstummen. Ich schaue irritiert zu ihm auf, aber Tomasz bemerkt uns gar nicht. Sein Blick ist auf Lina geheftet.

Diese erwidert sein Starren, wobei sie die Brauen vor Belustigung hebt. »Gut zu wissen, dass du einer von der schnellen Sorte bist. Ich hoffe, nur beim Duschen?«

Meine Mundwinkel zucken. Maxi und ich tauschen einen Blick, und auch er muss sich beherrschen, nicht loszuprusten. Denn Tomasz, der eigentlich schlagfertigste Mensch überhaupt, hat es doch tatsächlich die Sprache verschlagen.

»Ich bin übrigens Lina«, rettet meine beste Freundin ihn aus seiner Bredouille und streckt ihm die Hand entgegen. »Du musst Tomasz sein?«

Statt etwas zu sagen, nickt er nur und ergreift dann mit Verspätung ihre Hand. Als sich ihre Finger berühren, zuckt er zusammen und gibt sie sofort wieder frei. Seine Gesichtsfarbe wird eine Nuance dunkler, aber Tomasz versucht, seine Reaktion zu überspielen, und lässt sich betont lässig uns gegenüber auf die Bank in der Kutsche fallen.

Aus dem Augenwinkel beobachte ich, wie er und Maxi stumm miteinander kommunizieren. Ich tue das Gleiche mit Lina, die mir mit ihrem Blick klar vermittelt, dass sie die Situation mit Humor nimmt. Für einen Moment sehe ich Schmerz in ihren Augen aufflackern und vermute, dass sie an Tobi denkt. Aber dann ist der Ausdruck auch schon wieder verschwunden.

Maxi räuspert sich. »Jetzt, wo alle an Bord sind, würde ich vorschlagen: Auf zur Domäne Bill!«

»Ich kann es kaum abwarten, den berühmten Rosinenstuten zu probieren! Ihr habt hohe Erwartungen geschürt«, plappere ich drauf los. »Wie wär's, wenn wir eine Wette abschließen: Sollten Lina und ich zu Hause in Köln schon besseres Rosinenbrot gegessen haben, ladet ihr uns als Entschädigung zu einem Essen im *Da Scholl her!* ein. Sind wir restlos begeistert, geht die Rechnung auf uns.«

»Deal.«

Maxi nickt grinsend. Und auch Tomasz lacht.

»Ihr habt keine Ahnung, auf was ihr euch einlasst. Die Wette können wir nur gewinnen.« Er klingt so triumphierend, dass Lina und ich nicht anders können, als zu lächeln.

Die angespannte Stimmung ist wie weggewischt.

Wie Tomasz angekündigt hat, gewinnen die beiden die Wette haushoch. Lina und ich sind so begeistert von dem Rosinenstuten mit Butter, dass wir uns sogar eine zweite Portion genehmigen. Danach rollen wir zwar durch die Gegend, doch das nehmen wir gern in Kauf.

Wir schlemmen bei der Gaststätte aber nicht nur, sondern schmieden auch Pläne für unser Pensionsfest. Tomasz ist hin und weg von der Idee, ein Frühstücksbüffet mit Kölschen und Ostfriesischen Spezialitäten anzubieten und erklärt sich bereit, die Speisen vorzubereiten. Er schlägt sogar vor, das Ganze auszuweiten und auch ein Abendbuffet ins Angebot aufzunehmen. Biggi, die wir daraufhin anrufen, ist begeistert und macht mit ihm direkt einen Termin aus, damit er sich die Gegebenheiten in der Küche der Pension anschauen kann.

Hochzufrieden steigen wir wenig später wieder in die Kutsche und fahren zurück. Maxi sitzt neben mir auf der Bank, Lina und Tomasz uns gegenüber. Der Koch erklärt meiner besten Freundin die Besonderheiten der Insel, während wir an ihnen vorbeifahren und eigentlich möchte auch ich seinen Ausführungen lauschen. Doch Maxis Präsenz lenkt mich viel zu sehr ab. Es ist, als wären alle meine Nervenenden auf ihn ausgerichtet. Mit meiner

Hand stütze ich mich zwischen uns auf der Bank ab. Dabei streifen meine Fingerkuppen für einen Moment seinen Oberschenkel, als wir über eine holprige Stelle auf der Straße fahren. Ein Prickeln breitet sich von meiner Hand und dem Arm bis in meine Schulter aus. Zeitgleich läuft ein Schauer meine Wirbelsäule hinunter. Ich ziehe vor Überraschung die Luft ein und werfe Maxi einen verstohlenen Blick zu. Er sieht an mir vorbei auf die Landschaft um uns herum, aber ich bin mir ziemlich sicher, dass er ein Schmunzeln zurückhält. Also hat er es auch gespürt. Oder?

Röte kriecht meinen Hals hinauf, und ich wende mich schnell ab, damit er es nicht sieht.

Ein paar Minuten später hält die Kutsche vor dem Haus, in dem Tomasz' Wohnung ist. Er verabschiedet sich von uns, springt herunter und ist kurz darauf durch die Tür verschwunden.

Wenige Abbiegungen danach stehen wir vor dem Eingang der Pension. Lina hilft mir erneut, die Stufen der Kutsche herunterzusteigen. Dieses Mal klappt es deutlich besser als vorhin, und ich atme erleichtert auf, als ich wieder festen Boden unter den Füßen habe.

»Ich gehe schon mal vor«, murmelt Lina mir zu und verabschiedet sich von Maxi, bevor ich protestieren kann. »Danke dir für die tolle Ausflugsfahrt. Wir sehen uns im *Da Scholl her!*, wenn wir unsere Wettschuld einlösen.«

Dann ist sie auch schon weg – und Maxi und ich sind allein.

Ein, zwei Sekunden, die sich wie eine Ewigkeit anfühlen, stehen wir uns gegenüber. Stumm. Und sehen uns nur an. Bis ich meine Stimme endlich wiederfinde.

»Maxi, ich ... weiß nicht, was ich sagen soll.«

Er lässt ein leises Lachen hören. »Das bedeutet, du bist nicht nervös.«

»Ich – was?«

Irritiert blinzele ich ein paarmal.

Maxi grinst. »Na ja, du meintest doch, dass du wie ein Wasserfall ins Reden kommst, wenn du aufgeregt bist.«

Er kommt einen Schritt auf mich zu, wodurch sein Atem mein Gesicht streift. Mir entweicht zitternd ein Schwall Luft.

»Das werte ich als gutes Zeichen«, raunt er mir zu.

Seine Finger streifen sanft über meine. Es fühlt sich an, als würde ein Stromstoß meinen Arm hinaufjagen. Doch noch während ich meine eigenen Finger strecke – um damit seine zu umschließen oder sie wegzustoßen, weiß ich in dem Moment selbst nicht so genau – entfernt Maxi sich wieder von mir.

Auf seinen Lippen liegt ein Lächeln, als er rückwärts ein paar Schritte in Richtung Kutsche geht.

Meine Kehle fühlt sich rau an. Trotzdem muss ich ihm noch etwas sagen, bevor er sich verabschiedet.

»Maxi, ich ... Danke. Für heute. Und generell für ... alles.«

Die Worte kommen nur zögernd heraus, aber mit einer Inbrunst, die mich selbst überrascht.

Sein Lächeln vertieft sich. »Immer wieder gern, Josi. Das weißt du.«

Auch auf meinem Gesicht breitet sich ein Lächeln aus. Ich beobachte ihn dabei, wie er sich umdreht und seinen Fuß auf die unterste Stufe der Kutsche setzt. Doch dann hält er inne.

»Ach, Josi?«

Mein Herz legt einen Zahn zu. Ob er sich genauso ungern von mir verabschieden will wie ich mich von ihm? »Ja?«

Maxi wirft mir einen Blick über seine Schulter zu. Dabei strahlt das Grün seiner Augen so intensiv, dass ich automatisch die Luft anhalte. »Ich freue mich, dass du dich bei mir gemeldet hast.«

Mit diesen Worten springt er auf den Kutschbock, hebt die Finger zu einem Abschiedsgruß an die Stirn, als würde er dort einen Hut tragen und ist nur kurz darauf mitsamt der Kutsche um die Ecke verschwunden.

In meinem Magen flattert es gewaltig, während ich ihm hinterhersehe. Ohne dass ich es steuern kann, heben meine Mundwinkel sich zu einem Lächeln.

Ich atme einmal tief durch, bevor ich mich umdrehe und über die Türschwelle in die Pension trete. Von dort begebe ich mich direkt in mein Zimmer, wo Lina vor der Tür auf mich wartet.

Sie grinst mich an. Ihr Blick ist so eindeutig, dass ich mich am liebsten wegducken würde. Doch ich spiele die Ahnungslose.

»Was gibts?«

»Ich wusste ja, dass du auf ihn stehst. Aber dass es so zwischen euch ist ...« Sie fächelt sich Luft zu und wackelt mit den Augenbrauen. »Das Knistern kann man ja förmlich mit Händen greifen.«

Mit einem Seufzen schüttele ich den Kopf. »Wir sind nur Freunde.« *Lüge,* flüstert eine Stimme in meinem Ohr. Aber ich ignoriere sie. Wie immer. Denn egal, was für Gefühle ich für Maxi entwickle – und dass es so ist, kann ich mittlerweile nicht mehr verleugnen –, sie passieren zum falschen Zeitpunkt. Ich kann ihnen und vor allem Maxi nicht gerecht werden. Nicht in dieser Phase meines Lebens, in der ich mich ganz auf mich selbst konzentrieren sollte. Um den Tod meiner Mutter zu verarbeiten, die grauen Wolken der schweren letzten Jahre endlich hinter mir zu lassen – und wieder zu lernen, mich um mich selbst zu kümmern. Denn das ist in den vergangenen Monaten deutlich zu kurz gekommen.

»Jaaa, noch!«, frohlockt Lina. »Bis du es schaffst, über deinen eigenen Schatten zu springen. Und wenn ich mir das so ansehe«, sie legt den Kopf schief und mustert mich einige Sekunden, »dauert das nicht mehr lange.«

Ich beiße mir ertappt auf die Unterlippe, was Lina mit einem triumphierenden Lächeln quittiert.

»Beweisstück A«, trällert sie vor sich hin.

»Du liegst völlig falsch.« In einem letzten Versuch, meine Ehre zu retten, senke ich den Kopf. »Maxi und ich haben von Anfang an klar vereinbart, dass wir nur Freunde sind. Mehr nicht.«

»Mmh, klar.« Lina schaut mich weiter mit diesem wissenden Lächeln an. »Sag das mal deinem Unterleib.«

»Lina!«

Dieses Mal laufe ich puterrot an. Sofort zucken Bilder von unserem Kennenlernen durch meinen Kopf. Wie ich auf seinem Schoß gelandet bin. Wie es sich angefühlt hat, so auf ihm zu sitzen …

Bei der Erinnerung daran glühen meine Wangen förmlich.

Meine beste Freundin lacht. »Ach, kommt schon, Josi. Es hätte heute nicht mehr viel gefehlt, und du hättest gesabbert.«

Ich verschränke die Arme. »Ach ja? Und was war das mit Tomasz und dir?«, gebe ich in dem Versuch zurück, möglichst unbeeindruckt zu klingen.

Doch Lina schüttelt den Kopf. »Nicht ablenken, meine Liebe. Hier geht es um Maxi und dich. Und eins verspreche ich dir.« Sie tippt mit ihrem Zeigefinger gegen mein Brustbein. »Wenn du dich auf ihn einlässt, wirst du den Sex deines Lebens haben. So etwas spüre ich.«

Mir klappt der Mund auf, aber Lina quittiert meine Reaktion nur mit einem lässigen Schulterzucken, grinst mich noch einmal an und stolziert dann in Richtung ihres Zimmers.

Ich schüttele den Kopf und seufze leise. Hauptsache, sie wird von ihrem Liebeskummer abgelenkt. Auch, wenn das in diesem Fall auf meine Kosten geht …

Kapitel 18

In den nächsten Tagen verfliegt die Zeit förmlich. Ich stehe morgens gegen sechs Uhr auf, helfe Biggi dabei, das Frühstück vorzubereiten, checke abreisende Gäste aus, bereite die Zimmer für die Neuankömmlinge vor, setze mich dann ins Büro und bearbeite die Buchungsanfragen. Die Mittagspausen nutze ich, um gemeinsam mit Lina die Vorbereitungen für das Pensionsfest voranzutreiben. Sie ist in ihrem Element und den ganzen Tag auf der Insel unterwegs, um Sponsoren an Land zu ziehen, Angebote einzuholen und die Planungen mit den entsprechenden Stellen abzuklären. Abends finden wir uns immer häufiger im *Da Scholl her!* ein, um die To-dos für den kommenden Tag durchzugehen. Manchmal leistet uns Maxi Gesellschaft, nach seinem Feierabend stößt Tomasz ebenfalls dazu. Joris ist selten bei diesen Abenden dabei, weil er in der Hochsaison kaum zu etwas anderem kommt als im Flieger zu sitzen.

Danach falle ich immer todmüde und erschöpft, aber glücklich ins Bett. Muskelkater ist zu meinem stetigen Begleiter geworden, doch ansonsten machen meine Knochen den Marathon, den ich hier gefühlt tagtäglich laufe, erstaunlich gut mit. Zwischendurch schlucke ich eine Schmerztablette, aber das ist in Köln nicht anders, wenn ich dort Phasen habe, in denen ich viel auf den Beinen bin. Trotzdem weiß ich, dass mein Körper bald eine Pause braucht. Dieses Pensum ist er nicht gewohnt – und die Muskelkrämpfe, die ich im Moment noch mit täglichen Massageduschen für meine Waden fernhalten kann, werden mit Sicherheit nicht mehr lang auf sich warten lassen.

Lina hat es geschafft, für unser Pensionsfest eine Kölschrockband an Land zu ziehen, die in der letzten Session ihren Durchbruch gefeiert hat.

»Es hat seine Vorteile, bereits jede Menge Festivals organisiert zu haben«, erklärt sie lachend, als Biggi und ich ihr bei dieser Nachricht vor Freude um den Hals fallen. »Dadurch kenne ich die Jungs und Mädels schon länger. Und sie waren mir noch einen Gefallen schuldig.«

Warum die Band in Linas Schuld steht, bleibt jedoch ihr Geheimnis.

Zusätzlich hat Emilio Ferrenze – dank Maxis, Joris' und Tomasz' Hilfe – zugesagt. Das Abendprogramm ist somit gesichert.

Auch das Menü steht. Biggi hat Tomasz direkt nach unserem Ausflug zur Domäne Bill zu uns eingeladen, damit er sich die Küche ansehen kann.

»Das ist das gute Stück«, erklärt meine Patentante. »Ich nutze sie eigentlich nur, um morgens das Frühstück für unsere Gäste vorzubereiten. Aber alle Geräte sind voll funktionstüchtig.«

Ich lehne mich neben Biggi an die Arbeitsfläche und beobachte Tomasz dabei, wie er mit langsamen Schritten die Küche durchquert. Sein Gesichtsausdruck ist nicht zu deuten. Meine Patentante und ich schauen uns unsicher an.

»Reicht das für deine Zwecke aus?«, erkundigt sich Biggi schließlich, nachdem der junge Koch minutenlang alles begutachtet hat.

»Ob das ausreicht?«

Er wirft ihr einen ungläubigen Blick über die Schulter zu.

»Biggi, das ist ... das ist ...« Mit einer Handbewegung versucht er, den gesamten Raum einzufangen. »... der Traum eines jedes Kochs! Allein der Herd.« Als er sich ihm zuwendet, bekommen seine Augen einen liebevollen Ausdruck. »Diese Küche kann es locker mit der von Rafael aufnehmen. Die Geräte sind top in Schuss. Am liebsten würde ich direkt loslegen!«

Ich schaue zu Biggi hinüber, deren Wangen pink werden. Auch ich freue mich über Tomasz' Kompliment.

»Danke dir. Als ich die Pension damals übernommen habe, wollte ich eigentlich auch Abendessen anbieten. Deshalb habe ich die Küche komplett ausstatten lassen. Aber wie es so ist: Der Koch, den ich angestellt habe, ist mir kurz vor der Eröffnung abgesprungen und dann ist die Idee im Sande verlaufen.«

Überrascht schaue ich zu meiner Patentante. Davon hat sie mir bisher nie erzählt.

Biggi räuspert sich. »Wer weiß, vielleicht ist das Pensionsfest eine Art Feuertaufe für die Küche. Wenn unser Angebot mit dem Essen gut angenommen wird, nehme ich die Idee für die nächste Saison wieder auf meine Liste.«

Tomasz nickt langsam. Sein Blick gleitet erneut über die Geräte und die Arbeitsfläche.

»Eine Ausschanklizenz hast du?«

»Ja, und die nutze ich auch.«

Biggi lacht. »Meine Gäste können bei mir jederzeit Kölsch bestellen, das habe ich immer vor Ort.«

In dem Moment kommt mir eine Idee. Tomasz scheint ähnliche Gedanken zu haben. Zumindest, wenn ich seinen Blick richtig deuten kann.

»Denkst du das Gleiche wie ich?«, fragt er mich mit einem Grinsen.

»Wenn du meinst, dass wir unsere Attraktion auf dem Pensionsfest um ein Biertasting erweitern sollten: Ja, dann denken wir das Gleiche.«

Sein Grinsen vertieft sich. »Verschiedene Kölschsorten und Biere, die hier im Ostfriesland gebraut werden. Die perfekte Ergänzung für unser Festmenü.«

Biggis Augen strahlen bei diesem Vorschlag. Als wir Lina wenig später davon berichten, notiert sie das Biertasting direkt auf der Liste mit den Programmpunkten. Und damit ist es beschlossene Sache.

Das Pensionsfest nähert sich in großen Schritten. Die To-do-Liste wird von Tag zu Tag länger, aber dank Linas großartiger Planung und der Hilfe von Maxi, Tomasz und Joris schaffen wir es, alles zu stemmen. Auch Biggis Nachbarn packen tatkräftig mit an, genauso wie Maxis Vater und viele andere Insulaner, die natürlich Wind von unserem Pensionsfest bekommen haben. Sogar der Bürgermeister verspricht, vorbeizukommen. Bei Linas Hartnäckigkeit hatte er keine Wahl: Sie hat sich im Rathaus nicht abwimmeln lassen und stand jeden Tag aufs Neue auf der Matte.

»Wir können jede Publicity gebrauchen«, meint sie fröhlich, als seine Zusage in ihrem Postfach landet. Das ist auch der Grund, warum sie die örtliche Presse zu unserem Fest eingeladen hat – und sogar eine Journalistin einer großen Kölner Tageszeitung. Die beiden kennen sich noch aus der Uni, und haben in den letzten Jahren schon häufiger zusammengearbeitet. Trotzdem bin ich mehr als baff, als meine beste Freundin erzählt, dass die Reporterin nicht nur über das Fest selbst berichten will, sondern auch ein Porträt über Biggi als Exil-Kölnerin an der Nordsee schreiben möchte.

»Spätestens danach rennen euch alle Kölner die Bude ein«, freut sich Lina. Und meine Bewunderung für ihr Organisationstalent steigt noch weiter an. Von der Fülle des Programms mal abgesehen, hat Lina es tatsächlich geschafft, so gut wie kein Budget für das Fest aufzuwenden. Stattdessen hat sie Sponsorings von lokalen Geschäften vereinbart, freiwillige Helfer rekrutiert, und sich gefühlt mit allen Insulanerinnen und Insulanern verbündet.

Am Vorabend des großen Tages sitze ich mit meinem Laptop im Schneidersitz auf dem Bett und gehe noch einmal den Ablauf des Festes durch. In meinem Inneren kribbelt es vor Vorfreude auf den morgigen Tag. Und vor Stolz. Denn wir haben es tatsächlich geschafft: Alles ist vorbereitet, die gesamte Insel ist plakatiert und weist die Urlauber auf unser *Festival der kleinen und großen Glücksmomente* hin. Der Wetterbericht sagt für morgen strahlenden Sonnenschein voraus, und alle eingetragenen Helfer stehen gesund und munter in den Startlöchern.

Ich schließe für einen Moment die Augen und wünsche mir von ganzem Herzen, dass das Pensionsfest ein voller Erfolg wird. Nicht nur wegen der Arbeit, die wir in die Vorbereitungen investiert haben. Sondern vor allem für Biggi.

Da klopft es an meiner Zimmertür.

»Ja, bitte?«

Lina steckt ihren wuscheligen Haarschopf hindurch. Ihre Augen funkeln.

»Josi, stell dich unter die Dusche und zieh dir was Hübsches an. Etwas, in dem du dich gleichzeitig wohl und sexy fühlst. Ich habe eine Überraschung.«

»Wohl und sexy?« Ich pruste los. »Was hast du vor?«

»Wird noch nicht verraten!« Ihre Lippen kräuseln sich zu einem geheimnisvollen Lächeln. »Ich erwarte dich in einer Dreiviertelstunde unten im Foyer.«

Damit macht meine beste Freundin auf dem Absatz kehrt und lässt mich halb neugierig, halb belustigt zurück. Ob sie neben den Vorbereitungen für das Pensionsfest morgen vielleicht noch eine kleine Dankeschönparty für alle Helfer organisiert hat? Als Motivationsspritze für den morgigen Tag? Das würde zu Lina passen. Lächelnd schüttele ich den Kopf. Ich habe zwar keine Ahnung, wie sie das noch in ihren Tagesablauf integriert haben will, aber dieser Frau ist wirklich alles zuzutrauen.

Fünfundvierzig Minuten später stehe ich frisch geduscht und herausgeputzt in der Lobby der Pension. Just in dem Moment kommt Lina durch die Tür, die hinter dem Empfangstresen in den Flur zu Biggis Büro führt. Als sie mich sieht, weiten sich ihre Augen.

Verunsichert blicke ich an mir herab. »Nicht gut?«

Das geblümte Sommerkleid, das ich trage und mir bis zur Mitte des Oberschenkels geht, habe ich vor Kurzem hier auf der Insel gekauft. Ich habe mich sofort in den A-Linien-Schnitt verliebt, wodurch es ab der Taille locker herunterfällt, aber trotzdem die entscheidenden Stellen betont. Am Dekolleté ist es gerafft, der dadurch entstandene Herzausschnitt und die Spaghettiträger verleihen dem Kleid etwas Feminines. Der rosarote Farbton, in dem ich auch meine Zehennägel lackiert habe, passt gut zu meiner gebräunten Haut. Ich gehöre eher zu der blassen Fraktion, habe hier im Töwerland aber gut Farbe bekommen. Auch meine Haare sind durch die Sonne heller geworden. Meine Füße stecken in cremefarbenen, flachen Sandalen. Eigentlich fühle ich mich wohl, aber Linas Reaktion lässt mich die Wahl überdenken. Sie steht mir noch immer sprachlos gegenüber, bis sie mehrmals hintereinander blinzelt und um den Empfangstresen herumkommt.

»Josi, du siehst, du siehst …« Mit ihrer Hand macht sie eine vage Bewegung von meinem Kopf bis hin zu meinen Füßen. »… fantastisch aus! Genau das Richtige.«

Mir fällt ein Stein vom Herzen. Automatisch richte ich mich ein paar Zentimeter auf. »Verrätst du mir jetzt, wofür ich mich schick machen sollte?«

Auf Linas Gesicht breitet sich ein Grinsen aus. »Na klar. Dafür musst du mich einmal nach draußen vor die Tür begleiten.«

»Du machst es aber spannend.«

Kopfschüttelnd, doch mit einem Lächeln auf den Lippen, folge ich ihr. Sie hält mir die Tür auf und bedeutet mir, vorzugehen. Sobald ich auf dem Bürgersteig stehe, schaue ich mich um. Ein paar Urlauber grüßen mich freundlich, während sie auf der gegenüberliegenden Straßenseite entlangschlendern. Wahrscheinlich sind sie auf dem Weg zu einem der zahlreichen Restaurants, um zu Abend zu essen. Ansonsten stehe ich allein vor der Pension. Keine Biggi und auch keiner der anderen Helfer wartet hier. Bis zwei mir mittlerweile viel zu bekannte Beine in Jeans sich um die Ecke der Nebenstraße schieben. *Maxi.* Mein Herz legt einen Zahn zu.

»Ah, da kommt ja meine Überraschung.«

Lina winkt ihm vom Eingang der Pension aus zu, bevor sie sich an mich wendet.

»Als kleines Dankeschön für eure Hilfe gebe ich euch beiden heute Abend frei. Oder mit anderen Worten: Ich schmeiße dich raus.« Ihre Augen blitzen, als mir der Mund aufklappt. Überrumpelt und heillos überfordert zuckt mein Blick zu Maxi, der in diesem Moment von der anderen Straßenseite zu uns stößt.

Lina nickt uns beiden zu.

»Habt einen schönen Abend, ihr zwei.«

»Aber –«

»Viel Spaaaaaß!«

Sie öffnet die Tür zur Pension und ist wenige Sekunden später verschwunden. Ich bleibe völlig verdattert zurück. Was passiert hier gerade?

Maxi gluckst neben mir.

»Eins muss man deiner besten Freundin lassen: Sie hat die Leute um sich herum im Griff.«

Das reißt mich aus meiner Starre. »Womit hat sie dich hierhergelockt?«

»Ich sollte beim Aufbau der Losbude in eurem Garten helfen.«

Meine Brauen schießen nach oben. »Du meinst die Losbude, die du schon gestern zusammen mit deinem Vater aufgestellt hast?«

Maxi zieht einen Mundwinkel in die Höhe, wodurch sein Grübchen in der Wange sichtbar wird. Ich muss schlucken.

»Genau die.«

»Du wusstest also, dass Lina etwas ausheckt.«

»Ich hab's vermutet.«

Er schiebt seine Hände locker in die Hosentaschen und zuckt dabei mit den Schultern. Gleichzeitig beobachtet er mich mit diesem verschmitzten Lächeln, bei dem mein Puls sofort in die Höhe schnellt.

»Und du bist trotzdem gekommen?«, hakte ich verdattert nach.

»Ja, ich bin trotzdem gekommen. Wobei, nicht ganz.« Sein Lächeln wird breiter. »Ich bin *gerade deswegen* gekommen.«

In meinem Kopf rattert es.

»Heißt das …« Allmählich setzen sich die Puzzleteile vor meinem inneren Auge zusammen. »… du hattest eine Ahnung, was Lina mit uns beiden vorhat?« *Von ihrem Kuppelversuch?* Obwohl ich die Worte nicht ausspreche, hängen sie deutlich zwischen uns in der Luft.

Maxis Grübchen vertieft sich. Er schweigt beharrlich, aber ich sehe es in seinem Blick: Im Gegensatz zu mir hat er den Plan meiner besten Freundin von Anfang an durchschaut.

Mein Magen macht einen Satz. Denn plötzlich wird mir die Bedeutung seiner Worte bewusst. *Ich bin* gerade deswegen *gekommen.*

Ohne Vorwarnung explodiert in meinem Bauch ein Schwarm Schmetterlinge. Etwa zeitgleich scheine ich die Fähigkeit zu verlieren, Sätze zu formulieren. Mein Mund klappt zwar ein paarmal auf und zu, doch mir kommt kein einziges Wort über die Lippen. Verschmitzt hält mir Maxi seinen Arm hin, damit ich mich einhaken kann, und meint: »Machen wir das Beste draus. Was sagst du zu einem Strandspaziergang?«

Kapitel 19

Wir schlendern über den Strand, während das Meer in sanften Wellen herankommt. Der Wind weht mir eine Haarsträhne ins Gesicht und verfängt sich hinter einem meiner Brillengläser. Vorsichtig streife ich sie zurück.

Mein Magen hüpft vor Aufregung, mein Herz poltert in der Brust und meine Haut kribbelt, weil Maxi nur Zentimeter neben mir läuft. *Himmel.* Ich stecke schon deutlich tiefer in dieser Geschichte, als ich wollte. Doch obwohl ich noch immer von Linas Aktion überrumpelt bin und diese Situation hier mehr als aufregend finde, überkommt mich mit einem Mal eine tiefe innere Ruhe. Die Gewissheit, dass alles richtig ist. Hier. In diesem Moment. Und dass ich es mir erlauben kann, dieses Kribbeln zu genießen. Wenn auch nur für diesen einen Abend.

Ich seufze leise auf, was mir einen Seitenblick von Maxi einbringt.

»Alles okay?«

»Ja, es ist nur …«

Ich zucke mit den Schultern und schaue auf die Nordsee hinaus. Auf die heranrollenden Wellen, die Menschen, die ebenso wie Maxi und ich am Strand entlangschlendern. Auf den glühenden Feuerball am Himmel, der alles in ein goldenes Licht taucht. Ich spüre den letzten Sonnenstrahlen des Tages nach, lausche dem Wind, schmecke das Salz auf meiner Zunge.

Wieder seufze ich.

»Was macht diese Insel bloß mit einem?«

Maxi lächelt vor sich hin, als sein Blick meinem folgt. Mehrere Sekunden ist nur das entfernte Plätschern der Wellen gepaart mit dem sanften Rauschen des Windes zu hören. Dann dringt Maxis Stimme an mein Ohr.

»Es hat einen Grund, wieso wir sie das Töwerland nennen. Das Zauberland.«

Sein Tonfall klingt feierlich, und ich kann nachempfinden, warum. Dass Juist diesem Namen gerecht wird, habe ich von der Sekunde an gespürt, in der ich meinen Fuß auf die Insel gesetzt habe. Kaum zu glauben, dass das gerade einmal drei Wochen her ist. Es ist seitdem so viel passiert, dass sich Köln und alles, was dort geschehen ist, weit, weit weg anfühlt. Beinahe wie ein anderes Leben. Als wären meine Sorgen auf dem Festland zurückgeblieben.

Kopfschüttelnd, aber mit einem Lächeln schaue ich auf den weißen Sandstrand vor uns.

»Weißt du, was mich an der ganzen Sache am meisten verblüfft? Ich dachte früher immer, Nordseeinseln wären nur etwas für Rentner. Und jetzt stehe ich mit sechsundzwanzig hier und fühle mich so pudelwohl wie nirgendwo anders.«

Maxi lacht. »Das hat meine Mutter auch häufig gesagt.«

Ich halte inne und schaue überrascht zu ihm hinüber. Mir ist die Vergangenheitsform nicht entgangen.

»Deine Mutter?«, hake ich vorsichtig nach, wobei mir gleichzeitig in den Sinn kommt, dass er nicht häufig von ihr spricht. Wenn er von seinen Eltern erzählt hat, dann immer nur von seinem Vater.

Doch Maxi nimmt mir die Frage nicht übel. »Sie stammte vom Festland und ist damals für einen Urlaub hierhergekommen, den sie eigentlich gar nicht machen wollte.« Er schüttelt grinsend den Kopf. »Sie war gerade Anfang zwanzig und hatte vorgehabt, mit ihren Freundinnen den Sommer in Spanien zu verbringen. Aber ihre Großeltern haben sie quasi gezwungen, sie hierher zu begleiten. Meine Uroma war richtig hartnäckig. Sie hat meiner Mutter ein schlechtes Gewissen eingeredet, dass sie doch ihre einzige Enkelin wäre, und man nie wissen könnte, wie viele Urlaube in ihrem hohen Alter noch möglich wären …« Sein Tonfall klingt belustigt, als er weitererzählt. »Meine Uroma ist stolze siebenundneunzig Jahre alt geworden und war ihr ganzes Leben lang fit wie ein Turnschuh. Was meine Mutter natürlich wusste. Trotzdem hat sie zähneknirschend eingewilligt, ihren Sommer mit ihr und ihrem Opa auf Juist zu verbringen. Und dann ging alles ganz schnell.« Er zuckt mit den Schultern. »Direkt am ersten Tag hat sie meinen Vater kennengelernt und ist nur wenige Wochen später zu ihm auf die Insel gezogen. Für immer.«

Ein Lächeln huscht über sein Gesicht, in das sich eine Spur Wehmut mischt.

»Du erinnerst mich manchmal an sie.«

Der Ausdruck in seinen Augen ist so warm, dass ein angenehmer Schauer meine Wirbelsäule hinabläuft. Gleichzeitig beginnt mein Herz, wild hinter meinen Rippen zu schlagen.

»Dass ich jemanden an seine Mutter erinnere, ist mir bisher auch noch nie gesagt worden.« Amüsiert hebe ich eine Braue. »Vielleicht sende ich doch gewisse Schwingungen aus, die mich älter als sechsundzwanzig wirken lassen?«

Er lacht auf. »Hey, das ist ein Kompliment! Meine Mutter war die tollste Frau, die man sich vorstellen kann. Klug, warmherzig, sie hat jedem geholfen und immer ein nettes Wort übrig gehabt …«

Hitze steigt mir in die Wangen. So sieht Maxi mich? Verlegen senke ich den Kopf und streiche mir eine nicht vorhandene Haarsträhne aus dem Gesicht. Doch mitten in der Bewegung halte ich inne. Er hat wieder in der Vergangenheit von seiner Mutter gesprochen. Meine Brust zieht sich zusammen, als die Puzzleteile sich zu einem Bild formen.

»Was ist passiert?«, erkundige ich mich leise.

Mein Herz klopft schmerzhaft gegen meine Rippen, als sich Bilder von einem Krankenhaus, dem immer blasser werdenden Gesicht meiner eigenen Mutter und einem Sarg, der in das frisch ausgehobene Grab hinuntergelassen wird, nach vorn schieben. Entschieden dränge ich die Erinnerungen zurück und zwinge mich, im Hier und Jetzt zu bleiben. Bei Maxi. Dessen Blick in diesem Moment glasig wird und über meine Schulter hinweg auf die Nordsee schweift.

»Sie ist vor drei Jahren gestorben. Ihre Lunge wollte nicht mehr.«

Einige Sekunden herrscht Schweigen, während wir langsam nebeneinanderhergehen. Maxi scheint seinen Erinnerungen nachzuhängen. Es dauert eine Weile, bevor er weiterspricht.

»Es fing mit einem verschleppten Infekt an, dann hatte sie immer häufiger mit Atemnot und Husten zu kämpfen. Irgendwann ist sie vor den Augen meines Vaters zusammengebrochen und musste mit dem Hubschrauber aufs Festland gebracht werden. Im Krankenhaus haben sie dann COPD diagnostiziert. Eine chronische Lungenkrankheit, bei der sich die Atemwege entzünden und verengen. Die Erkrankung ist nicht heilbar.«

Mein Magen verkrampft sich, und ich würde Maxi am liebsten in den Arm nehmen. Er soll wissen, dass ich für ihn da bin, und dass er durch diese Erinnerungen nicht allein muss. Doch er ist zu sehr in seiner Erzählung gefangen, weshalb ich mich zurückhalte und ihm weiter lausche.

»Das war für uns alle ein Schock. Meine Schwester steckte mitten in ihrem zweiten Staatsexamen, ich war in meinem letzten Semester vor dem Masterabschluss. Wir haben versucht, so oft wie möglich nach Hause zu kommen, um für unsere Mutter da zu sein. Aber die meiste Zeit waren sie und mein Vater auf sich allein gestellt.«

Ein gequälter Ausdruck huscht über sein Gesicht und erneut verspüre ich den Drang, meine Hand auszustrecken und ihn zu berühren. Doch ich verhalte mich weiterhin still, um ihn nicht aus seinem Erzählfluss zu reißen.

»Mein Papa hat sich nie beschwert, aber ich weiß, dass die Zeit nicht leicht für ihn war. Deshalb habe ich alles darangesetzt, ihn zu unterstützen und mein Referendariat auf der Insel zu machen. So war ich in der Nähe und habe auch Denise beruhigt, die aus Bremen nicht wegkonnte.«

Ein trauriges Lächeln kräuselt seine Lippen.

»Meine Eltern waren mehr als überrascht, als ich mit Sack und Pack bei ihnen auf der Türschwelle stand. Ich habe ihnen nichts erzählt, weil bis zum Schluss nicht sicher war, ob mein Plan funktionieren würde. Mir war schon vor der Diagnose meiner Mutter klar, dass ich nicht für immer auf dem Festland bleiben werde und eines Tages zurück auf die Insel komme. Dass es allerdings so früh sein würde … Na ja, damit konnte niemand von uns rechnen.«

Er zuckt mit den Schultern, während ich aufhorche. Maxi hat sich für seine Familie und gegen seine Zukunft in Oldenburg entschieden. Gegen seine Beziehung. Er hat alles aufgegeben, was er zu dem Zeitpunkt hatte, um für seine Eltern da zu sein.

»Im ersten Moment dachte ich, mein Vater wirft mich hochkant wieder raus. Ihm sind beinahe die Augen aus dem Kopf gefallen, als er mir die Haustür geöffnet hat.« Er seufzt. »Wir haben einige ernste Gespräche in der Zeit geführt, weil er mich davon überzeugen wollte, meine Zukunft nicht wegzuwerfen. Dabei hatte ich nie das Gefühl, als würde ich das tun. Im Gegenteil. Mir ist die Entscheidung, zurückzukommen, deutlich leichter gefallen, als ich vorher vermutet hätte.« Einen Moment schaut er nachdenklich auf die Nordsee hinaus. Dann nickt er entschlossen. »Ich bin froh, dass ich es gemacht habe.«

Wieder ist es still zwischen uns. Nur das sanfte Heulen des Windes und das Rauschen des Meeres dringen an mein Ohr. Die Wellen sind schon ein deutliches Stück näher als noch vor wenigen Minuten. Eine Möwe zieht ihre Kreise über uns, und Maxi folgt ihr mit den Augen, bevor er tief Luft holt.

»So schlimm die Krankheit meiner Mutter war, durch sie sind wir als Familie enger zusammengewachsen. Keine Frage, es gab immer wieder Tage, an denen alles wie ein Sturm über uns hereingebrochen ist. Aber wir haben uns gemeinsam durchgekämpft und nie den Kopf in den Sand gesteckt. Allen voran meine Mutter. Bis zum Schluss hat sie ihre positive Art nicht verloren. Sie war stärker als wir alle zusammen.«

Er lächelt, auch wenn dabei Traurigkeit in seinen Augen aufglimmt.

Ich räuspere mich. »Wie lange ... hattet ihr noch Zeit zusammen?«

Maxis Schultern sacken hinab. »Gut anderthalb Jahre. Sie hat eine Sauerstofftherapie gemacht und kam damit eine Zeit lang gut zurecht. Aber von jetzt auf gleich hat sich ihr Zustand ruckartig verschlechtert. Sie hat immer mehr abgenommen, hatte oft mit Fieber und Atemnot zu tun. Dann bekam sie eine Lungenentzündung. Kurz nach meinem Examen hat sie den Kampf verloren.«

Mein Herz verkrampft sich. Maxi lässt seinen Kopf sinken – und dieses Mal halte ich den Impuls nicht zurück, meine Hand nach ihm auszustrecken. Unsere Finger umschließen einander, und er drückt sie dankbar. Worte sind in diesem Moment nicht nötig. Es gibt sowieso nichts, was man in so einer Situation sagen kann. Das weiß ich aus eigener Erfahrung.

Stattdessen halte ich einfach nur seine Hand. Ich spüre die Wärme, die von ihm ausgeht, lausche seinem Atem, der mit jeder Sekunde ruhiger wird, beobachte, wie seine Schultern lockerer werden.

Dann schaut er zu mir auf – und mir bleibt die Luft weg. Der Blick aus seinen grünen Augen ist so intensiv und voller Emotionen, dass ich ihn wie gebannt anstarre. Ich sehe den Schmerz und die Trauer, aber auch die Dankbarkeit. Dafür, dass er für seine Mutter da sein konnte. Dass er sie auf dem letzten Stück ihres Weges begleitet hat.

Doch es ist mehr als das. Ich identifiziere die Empfindungen nicht nur, die in seinem Blick liegen – sondern sie spiegeln auch das wider, was in diesem Moment in mir selbst vorgeht. Was seit Monaten in mir vorgeht.

»Meine Mutter ist vor Kurzem ebenfalls gestorben. Und ich habe keine Ahnung, ob ich jemals darüber hinwegkommen werde.«

Erst mit einiger Verspätung realisiere ich, was ich da gerade gesagt habe. Mein Atem gerät ins Stocken. Die Erkenntnis trifft mich mit voller Wucht.

Das ist die Angst, die ich seit Wochen versuche, zu fassen zu bekommen. Die mich nachts nicht schlafen lässt und tagsüber wie ein Schatten über mir liegt, sobald meine Gedanken zum Tod meiner Mutter schweifen. Die Angst, niemals überwinden zu können, dass sie nicht mehr lebt.

Wir standen uns immer nahe. Sie war meine beste Freundin, meine engste Vertraute und meine größte Kritikerin – aber immer nur, weil sie das Beste für mich wollte. Wir waren ein Team. Ein unbesiegbares Mutter-Tochter-Duo. Bis uns der Krebs als Endgegner gegenüberstand.

Plötzlich allein zu sein, und meine wichtigste Ansprechpartnerin verloren zu haben, tut weh. Verdammt weh.

Aber der Schmerz ist mit einem Mal anders als das, was ich in den letzten Monaten gespürt habe. Er ist nicht mehr reißend und erdrückend, sondern ... aushaltbar. Als hätte allein die Tatsache, dass ich mir endlich eingestanden habe, Angst vor einem Leben ohne meine Mutter an meiner Seite zu haben, einen Heilungsprozess in Gang gesetzt.

Ein überraschter Laut dringt über meine Lippen. Halb Keuchen, halb Auflachen.

Ich blinzele mehrmals hintereinander – und begegne Maxis Blick, als ich wieder klar sehen kann. Sofort schlägt mein Herz schneller. Er betrachtet mich aufmerksam, aber ohne jede Form von Drängen. Sein Blick geht mir durch und durch. Als würde er bis in meine Seele gucken. Ich schlucke und bemerke in dem Moment, dass wir stehengeblieben sind – und unsere Hände noch immer ineinander liegen. Es fühlt sich so natürlich an, dass ich ihn am liebsten nicht mehr loslassen würde.

»Möchtest du mir erzählen, was passiert ist?«

In seiner Stimme liegt Ruhe, gepaart mit einem Versprechen. Das Versprechen, mir zuzuhören und für mich da zu sein. Er macht mir das Angebot, mir den Kummer von der Seele zu reden, so, wie ich es wenige Minuten zuvor für ihn getan habe. Und ohne groß darüber nachdenken zu müssen, beginne ich zu erzählen.

»Meine Mutter hatte Brustkrebs. Es ging alles ganz schnell. An einem Tag war sie noch gesund und munter, hat Scherze gemacht und eine neue Unterrichtsreihe geplant. Sie war Lehrerin.« Ich werfe Maxi einen Blick zu. »Genauer gesagt Direktorin an einer Grundschule.«

In seinen Augen blitzt etwas auf, doch er hört mir weiterhin geduldig zu, wofür ich ihm dankbar bin. Ich weiß nicht, ob ich die Kraft hätte, ihm weiter von der schwierigsten Zeit meines Lebens zu erzählen, wenn er mich jetzt unterbrechen würde.

»Dann hat sie unter der Dusche einen Knoten entdeckt und einen Termin beim Frauenarzt ausgemacht. Er hat sie sofort ins Krankenhaus geschickt. Jede Menge Untersuchungen später saßen wir beide schließlich im Büro des Chefarztes, der uns erklärt hat, was los ist. Ich glaube, sie hat schon gespürt, dass es etwas Schlimmes ist, und wollte mich deshalb dabei haben.« Ich schlucke bei der Erinnerung. »Die Situation kam mir seltsam unwirklich vor. Ich habe zwar gehört, was der Arzt gesagt hat, aber mein Verstand hat sich geweigert, es zu begreifen.«

Sie haben Brustkrebs im Endstadium, erklingt die Stimme des Arztes in meinem Kopf. *Der Tumor in Ihrer Brust hat bereits gestreut. Wir haben Metastasen in Ihrer Leber und der Lunge gefunden. Auch Ihre Lymphknoten sind befallen. Es tut mir sehr leid.*

Er ließ ein Räuspern hören, was mir damals durch Mark und Bein ging. *Wir können versuchen, das Tumorwachstum zu verlangsamen, um den Krankheitsverlauf zu verzögern.*

Ich saß wie betäubt auf dem Stuhl vor dem massiven Schreibtisch.

Wie lange?, fragte meine Mutter mit einer Ruhe, die mich bis heute erschreckt.

Der Arzt blickte sie eine gefühlte Ewigkeit an. *Meiner Einschätzung nach maximal ein Jahr.*

Es dauert eine Weile, bis ich mich aus der Erinnerung befreien und weitersprechen kann.

»Die Heilungschancen liefen praktisch gegen null. Dafür war der Krebs zu weit fortgeschritten. Ich habe Tage damit zugebracht, alternative Behandlungsmethoden zu recherchieren, mich in Foren mit anderen Betroffenen auszutauschen und meiner Mutter im Anschluss meine Ergebnisse zu präsentieren. Auch wenn sie dürftig waren.«

Ich schlucke. »Meine Mutter hat mir zugehört und mich nicht ein einziges Mal unterbrochen. Als ich mit meinen Vorschlägen fertig war, hat sie mir lange in die Augen gesehen, meine Hände genommen und gesagt: ›Josi, ich verspreche dir, dass ich kämpfen werde. Aber ich möchte, dass du mir auch etwas versprichst.‹«

Meine Stimme bricht, und ich spüre, wie mir die Tränen kommen. Doch ich dränge sie zurück.

»Sie meinte: ›Versprich mir, dich auf die Zeit danach vorzubereiten, wenn ich den Kampf verlieren sollte. Wenn ich sterbe.‹«

Ohne es bewusst zu steuern, umklammere ich Maxis Finger fester.

»Für mich ist in dem Moment eine Welt zusammengebrochen. Denn sie hat nicht gesagt, *falls* ich sterbe. Sondern *wenn* ich sterbe. Da wusste ich es. Da wusste ich, dass sie gespürt hat, dass der Kampf umsonst sein wird.«

Obwohl die untergehende Sonne die Luft um uns herum noch immer aufheizt, ist mir kalt. Ich beginne zu zittern.

»Trotzdem hat sie gekämpft. Jeden Tag.« Meine Lippen verziehen sich zu einem traurigen Lächeln. »Doch es hat nicht gereicht. Sechs Monate später war alles vorbei.«

Wenn ich jetzt daran zurückdenke, war diese Zeit einerseits die längste meines Lebens, ist aber auf der anderen Seite nur so an mir vorbeigerauscht. Ich habe versucht, das Versprechen zu halten, das ich meiner Mutter gegeben habe. Gemeinsam mit ihr habe ich Termine beim Notar vereinbart, um ihren letzten Willen zu besprechen. Wir haben die Details für ihre Beerdigung festgelegt und einen Zeitplan ausgearbeitet, was in den Tagen nach ihrem Tod in die Wege geleitet werden muss.

Das waren die makabersten Gespräche, die meine Mutter und ich je geführt haben, doch unsere akribische Vorbereitung hat mir in der Zeit nach ihrem Tod tatsächlich geholfen. Allerdings habe ich mein Versprechen nur zum Teil einhalten können. Denn wie soll man jemals dafür gewappnet sein, einen der wichtigsten Menschen seines Lebens zu verlieren?

Ich weiß nicht, wie lange ich meinen Gedanken nachhänge. Ob es Sekunden oder Minuten sind. Aber irgendwann reißt mich Maxis Stimme zurück in die Gegenwart.

»Das ist der Grund, wieso du hier bist. Auf Juist.«

Er formuliert es nicht als Frage, sondern als Feststellung. Ich suche seinen Blick, in dem nichts als Verständnis liegt. Langsam nicke ich.

»Nach dem Tod meiner Mutter gab es viel zu erledigen. Die Beerdigung, das Testament, die ganze Bürokratie. Am Anfang war ich dankbar für die Ablenkung, weil ich dadurch den Schmerz von mir wegschieben konnte. Bis irgendwann alles geschafft war, und ich allein in dem großen Haus saß. Ohne meine Mutter.« Zitternd atme ich ein, während Maxi sanft mit seinem Daumen über meinen Handrücken fährt. Das gibt mir die Kraft, weiterzusprechen. »Die Erinnerungen sind von allen Seiten auf mich eingeprasselt. Ich hab's nicht mehr ausgehalten und gemerkt: Ich brauche Abstand. Dringend. Lina hatte die Idee, dass ich Biggi auf Juist besuchen könnte.«

Als ich mit meiner Erklärung ende, schaue ich wieder zu Maxi. Damit liegen alle Karten offen auf dem Tisch.

Mit einem Mal fühle ich mich seltsam leicht. Als hätte mir jemand eine Last von den Schultern genommen. Die Enge, die meinen Brustkorb seit dem Tod meiner Mutter fest im Griff hatte, löst sich langsam, aber sicher. Ich kann wieder frei atmen.

Meine Augen sind noch immer auf Maxi geheftet, während ich einen kräftigen Atemzug nach dem nächsten nehme. Bis ich stutze. Da ist etwas in seinem Blick ... Zuerst bekomme ich es nicht zu fassen und ziehe die Brauen irritiert zusammen. Aber dann macht es klick.

»Du wusstest das, oder?«

Er wiegt den Kopf hin und her, ein leichtes Lächeln auf dem Gesicht.

»Ich habe etwas in die Richtung vermutet.«

»Woher?«

»Weil ich etwas in deinem Blick gesehen habe, das ich von mir selbst kannte.«

Mir stockt der Atem. Seine Worte wiederholen sich in Dauerschleife in meinem Kopf. *Weil ich etwas in deinem Blick gesehen habe, das ich von mir selbst kannte.*

War es das, warum ich mich ihm von Anfang an so verbunden gefühlt habe? Weil wir etwas Ähnliches erlebt und durchgemacht haben? Weil wir beide vor nicht allzu langer Zeit unsere Mutter verloren haben?

Maxi scheint mir meine stummen Fragen anzusehen. Sein Daumen fährt weiter beruhigend über meinen Handrücken, während er ausholt.

»Immer, wenn du dich unbeobachtet fühlst, legt sich dieser spezielle Ausdruck in deine Augen. Diese Mischung aus Schmerz und dem Willen, trotzdem weiterzumachen. Ich wusste nicht genau, was du erlebt hast. Aber es hat mich an mein eigenes Gefühlschaos erinnert. Und als du dann meintest, dass du hier bist, um dir Zeit für dich zu nehmen und keine Ablenkung gebrauchen kannst …« Er zuckt mit den Schultern. »Da habe ich eins und eins zusammengezählt.«

Mein Puls rast. Es fühlt sich an, als würden in meinem Inneren mehrere Zahnräder einrasten.

»Bist du deshalb immer wieder aufgetaucht? Obwohl ich dich, na ja …« Ich schlucke und spüre, wie meine Wangen rot werden. »Obwohl ich dich jedes Mal aufs Neue abserviert und gemischte Signale gesendet habe?«

Er betrachtet mich einen Moment ruhig, ehe er nickt. »Meine Freunde haben dasselbe für mich getan, als meine

Mutter gestorben ist. Ich habe sie ständig weggestoßen, wollte allein sein.« Maxi blinzelt mir zu und in mir breitet sich Wärme aus, die das letzte Frösteln verscheucht. Wie schafft er es, sogar diese ernste Situation aufzulockern?

»Sie sind hartnäckig geblieben, auch wenn ich mich bis heute frage, wie sie mich in der Zeit ertragen haben. Ich war in den ersten Wochen nicht gerade der Sonnenschein, als den du mich kennengelernt hast.« Seine Mundwinkel zucken, und ich muss schmunzeln. »Du hast einen Freund gebraucht, auch wenn du es selbst nicht wahrhaben wolltest. Aber zum Glück für uns beide«, Maxi senkt verschwörerisch seine Stimme, »bin ich gut darin, die Wünsche von Menschen zu erkennen, mögen sie noch so verborgen sein.«

Spätestens jetzt ist jede Schwermütigkeit aus unserem Gespräch verschwunden. Ich lasse mich auf seinen neckenden Tonfall ein.

»Eins deiner weiteren zahlreichen Talente?«

Maxi grinst. »Die Kandidatin erhält hundert Punkte.«

Ich schnaube belustigt, während meine Augen wie von selbst zu seinem Grübchen huschen. Es juckt mich in den Fingern, es zu berühren und über seine Wange zu streichen, von da weiter über die markante Linie seines Kiefers hin zu seinen Lippen ...

Maxi lässt ein amüsiertes Hüsteln hören. Abrupt reiße ich den Blick von ihm los. Himmel, warum finde ich dieses klitzekleine Detail in seiner Wange denn bitte so anziehend? Alles in mir prickelt allein von der Vorstellung, wie es sich anfühlt, mit meinen Fingerspitzen darüber zu fahren und – *stoppstoppstopp.* Was zur Hölle ist in mich gefahren? Verlegen beiße ich mir auf die Unterlippe. Das wissende Funkeln in Maxis Augen macht die Situation nicht besser. Mein Herz trommelt mittlerweile so laut in meiner Brust, dass ich mir sicher bin, er kann es hören.

Doch wenn das der Fall ist, ignoriert er es gekonnt. Stattdessen legt sich dieser schelmische Ausdruck in seinen Blick, der mir in den letzten Wochen so vertraut geworden ist.

»Bist du bereit, mein Geheimrezept zu erfahren, das ein Alleskönner gegen jede Form von Traurigkeit ist?«

Mein Gesicht glüht noch immer. Um davon abzulenken, lasse ich mich gern auf sein Fragespiel ein.

»Du meinst zum Beispiel, Eiscreme und Schokolade in sich hineinzuschaufeln, bis einem schlecht wird?«

Er schmunzelt. »Das mit Sicherheit auch. Aber ich meine etwas noch viel Wirkungsvolleres.«

Mittlerweile ist er mir so nah, dass ich seinen Atem auf meiner Haut spüren kann. Sein minzig-fruchtiger Duft, gepaart mit diesem Etwas, das mich an Sommerabende am Lagerfeuer erinnert, umhüllt mich.

»Bist du bereit, deine Sorgen aus voller Lunge aufs Meer hinauszuschreien?«

Kapitel 20

Mit großen Augen starre ich ihn an. Seine Frage irritiert mich so sehr, dass ich sogar meine Hand aus seiner löse.

»Bitte ... was?«

»Bist du bereit, deine Sorgen aufs Meer hinauszuschreien?« Immer noch völlig perplex lasse ich meinen Blick zwischen ihm und der Nordsee hin und her wandern. »Jetzt? Hier?«

Er nickt, die Lippen zu einem Grinsen verzogen.

»Aber ...« Ich lache auf. »Das können wir doch nicht machen.«

»Warum denn nicht?«

»Hier sind überall Leute.«

Demonstrativ schaue ich zu den Menschen, die vor und hinter uns über den Strand spazieren.

Maxi zuckt mit den Schultern. »Und? Das ist dem Meer doch egal.«

Er sagt das mit solch einer Überzeugung, dass ich die Stirn in Falten lege und ernsthaft über seinen Vorschlag nachdenke. Dabei schweift mein Blick erneut zur Nordsee. Sie glitzert in der Abendsonne, während die Wellen in einem stetigen Rhythmus den Meeresgrund zurückerobern. Stück für Stück. Ohne Hast oder Eile.

Plötzlich kitzelt mich etwas im Nacken. Ein Kribbeln durchfährt mich, noch ehe mir bewusst wird, was los ist. Maxi ist einen Schritt nähergekommen und platziert seinen Mund neben meinem Ohr. Dabei streift sein Atem meinen Hals – und ich reagiere prompt mit einer Gänsehaut.

»Es gibt da dieses Sprichwort: Das Meer stellt keine Fragen. Es versteht. Komm, ich zeig's dir.«

Bevor ich antworten kann, entfernt Maxi sich wieder von mir, hält mir aber nur eine Sekunde später seine Hand hin. Unschlüssig blicke ich auf seine ausgestreckten Finger, dann gebe ich mir einen Ruck.

Ein angenehmes Kribbeln schießt meinen Arm hoch, als ich seine Hand ergreife und mich von ihm Richtung Wasser dirigieren lasse.

»Du wirst sehen: Es ist unheimlich befreiend. Ich spreche aus Erfahrung.«

Über seine Schulter wirft er mir ein Lächeln zu, das meine Knie weich werden lässt.

Wir gehen weiter auf die Stelle zu, die den Beginn des Meeres und das Ende des Strandes markiert. Die Wellen sind nur noch etwa einen Meter von uns entfernt, als Maxi stehenbleibt und sich zu mir umdreht. Erwartungsvoll schaut er mich an.

Mein Herzschlag legt einen Zahn zu.

»Hast du das wirklich schon mal gemacht?«

Er nickt lächelnd. »Mehrfach sogar. Vertrau mir, es hilft.«

Ich blicke mich verstohlen um. Es sind immer noch einige Leute am Strand unterwegs, aber niemand scheint auf uns zu achten. Ich atme tief durch und versuche, meine Umgebung auszublenden. Was soll schon groß passieren? An Karneval hat mich der Sänger meiner Lieblingskölschrockband mal mitten bei einem Auftritt auf die Bühne geholt und mich zum Mitsingen aufgefordert. Damals habe ich, ohne zu zögern, ins Mikro gegrölt – und das vor mehreren hundert Jecken, die mit mir zusammen auf der Sitzung waren. Dabei treffe ich beim Singen nie auch nur annähernd einen Ton.

Mein Blick wandert auf das Wasser hinaus. *Komm schon, Josi. So schwer ist das nicht.* Obwohl ich mich innerlich anfeuere, endlich über meinen Schatten zu springen und loszulegen, flattert es in meinem Magen vor Aufregung.

Maxi drückt meine Hand. »Soll ich anfangen?«

Eine Sekunde lang bin ich versucht, sein Angebot anzunehmen. Aber dann schüttele ich den Kopf.

»Ich schaffe das.«

Ein warmer Ausdruck erscheint auf seinen Zügen. »Daran habe ich keinen Zweifel.«

Als ob ich genau diese Worte gebraucht hätte, fällt die Anspannung mit einem Mal von mir ab. Ich löse meine Finger aus seinen, straffe die Schultern und lege mir meine Hände wie einen Trichter an den Mund, den Blick auf das weite Meer vor mir gerichtet. Und dann schreie ich.

Zuerst fühlt meine Kehle sich eng an, und der Ton, der mir über die Lippen kommt, klingt piepsig. Doch mit jeder Sekunde, die vergeht, gewinnt mein Schrei an Kraft. Ich lege alles hinein. Die Sorgen der vergangenen Monate, die Trauer, den Verlust, die Angst.

Mein Schrei verwandelt sich in ein Brüllen. Ein stärkendes, alles verzehrendes, heilendes Brüllen. Bis plötzlich kein einziger Gedanke mehr in meinem Kopf ist.

Es gibt nur noch das Meer und mich. Das Wasser, das meinen Kummer in sich aufnimmt, und der Druck auf meinem Brustkorb, der verebbt.

Erleichterung flutet mich. Gepaart mit einem Hochgefühl, das mich mit sich reißt – und dafür sorgt, dass mein Brüllen zu einem Jubelschrei wird. Und nur wenig später zu einem Lachen. Einem aus tiefster Seele kommenden Lachen.

So euphorisch habe ich mich in meinem ganzen Leben noch nie gefühlt. Das hier ist das Befreiendste, das ich jemals getan habe.

Schwindelig vor Glück drehe ich mich zu Maxi. Er steht nur wenige Schritte neben mir, so, dass ich genügend Freiraum habe, aber zeitgleich das Gefühl, dass er mir den Rücken stärkt. Und er schaut mich an. Aus diesen intensiv leuchtenden, wundervollen Augen. Dieses Grün. Ich habe noch nie eine schönere Farbe gesehen.

Der Ausdruck, der in seinem Blick liegt, bringt alles in mir zum Kribbeln. Mein Puls beschleunigt sich. Ich glaube, so bin ich noch nie von jemandem angesehen worden. Eine verwirrend schöne Mischung aus Amüsiertheit, Stolz und ... Verheißung. Ich fühle mich high vor Glück. Und halte es nicht eine Sekunde länger aus, ihn nicht zu berühren.

Ohne zu überlegen, werfe ich mich in Maxis Arme. Lachend fängt er mich auf. Ich vergrabe meine Nase an seinem Hals, atme tief seinen mir mittlerweile so vertrauten Geruch ein.

Das hier ist er. Der perfekte Moment. Wenn jetzt, in diesem Augenblick, die Zeit stehenbleiben würde, wäre ich der glücklichste Mensch der Welt.

Maxis Brustkorb vibriert vor Lachen, als er mich noch enger an sich zieht.

»Na, habe ich zu viel versprochen?«

Seine Stimme klingt neckend, doch ich kann mich kaum darauf konzentrieren. Weil er mit seinen Fingern begonnen hat, über meinen Rücken zu streichen. In meinem Bauch tanzen Schmetterlinge, während sich ein gurrender Laut meine Kehle hinaufarbeitet. Ich bin Wachs in seinen Händen. Berauscht von ihm, seiner Nähe, seinen Berührungen, diesem Moment, dem befreienden Gefühl in meiner Brust, dem Glück, das durch meine Adern rauscht.

»Nein, ganz im Gegenteil. Das war ... das war ...«

Mir fehlen die Worte, um den Wirbelsturm an Empfindungen, der durch mich hindurchfegt, zu beschreiben. Sanft löse ich mich von ihm und versuche dann, mit einer Armbewegung, die Weite der Nordsee einzufangen. Dabei mache ich einen ausladenden Schritt – und verliere das Gleichgewicht.

»Huch!«

Mit einem Plumps lande ich auf meinem Allerwertesten. *Aua.*

»Josi, um Himmels willen! Ist alles okay?«

Maxi taucht in meinem Blickfeld auf, einen besorgten Ausdruck im Gesicht. Er hockt sich neben mich und scannt mich einmal von oben bis unten.

Mein Herz trommelt in meiner Brust. Ob vor Schreck über den Sturz oder als Nachwirkung des Cocktails an Glückshormonen, der noch durch meine Adern fließt, kann ich in diesem Moment nicht genau bestimmen.

»Josi, hast du dir wehgetan?«

Etwas kitzelt in meiner Kehle. Es dauert ein paar Sekunden, bis ich begreife, was es ist.

Ein Kichern.

Schnell presse ich meine Lippen zusammen, um es zurückzudrängen. Wenn ich hier und jetzt loskichere, hält Maxi mich mit Sicherheit für merkwürdig. Das könnte ich ihm nicht mal verübeln.

Aber ernsthaft. Da erlebe ich gerade den tollsten, befreiendsten, glücklichsten Moment meines Lebens – und den romantischsten, wie eine zufriedene Stimme irgendwo im hinteren Teil meines Hirns bemerkt – und womit beende ich ihn? Mit meiner Tollpatschigkeit. Innerlich seufze ich, schüttele aber gleichzeitig mit einem Lächeln den Kopf. Manche Menschen kommen wohl nie aus ihrer Haut.

»Josi?«, fragt Maxi erneut, dieses Mal deutlich alarmiert.

»Hm?«

»Hast du dir wehgetan?«

Ach ja. Der Sturz. Ich schließe die Augen und horche in mich hinein. Mein Hintern fühlt sich ein wenig taub an, und meine linke Hüfte pocht, aber nichts Dramatisches.

Ich schüttele den Kopf.

»Es ist alles in Ordnung.«

»Sicher?«

Sein Blick ruht noch immer auf meinem Gesicht. Dabei strahlen seine grünen Augen so intensiv, dass ich mich am liebsten darin verlieren würde.

»Sicher«, gebe ich schließlich nach einer gefühlten Ewigkeit zurück. Aber dann halte ich inne.

»Nur ...« Ich zögere und verlagere mein Gewicht. »Es fühlt sich ein wenig ... nass an.«

Maxi mustert mich perplex. »Nass?«

»Ja. Und ... sandig. Das Kleid muss ich erst mal in die Waschmaschine werfen.«

Er blinzelt, während ich mich im Sitzen drehe und bedauernd feststelle, dass sich tatsächlich ein großer Sandfleck auf meiner Rückseite ausgebreitet hat.

Maxi folgt meinem Blick, als ich beginne, mir den Dreck abzuklopfen. Dann stößt er ein halb fassungsloses, halb belustigtes Schnauben aus.

»Himmel, Josi. Du machst mich fertig.«

Er seufzt leise, aber es klingt amüsiert. Anschließend erhebt er sich und hält mir seine Hand hin, die ich dankbar ergreife. Nur, um im nächsten Moment wie vom Donner gerührt innezuhalten. *Oh.* Verflixt. Das hatte ich nicht bedacht.

Es ist, als würde ein Stromstoß meinen Arm hinaufjagen. Jedes einzelne meiner Härchen stellt sich auf, ich fühle mich von Kopf bis Fuß elektrisiert. Mein Atem stockt.

Da dringt Maxis Stimme erneut an mein Ohr.

»Brauchst du noch eine zweite Hand?«

»Hm?«

»Soll ich dir beide Hände geben, damit du besser aufstehen kannst?«

Erst da fällt mir auf, dass ich wie zur Salzsäule erstarrt auf dem Boden sitze, meine Finger in seinen, die Knie angewinkelt, und mich noch nicht einen Zentimeter erhoben habe. Maxi betrachtet mich mit schief gelegtem Kopf, wobei seine Mundwinkel verdächtig zucken. Völlig benebelt starre ich zu ihm hoch, ehe die Bedeutung seiner Worte endlich zu mir durchdringt.

»Wie? Nein, nein. Ich … ich schaff das schon.«

Mit glühendem Gesicht verstärke ich den Griff um seine Finger, ignoriere das erneute Prickeln, das mich durchfährt, und lasse mich von ihm auf die Beine ziehen. Kaum stehe ich wieder, löse ich meine Hand aus seiner und trete einen Schritt zurück. Der Abstand hilft mir, klarer zu denken, allerdings rast mein Herz immer noch wild hinter meinen Rippen. Um mich abzulenken, klopfe ich mir den Sand vom Kleid.

»Das wird in deiner Gegenwart offensichtlich zur Gewohnheit«, versuche ich, die peinliche Situation zu überspielen. Und füge hinzu: »Das Hinfallen, meine ich.«

Seine Mundwinkel zucken. »Dieses Mal hast du aber zumindest deine Schuhe anbehalten.«

Mein Blick zuckt zu den Riemchensandalen, die weiterhin bombenfest an meinen Füßen sitzen.

»Irgendwas muss man schließlich aus seinen Fehlern lernen.«

»Du findest, unser erstes Aufeinandertreffen war ein Fehler?«

»Was? Nein, ich …« Erschrocken reiße ich den Kopf hoch, nur, um festzustellen, dass Maxi mich verschmitzt angrinst.

»Ich für meinen Teil muss nämlich sagen …« Er macht einen Schritt auf mich zu, während ich den Atem anhalte und ihn wie gebannt beobachte. »… dass unser stürmisches Kennenlernen das Beste war, was mir seit Langem passiert ist.«

Zitternd lasse ich die angestaute Luft entweichen. Mein Körper fühlt sich an, als würden zehntausende Marienkäfer darüber krabbeln.

»Wirklich?«

Meine Stimme ist nur ein Krächzen, was Maxi mit einem amüsierten Brummen quittiert.

»Mmh.«

Wieder kommt er einen Schritt näher, verringert den Abstand zwischen uns auf ein Minimum. Ich spüre die Wärme, die sein Körper aussendet, nehme die kleine Narbe über seiner Oberlippe wahr, versinke in dem Kleegrün seiner Iris.

Und mit einem Mal ist es, als hätte mir jemand einen Schleier von den Augen gezogen. Zwischen uns gibt es keine Geheimnisse mehr. Er hat mir von der schwersten Zeit seines Lebens erzählt und ich ihm von meiner. Er kennt meine Ängste, hat sie die ganze Zeit über bereits vermutet und war für mich da. Ohne etwas im Gegenzug zu erwarten.

Entscheide dich, was das hier für dich ist, und dann steh zu der Entscheidung.

Wenn ich ehrlich bin, habe ich mich schon längst entschieden.

Die Erkenntnis trifft mich mit voller Wucht und setzt einen Sturm an Gefühlen in Gang. Der Schwarm Schmetterlinge in meinem Magen stobt auseinander, jede Zelle meines Körpers beginnt zu summen. Mein Herz klopft mir bis zum Hals, während ein wohliger Schauer nach dem nächsten über meine Haut rieselt.

Ich weiß, was ich will. Was Maxi mir bedeutet.

Der Drang, ihm das zu sagen, wird übermächtig.

»Maxi«, beginne ich. Meine Stimme zittert vor Aufregung.

Ein heiterer Ausdruck erscheint auf seinem Gesicht, während er seinen Blick in meinen bohrt. »Ja?«

»Ich weiß, dass wir uns noch nicht lange kennen. Gerade mal ein paar Wochen, aber es fühlt sich für mich deutlich länger an. Vielleicht, weil es mit dir von der ersten Sekunde irgendwie anders war als mit jedem anderen Menschen, dem ich bisher begegnet bin. Na ja, mal davon abgesehen, dass ich Leute normalerweise nicht über den Haufen renne und dabei auf ihrem Schoß lande ...«

Mir schießt Hitze in die Wangen, als ich bemerke, dass ich vom Thema abkomme.

Maxi scheint nur mit Mühe ein Lachen zu unterdrücken, aber er bedeutet mir mit einem Kopfnicken, fortzufahren.

Ich hole tief Luft. »Auch wenn unser Kennenlernen etwas ungewöhnlich war, und ich mir in dem Moment gewünscht habe, mich irgendwo in einem Erdloch zu verkriechen und dich nie wieder sehen zu müssen, bin ich extrem froh, dass es anders gekommen ist. Weil ... weil es sich so seltsam … vertraut angefühlt hat. Vertraut, schön und richtig. Weil du mir da schon unter die Haut gegangen bist.«

Jegliches Zittern weicht aus meiner Stimme, als ich den Blick fest auf seine Augen richte.

»Ich mag dich, Maxi. Sehr sogar.«

Jetzt ist es raus. Mein Puls dröhnt mir in den Ohren, während ich auf eine Reaktion von ihm warte. Unsere Blicke sind noch immer ineinander verhakt, aber ich werde aus dem Ausdruck in seinen Augen nicht schlau. Seine Miene wirkt auf der einen Seite warm und einnehmend, was meinen Herzschlag dazu veranlasst, sein Tempo zu verdoppeln. Doch ich erkenne noch etwas anderes. Belustigung.

Belustigung?

Maxi legt seinen Kopf schief. Mit einem Mal sprüht sein Blick förmlich vor Vergnügen.

»Bist du fertig?«

Ich blinzele perplex. *Was?* Weil ich meiner Stimme nicht traue, nicke ich einmal kurz. Die Emotionen in meinem Inneren fahren Achterbahn. Überforderung. Verwirrung. Scham. Ich fühle alles auf einmal und das in einem so intensiven Strudel, dass mir fast ein wenig schwindelig wird. Doch Maxi hält meinen Blick weiterhin gefangen.

»Gut.«

Er beugt sich zu mir, sodass ich automatisch alles um uns herum ausblende. Da ist nur noch sein Atem, der über mein Gesicht streift. Seine Hand, die sich an meine Wange legt.

Und seine Stimme, mit der er zärtlich hinzufügt: »Meine kleine Plappermaus. Dann würde ich dich jetzt nämlich gern küssen. Vorausgesetzt, ich darf?«

Mein Herz setzt einen Schlag aus, bevor es im doppelten Tempo davongaloppiert. Erleichterung flutet mich, gefolgt von einem Hochgefühl, das sogar meine Glücksemotionen von der Schreiaktion übertrumpft. Ich sehe Maxi fest in die Augen, sauge das Funkeln auf, das in ihnen liegt, und nicke.

Dann treffen unsere Lippen aufeinander. Und meine Welt bleibt für einen Moment, der sich wie die Ewigkeit anfühlt, stehen.

Alles in mir wird still. Einzig und allein drei Worte nisten sich in meinem Kopf ein und laufen in Dauerschleife ab:

O mein Gott.

Maxi zu küssen, ist berauschend. Es ist atemberaubend und schön und beflügelnd und märchenhaft und zärtlich, aber auch leidenschaftlich und intensiv und verführerisch.

Ein sehnsuchtsvolles Ziehen breitet sich in meiner Körpermitte aus. Das Blut rauscht durch meine Adern.

Ich schlinge meine Arme um Maxis Hals und ziehe ihn noch enger an mich heran. Er lächelt an meinen Lippen, ohne unseren Kuss zu unterbrechen. Ich presse mich an ihn, will mehr von ihm, brauche mehr von ihm. Ich will ihn schmecken, ihm zeigen, was er in mir auslöst, ihm alles von mir geben. Und ihm scheint es genauso zu gehen. Er fährt mit seiner Zunge über meine Unterlippe, und ich gewähre ihm bereitwillig Einlass. Als unsere Zungen aufeinandertreffen, sendet die Berührung neue Wellen der Lust durch meinen Körper.

War unser Kuss zu Beginn sanft, warm und weich, wird er mit jeder Sekunde, die unsere Münder einander erkunden, ungezügelter, heißer und drängender.

Meine Finger krallen sich in sein Haar. Ein kleiner Teil meines Gehirns registriert triumphierend, dass sie sich genauso weich anfühlen, wie ich es mir vorgestellt habe. Der Rest ist damit beschäftigt, die weiteren Sinneseindrücke zu verarbeiten, die auf mich einprasseln.

Maxi schmeckt himmlisch. Nach Sommer und Eistee. Sein Duft nach dieser herb-süßen Mischung aus Minze, Zitrone und Lagerfeuer nimmt mich völlig für sich ein. Noch nie zuvor habe ich etwas gerochen, das in mir gleichzeitig Sehnsucht und Geborgenheit auslöst.

Ich schaudere, als Maxis Hände meinen Rücken hinabgleiten, und seine Fingerspitzen dabei über die nackte Haut an meiner Schulter fahren. Im Stillen gratuliere ich mir selbst dazu, dass ich das Sommerjäckchen im Schrank hängen lassen und mich entschieden habe, heute Abend nur das Kleid mit den Spaghettiträgern anzuziehen. Ein heißes Kribbeln fährt meine Wirbelsäule hinunter, als er mit seinen rauen Fingerkuppen meinen Nacken streichelt und seine Hand anschließend dort liegen lässt.

Der sanfte Druck, mit dem er mich näher zu sich zieht, entlockt mir ein weiteres Seufzen. Mittlerweile verlangen meine Lungen protestierend nach Sauerstoff, doch noch bin ich nicht bereit, diesen Moment zu beenden. Am liebsten würde ich nie wieder damit aufhören, Maxi zu küssen. Ich klammere mich noch fester um seinen Hals und spüre dem Vibrieren seines Brustkorbs nach, als ich an seiner Unterlippe knabbere. Ihm entweicht ein Stöhnen, das alles in mir zum Summen bringt.

Habe ich vorhin, als ich in seinen Armen lag, die Nase an seinem Hals vergraben, wirklich gedacht, das wäre schon der perfekte Moment? Ich hatte ja keine Ahnung.

Das hier. Dieser Augenblick, in dem Maxi und ich uns küssen, all meine Sinne von ihm eingenommen werden und ich mich gleichzeitig aufgeputscht, geborgen und angekommen fühle. Das ist – mit Abstand – der phänomenalste Moment meines Lebens.

So sehr ich es genieße, seine Lippen auf meinen zu spüren und mit ihm zu verschmelzen, irgendwann gewinnt der Drang nach Sauerstoff. Ich reiße mich von ihm los, doch nur so weit, dass ich nach Luft schnappen kann.

Eine seiner Hände liegt an meiner Hüfte, die andere in meinem Nacken, meine Arme sind noch immer um seinen Hals geschlungen. Flatternd öffne ich meine Lider. Und erkenne in seinem Blick den gleichen wilden Mix an Emotionen, der auch durch meinen Körper hindurchrauscht.

Kapitel 21

Nach Atem ringend, schaue ich Maxi an. Seine Wangen sind gerötet, sein Haar ist zerzaust. Auch seine Brust hebt und senkt sich im schnellen Tempo, während er mehrmals blinzelt, um seinen verschleierten Blick zu klären.

Himmel. Wenn es sich *so* anfühlt, ihn zu küssen ... Ich beiße mir auf die Lippe, als Verlangen durch meinen Körper schießt. Meine Mitte pulsiert, als mir Linas Worte wieder in den Kopf kommen. *Wenn du dich auf ihn einlässt, wirst du den Sex deines Lebens haben.*

In diesem Moment habe ich keinen Zweifel daran.

Bisher habe ich in meinem Leben erst mit zwei Männern geschlafen. Mit meiner ersten großen Liebe Daniel, den ich in der Schule kennengelernt habe, und mit Benedikt.

Doch seit das mit Benedikt vorbei war, bin ich mit niemandem mehr ins Bett gegangen. One-Night-Stands sind nicht mein Ding und als die Diagnose meiner Mutter kam, hatte ich andere Sachen im Kopf. Bisher hat mir Sex auch kaum gefehlt. Genauso wenig wie das Küssen.

Zumindest bis jetzt. Bevor ich wusste, wie es sich anfühlt, Maxis Lippen auf meinen zu spüren.

Nach *dem* Erlebnis ... will ich mich so schnell wie möglich mit ihm in die Horizontale begeben. Jede einzelne meiner Körperzellen kribbelt vor Begehren. Noch immer hämmert mein Herz in der Brust, und ich keuche, als wäre ich einen Marathon gelaufen.

Maxi scheint sich, im Gegensatz zu mir, wieder halbwegs gefangen zu haben. Er macht einen Schritt rückwärts, löst seine Arme dabei von mir und fährt sich mit einer Hand über das Gesicht.

»Gott, Josi. Das war ... Das war ...«

Seine Augen huschen zu mir und scannen mein Gesicht. Wenn ich nur halb so zerzaust aussehe, wie ich mich fühle, kann ich mir in etwa ausmalen, was sich ihm für ein Anblick bietet. Meine Haut glüht, meine Lippen fühlen sich auf die angenehmste Art geschwollen an. Ich ringe noch immer nach Atem, außerdem kitzeln mich Haarsträhnen an meiner Wange. Sogar meine Brille ist am unteren Rand beschlagen und sitzt schief auf meiner Nase. Ich rücke sie zurecht und fahre mir anschließend mit den Fingern über die Lippen, die noch immer kribbeln.

Maxi öffnet den Mund ein paarmal, offenbar auf der Suche nach den richtigen Worten. Er schluckt schwer, während seine Pupillen sich weiten. Ich habe das Gefühl, erneut in Flammen zu stehen. Nur durch seinen Blick. Wie ist das möglich? In meinem ganzen Leben hat ein Mann noch nie eine solche Wirkung auf mich gehabt.

»Das war ...« Wieder stockt er, doch dann zuckt er mit den Schultern und lacht auf. »Ganz ehrlich? Ich weiß nicht, was das war. Ich weiß nur, dass ich noch nie so geküsst worden bin.«

Ich beiße mir auf die Unterlippe. *Ich auch nicht.* Und ich will mehr davon. Viel mehr. Von seinen Küssen, von seinen Berührungen, von ihm.

»Also, wenn es nach mir geht«, mein Hals fühlt sich an, als hätte ich Schmirgelpapier gegessen, und ich räuspere mich, »können wir das gern wiederholen. Und ... vertiefen.«

Seine Brauen schnellen nach oben.

»Vertiefen?«

»Natürlich nur, wenn du magst. Ich dachte, also, na ja ... Wenn es sich so anfühlt, dich zu küssen, würde ich gern ... mehr davon ... spüren. Mit dir. Wenn es dir auch so geht.«

Meine Ohren werden heiß, und ich stöhne innerlich auf. Wieso ist mein Mundwerk immer schneller als mein Gehirn, wenn ich nervös bin? Selten habe ich meinen Hang zum Drauflosplappern so sehr verflucht wie in diesem Moment.

»Josephine Schwartz«, fängt Maxi mit einem spitzbübischen Grinsen auf den Lippen an, »fragst du mich gerade, ob ich mit dir schlafen will?«

Sein Blick verdunkelt sich, während er einen Schritt auf mich zumacht. Vergessen ist meine Unsicherheit. Von einer Millisekunde auf die nächste rauscht neues Verlangen durch meine Adern. Dieser Mann wird mich noch ins Grab bringen. Wie können denn allein Blicke solch eine Wirkung haben? Ich presse meine Schenkel zusammen und bringe nur ein Nicken zustande.

In dem Augenblick kommt er direkt vor mir zum Stehen.

»Bist du dir sicher?«

Ich kann nur mühsam ein Auflachen unterdrücken. In meinem ganzen Leben war ich selten so stark von etwas überzeugt.

»Und ob. Zu dir oder zu mir?«

Seine Mundwinkel heben sich, und mein Herzschlag legt einen Zahn zu. Obwohl er mich nicht berührt, kribbelt mein gesamter Körper.

»Sie überraschen mich immer wieder aufs Neue, Frau Schwartz. Diese Direktheit hätte ich Ihnen gar nicht zugetraut. Aber es gefällt mir.«

Er zwinkert und ergreift meine Hand. Mich durchflutet Dankbarkeit, dass er die Situation mit seiner typisch lockeren Art sofort entschärft. Dadurch legt sich meine Nervosität ein wenig. Das hier ist zwar immer noch neu und ungewohnt, aber es fühlt sich trotzdem nach uns beiden an. So, wie ich ihn in den vergangenen Wochen kennengelernt habe.

»Was soll ich sagen«, gehe ich auf seine Neckerei ein, »ich bin eine Frau voller Geheimnisse.«

Er lacht. »Mal schauen, ob wir heute Abend noch weitere davon enthüllen können.«

Mit seiner freien Hand deutet er hinter sich. »Meine Wohnung liegt näher. Also wenn du möchtest, nehme ich dich mit zu mir?«

Sein Daumen streicht über meinen Handrücken, und ich will ihn am liebsten direkt noch mal dafür knutschen, dass er mir die Wahl überlässt. Einen Augenblick denke ich darüber nach, ihn mit in mein Zimmer in der Pension zu nehmen. Bis mir einfällt, dass Lina nebenan schläft. Und auch, wenn sie das Ganze hier eingefädelt hat, möchte ich bei meinem ersten Mal mit Maxi nicht ständig im Hinterkopf haben, dass meine beste Freundin uns hören könnte. Oder – um Himmels willen – meine Patentante.

Bevor dieses Bild sich vor meinem inneren Auge festsetzen kann, schüttele ich schnell den Kopf. Abwägung abgeschlossen: Seine Wohnung ist eindeutig die bessere Option. Und bringt noch einen weiteren Vorteil mit sich: Sie ist näher. Meine Lippen verziehen sich wie von selbst zu einem Lächeln.

»Worauf warten wir?«

Maxi grinst, ehe er sich in Richtung Strandaufgang wendet und mich hinter sich herzieht. Erst da nehme ich unsere Umgebung wieder bewusst wahr. Die letzten Minuten habe ich alles ausgeblendet, was um uns herum passiert ist. Mittlerweile ist die Sonne nur noch als orangeroter Streifen am Horizont zu erkennen, die Nacht bricht über uns herein. Ein junges Paar lächelt uns zu, während wir im Eiltempo an ihnen vorbeilaufen. Die Frau stupst den Mann mit der Schulter an, und die beiden tauschen ein wissendes Grinsen. Unsere Absichten stehen uns vermutlich ins Gesicht geschrieben, wenn ich ihre Blicke richtig deute. Aber es ist mir egal. Maxis Hand liegt in meiner, ich habe gerade den besten Kuss meines Lebens bekommen, und jede meiner Zellen kribbelt vor Vorfreude auf das, was wir gleich miteinander teilen werden. Das ist alles, was zählt.

»Ach, Josi? Eine Sache möchte ich dir vorher noch sagen.«

Maxi wirft mir über seine Schulter einen Blick zu, der meinen Magen einen Hopser machen lässt.

»Ja?«

»Ich mag dich auch. Sehr sogar.«

Stolpernd komme ich zum Stehen und lasse dabei Maxis Hand los. Sofort dreht er sich zu mir um, die Brauen besorgt erhoben. Aber er hat keinen Grund zur Sorge. Im Gegenteil.

Alles in mir jubiliert, während seine Worte in meinem Kopf widerhallen. *Ich mag dich auch. Sehr sogar.*

Ich ziehe ihn zu mir heran und verschließe seinen Mund erneut mit einem Kuss.

Dieses Mal ist es anders als vorhin. Gefühlvoller, aber nicht weniger stürmisch.

Als ich mich von ihm löse, lege ich meine Stirn an seine.

»Ist angekommen«, murmele ich an seinen Lippen. Unser Atem vermischt sich, als er leise auflacht.

»Himmel, Josi.«

Er streift mit seinem Mund ein weiteres Mal sanft über meinen, bevor er sich einen Schritt entfernt und meine Hand erneut in seine nimmt.

»Wenn wir so weitermachen, rufen die anderen Strandbesucher gleich unseren Inselpolizisten, und wir werden für die Erregung öffentlichen Ärgernisses festgenommen.«

Wir gehen weiter in Richtung Strandaufgang.

»Warte. Soll das heißen, ihr habt auf ganz Juist nur einen einzigen Polizisten?«

Er wirft mir einen Blick zu, als wolle er mir sagen: Darauf kannst du dich jetzt konzentrieren? Aber dann beantwortet er mir meine Frage trotzdem.

»Wir sind eben alle sehr brav hier. Wobei im Sommer Unterstützung vom Festland kommt. Da ist unsere Polizeistation dann meistens mit mehr Leuten besetzt. Aber einen wahren Inselpolizisten gibt es im Moment nur einen.«

Ich schüttele lächelnd den Kopf, während ich mich von Maxi weiterziehen lasse. Ich liebe diese kleine Insel mit ihren Eigenheiten immer mehr.

Gemeinsam erklimmen wir den Strandaufgang. Der Sand ist hier aufgewühlter als am Strand, weswegen ich kurz ins Taumeln gerate, aber dank Maxis festem Griff zumindest diesmal das Gleichgewicht behalte. Sofort drosselt er sein Tempo. »Alles okay?«

Ich nicke. »Der Boden ist etwas uneben. Da kann ich nicht so schnell laufen.«

»Gar kein Problem.« Er zwinkert mir zu. »Immerhin haben wir die ganze Nacht, oder?«

Die ganze Nacht. Das Kribbeln in meinem Inneren verstärkt sich.

Zum Glück ist es bis zu Maxis Wohnung nicht mehr weit. Als er seine Haustür aufschließt, und ich hinter ihm den Flur betrete, klopft mir das Herz bis zum Hals.

Maxi lässt meine Hand nicht los, während die Tür ins Schloss fällt, und er mich in Richtung seines Schlafzimmers dirigiert. Dort angekommen, läuft er zum Fenster, zieht die Vorhänge zu und knipst kurz darauf eine Stehlampe an, die sich in der Ecke befindet. Der Raum wird in ein warmes, gedämpftes Licht getaucht.

Ich verharre nahe der Zimmertür und schlucke. Mein Blick wird magisch von seinem Bett angezogen. Den dunkelgrauen Laken, der ordentlich drapierten Decke, dem locker aufgeschüttelten Kissen. Je länger ich hier stehe und auf das Bett starre, desto schneller wummert mein Herz in meiner Brust.

»Josi.«

Ich schaue auf. Maxi steht noch immer in der Nähe des Fensters, den Blick fest auf mich gerichtet. Im Schein der Lampe wirken seine Augen dunkelgrün, beinahe wie Moos.

»Wenn du es dir anders überlegt hast, ist das okay. Wir müssen nicht –«

»Nein«, unterbreche ich ihn und schüttele vehement mit dem Kopf. »Das ist es nicht. Ich will mit dir schlafen.«

Noch immer ruht sein Blick auf mir. Abwartend. Verständnisvoll. »Was ist es dann?«

Ich atme zitternd ein, während meine Augen erneut zu seinem Bett schweifen. »Ich bin nervös. Das letzte Mal ist ziemlich lange her.« Plötzlich muss ich auflachen. »Ich meine, es ist ja nicht so, als hätte ich das noch nie gemacht. Aber irgendwie … ich weiß auch nicht.«

Langsam kommt Maxi näher, bis er direkt vor mir steht.

»Soll ich dir etwas verraten?«

Sein rauer Ton fährt mir geradewegs in den Unterleib. Atemlos warte ich darauf, dass er weiterspricht. Seine Lippen verziehen sich zu einem schiefen Lächeln.

»Ich bin auch nervös.«

»Ach ja?«

Meine Stimme ist nur ein Flüstern, während mein Körper von einer fiebrigen Ungeduld erfasst wird. Ich sehne mich so sehr danach, von ihm berührt zu werden, dass ich mich auf nichts anderes konzentrieren kann.

»Mmh.«

Langsam, wie in Zeitlupe, hebt er seine Hand – und fährt mit den Fingerspitzen meinen Arm hinauf. Ich reagiere prompt mit einer Gänsehaut.

»Wir können es sanft angehen lassen, ja?«

Mit den Augen folge ich der Spur seiner Finger, sehe dabei zu, wie sich die Härchen auf meinem Arm aufrichten. Meine Körpermitte pulsiert, und ich spüre, wie mir das Blut durch die Adern rauscht. *O Gott.*

»Was ist, wenn ich es gar nicht sanft haben will?«

Maxi stoppt mitten in der Bewegung. Dann stöhnt er auf.

»Himmel, Josi.«

Das Verlangen, das in diesen zwei Worten liegt, gibt mir den Rest. Ich ziehe ihn zu mir heran und presse meine Lippen auf seine.

Vergessen ist meine Unsicherheit. Denn das hier fühlt sich richtig an. Natürlich. Und extrem gut.

Eng umschlungen torkeln wir zum Bett. Maxi kickt sich die Schuhe von den Füßen, und auch ich streife mir meine

Sandalen ab, lasse sie achtlos irgendwo auf dem Schlafzimmerboden liegen. Da spüre ich auch schon die Bettkante in meinen Kniekehlen und lasse mich nach hinten sinken. Maxi folgt mir, unterbricht unseren Kuss für einen Moment, um mir meine Brille abzunehmen, und sie auf den Nachttisch zu legen. Ich beobachte ihn dabei, bevor ich ihn wieder zu mir heranziehe. Er drückt mich mit seinem Gewicht in die Matratze und mir entfährt ein kehliger Laut. Ich spüre deutlich die Beule in seiner Hose, die sich gegen meine Mitte presst. Mit meiner Hand gleite ich zu der Stelle hinab und nestele an seinem Gürtel. Er kommt mir zu Hilfe, während er mit seiner Zunge weiterhin meinen Mund erobert.

Als wir es gemeinsam schaffen, die Schnalle zu öffnen, schiebe ich meine Hand in den Bund seiner Jeans und umfasse seine Erektion. Er keucht an meinen Lippen auf, und ich verstärke den Druck. In einem stetigen Rhythmus reibe ich auf und ab, dränge gleichzeitig mein Becken gegen ihn, um mir auf die Art selbst Erleichterung zu verschaffen. Hitze sammelt sich zwischen meinen Beinen.

Maxi reißt den Kopf hoch, presst seine Lippen aber nur Sekunden später auf meinen Hals. Von dort arbeitet er sich küssend und leckend hinab, während ich weiter an ihm reibe. Er passt die Bewegungen seiner Zunge dem Tempo meiner Finger an.

Meine Haut steht in Flammen. Als er die Mulde über meinem linken Schlüsselbein erreicht, seufze ich laut auf. Maxi zuckt in meiner Hand.

»Gott, wenn du weiter solche Töne von dir gibst, halte ich nicht mehr lange durch«, murmelt er an meiner Schulter. Ich kann das Lächeln spüren, das auf seinen Lippen liegt.

Mit meiner freien Hand greife ich in seine Haare, dirigiere ihn sanft, aber bestimmt, zurück zu der Stelle über meinem Schlüsselbein.

»Weniger quatschen. Mehr küssen.«

Maxi lacht und schaut zu mir hoch. Neues Verlangen rauscht durch mich hindurch. Denn dieser verhangene Blick aus gesenkten Lidern ist das Erotischste, das ich je gesehen habe.

Ich ziehe meine Hand aus seiner Boxershorts und bedeute ihm, wieder zu mir hochzukommen. Er lässt sich nicht lange bitten. Wenig später liegt sein Mund heiß auf meinem. Unsere Zungen necken sich, und jede Berührung sendet einen neuen Schauer der Begierde durch meinen Körper. Ich kann fühlen, wie sich an den Stellen, an denen ich ihn streichle, eine Gänsehaut ausbreitet. Ich zerre an seinem Oberteil, und wir unterbrechen unseren Kuss für einen Moment. In einer fließenden Bewegung zieht Maxi sich das Shirt über den Kopf. Noch während es neben das Bett segelt, sind seine Lippen wieder auf meinen.

Seine Haut fühlt sich heiß an, und ich kralle meine Finger in seinen Rücken. Mit einer Hand fährt er an meiner Seite entlang, reibt mit den Fingerspitzen über den Stoff meines Kleides, das mir in diesem Moment wie ein Störfaktor vorkommt.

»Ich habe zu viel an«, flüstere ich an seinem Mund und öffne flatternd die Lider.

Er lacht heiser.

»Das lässt sich ändern.«

Er stützt sich auf einen Ellbogen, bewegt seine Hand wieder an meiner Seite hinauf, findet den Reißverschluss, und zieht ihn in quälender Langsamkeit herunter. Dabei lässt er mich keine Sekunde aus den Augen. In meiner Mitte breitet sich ein sehnsuchtsvolles Ziehen aus. Ich beginne, unter ihm zu zappeln, um endlich dieses verflixte Kleid loszuwerden. Doch davon lässt er sich nicht beeindrucken. Er fährt fort, den Reißverschluss im Zeitlupentempo zu öffnen. Dabei breitet sich ein so verruchtes Grinsen auf seinem Gesicht aus, dass mir der Atem stockt. Unwillkürlich lecke ich mir über die Lippen.

Okay. Dieses Spiel kann ich auch spielen.

Während er weiterhin damit beschäftigt ist, den Verschluss Millimeter um Millimeter herunterzuziehen, streife ich die dünnen Träger des Kleides über meine Schulter. Erst die eine Seite, dann die andere. Die gesamte Zeit über halte ich seinen Blick fest. Seine Pupillen weiten sich. Er beobachtet jede meiner Bewegungen mit Argusaugen, seine Finger verharren an meiner Seite. Ich spüre, wie meine Mundwinkel sich zu einem Lächeln erheben.

Da lässt er zitternd die Luft entweichen.

»Ach, zum Teufel damit.«

Mit einem Ruck reißt er den Reißverschluss auf und zieht mir das Kleid herunter. Ich strampele mit den Beinen, um ihm beim letzten Stück zu helfen. Und dann bin ich es endlich los.

Nur noch mit meiner rosa Spitzenunterwäsche bekleidet, liege ich vor ihm. Ich mag nicht mit viel Oberweite ausgestattet sein, und an meinen Oberschenkeln sind deutlich ein paar Dehnungsstreifen zu erkennen, aber ich fühle mich wohl in meiner Haut. Darum verspüre ich auch nicht den Drang, mich zu winden, als Maxi seinen Blick in aller Seelenruhe über meinen Körper wandern lässt.

Im Gegenteil. Ich genieße es, wie er mich anschaut. Denn in seinen Augen liegt ein Mix aus unterschiedlichen Empfindungen. Faszination. Bewunderung. Begehren.

Ich beiße mir auf die Lippe. Obwohl er mich in diesem Moment nicht berührt, ist das hier intimer als alles, was ich bisher erlebt habe.

»Gott, Josi.« Er räuspert sich. Allein der heisere Klang seiner Stimme jagt mir ein Kribbeln über die Haut. »Du bist wunderschön.«

»Und dabei hast du noch gar nicht alles von mir gesehen«, antworte ich und bin einen Moment überrascht von mir selbst, wie leicht mir dieser kecke Wortwechsel mit ihm fällt.

In Maxis Augen funkelt es.

»Auch das lässt sich ändern.«

Als er sich über mich beugen will, um an meinen BH-Verschluss zu kommen, schüttele ich den Kopf und deute auf seine Jeans.

»Ausgleichende Gerechtigkeit. Jetzt bist du dran.«

Er wirft mir einen Blick zu, ehe er sich in einer geschmeidigen Bewegung vom Bett erhebt, sich die Jeans inklusive seiner Boxershorts von den Beinen streift und kurz darauf wieder bei mir ist.

»Zufrieden?«

Ich lasse meinen Blick ebenso langsam an ihm auf und ab gleiten, wie er es eben bei mir getan hat, und lächele. »Sofern ich das bisher beurteilen kann … ziemlich.«

»Und was müsste passieren …«, er beugt sich vor und küsst mich sanft unter meinem Ohr, »… damit du es komplett beurteilen kannst?«

»Ich müsste nicht nur gucken, sondern auch«, mit meiner Hand fahre ich seinen Bauch und die feine Haarlinie entlang, die sich von dort nach unten ausbreitet, »fühlen.«

Ihm dringt ein Knurren über die Lippen, dann presst er seinen Mund erneut auf meinen. Unsere Zähne stoßen gegeneinander, und ich umschlinge seine Hüfte mit den Beinen.

Maxi schiebt sich über mich und fährt mit seinen Händen unter meinen Rücken. Ich hebe den Oberkörper an, um ihm den Zugang zu erleichtern, da hat er meinen BH auch schon geöffnet und ihn hinter sich geworfen.

Er lässt sich auf mich sinken. Haut an Haut. Ich erschauere. Meine Brustwarzen richten sich auf. Während ich mit meinen Händen in sein Haar greife, über seine Kopfhaut kratze, und unser Kuss noch stürmischer wird, beginnt er, mich durch den Stoff meines Höschens zu stimulieren. Ein Stöhnen steigt meine Kehle empor. Mit meinen Hüften mache ich kreisende Bewegungen, verstärke dadurch den Druck seiner Hand gegen meine Mitte.

Unser Rhythmus wird schneller. Bis ich das Gefühl habe, kurz vorm Zerspringen zu sein. Aber ich will mehr. Ich will ihn. Ganz.

»Maxi«, bringe ich atemlos hervor und stöhne wieder auf, als er seinen Mund auf meinen Hals presst und beginnt, zu saugen.

Ich werfe den Kopf nach links, gewähre ihm so leichter Zugang. In dem Moment schiebt er den Stoff meines Slips zur Seite und dringt mit einem Finger in mich ein. Zeitgleich fährt er mit dem Daumen über meinen empfindlichsten Punkt. Ich bäume mich auf.

Immer wieder stößt er mit seinem Finger in mich, stimuliert mich mit genau dem richtigen Druck. Innen wie außen. Vor meinen Augen tanzen Punkte, dann nimmt er noch einen weiteren Finger hinzu. Ein Wimmern kommt mir über die Lippen. Alles in mir zieht sich aufs Köstlichste zusammen.

Und dann zerfließe ich. Hier und jetzt. Seinen Namen auf den Lippen.

Maxi bewegt seine Finger weiter in mir, bis mein Körper aufhört, zu beben. Dann zieht er sie langsam heraus, haucht mir einen Kuss auf das Schlüsselbein und streichelt mit der anderen Hand über meine erhitzte Haut.

Ich versuche, zu Atem zu kommen, während ich den letzten Klängen meines Orgasmus nachspüre. Befriedigung breitet sich von meiner Kopfhaut bis in meine Finger- und Zehenspitzen aus. Mein Herzschlag beruhigt sich allmählich wieder, und jeder Muskel meines Körpers ist entspannt.

Flatternd öffne ich die Lider – und begegne Maxis Blick. Sehe die Erregung und die Lust in seinen Augen. Aber auch seine Zufriedenheit. Seine Euphorie. Und sogar ein bisschen Stolz.

Obwohl ich gerade den intensivsten Orgasmus meines Lebens hatte, stehe ich sofort wieder lichterloh in Flammen.

Ohne zu zögern, ziehe ich ihn ein weiteres Mal zu mir heran. Das Pochen in meiner Mitte wächst mit jeder Sekunde erneut an, während wir Berührungen und Küsse austauschen.

Als meine Hand an seinem Körper gen Süden wandert, lacht er leise. »Sag bloß, du hast noch Energie für mehr?«

Ein Teil meines Körpers schwelgt noch immer in den Nachwirkungen, die mein Orgasmus ausgelöst hat. Aber der weitaus größere Teil sehnt sich danach, ihn endlich in mir zu spüren. Und zwar ganz.

Ich schaue ihm fest in die Augen. »Schlaf mit mir, Maxi.«

Er erwidert meinen Blick, ehe er seinen Kopf senkt und sich mit seinen Lippen einen Weg von meinem Ohrläppchen meinen Hals hinabbahnt. »Ich dachte eigentlich, das tue ich schon.«

Empört gebe ich ihm einen Klaps auf die Schulter. Er hebt den Kopf und grinst.

»Schon gut, schon gut. Das lasse ich mir nicht zweimal sagen.«

Dann hakt er endlich seine Finger in den Bund meines Slips und zieht ihn mir aus. Kaum hat er das erledigt, greift er an mir vorbei zum Nachtschränkchen. Ich höre das charakteristische Knistern einer Kondomverpackung, als er sie aufreißt, und spüre dem schnellen Schlag meines Herzens nach. Dem Prickeln, das von meinem Körper Besitz ergreift. Der feuchten Hitze, die sich zwischen meinen Schenkeln sammelt.

Maxi rollt sich das Kondom über und ist wieder bei mir.

Er positioniert sich und blickt mir in die Augen. Abwartend. Auskostend. Die Luft zwischen uns lädt sich elektrisch auf.

Dann dringt er in mich ein. Zentimeter für Zentimeter.

Ich werfe den Kopf zurück, gebe ein Wimmern von mir, und umklammere ihn.

Er gibt mir einen Moment Zeit, mich an ihn zu gewöhnen. Dann beginnt er, sich in mir zu bewegen.

Und es existieren keine Worte mehr. Nur Empfindungen. Keuchen. Stöhnen. Hitze. Feuchte. Pulsieren. Prickeln. Kribbeln.

Meine Hände fahren an seinem Rücken auf und ab, meine Fersen pressen sich in seinen Hintern.

Wir werden schneller, und Maxi presst seinen Mund für einen fiebrigen Kuss auf meinen.

Ich komme ihm bei seinen Stößen entgegen, nehme ihn mit jedem Mal mehr in mich auf. Mein gesamter Körper vibriert. Ich spüre, wie sich dieser herrliche Druck aufs Neue in mir aufbaut.

Mit seiner Zunge imitiert er die Bewegungen, die er mit seinen Hüften macht. Ich biege meinen Rücken durch, schlinge meine Arme um seinen Hals und ziehe ihn noch näher zu mir heran.

Maxi verändert den Winkel, dringt dadurch tiefer in mich ein, und mir entfährt ein lautes Stöhnen. Wieder und wieder. Auch er gibt keuchende Laute von sich, flüstert meinen Namen an meinen Lippen, in mein Ohr, in mein Haar.

Unser Atem vermischt sich, wird rauer.

Als er seine Hand zwischen uns schiebt, mich mit seinen Fingern stimuliert und noch mal das Tempo erhöht, spannt sich alles in mir an.

Mein Körper steht in Flammen. Stoß um Stoß katapultiert Maxi mich mehr in Richtung eines Gipfels. Bis ich ganz oben stehe. Ich lasse los – und werde von einem Höhepunkt mitgerissen, der alles in den Schatten stellt, was ich je zuvor empfunden habe.

Maxi dringt noch ein paarmal tief in mich ein, bis auch sein Körper sich anspannt, und er mit einem letzten Stoß kommt.

Ich halte ihn fest, als sein Orgasmus durch ihn hindurchzuckt und seine Muskeln zum Vibrieren bringt. Ein, zwei Sekunden verharren wir beide reglos in unserer Position. Dann bricht er halb auf mir zusammen.

Ich weiß nicht, wie lange wir so daliegen. Verschwitzt, nach Atem ringend, befriedigt und voller Glückshormone. Nur langsam beruhigt sich mein Puls. Maxis Kopf liegt an meinem Hals, seine Haare kitzeln meine Wange.

Am liebsten möchte ich mich nie wieder bewegen. Aber ich weiß, dass ein Gang ins Badezimmer unvermeidlich ist. Sonst werde ich das hinterher bereuen – spätestens in ein bis zwei Tagen, wenn mich eine fiese Blasenentzündung heimsucht.

»Ich muss einmal ins Bad«, murmele ich in sein Haar.

Er seufzt, und allein dieser Laut sorgt dafür, dass meine Haut erneut zu kribbeln beginnt.

Mit einem Brummen rollt er sich von mir herunter, zieht sich das Kondom ab, verknotet es und wirft es achtlos neben das Bett. Dann schaut er mich aus gesenkten Lidern an.

»Komm ganz schnell wieder.«

Unverhohlen gleitet mein Blick über seinen nackten Körper.

Ich grinse und wiederhole seine Worte von vorhin.

»Das lasse ich mir nicht zweimal sagen.«

Kapitel 22

Diese Nacht mit Maxi ist mit nichts zu vergleichen.

Nach einer kurzen Pause, in der wir nur daliegen, uns anschauen, küssen, streicheln und über Gott und die Welt reden, schlafen wir ein zweites Mal miteinander. Und als ich mitten in der Nacht wach werde, Maxis warmen Körper in meinem Rücken wahrnehme und seine Erektion an meinem Hintern spüre, ein drittes Mal. Sanfte Momente wechseln sich mit wilden ab, leidenschaftliche Küsse mit behutsamen Erkundungen unserer Lippen. Maxi berührt jeden Millimeter meines Körpers, mit seinen Fingerspitzen, seinem Mund, seiner Zunge, und entlockt mir Töne und Empfindungen, die ich kaum für möglich gehalten habe. Ich revanchiere mich mit größtem Vergnügen.

Jede Sekunde mit ihm ist intensiv. Ein Teil von mir registriert mit einer gewissen Genugtuung, wie gut wir körperlich miteinander harmonieren. Meine Nervenenden reagieren auf seine Berührungen, als hätten sie nur auf ihren Meister gewartet. Und auch Maxi zeigt mir deutlich, wie sehr ihm gefällt, was ich mit ihm anstelle. Diese Nacht besteht aus einem stetigen Geben und Nehmen, bei dem wir beide voll auf unsere Kosten kommen. Bis wir irgendwann erschöpft und mehr als befriedigt einschlafen.

Am nächsten Morgen werde ich durch einen schmalen Lichtstreifen geweckt, der sich einen Weg durch die Vorhänge bahnt und mich auf der Nase kitzelt.

Maxi liegt hinter mir, einen Arm um meine Mitte geschlungen, und atmet tief ein und aus. Ein Lächeln breitet sich auf meinem Gesicht aus. Einen Augenblick gebe ich mich den Erinnerungen an letzte Nacht hin, genieße die Wärme, die von seinem Körper ausgeht, und lausche dem lauten Klopfen meines Herzens, das in meiner Brust jubiliert. Sein Atem kitzelt mich im Nacken, und mich durchläuft ein Schauer. So dürfen die Tage gern öfter starten.

Ich drehe mich vorsichtig zu ihm um, darauf bedacht, ihn nicht zu wecken, und betrachte sein schlafendes Gesicht. Seine hellbraunen Haare stehen ihm wild vom Kopf ab. Bei dem Anblick muss ich lächeln. Es sieht hinreißend aus, genau die richtige Mischung aus sexy und süß. Mir zuckt es in den Fingern, durch sie hindurchzufahren.

In dem Moment schlägt Maxi seine Augen auf. Zuerst noch vom Schlaf verschleiert, klärt sein Blick sich von Sekunde zu Sekunde. Er drückt mir einen Kuss auf die Stirn.

»Guten Morgen.«

Himmel. Seine Stimme klingt rau und ein wenig heiser – und schießt geradewegs in meine Körpermitte.

»Guten Morgen«, gebe ich zurück und fahre mit meinen Fingern sanft durch sein Haar. »Hast du gut geschlafen?«

»Mmh, und wie.« Er schließt für einen Moment seine Augen und brummt genüsslich, während ich damit beschäftigt bin, mit meinen Fingerspitzen Kreise auf seine Kopfhaut zu malen. Dann dreht er den Kopf und haucht einen Kuss auf mein Handgelenk. Sofort beginnt meine Haut zu kribbeln.

»Und du? Wie geht es dir heute Morgen?«

Ich folge ihm mit den Augen, während er sich von meinem Handgelenk hochküsst, und seine Lippen meine Handinnenfläche liebkosen.

»Fantastisch.«

Mittlerweile ist er bei meinen Fingerspitzen angekommen und wirft mir einen Blick zu. »Ja?«

Ehe ich antworten kann, umschließt er meine Fingerkuppe mit seinem Mund und saugt daran. Ich erschauere, was ihm ein zufriedenes Grinsen entlockt.

»Am liebsten würde ich heute den ganzen Tag mit dir im Bett verbringen.« Maxi seufzt, als er meine Hand freigibt und sich auf einem Arm abstützt. »Aber ich glaube, Lina würde es mir nie verzeihen, wenn ich dich ausgerechnet heute entführe.«

Irritiert ziehe ich die Brauen zusammen. Wie kommt er denn jetzt auf meine beste Freundin? Bis es mir wie Schuppen von den Augen fällt. *Das Pensionsfest.* Das habe ich komplett vergessen! Ruckartig richte ich mich auf.

»Verdammt, wie spät ist es?«

Maxi wirft einen Blick über seine Schulter, um auf den Wecker auf seinem Nachttisch zu schauen. »Kurz nach halb sieben.«

Shit. In einer Stunde findet das Treffen aller Helfer statt, die Lina zur Unterstützung für den heutigen Tag zusammentrommeln konnte.

Ich springe hoch, zucke zusammen – hui, ich bin nach unseren Aktivitäten heute Nacht ziemlich wund – und blicke mich nach meinen Klamotten um.

Maxi setzt sich in seinem Bett auf und beobachtet mich amüsiert dabei, wie ich hektisch meine Sachen einsammele, zuerst meine Unterwäsche und dann mein Kleid überstreife.

Als ich mir die Sandalen anziehen will, halte ich mitten in der Bewegung inne. Langsam drehe ich mich zu Maxi um, der mich mit erhobenen Brauen betrachtet.

»Was ist los?«

»Wie weit ist es von dir bis zur Pension?«

»Etwa zweieinhalb Kilometer. Wieso?«

Ich stöhne auf. Mein E-Bike steht bei Biggi im Schuppen. Was bedeutet: Ich habe mindestens eine halbe Stunde Fußmarsch vor mir. Bei meinem Tempo wahrscheinlich eher vierzig Minuten. Vor allem mit dem Muskelkater, der sich nach unserem Matratzensport überall in meinem Körper anbahnt. Damit ist mein Zeitplan völlig hinüber.

Mittlerweile hämmert mein Herz so schnell hinter meinen Rippen, dass mir schwindelig wird. Ich darf Lina und Biggi nicht im Stich lassen.

»Josi?«

Maxi schlägt die Decke zurück und steht nur wenige Sekunden später vor mir. Er nimmt mein Gesicht in seine Hände.

»Möchtest du mir erklären, was gerade in deinem hübschen Köpfchen vor sich geht?«

Ich konzentriere mich auf das Gefühl seiner Finger auf meinen Wangen, verliere mich in dem Grün seiner Iris. Automatisch entspanne ich mich, und schaffe es, meine Gedanken zu sortieren.

»Ich komme zu spät«, antworte ich nach kurzem Zögern. »Verdammt, Lina wird mir den Kopf abreißen. Ich bin nie unpünktlich. Und dann ausgerechnet heute, wo sie mir doch schon gestern Abend freigegeben hat und –«

Maxi fährt mit seinem Daumen über meine Unterlippe. Sofort verstumme ich.

»Du kannst mein Rad nehmen.«

In seiner Stimme klingt ein Lächeln mit, das alles in mir zum Kribbeln bringt. Deshalb dauert es ein, zwei Augenblicke, bis die Bedeutung seiner Worte zu mir durchdringt.

»Und wie kommst du dann zum Fest?«

Lina hat ihn zwar, genau wie Joris, heute nicht dem Helferteam zugeteilt – »Ihr habt uns im Vorfeld schon mehr als genug unterstützt. Eure Aufgabe ist, das Fest zu genießen«, hat sie keine Widerrede zugelassen –, aber trotzdem nagt ein schlechtes Gewissen an mir.

Er lacht und lässt seine Hände sinken. »Lass das mal meine Sorge sein.«

Ich kaue auf meiner Unterlippe, bis Maxi nach meinen Fingern greift und sie miteinander verschränkt.

Mein Widerstand schmilzt, als er mit seinem Daumen beginnt, sanft Kreise auf mein Handgelenk zu malen.

»Okay.« Ich atme tief durch und spüre, wie meine Schultern vor Erleichterung sinken. »Danke.«

»Gern. Oh, da fällt mir noch was ein.«

Er lässt meine Hand los und läuft zu seinem Kleiderschrank hinüber.

»Hier.«

Maxi wirft mir einen Hoodie zu, den ich verwirrt auffange.

»Damit du dich nicht krank wirst. Morgens ist es auf der Insel immer frischer, als man denkt.«

Einen Moment betrachte ich den Pullover in meiner Hand, dann stülpe ich ihn mir über. Unauffällig schnuppere ich an dem Stoff. Er riecht nach einem Waschmittel – und ihm. Ein Lächeln breitet sich auf meinem Gesicht aus.

»Danke. Du bekommst ihn wieder.«

»Das eilt nicht. Ich weiß ja, dass er bei dir in guten Händen ist.«

Er durchquert das Schlafzimmer und zieht mich für einen Kuss zu sich heran. Warm und weich liegt sein Mund auf meinem.

»Ich werde mich gut um ihn kümmern«, murmele ich an seinen Lippen, als wir uns nach einer gefühlten Ewigkeit, die doch viel zu kurz ist, voneinander lösen. »Und um dein Rad auch.«

»Gut. Und jetzt los.« Er grinst mir zu. »Sonst macht Lina uns beide einen Kopf kürzer.«

Eine Viertelstunde später stelle ich Maxis Rad in den Fahrradständer beim *Lütje Teehuus* und eile mit ächzenden Knochen in die Pension. Die Dusche ist zum Greifen nah, auch wenn ich nicht mehr allzu viel Zeit habe. Aber ein paar Minuten müssen reichen, um meine überstrapazierten Muskeln zu entspannen. Mein Körper sehnt sich nach dem Strandspaziergang gestern, der intensiven Nacht mit Maxi und meiner rasanten Fahrradtour hierher nach einer Massage durch heiße Wasserstrahlen. Vor allem, weil ich heute wieder den gesamten Tag auf den Beinen sein werde.

»Guten Morgen.«

Ich wirbele herum. Lina steht mit einer Kaffeetasse in den Händen grinsend hinter der Rezeption. *Erwischt,* funkelt es in ihren Augen.

»Hey, guten Morgen«, antworte ich und kann nicht verhindern, dass ich rot werde. *Wo kommt sie denn so plötzlich her?*

»Du ... bist schon wach?«

Ihr Grinsen wird breiter.

»Seit zweieinhalb Stunden. War eine kurze Nacht.« Mit den Ellbogen stützt sie sich auf dem Tresen ab und nickt mit dem Kopf in meine Richtung. »Aber wenn ich mir dich so anschaue, haben wir beide heute Nacht nicht viel Schlaf abbekommen.«

Ich zupfe an Maxis Hoodie und spüre, wie meine Lippen sich zu einem seligen Lächeln verziehen.

»Kommt ganz darauf an, welche Art von Schlaf du meinst.«

Lina verschluckt sich an ihrem Kaffee, hustet ein paarmal und richtet sich dann auf. »Josephine Schwartz, du kleines Luder. Ich will alles wissen.«

»Später.« Lachend deute ich auf das Vogelnest auf meinem Kopf. »Jetzt muss ich erst mal unter die Dusche und mir was Frisches anziehen.« Auch wenn ich den Hoodie am liebsten nie wieder ablegen würde. Ich trete auf die Treppe, drehe mich dann aber noch mal zu meiner besten Freundin um.

»Nur eins vorweg: Du erinnerst dich an unser Gespräch nach dem Kutschausflug zur Domäne Bill?«

In Linas Augen blitzt es wissend auf. Ihre Worte von dem Tag hängen zwischen uns in der Luft.

Wenn du dich auf ihn einlässt, wirst du den Sex deines Lebens haben.

»Du hattest recht.«

»Das höre ich gern.« Sie blinzelt mir zu. »Und jetzt husch unter die Dusche. Biggi und Tomasz werkeln schon in der Küche herum, und falls du ihnen nicht in den Klamotten deines Lovers begegnen willst …«

Ich strecke ihr die Zunge heraus und mache mich auf den Weg in mein Zimmer. Dabei kann ich allerdings nicht verhindern, dass das Wort *Lover* in Dauerschleife durch meinen Kopf huscht. Und meinen Magen zum Rumoren bringt. Denn Maxi und ich hatten gar keine Zeit mehr, darüber zu sprechen, was die letzte Nacht zu bedeuten hat. Was wir beide jetzt sind. Aber das muss warten. Heute sind andere Dinge wichtiger.

Entschlossen schiebe ich den Gedanken beiseite und lasse mir – endlich – das heiße Wasser auf meine verspannten Schultern prasseln.

Eine halbe Stunde später stehe ich frisch geduscht und für den Tag gerüstet im Frühstücksbereich der Pension. Gemeinsam mit Lina und drei anderen Helfern decken wir die Tische für unsere Besucher. Wir alle tragen ein schwarzes Teamshirt, auf das das Logo des Festivals gedruckt ist und das von einem örtlichen Bekleidungsgeschäft gesponsert wurde.

Biggi kommt aus der Küche und betrachtet unser Werk. Ihre Wangen glühen vor Freude und Aufregung.

»Das sieht toll aus«, lobt sie. Ich folge ihrem Blick.

Der gesamte Frühstücksraum strahlt eine Mischung aus Gemütlichkeit und zeitloser Eleganz aus. Die Einrichtung wirkt hell, freundlich und einladend. Statt Tischdecken gibt es Tischläufer, auf den Stühlen liegen flauschige Sitzkissen. Zwei schmale Vasen flankieren die Mitte der Tische. In der einen stecken jeweils eine rote und eine weiße Rose – die Farben vom Kölner Stadtwappen –, in der anderen eine gelbe und eine blaue, die an die Juister Flagge erinnern. Gläser, Tassen und Teller, alles auf Hochglanz poliert, runden das Bild ab.

Am stolzesten können wir aber auf das Frühstücksbüffet sein, das an der linken Wand aufgebaut ist. Die eine Hälfte ist mit Kölner Spezialitäten bestückt, die andere mit Speisen und Getränken, die typisch für Ostfriesland – und Juist – sind. Allein beim Anblick läuft mir das Wasser im Mund zusammen, von dem Duft, der von der langen Theke ausgeht, ganz zu schweigen.

Hinter Biggi erscheint Tomasz im Türrahmen zur Küche. Er trägt eine schwarze Kochjacke und hat seine Haare unter einem roten Kopftuch versteckt, wodurch er mich ein wenig an einen Piraten erinnert. Aber das Outfit steht ihm.

Auch seine Wangen sind gerötet, während er eine Schüssel mit Grießbrei zum Büffet stellt, und alles mit einem letzten kritischen Blick inspiziert.

Ich trete zu meiner Patentante und lege ihr einen Arm um die Schultern. »Ihr habt euch selbst übertroffen.«

Sie lächelt mir zu. »Danke. Jetzt müssen nur noch genügend Gäste kommen.«

»Keine Sorge, draußen stehen sie schon Schlange«, erklärt Lina und nickt in Richtung der Fensterfront.

Biggis Augen weiten sich, und ich kann es ihr nicht verdenken. Vor der Tür tummeln sich locker dreißig, wenn nicht sogar vierzig Personen.

»Alle bereit?«

Biggi strafft die Schultern, Tomasz klopft ihr ermutigend auf den Rücken. Lina und ich tauschen einen letzten Blick, dann tritt meine Patentante vor und öffnet die Tür.

»Herzlich willkommen!«

Kapitel 23

Das Pensionsfest ist ein voller Erfolg. Den gesamten Tag über strömen Besucher ein und aus. Nachdem das Frühstücksbüffet bis auf den letzten Krümel leergeputzt ist, überträgt Biggi Tomasz die Verantwortung für die Küche und hält im breitesten Kölsch Führungen durch das Haus ab. Die Leute hängen an ihren Lippen und lauschen den Geschichten, die sie zum Besten gibt. In den Jahren, die sie die Pension leitet, haben sich so viele lustige Anekdoten angesammelt, dass alle paar Minuten schallendes Gelächter erklingt.

»Diese Frau ist eine Göttin«, ruft Lina mir zu, während sie von A nach B flitzt, und es in dem ganzen Trubel irgendwie schafft, den Überblick zu behalten. Ich stimme ihr schmunzelnd zu: Denn nach jeder von Biggis Touren durch die Pension kommen Teilnehmer zu mir, um sich unsere Preisliste anzuschauen und sich die verschiedenen Angebote erläutern zu lassen. Einige Gäste buchen sogar direkt für ihren nächsten Urlaub ein paar Übernachtungen in der Pension.

Auch unsere Gartenversion der Deutzer Kirmes lockt zahlreiche Besucher an, vor allem Familien. Das Dosenwerfen kommt bei den Kindern genauso gut an wie das Entenangeln. Außerdem hatte Lina die Idee, eine Schatzsuche zu veranstalten.

Maxis Vater mimt den Grillmeister und verkauft Bratwürstchen, Gemüsespieße, Maiskolben und Steaks ohne Ende. Er winkt mir fröhlich zu, als ich alle Helfer mit Getränken ausstatte und sie zu einer Trinkpause animiere. Der Wettergott meint es gut mit uns: Die Sonne strahlt vom Himmel und trotzdem weht vom Meer immer wieder ein laues Lüftchen herüber.

Gute Nachrichten gibt es auch von unseren Glücksfeen vom Strand, die gegen ein Uhr mittags freudestrahlend zurückkommen und verkünden, dass sie alle Lose für unser Gewinnspiel an den Mann und die Frau bringen konnten. Die Auslosung unseres Hauptpreises, drei Übernachtungen in der Pension, ist für siebzehn Uhr geplant. Die Ziehung des Gewinnerloses übernimmt niemand anderes als der Bürgermeister höchstpersönlich.

Die Zeit bis dahin vergeht wie im Flug. Ich laufe gefühlt eine Million mal zwischen der Rezeption, dem Garten und der Küche hin und her. Dabei bearbeite ich Reservierungsanfragen, versorge Hanno Bergmann mit Nachschub für den Grill, und beantworte geduldig Fragen zur Pension und zu Biggis Beweggründen, sich damals von Köln nach Juist aufzumachen.

Bei einer meiner Stippvisiten in den Garten entdecke ich Joris und Maxi, die sich zu seinem Vater an den Grill gesellt haben. Mein Herz stolpert einmal, bevor es in doppeltem Tempo weiterschlägt. Allein, ihn hier zu sehen, löst ein Kribbeln in meinem Inneren aus.

Ich will gerade zu ihnen hinübergehen, als mir jemand von hinten auf die Schulter tippt.

»Josi? Vorn am Empfang wartet eine Journalistin von einer Kölner Tageszeitung, die Biggi sprechen will. Ich kann sie aber nirgendwo finden.«

Christina, die eigentlich als Kellnerin bei Rafael arbeitet, doch heute von Lina als Unterstützung für unser Team gewonnen werden konnte, schaut mich hilfesuchend an. Ich seufze innerlich, bevor ich mich ihr zuwende.

»Kein Problem, ich kümmere mich darum.«

Ich werfe einen letzten Blick zu Maxi, der mich nicht bemerkt zu haben scheint, und folge Christina zur Rezeption.

Zum Glück taucht Biggi in der Sekunde auf, und ich kann Lina dabei helfen, unsere beiden Musiker in Empfang zu nehmen, die nachher auftreten werden. Die Karten für das Konzert mit Emilio Ferrenze und der Kölschrockband *Musik un Jedöns*, die Lina an Land gezogen hat, gingen im Vorfeld weg wie warme Semmel. Nach dem Abendessen müssen wir den Essensraum der Pension zwar im Eiltempo umbauen, um eine provisorische Bühne herzurichten, aber die Künstler nehmen das gelassen.

Weil Christina und die anderen Helfer alles im Griff haben, nutze ich die Gelegenheit, für einen Moment auf mein Zimmer zu verschwinden und mir kaltes Wasser ins Gesicht zu spritzen. Kurz darauf bleibt mein Blick sehnsuchtsvoll an meinem Bett kleben. *Nur eben die Beine hochlegen ...*

Ein Räuspern lässt mich herumfahren.

Maxi steht im Türrahmen, die Hände in den Taschen seiner Jeans vergraben. Sofort beginnt mein Herz, wild hinter meinen Rippen zu hämmern.

»Hey«, bringe ich nach einigen Sekunden hervor.

»Hey«, erwidert Maxi mit einem Lächeln. »Alles okay?«

»Ja. Ich brauchte nur einen Moment zum Durchatmen.«

Er nickt langsam, den Blick unverwandt auf mich gerichtet. Obwohl ich bis vor wenigen Sekunden noch gegen eine bleierne Müdigkeit angekämpft habe, steht mein Körper jetzt wie unter Strom.

»Hättest du dabei gern Gesellschaft? Beim ...«, sein Blick wandert zu meinen Lippen, »... Durchatmen?«

»Liebend gern.«

Maxi stößt sich vom Rahmen ab, bringt die Tür mit einem gezielten Stoß dazu, zuzufallen, und ist in wenigen Schritten bei mir.

Meine Nervenenden summen, als sein Mund sich auf meinen legt. Ich seufze wohlig auf, öffne meine Lippen für ihn, schlinge meine Arme um seinen Nacken.

Wir versinken in unserem Kuss. Wenn jetzt und hier die Zeit stehen bleiben würde, wäre ich damit völlig d'accord. Dieser Tag übertrifft meine kühnsten Erwartungen. Im Garten der Pension feiern mehr Menschen mit uns, als wir uns je zu träumen gewagt hätten. Biggis Augen strahlen seit heute früh ebenso wie Linas. Und ich werde von einem tollen Mann um den Verstand geküsst, der es geschafft hat, innerhalb von wenigen Wochen mein Herz zu erobern.

»Wenn du weiter solche Geräusche von dir gibst, muss ich dich direkt in dein Bett zerren. Dann ist das Pensionsfest für uns beide früher vorbei als geplant.«

Maxis gemurmelte Worte an meinen Lippen lösen einen Schauer der Begierde aus, der meine Wirbelsäule hinabrast. Einen Moment gebe ich mich dem Gedanken hin, den Tag an dieser Stelle zu beenden und mit Maxi dort weiterzumachen, wo wir heute Nacht aufgehört haben.

Doch es geht nicht. Ich kann die anderen nicht im Stich lassen.

Also löse ich mich von ihm. Widerwillig, aber bestimmt.

»So gern ich das möchte, es geht leider nicht. Ich muss zurück.«

»Na gut.« Er seufzt so gespielt theatralisch auf, dass ich lachen muss. Dann beiße ich mir auf die Lippe.

»Aber was hältst du davon, wenn wir das auf später verschieben? Wenn du nach dem Fest hierbleibst? Bei mir?«

Mit wild klopfendem Herzen und angehaltenem Atem warte ich auf seine Reaktion. Langsam wandern Maxis Mundwinkel nach oben, während ein Funkeln in seine Augen tritt. »Liebend gern.«

Mein Herz hüpft vor Freude auf und ab. Zeitgleich macht sich ein sehnsuchtsvolles Ziehen in meinem Unterleib bemerkbar. Ich kann es jetzt schon kaum erwarten, nachher mit ihm allein zu sein. Meine Augen bleiben an meinem Bett hängen, und ich lecke mir unwillkürlich über die Lippen.

Ein leises Stöhnen von Maxi lässt mich wieder aufschauen. Sein Blick ist auf meinen Mund geheftet. Dabei sind seine Pupillen so geweitet, dass sie einen Großteil der grünen Iris schlucken. Mir bleibt die Luft weg.

»Himmel, Josi. Was machst du nur mit mir? Ich kann kaum noch klar denken. Wie haben wir es nur drei Wochen ausgehalten, ohne übereinander herzufallen?«

Das frage ich mich auch.

Nervös nestele ich mit den Fingern am Saum meines Shirts. Mein Entschluss, es für jetzt bei einem Kuss zu belassen, schwindet mit jeder Sekunde, die ich allein mit ihm in meinem Zimmer – in der Nähe des Bettes – verbringe. »Sollen … sollen wir wieder runtergehen?«

»Ich glaube«, er räuspert sich, »ich brauche noch einen Moment.«

Er deutet vage an sich hinab. Meine Augen folgen seiner Handbewegung – und landen auf der deutlich ausgeprägten Beule in seinem Schritt.

Oh.

Hitze steigt mir in die Wangen. Zeitgleich prickelt neues Verlangen durch meine Venen. Ich muss hier raus. Dringend.

»Ja, na klar. Lass dir Zeit. Also, ich meine, na ja ... Du weißt schon. Aber ich denke, ich geh dann lieber mal. Nicht, dass Lina gleich einen Suchtrupp losschickt«, fange ich mal wieder an, wie ein Wasserfall drauflos zu plappern. Bevor ich es mir doch noch anders überlege, gehe ich in Richtung Tür. »Wir sehen uns dann später.«

Im Flur angekommen, halte ich einen Moment inne und hole tief Luft. Allmählich gewinnt meine Vernunft wieder die Oberhand, mein Kopf wird von Sekunde zu Sekunde klarer.

Noch einmal befülle ich meine Lungen ganz bewusst mit Sauerstoff, dann straffe ich die Schultern und laufe die Treppen nach unten ins Foyer. Ich will es gerade durchqueren, um bei Tomasz nachzufragen, ob ich ihm bei den letzten Vorbereitungen für das Abendessen helfen kann, als hinter mir die Eingangstür geöffnet wird. Eine junge Frau mit hellbraunen Haaren und ellenlangen Beinen schiebt sich hindurch. Sie trägt einen sommerlichen Blazer in Kakigrün mit der passenden Businesshose, die ihre schlanke Figur betont und oberhalb ihrer Knöchel endet. Allein beim Anblick der High Heels, die ihr Outfit komplettieren, wird mir schwindelig. Darauf könnte ich mich keine Sekunde halten. Aber sie bewegt sich so mühelos, als wäre sie mit ihnen zur Welt gekommen. Ihr

Auftreten ist geprägt von einer natürlichen Autorität, gepaart mit einer Warmherzigkeit, die mich sofort für sich einnimmt. Diese Frau weiß, wer sie ist.

Während ihr Blick ohne jede Eile, aber dafür mit Neugier durch den Eingangsbereich gleitet, macht es bei mir klick. Denn ihre Augen sind kleegrün – und gleichen denen, die mich noch vor wenigen Minuten oben in meinem Zimmer angeschaut haben.

Das ist Maxis Schwester.

Ich trete einen Schritt auf sie zu. »Hallo! Du bist Denise Bergmann, richtig?«

Die junge Frau richtet ihren Blick auf mich, als ich sie anspreche. Dabei blitzt es in ihren Augen auf. »Genau die bin ich. Wenn ich raten darf«, sie betrachtet mich mit schiefgelegtem Kopf, »dann bist du mit Sicherheit Josi? Die Frau, die meinem Bruder seit Wochen den Kopf verdreht?«

Mein Puls beschleunigt sich. Maxi hat mit seiner Schwester über mich gesprochen? Ich schlucke und beiße mir peinlich berührt auf die Unterlippe.

Denise lacht. Ehe ich mich versehe, zieht sie mich in eine Umarmung.

»Keine Panik. Du glaubst gar nicht, wie sehr ich mich freue, dich endlich kennenzulernen. Maxi hat mir viel von dir erzählt.« Wissend zwinkert sie mir zu, was meine Wangen erneut dazu bringt, Feuer zu fangen.

»Hat er das?«

»Wenn ich ehrlich bin, gab es in letzter Zeit kein anderes Gesprächsthema mehr. Du hast bei meinem kleinen Bruder ganz schön Eindruck hinterlassen.«

Ihr Lachen klingt dem von Maxi so ähnlich, dass ich gar nicht anders kann, als sie sympathisch zu finden. Und mich zu entspannen.

»Das gilt umgekehrt genauso.«

Denise grinst mir zu. »Ich weiß.«

Ehe ich mir Gedanken darüber machen kann, wie sie das meint, tritt sie einen Schritt zurück und klatscht in die Hände.

»Eigentlich wollte ich heute Morgen schon anreisen, aber dann kam noch ein Mandantengespräch dazwischen. Ich hoffe, ich habe nicht das komplette Fest verpasst?«

»Nein, du kommst gerade rechtzeitig. Unsere Highlights stehen noch aus. Einmal unser Kölsches Nordseedinner, gefolgt von einem Konzert der Extraklasse. Im Pensionsgarten geht es jeden Moment los mit unserer Verl–«

»Denise?«, werden wir in dem Augenblick unterbrochen.

Wir drehen uns um. Joris steht hinter uns, wie zur Salzsäule erstarrt. Ein, zwei Sekunden stiert er Maxis Schwester mit glasigem Blick an, dann durchläuft ein Zucken seinen Körper und es kommt wieder Leben in ihn.

»Was machst du denn hier?«

»Ich konnte mir doch *das* Ereignis dieser Saison nicht entgehen lassen«, entgegnet Denise, bevor ihr Blick zu mir wandert und ein Funkeln hineintritt. »Außerdem war ich neugierig.«

»Aber ... Maxi hat gar nicht erzählt, dass du kommst.«

»Konnte er auch nicht. Es ist nämlich ein Überraschungsbesuch.«

»Das kannst du laut sagen!«

Erneut drehen wir uns um, denn dieser Satz schallt von der Treppe zu uns.

Maxi springt leichtfüßig die Stufen hinunter, dann schließt er seine Schwester in die Arme und wirbelt sie herum. Sie lässt es lachend über sich ergehen.

»Hallo, Bruderherz! Wo kommst du denn auf einmal her? Wobei«, sie wackelt mit den Brauen und schaut bedeutungsvoll zwischen ihm und mir hin und her, »will ich das wirklich wissen?«

Mein Blick wandert zu Maxis verwuschelter Frisur, die deutlich erkennen lässt, dass sich jemand mit den Fingern hineingekrallt hat. *Hoppla.* Nur am Rande bekomme ich mit, wie Maxi seiner Schwester antwortet: »Ein Gentleman genießt und schweigt.«

Die beiden beginnen, sich gegenseitig zu necken, aber ich höre nicht mehr hin. Denn meine Aufmerksamkeit wird von Joris' Gesichtsausdruck gefesselt.

Ich habe den jungen Piloten als zurückhaltend und reserviert kennengelernt, auch wenn ich geahnt habe, dass da etwas unter seiner Oberfläche schwelt. Doch niemals hätte ich mit der Heftigkeit an Emotionen gerechnet, die in diesem Moment über seine Züge flackern. Die Intensität seiner Empfindungen trifft mich bis ins Mark.

Da ist Freude. Verwirrung. Faszination. Überraschung. Machtlosigkeit. Resignation. Und Schmerz. Jede Menge Schmerz.

Als seine Augen meinen begegnen, weiten sie sich vor Schreck. Gleich darauf ist wieder die undurchdringliche Maske auf seinem Gesicht. Die Emotionen verschwinden so schnell aus seinem Blick, wie sie gekommen sind. Ich blinzele irritiert, während sich Joris räuspert.

»Die Verlosung geht jeden Moment los, und Lina hat mich beauftragt, ein paar Getränke aus dem Lager zu holen. Kannst du die Kisten mit mir in den Garten tragen, Maxi?«

»Na klar.«

»Ich kann auch helfen«, biete ich an, noch immer verwirrt von dem, was sich eben abgespielt hat.

Aber Joris schüttelt den Kopf, sorgsam darauf bedacht, mich nicht anzuschauen. »Das bekommen wir zu zweit hin. Geht ihr doch schon vor.«

Damit schiebt er sich an uns vorbei und verschwindet durch die Tür hinter der Rezeption, Maxi an seiner Seite. Ich blicke ihnen nach, doch da hakt Denise sich bei mir unter und schenkt mir ein Lächeln. »Na dann: Auf gehts!«

Während ich mich mit ihr auf den Weg mache, kommen mir Joris' Worte wieder in den Sinn.

Sei ehrlich. Zu dir, aber auch zu ihm. Entscheide dich, was das hier für dich ist, und dann steh zu der Entscheidung. Ein gebrochenes Herz kann niemand gebrauchen. Und zwei schon gar nicht.

Mein Blick fällt auf Denise, die mir erzählt, wie sehr sie sich auf das überraschte Gesicht ihres Vaters freut, der ebenfalls noch nichts von ihrem Besuch weiß.

Und während ich sie betrachte, ahne ich, dass Joris aus eigener Erfahrung gesprochen hat.

Im Garten ist es noch voller als vorhin, bevor ich mich für eine kleine Pause zurückgezogen habe. Gelächter schallt uns entgegen, während wir uns zum Grillstand durchschieben. Dort verabschiede ich mich von Denise, die ihrem Vater um den Hals fällt, und trete zu Lina, die etwas abseits steht und beobachtet, wie der Bürgermeister und Biggi sich vor der Losbude einfinden.

»Die Getränke sind unterwegs«, berichte ich ihr.

»Klasse, danke.« Sie tritt einen Schritt vor und lächelt meiner Patentante zu.

»Wir können loslegen.«

Sie nickt und reicht dem Bürgermeister ein Mikrofon, ehe sie sich zu meiner besten Freundin und mir gesellt.

Augenblicklich verstummt das Gemurmel der Gäste. Alle blicken gespannt nach vorn.

Wir ziehen uns ein paar Schritte zurück, und ich drücke Biggis Hand. Sie strahlt bis über beide Ohren.

»Ich werde Lina und dir niemals genug danken können. Das Festival ist ein voller Erfolg! Hast du gesehen, wie viele neue Buchungen wir schon haben?«

»Das ist alles dein Verdienst, Biggi. Du kannst so stolz darauf sein, was du aus dieser Pension gemacht hast.«

»Ach, Josi.«

Sie schnieft leise. Ich schlinge meinen Arm um ihre Taille und lege den Kopf auf ihre Schulter. Währenddessen beginnt der Bürgermeister mit seiner Rede.

Als er darüber spricht, wie wichtig Freundschaften sind, und zwar nicht nur zwischen Juist und Köln, sondern auch zwischen Insulanern und Gästen, tritt Maxi zu uns.

»Na, ihr drei? Ihr seht glücklich aus.«

Biggi schaut auf und lächelt.

»Das sind wir. Der Name unseres Festivals ist Programm.«

»Ein Tag voller kleiner und großer Glücksmomente«, ergänze ich meine Patentante lachend.

Maxi beugt sich zu mir und platziert seinen Mund neben meinem Ohr. »Da kann ich nur zustimmen.«

Eine Gänsehaut breitet sich auf meinem Nacken aus. Ich widerstehe dem Drang, zu ihm zu schauen, und starre stattdessen mit klopfendem Herzen in Richtung der Lostrommel, die der Bürgermeister in diesem Moment feierlich das erste Mal dreht. Trotzdem kann ich nichts gegen das Lächeln machen, das sich auf meine Lippen schleicht.

Zuerst werden die kleinen Gewinne verlost. Boxen mit Spielzeug für den Strand, in denen Schaufeln, Eimer und wasserfeste Bälle enthalten sind. Die Buchhandlung hat mehrere Romanpakete zur Verfügung gestellt, einer der Kutschbetriebe eine Ausflugskutschfahrt über die Insel. Dann folgen die Gutscheine vom Inselkino, der Strandbar *Fette Beute* und für ein Drei-Gänge-Menü bei Rafael im *Da Scholl her!*. Emilio Ferrenze und die Kölschrockband *Musik un Jedöns* steuern Konzerttickets für eine Wunschstadt bei. Je mehr Gewinnerlose gezogen werden, desto freudestrahlender werden die Gesichter der Menschen um uns herum.

»Damit kommen wir auch schon zum Hauptgewinn: drei Übernachtungen zu einem frei wählbaren Zeitpunkt in der *Pension Kleine Glücksmomente.* Dieser Preis geht an …« Aus den Boxen dringt ein Trommelwirbel, während der Bürgermeister seinen Ärmel hochkrempelt und ein letztes Mal in die Lostrommel greift. »… das Los mit der Nummer 715!«

»Ich glaubs nicht, Norbert. Das sind wir!«

Ich horche auf. Die Stimme kommt mir vage bekannt vor. Hälse werden gereckt, als eine Frau mit rotbraun gelockten Haaren sich nach vorn schiebt, das Siegerlos stolz erhoben. Niemand Geringeres als das ältere Ehepaar, das ich auf der Fähre nach Juist kennengelernt habe, nimmt mit roten Wangen den Hauptpreis entgegen.

»Ich habe das Gefühl, dass sich ein Kreis schließt«, rufe ich Maxi ins Ohr. Um uns herum jubeln und klatschen alle, während unsere Gewinner für ein Foto mit dem Bürgermeister und natürlich Biggi posieren.

Maxi wirft mir einen fragenden Blick zu, und ich berichte ihm und Lina von meiner Begegnung mit den beiden.

»Da sieht man's wieder: Die Welt ist ein Dorf. Und Juist sowieso!«, erklärt Maxi und umfasst meine Hand.

Bei seiner Berührung verdoppelt sich mein Herzschlag, und ich genieße diesen Moment. Die Schmetterlinge, die in meinem Bauch kräftig mit ihren Flügeln schlagen. Das Kribbeln, das meinen Arm hinaufschießt. Den Schauder, der mich durchrieselt, als Maxi mit seinem Daumen über meinen Handrücken streichelt. Das Hochgefühl, das mich fest im Griff hat und auch nicht verlässt, als der Gartenpart des Festivals endet, und sich das Geschehen in den Innenbereich der Pension verlagert.

Das Dinner findet reißenden Absatz. Der eigentliche Frühstücksraum, den wir dem Anlass entsprechend mit weißen Tischdecken, Kerzen und Stoffservietten ausgestattet haben, strahlt eine romantische Stimmung aus. Im Hintergrund läuft ruhige Klaviermusik, begleitet von Besteckgeklapper und fröhlichen Gesprächen. Jeder Platz ist besetzt. Wir haben im Vorfeld schon einige Reservierungen erhalten, aber es sind auch viele Gäste spontan gekommen. Als alle Nachspeisen serviert sind, gesellen sich Tomasz und sein Küchenteam zu uns. Sie werden mit donnerndem Applaus begrüßt.

Nachdem die letzten Essensgäste abkassiert sind, und sie ihre Tische verlassen haben, geht es an den Aufbau der Bühne. Maxi, sein Vater, Denise und Joris springen uns zur Seite. Das gesamte Team arbeitet Hand in Hand, denn bis zum Start des Konzerts haben wir nicht viel Zeit. Tische werden weggeräumt, Stühle in Reihen aufgestellt, Boxen und Mischpulte angeschlossen. Trotz des Zeitdrucks herrscht eine gelöste Stimmung. Alle freuen sich auf den Abschluss dieses ereignisreichen Tages.

Und dann startet das Konzert. Emilio Ferrenze legt vor, den zweiten Part bestreitet *Musik un Jedöns*. Die Zuschauer hält es nicht lange auf ihren Sitzen. Irgendwann stehen alle, tanzen, singen mit, schunkeln. Zum Schluss spielen die Musiker sogar einen Song zusammen, den sie Biggi und der Insel Juist widmen. Es ist das perfekte Ende für diesen Abend. Als der letzte Akkord verklingt und sich die Besucher nach und nach verabschieden, schieben wir einige Bierbänke zusammen und machen es uns im Garten gemütlich. Lina hat von irgendwo her Lampions gezaubert, die alles in ein sanftes Licht tauchen.

Und dann sitzen wir zusammen, euphorisiert von unserem erfolgreichen *Festival der kleinen und großen Glücksmomente*, essen Tomasz' fantastische Kreationen und stoßen gemeinsam mit Kölsch, Wein und Wasser an. Alle Helfer des heutigen Tages, Freunde und Nachbarn von Biggi, die Musiker und die Pensionsgäste, die den Trubel dieses Tages sang- und klanglos mitgemacht haben. Das hat Biggi im Vorfeld am meisten Bauchschmerzen bereitet. Aber nicht ein einziger der Übernachtungsgäste hat sich gegen unser Vorhaben gesträubt. Im Gegenteil: Sie haben alle mitgefeiert und den heutigen Tag genauso genossen wie wir.

Irgendwann finde ich mich mit einem Kölsch in der Hand zwischen Lina und Maxi sitzend wieder. Gerade beobachte ich, wie Biggi auf ihrem Handy tippt. Dann hebt sie den Kopf und strahlt uns an.

»Ich habe gute Neuigkeiten. Ab sofort könnt ihr euren Urlaub in vollen Zügen genießen, eure Hilfe habe ich lange genug in Anspruch genommen. Martin hat sich gemeldet. Ab nächster Woche darf er wieder arbeiten. Und Tanjas Mutter geht es auch besser. Sie hat eine Haushaltshilfe bewilligt bekommen. Tanja schreibt, dass sie es kaum erwarten kann, zurück auf die Insel zu kommen.«

»Das ist großartig!«

Lina fällt meiner Patentante um den Hals. Die beiden verharren in ihrer Umarmung, und ich kann sehen, wie

Biggi eine Träne über die Wange kullert. Lächelnd wende ich den Blick ab. Dieser Moment gehört den beiden.

Als Lina sich wieder neben mich setzt, wischt Biggi sich über die Augen und räuspert sich. Sofort wird es am Tisch still, alle wenden sich ihr zu.

»Ihr Lieben. Ihr wisst, dass ich kein Mensch großer Worte bin. Darum lasst mich nur eins sagen: Danke. Was ihr heute und in den letzten Wochen geleistet habt, war unglaublich. Das werde ich euch nie vergessen. Auf euch!« Sie hebt ihre Flasche und prostet uns zu.

»Auf Biggi!«, rufen wir im Chor.

Nach und nach verabschieden sich die Ersten. Und auch ich sehne mich danach, diesen Tag allmählich zu beenden. Mir fällt es immer schwerer, die Augen offen zu halten.

»Du schläfst gleich im Sitzen ein, oder?«

Maxis Stimme dringt an mein Ohr, und ich neige leicht meinen Kopf. Zu mehr bin ich nicht in der Lage.

»Mmh.«

Er lacht leise. »Na komm, ich bringe dich ins Bett.«

Sanft legt er mir eine Hand auf den unteren Rücken. Bei seiner Berührung beginnt mein Körper zu summen. Ich richte mich auf und fühle dem Prickeln nach, das meine Wirbelsäule hinabfährt.

»Bett klingt gut«, nuschele ich.

Sogar im schwachen Lichtschein der Lampions erkenne ich das Grübchen in seiner Wange. Vorsichtig hebe ich meine Finger und fahre darüber.

Ein Hüsteln lässt mich mitten in der Bewegung innehalten. Ich werfe einen Blick über meine Schulter und bemerke, dass Lina mich mit einem belustigten Funkeln in den Augen beobachtet. Und sie ist nicht allein. Tomasz und Joris tauschen ein Grinsen und auch Denise und Biggi schauen schmunzelnd zu uns herüber.

Ertappt schließe ich meine Augen. *Boden, tu dich auf.* Ich habe die Tatsache, dass wir nicht allein sind, komplett ausgeblendet.

»Ich würde ja sagen: Nehmt euch ein Zimmer. Aber so, wie ihr euch gegenseitig mit den Augen auszieht, dauert es sowieso nicht mehr lange, bis ihr uns verlasst«, kommentiert Lina frech und zwinkert mir zu. Peinlich berührt starre ich sie an, doch Maxi nimmt ihren Spruch gelassen hin.

»Das ist unser Stichwort«, meint er nur und reicht mir seine Hand. Mit hochrotem Kopf ergreife ich sie, während seine Kumpels pfeifen und jubeln.

»Viel Spaß!«, rufen sie uns hinterher.

Maxi winkt ihnen lässig zu, doch ich kann nicht verhindern, dass meine Wangen vor Scham noch heißer werden. Kaum sind wir außer Sichtweite, stoße ich einen Schwall Luft aus.

»O Gott, das ist mit Abstand das Peinlichste, was mir je passiert ist.«

»Ach ja?« Maxi grinst mir spitzbübisch zu. »Peinlicher, als einen Fremden am Strand umzurennen und auf seinem Schoß zu landen?«

»Oh ... das.« Ich räuspere mich, bleibe ihm eine weitere Antwort allerdings schuldig, denn in dem Moment kommen wir bei meinem Zimmer an. Kaum sind wir beide eingetreten, schließe ich die Tür ab, drehe mich zu ihm und presse meine Lippen auf seine.

Er schmeckt herber als sonst, aber nicht weniger gut. Das muss das Bier sein, das wir beide getrunken haben.

Mit meinem Rücken taumele ich gegen die Innenseite der Tür, ziehe ihn mit mir und presse mich der Länge nach gegen ihn. Ein animalischer Laut löst sich aus seiner Kehle. Oder kommt er aus meiner? Ich weiß es nicht, aber es ist mir auch egal. In diesem Augenblick ist nur wichtig, dass er hier bei mir ist. Ich will ihn spüren, am liebsten Haut an Haut.

Ich unterbreche unseren Kuss, um mein Shirt über den Kopf zu ziehen und meine Leggings loszuwerden. Dabei tanzen schwarze Punkte vor meinen Augen. *Huch.* Während meine Kleidung zu Boden segelt, stütze ich mich an der Tür in meinem Rücken ab. Ich kann mich kaum noch auf den Beinen halten. Mit einem Mal hüllt mich die Müdigkeit wie eine Decke ein. Gepaart mit dem Verlangen, das durch meine Adern rollt, ergibt das eine seltsame Mischung. Dennoch ziehe ich Maxi zu einem weiteren Kuss zu mir heran. Egal, wie erschöpft ich sein mag: Davon werde ich nie genug bekommen. Mir entfährt ein wohliges Seufzen, als ich meine Arme um seinen Hals schlinge.

Er lächelt an meinen Lippen, während er seine Hände sanft an meine Taille legt. »Josi …«

Unwillig schüttele ich den Kopf. Ich möchte jetzt nicht reden. Stattdessen vertiefe ich unseren Kuss, stupse mit meiner Zunge gegen seine, knabbere an seiner Unterlippe.

Ihm entfährt ein Brummen, das alles in mir zum Vibrieren bringt. Doch dann schiebt er mich von sich. Sanft, aber bestimmt.

Empört öffne ich meine Augen. Dabei schwanke ich leicht. Er betrachtet mich mit einem nachsichtigen Lächeln.

»Josi, du bist stehend k. o.. Wir verschieben das, okay?«

Ich beiße mir auf die Unterlippe. So ungern ich es zugebe: Maxi hat recht.

»Du bleibst aber trotzdem bei mir, oder?«

Sein Blick wird weich. »Ich bin hier.«

»Okay.«

Gehorsam löse ich mich von ihm, mache im Bad eine Katzenwäsche, ziehe mir mein Schlafshirt über, tapse anschließend die paar Schritte hinüber zu meinem Bett und lasse mich darauf sinken. Kaum berührt mein Körper die weiche Matratze, fällt eine Tonne Gewicht von mir ab. Ich bin deutlich ausgelaugter, als ich mir eingestehen wollte.

Nachdem ich meine Brille abgenommen habe, kuschele ich mich ins Kissen und beobachte Maxi dabei, wie er ebenfalls kurz im Bad verschwindet und nur in Boxershorts bekleidet zurückkommt.

Eine Zeit lang liegen wir uns gegenüber und schauen uns an. Niemand sagt etwas. Aber das Schweigen ist nicht unangenehm. Im Gegenteil. Ich erkenne in seinem Blick die gleichen Empfindungen, die auch in meinem Inneren widerhallen.

Eine Hand liegt unter meinem Kopf, die andere lege ich flach auf seine nackte Brust. Ich kann sein Herz spüren, das in einem schnellen, aber stetigen Rhythmus schlägt. Er gleicht meinem eigenen.

Maxi streicht sanft über mein Gesicht, und ich spüre, wie meine Lider schwer werden, bis ich schließlich in einen tiefen, traumlosen Schlaf gleite.

Kapitel 24

Am nächsten Morgen werde ich von einem Kitzeln in meinem Nacken geweckt. *Maxi.* Ich verharre in meiner Position und spüre der Wärme nach, die von seinem Körper ausgeht. Ich könnte mich daran gewöhnen, neben ihm aufzuwachen. Mit geschlossenen Augen liege ich da und genieße den Moment, noch immer halb im Schlaf gefangen. Dann beschließe ich, Maxi mit einem Kuss zu wecken und dort weiterzumachen, wo wir gestern Abend aufgehört haben. Ich rolle mich auf den Rücken – und zucke zusammen. Ein stechender Schmerz fährt durch meinen gesamten Körper. Und da bemerke ich es. Das Brennen. Vom Kopf bis zur Sohle. Jeder einzelne Muskel protestiert, meine Knochen ächzen.

Es fühlt sich an, als hätte mich ein Lkw überrollt. Oder als hätte man mich einmal kräftig durchgeschüttelt, meine Knochen danach aber nicht wieder an den richtigen Platz gesetzt.

Mit angehaltenem Atem warte ich. Analysiere den Schmerz. Versuche, seinen Ursprung zu finden.

Ich bewege vorsichtig meine Zehen, meine Finger, meinen Kopf. Jede Regung löst ein neues Brennen aus. Als ich mein Gewicht verlagere, nehme ich ein Pochen an meiner Hüfte wahr. Verdammt. Das muss von dem Sturz am Strand sein, als ich über meine eigenen Füße gestolpert bin.

Je länger ich hier liege und je wacher ich werde, desto schlimmer fühle ich mich.

Knochenschmerzen kenne ich, sie gehören zu meinem Alltag dazu. Das bleibt bei meiner chronischen Krankheit nicht aus. Aber normalerweise habe ich das im Griff. Ich habe mich an das dumpfe Gefühl gewöhnt, das mich stetig begleitet.

Doch das hier? Das übersteigt alles, was ich bisher erlebt habe.

Was soll ich jetzt machen?

Da regt sich Maxi neben mir. Flatternd öffnet er seine Lider. Als er mich bemerkt, breitet sich ein Lächeln auf seinem Gesicht aus.

»Guten Morgen.«

»Guten Morgen«, krächze ich, verlagere mein Gewicht leicht und beiße mir auf die Lippe, als durch die Bewegung eine neue Schmerzwelle durch meinen Körper jagt.

Maxi runzelt die Stirn und richtet sich auf einem Ellbogen auf.

»Ist alles okay?«

Mein Herz flattert wild. Ich kann ihm nicht sagen, was los ist. Erst mal muss ich für mich selbst herausfinden, warum meine Knochen, Muskeln und Gelenke sich anfühlen, als wäre ich stolze 100 Jahre alt und nicht Mitte zwanzig.

»Ja, na klar. Wieso?«

»Du bist blasser als sonst. Warte«, er fasst sich an den Kopf, bevor er sich wieder ins Kissen sinken lässt, »ich verstehe. Unser feucht-fröhlicher Abend gestern. Du hast auch einen Kater, richtig?«

Einen Kater? Ist das vielleicht die Erklärung? Nein, das kann nicht sein. Ich habe kaum etwas getrunken. Andererseits ... Das wäre eine gute Entschuldigung, um heute im Bett zu bleiben und darauf zu hoffen, dass ein wenig Ruhe die Schmerzen verschwinden lässt.

An diesen Gedanken klammere ich mich wie an einen Rettungsring. Wenn ich mir selbst einen Tag Bettruhe verordne, sieht die Welt morgen bestimmt schon wieder ganz anders aus.

Maxi linst unter seiner Hand hervor, und ich beeile mich, ihm zu antworten.

»Ja, du hast recht. Mir ist ein bisschen schwummrig.«

Er betrachtet mich einen Moment wortlos, bevor er sich streckt und aufsteht. »Bei mir hilft meistens eine eiskalte Dusche. Kommst du mit?«

»Nein.«

Panik schwingt in meiner Stimme mit. Mich aufzurichten, um die paar Schritte Richtung Bad zu gehen, kann ich mir beim besten Willen gerade nicht vorstellen.

Maxis Brauen schießen nach oben. *Oh.* Meine Abwehr kann man auch missverstehen, verdammt. *Denk dir was aus, Josi. Schnell.*

»Ich, äh, bleibe lieber liegen. Bis die Übelkeit weggeht. Wenn ich mich jetzt bewege, macht mein Magen das nicht mit.«

Die Lüge ätzt wie Säure auf meiner Zunge, aber ich schlucke das schlechte Gewissen hinunter. Es reicht, dass ich mir Sorgen mache und keine Ahnung habe, was heute mit mir los ist. Warum also Maxi unnötig damit belasten?

»Okay.«

In seinen Augen blitzt Unschlüssigkeit auf, als er mich betrachtet. »Ist es denn okay, wenn ich hier schnell unter die Dusche springe?«

»Ja, na klar. Fühl dich wie zu Hause.«

Er wirft mir einen weiteren Blick zu, den ich nicht so recht deuten kann, dann sammelt er seine Kleidung ein und verschwindet im Bad. Wenig später höre ich, wie die Dusche angestellt wird.

Ein paar Minuten bleibe ich bewegungslos liegen. Irgendwann taste ich mit meinen Fingern in Richtung der Nachttischschublade und hole eine Schmerztablette heraus. Dann schließe ich meine Augen und atme erleichtert auf.

Das Geräusch des Wassers verklingt. Nur wenig später öffnet sich die Tür des Badezimmers, und Maxi kommt heraus, vollständig bekleidet, aber das Haar noch feucht vom Duschen. Er rubbelt es sich mit einem Handtuch trocken, bevor er sich neben das Bett hockt und mir einen Kuss auf die Stirn gibt.

»Geht es dir besser?«

Ich lächele ihm zu, auch wenn es mich Kraft kostet. »Nichts, was ein Tag im Bett und ein paar weitere Stunden Schlaf nicht richten würden.«

»Okay.« Maxi streicht mit seinem Handrücken sanft über meine Wange. »Ich muss leider los, um noch was für die Arbeit vorzubereiten.«

»Für die Arbeit?«

»Ja, morgen geht die Schule wieder los.«

Ich blinzele. »Oh, sind die Ferien schon vorbei?« Automatisch beginne ich in meinem Kopf zu rechnen. Ich bin doch erst seit drei Wochen hier, oder?

Maxi lacht. »Wir haben im Sommer immer nur vier Wochen Ferien. Auf den Ostfriesischen Inseln gibt es eine andere Ferienregelung, weil die meisten Familien hier vom Tourismus leben und den Sommer über nicht wegkönnen. Dafür haben wir im Herbst und im Winter eine Woche länger frei als die Schulen auf dem Festland.«

»Ach, okay.« Ich räuspere mich, sorgsam darauf bedacht, mich so wenig wie möglich zu bewegen. »Dann viel Erfolg für die letzten Vorbereitungen heute. Und für den Start des neuen Schuljahres morgen.«

Er mustert mich eindringlich. »Josi, ist wirklich alles in Ordnung?«

»Ja, keine Sorge«, antworte ich eine Spur zu schnell. »Wenn ich einen Kater habe, bin ich immer etwas wehleidig. Das wird schon wieder.«

Ich setze mein bestes Pokerface auf, bin mir aber nicht sicher, ob Maxi mir die Ausrede abkauft. Sein Blick liegt weiterhin auf mir, und ich bemühe mich, ihn möglichst gelassen zu erwidern. Irgendwann nickt er schließlich.

»Na gut. Wir schreiben, ja?«

Er legt seine Lippen zum Abschied sanft auf meine, bevor er sich erhebt und die Tür mit wenigen Schritten erreicht.

»Ich gebe Biggi Bescheid, dass du den Tag heute als Pause brauchst.«

Ein flaues Gefühl macht sich in meiner Magengegend breit, als er sich verabschiedet und ich allein zurückbleibe. Es war richtig, ihn nicht zu beunruhigen. Oder? Unschlüssig kaue ich auf meiner Unterlippe. Dann hole ich tief Luft. Doch. Die Entscheidung war richtig.

Ich kann sowieso nichts anderes tun, als die Situation auszusitzen und darauf zu warten, dass die Schmerztablette hilft. Wozu also die Pferde scheu machen?

Diesen Tag werde ich nutzen, um mich auszuruhen, Schlaf nachzuholen und meinem Körper Ruhe zu geben. Dann sehen wir weiter.

Nachmittags steckt Biggi den Kopf durch meine Tür.

»Hallo, meine Süße. Wie gehts dir?«

Ich zwinge mich, ein Lächeln aufzusetzen und mich im Bett halbwegs aufzurichten. Dabei schießt mir ein stechender Schmerz von meinem Rücken in die Beine. Ich schaffe es gerade so, ein Keuchen zu unterdrücken.

»Mir ist ein wenig schwindelig und übel. Gestern habe ich es wohl doch übertrieben, was den Alkohol anging.«

Das ist sogar nur halb gelogen. Mittlerweile liege ich schon so lange im Bett, dass mein Kreislauf sofort einbricht. Was aber vielleicht auch daran liegt, dass ich seit gestern Abend nichts mehr gegessen habe.

Als könnte Biggi meine Gedanken lesen, kommt sie mit einem dampfenden Teller Suppe in mein Zimmer. Sie stellt ihn auf dem Nachttisch ab, bevor sie sich auf meine Bettkante setzt und mich mitfühlend betrachtet.

Na klasse. Um schnell von mir abzulenken, frage ich möglichst fröhlich: »Wie geht es dir denn? Bist du zufrieden damit, wie das Pensionsfest gelaufen ist?«

Biggis Augen leuchten auf. »Ich kann es immer noch nicht glauben. Lina und ich haben vorhin einen ersten Kassensturz gemacht. Die Einnahmen decken einen Großteil der Reparaturkosten ab. Dann die vielen neuen Buchungen. Ich hätte nicht mal im Traum mit so einem Erfolg gerechnet. Das werde ich euch nie vergessen.«

Sie legt ihre Hand auf meine. Dabei schimmert es in ihren Augen verdächtig.

»Ich freue mich, dass das Festival so gut angekommen ist. Niemand hat das mehr verdient als du.«

Meine Patentante öffnet den Mund, als es laut an der Tür klopft. Kurz darauf erscheint Linas Schopf im Türrahmen.

»Oh, entschuldigt. Störe ich?«

»Nein, gesell dich ruhig zu uns.« Biggi lächelt ihr zu, woraufhin meine beste Freundin das Zimmer betritt und sich mit verschränkten Armen an die Türe lehnt.

»Unsere Kölner Musiker sind gerade mit der Kutsche zum Flughafen unterwegs, zusammen mit Emilio. Sie haben den ganzen Tag am Strand verbracht und dort gemeinsam einen Song geschrieben. Ist das nicht klasse? Oh, und mittlerweile sind auch die letzten Stände unserer Gartenkirmes abgebaut«, berichtet Lina in einem professionellen Tonfall – ganz die Eventmanagerin.

»Ach, Lina.« Meine Patentante seufzt glücklich auf. »Du bist und bleibst ein Schatz.«

»Für dich immer wieder gern.«

Lina grinst, dann huschen ihre Augen zu mir. Der Ausdruck in ihrem Gesicht verändert sich. Ich ducke mich innerlich. Verdammt. Sie röntgt mich förmlich mit ihrem Blick.

Biggi klatscht mit den Händen auf ihre Oberschenkel. »Gut, ich gehe wieder runter. Iss die Suppe, Josi, ja? Und melde dich, wenn du etwas brauchst.«

»Danke«, murmele ich und beobachte, wie sie sich an Lina vorbei aus dem Zimmer schiebt. Dann sind meine beste Freundin und ich allein. Ich wappne mich vor dem Verhör, das unweigerlich auf mich wartet. Lina konnte ich noch nie etwas vormachen. Und natürlich fällt sie sofort mit der Tür ins Haus.

»Du hast also einen Kater, ja?«

»Leider.«

»Interessant. Du hast doch gar nicht so viel getrunken, oder? Vielleicht zwei oder drei Kölsch?«

»Schon«, gebe ich zu. »Aber bei Hitze steigt der Alkohol ja bekanntlich schneller zu Kopf. Erinnerst du dich noch an unseren Cocktailabend am Rhein letzten Sommer? Da war mir am nächsten Tag auch hundeelend zumute.«

Lina verengt die Augen und betrachtet mich eingehend. Ich unterdrücke den Drang, mich unter ihrem Blick zu winden.

»Ich habe gestern Nacht auch zu wenig geschlafen, das hat sich alles gegenseitig bedingt. Morgen bin ich wieder wie neu, du wirst sehen.«

»Hm.«

Skepsis spricht aus jeder ihrer Poren. Sie glaubt mir nicht. Was ich ihr nicht mal verübeln kann, weil meine Ausreden wirklich unterirdisch schlecht sind.

»Josi?«

Ich schlucke. »Ja?«

»Du würdest mir sagen, wenn zwischen Maxi und dir etwas vorgefallen ist, oder?«

»Wenn zwischen ...« Ungläubig reiße ich meine Augen auf. »Was? Nein, nein. Bei Maxi und mir ist alles gut. Er hat nicht, ich meine ... heute Nacht ist nichts passiert. Nicht, dass ich nicht gewollt hätte. Eher im Gegenteil. Ich hätte sogar mehr, also, na ja, du weißt schon. Aber er war der perfekte Gentleman.«

Meine Wangen färben sich bei meinem Geständnis rot.

»Okay.«

Sie atmet erleichtert auf.

Bei mir hingegen wirbelt ein Sturm an Schuldgefühlen durch mich hindurch. Mein Herz hämmert in meiner Brust. Zitternd atme ich ein. Diese Zweifel muss ich sofort beseitigen.

»Maxi ist toll. Ich habe noch nie einen Mann kennengelernt, der mich so fasziniert. Wir kennen uns zwar erst ein paar Wochen, aber ich weiß, dass ich ihm vertrauen kann. Zu hundert Prozent.«

Lina lächelt mir zu. »Das freut mich für dich.«

Eine Weile hängt Stille zwischen uns. In meinem Inneren tobt ein Kampf, ob ich ihr nicht doch erzählen soll, was der wahre Grund für meinen Tag Auszeit ist. Aber dann entscheide ich mich dagegen. Morgen ist sicher alles wieder gut.

Zum Glück scheint auch meine beste Freundin beschlossen zu haben, das Thema ruhen zu lassen.

»Ich habe morgen Mittag einen Termin beim Bürgermeister. Er hat mich gestern eingeladen, weil er etwas mit mir besprechen will.«

»Oh, das ist toll«, erwidere ich, froh über ihren Themenwechsel. »Weißt du, worum es geht?«

»Noch nicht. Er meinte nur, dass es etwas Geschäftliches sei.«

»Etwas Geschäftliches?«

Sie hebt fragend die Schultern. »Ich lass mich überraschen. Aber ich halte dich vom Essen ab.«

Ihr Blick gleitet zu dem Teller Suppe auf meinem Nachttisch, den ich schon wieder vergessen habe.

»Ich lasse dich mal in Ruhe. Damit du deinen Kater«, ihre Augen huschen zu mir, »auskurieren kannst. Wir quatschen morgen ausführlich, okay?«

»Na klar. Ich will schließlich alles von deinem Gespräch mit dem Bürgermeister hören.«

Ihre Mundwinkel zucken. »Du weißt genau, was ich meine, Josi.«

Mir klappt der Mund zu, während sie mir zum Abschied betont lässig zuwinkt, und bald darauf meine Zimmertür mit einem Klick ins Schloss fällt.

Verflixt. Diese Frau kennt mich einfach zu gut.

Nach Linas Besuch und dem Auslöffeln meiner Suppe beschließe ich, das Klo aufzusuchen und mich unter die Dusche zu stellen. Trotz der Schmerztablette von vorhin protestieren meine Muskeln zwar noch immer bei jeder Bewegung, aber den Gang ins Bad habe ich lange genug vor mir hergeschoben. Ich seufze auf. Heute würde ich meinen Körper am liebsten verfluchen. Reicht es nicht, dass die Beschaffenheit meiner Knochen anders ist als bei gesunden Menschen? Warum muss mit dem Gendefekt auch noch eine Muskelschwäche einhergehen? Aber es nützt alles nichts. Schmerzen hin oder her: Meine Blase signalisiert mir eindeutig, dass ich ins Badezimmer muss. Sofort.

Als ich meine Beine über das Bett schwinge, muckt jeder Knochen in meinem Körper auf. *Himmel.* Dennoch beiße ich die Zähne zusammen und stehe auf.

»Au!« Mir entfährt ein Stöhnen, Tränen schießen mir in die Augen. Meine Fersen brennen wie Feuer, als ich auftrete. *Das gibts doch nicht.* Ich versuche, mein Gewicht zu verlagern, aber es hilft nicht. Der Schmerz bleibt. Was ist denn heute nur los mit mir? So schlimm habe ich mich noch nie gefühlt. Ein besorgtes Flattern macht sich in meinem Magen breit. *Das ist gar nicht gut.*

Ich zwinge mich, tief durchzuatmen. Eins nach dem anderen. All meine Gedanken fokussiere ich auf mein Ziel – das Bad – und mache einen Schritt nach vorn. Neue Schmerzwellen schießen durch meinen Körper. Verdammt, tut das weh. Egal. Zähne zusammenbeißen und weiter. Der nächste Schritt. Und noch einer. Und noch –

Mein linkes Bein sackt mit einem Mal unter mir weg. Im letzten Moment kann ich mich am Türrahmen zum Badezimmer abstützen. Ich keuche, als hätte ich einen Marathon hinter mir. *Scheiße.* Was war das denn bitte? Vorsichtig belaste ich mein Bein wieder, setze es auf und verlagere mein Gewicht darauf. Dieses Mal bleibt es, wo es ist.

Der Gang unter die Dusche gleicht einer Qual. Nicht mal das heiße Wasser, das sich für meine müden Muskeln sonst immer wie eine Wohltat anfühlt, hilft heute. Ich weine beinahe vor Erleichterung, als ich es nach dem Abtrocknen und Anziehen wieder in mein Bett geschafft habe.

Die letzte Amtshandlung des heutigen Tages ist das Schlucken einer weiteren Schmerztablette. Schon nach wenigen Minuten dämmere ich in einen unruhigen Halbschlaf.

Das Klingeln meines Handyweckers kündigt den Beginn eines neuen Tages an. Allerdings muss ich feststellen, dass der Schmerz zwar dumpfer ist als gestern, aber noch immer hat er meine Knochen und Muskeln fest im Griff.

Gerädert schleppe ich mich ins Bad, mache eine Katzenwäsche und überlege fieberhaft, wie ich mit der Situation umgehen soll.

Was hat mir in der Vergangenheit geholfen, wenn ich vor Knochenschmerzen nicht wusste, wohin mit mir?

Ich lache gequält auf, denn schlagartig wird mir bewusst, dass ich so einen Schmerz noch nie gefühlt habe. Es gibt immer wieder Tage, an denen ich meine chronische Krankheit verfluche, weil sie mir Probleme bereitet. Aber normalerweise fühlt sich mein Körper an solchen Tagen steifer und unbeweglicher an. Nicht, als hätte jemand Tausende Reißzwecken in meine Knochen gesteckt, die mich bei jeder noch so kleinen Bewegung malträtieren.

Ich schließe die Augen und versuche, den Schmerz für einen Moment auszublenden. Wenn ich mal so einen Tag hatte, was habe ich da gemacht?

Meine Beine und Arme mit einer Wärmesalbe eingerieben. Ja, das ist doch eine gute Idee! Ich hole die Tube aus dem Spiegelschrank über meinem Waschbecken und dann –

Ich stöhne auf. Denn ich sehe in scharf gestochenen Bildern vor mir, wie ich vor vier Tagen genau das getan habe – und die Tube seitdem leer ist. In der Apotheke eine neue zu bestellen, habe ich durch die Vorbereitungen für das Pensionsfest nicht mehr geschafft.

Aber vielleicht ... Mein Blick gleitet durch die Balkontür hinaus. Der satte Blauton des Himmels lacht mich an, kein Wölkchen ist zu sehen. Heute ist wieder ein Sommertag, wie er im Buche steht. Das ist die Lösung.

Ich werde mich auf den warmen Sand in die Sonne legen. Das wird den gleichen Effekt wie meine Wärmesalbe haben. Der Weg wird zwar eine Herausforderung, aber ich bekomme das schon irgendwie hin.

So schnell mein geschundener Körper es zulässt, packe ich meine Strandtasche. Dann mache ich mich auf den Weg. Ein Schritt nach dem anderen.

Die Treppe ins Erdgeschoss kostet mich ganze fünf Minuten. Jede Stufe verlangt mir so viel ab, dass ich kurz davor bin, abzubrechen und wieder umzudrehen. Aber ich klammere mich an den Glauben, dass mein Plan funktioniert und die Wärme mir hilft. Ich kann nur hoffen, dass Biggi mich so nicht sieht. Oder Lina.

Doch tatsächlich habe ich Glück. Als ich im Foyer der Pension ankomme, steht ein blonder Mann hinter der Rezeption. Das muss Martin sein.

Sofort beschleunigt sich mein Pulsschlag. Ich brauche eine Tarnung. Irgendetwas, damit mein Schneckentempo keinen Verdacht bei ihm auslöst. Also hole ich mein Handy hervor und tue so, als würde ich ganz vertieft eine

Nachricht tippen. Dabei schiebe ich mich so langsam wie ein Zombie durch das Foyer. Es scheint zu funktionieren: Aus dem Augenwinkel sehe ich, wie Martin belustigt den Kopf schüttelt, ehe er sich wieder dem Laptop vor sich zuwendet.

Nach einer gefühlten Ewigkeit trete ich an die frische Luft. Die erste Hürde ist geschafft.

Auf dem Weg zum Strand muss ich zweimal eine Pause einlegen. Aber allmählich spüre ich, dass meine Muskeln nicht mehr ganz so steif sind wie beim Aufstehen und auch meine Knochenschmerzen ein Mü dumpfer werden. Dieser kleine Hoffnungsschimmer hilft mir, weiterzugehen und schließlich bei meinem Ziel anzukommen.

Ich krieche den Strandaufgang wie eine hundertjährige Frau hinunter, wende aber auch hier wieder meinen »Ich bin so vertieft in mein Handy und schleiche deshalb so sehr«-Trick an. Rechts entdecke ich ein freies Fleckchen, auf das ich sofort zusteuere. Mit letzter Kraft breite ich mein Badetuch aus, dann lasse ich mich ächzend darauf sinken und strecke alle viere von mir.

Mein gesamter Körper pocht dumpf, mein Puls rast, meine Brust hebt und senkt sich von der Anstrengung. Einige Minuten gebe ich mir Zeit, wieder zu Atem zu kommen. Dabei lausche ich dem Meeresrauschen und den Möwen, die über mir kreisen.

Ich konzentriere mich auf den harten Untergrund. Die Wärme, die vom Strand ausgeht. Die Sonne, die mit aller Kraft strahlt und deren Hitze sich wie eine Decke auf meine Haut legt, sie durchdringt, mich einhüllt.

Ich atme tief ein und aus, gebe mich ganz diesem Gefühl hin.

Nur kurz die Augen zumachen ...

Kapitel 25

»Um Himmels willen, Josi!«

Flatternd öffne ich meine Lider. Es dauert einen Moment, ehe ich erkenne, wessen Gesicht sich in mein Blickfeld schiebt. Die Sonne blendet vom Himmel, und ich muss die Augen vor dem plötzlichen Lichteinfall zusammenkneifen. Aber dann kann ich ausmachen, zu wem die Konturen gehören. Maxi.

»Was machst du denn hier?«

Meine Stimme gleicht einem Krächzen. Ich muss eingeschlafen sein – und das mitten in der prallen Sonne. Mist.

Ich versuche, mich aufzurichten, aber sofort durchfährt mich ein Stechen in meinem Ellbogen und meinem Rücken. Stöhnend lasse ich mich wieder auf die Decke sinken.

»Josi, was ist los?«

Tränen sammeln sich hinter meinen Lidern. Das alles ist zu viel. Mir schnürt es die Kehle zu. Die Sorge in seinem Tonfall, die Schmerzen, das Lügen. Ich kann nicht mehr.

Maxi legt sanft eine Hand an meine Wange und wischt mit seinem Daumen eine Träne fort, die herunterkullert.

»Hey. Ich bin hier.«

Ich schlucke und schließe die Augen für einen Moment, um mich ein wenig zu sammeln. Dann atme ich zitternd ein.

»Kannst du mir helfen, mich aufzusetzen?«

Er zögert keine Sekunde, mich vorsichtig hochzuziehen. Gemeinsam schaffen wir es, mich in eine halbwegs sitzende Position zu bringen, bei der nicht jeder Knochen in meinem Körper ächzt.

Eine Weile schweigen wir. Vom Wasser klingt Kindergeschrei zu uns, ein leichter Wind legt sich auf meine erhitzte Haut. Ich habe keine Ahnung, wo und wie ich anfangen soll.

»Dir geht es nicht gut«, meint Maxi irgendwann, den Blick fest auf mein Gesicht gerichtet.

»Nein.«

»Das habe ich mir schon gedacht.« Ein kaum merkliches Lächeln huscht über seine Züge, ehe er mich wieder ernst betrachtet. »Was ist los, Josi?«

»Ganz ehrlich? Ich weiß es nicht. So habe ich mich noch nie gefühlt.«

In dem Moment bricht es aus mir heraus.

»Ich spüre jeden Knochen in meinem Körper, als wäre jemand darauf herumgetrampelt. Meine Hüfte pocht, meine Muskeln zittern. Alles an und in mir tut weh. Und ich habe keine Ahnung, warum. Das kam von jetzt auf gleich.«

Ich schaue auf meine Hände, die schlaff in meinem Schoß liegen. »Mit Knochenschmerzen kann ich eigentlich umgehen, damit kenne ich mich aus. Ich habe dir ja von meiner Krankheit erzählt.«

Maxi nickt, unterbricht mich aber nicht.

»Es gibt immer wieder Momente, in denen mir alles wehtut. Wenn ich stolpere zum Beispiel, Erschütterungen halten meine Knochen nicht aus. Dann zwiebelt es ganz schön. Wetterumschwünge machen mir auch zu schaffen, da liege ich oft nachts mit Schmerzen wach. Aber so wie jetzt gerade ging es mir noch nie.«

Bei den letzten Worten bricht meine Stimme, und ich räuspere mich. Ich weiß nicht, warum es mir so schwerfällt, darüber zu reden. Weil ich es hasse, Schwäche zu zeigen? Normalerweise versuche ich immer, mein Leben nicht von meiner Krankheit bestimmen zu lassen. Es gibt wenige Behandlungsmethoden, die angewendet werden können. Physiotherapie, in akuten Situationen eine Schmerztablette, manchen Patienten hilft auch Kortison. Das hat bei mir aber nicht funktioniert. Deshalb habe ich früh gelernt, selbst einen Umgang mit meiner Erkrankung zu finden. Sie schwingt immer in meinem Hinterkopf mit, allein schon, weil mir das Gehen schwerer fällt als anderen. Aber sie definiert mich nicht. Ich habe mich immer als stärker empfunden als meine Krankheit. Bis gestern. Seitdem habe ich das Gefühl, ihr zum ersten Mal in meinem Leben hilflos ausgeliefert zu sein.

»Warum hast du nichts gesagt?«, flüstert Maxi, während seine Hand über mein Knie streichelt.

Ich konzentriere mich auf diese Berührung, blende das Brennen, Zwicken und Pochen aus, das meinen Körper in Beschlag genommen hat.

»Weil ich gedacht habe, es geht wieder weg. Normalerweise halten die Schmerzen nie lange an. Und ich wollte euch keine unnötigen Sorgen bereiten. Schließlich hatten wir davon genug in den letzten Wochen.«

»Mmh.« Nachdenklich lässt Maxi seinen Blick über mein Gesicht gleiten. »Vielleicht ist genau das die Ursache?«

Ich runzele irritiert die Stirn. »Was meinst du?«

»Das Pensum, das wir alle in den letzten Wochen gestemmt haben. Vor allem du. Ist dir das bewusst?«

Noch immer kann ich ihm nicht ganz folgen, was er mir anzusehen scheint. Er holt weiter aus.

»Du hilfst Biggi in der Pension. Beim Saubermachen der Zimmer, den Reservierungen, dem Empfang der neuen Gäste und vielem mehr. Als Lina kam, hast du ein Programm zur Ablenkung für sie auf die Beine gestellt und dich zusammen mit ihr in die Vorbereitungen für das Pensionsfest gestürzt. Du bist seit Wochen von früh bis spät beschäftigt, und zwar vor allem mit körperlicher Arbeit. Vielleicht war das ein bisschen zu viel?«

Ich blinzele, überrascht von dem Unterton, der in seinen Worten mitschwingt. Er klingt nicht vorwurfsvoll, aber eindringlich. Und besorgt.

»Ja, ich habe in den letzten Wochen viel gemacht. Doch das hatte ja auch einen Grund. Die beiden haben meine Hilfe gebraucht.«

»Schon, aber ...« Er hebt fragend seine Schultern. »Hast du dir Zeit für das genommen, was du eigentlich hier auf der Insel schaffen wolltest? Den Tod deiner Mutter zu verarbeiten?«

Ich verenge meine Augen. Warum fängt er jetzt mit diesem Thema an? Damit begibt er sich auf gefährliches Terrain. »Was?«

Maxi hebt abwehrend die Hände. »Ich möchte dir nicht zu nahe treten. Aber als wir uns kennengelernt haben, hast du ziemlich klar formuliert, dass du eine Auszeit brauchst, um ein paar Dinge für dich zu sortieren. Hast du dir diese Pause selbst zugestanden, seitdem du hier bist?«

Fassungslos starre ich ihn an. Mir fehlen die Worte. *Was soll das denn bitte?* Ich spüre, wie langsam, aber sicher Ärger in mir hochkocht. Er will mir *jetzt* Vorwürfe machen? Seit zwei Tagen habe ich mit den schlimmsten

Schmerzen zu kämpfen, die ich je hatte – und bin mit dem Kopf entsprechend gerade woanders. Mal davon abgesehen, dass es ganz allein meine Angelegenheit ist, wie ich mit dem Tod meiner Mutter umgehe. Da hat mir niemand hineinzureden – auch nicht Maxi.

Er scheint zu merken, wie ich innerlich dicht mache. Denn sein Tonfall wird vorsichtig.

»Ich weiß, wie es sich anfühlt, wenn man über seine eigenen Grenzen geht, um für andere da zu sein. Als meine Mutter gestorben ist, habe ich mir selbst ganz lange nicht erlaubt, traurig zu sein. Weil ich wollte, dass es meinem Papa und meiner Schwester gut geht. Dafür habe ich alles getan. Ich habe meine eigene Trauer immer weiter zurückgedrängt, versucht, gute Laune zu verbreiten und meiner Familie zur Seite zu stehen, bis ich fast daran zerbrochen wäre. Tomasz und Joris haben mir irgendwann ins Gewissen geredet und mich gezwungen, an mich selbst zu denken. Sonst wäre das nicht gut ausgegangen.« Er greift nach meiner Hand. »Lass mich das bitte auch für dich tun.«

Ich entziehe ihm abrupt meine Hand und rücke ein Stück von ihm ab.

»Nein.« Ein bitteres Lachen kommt aus meinem Mund. »Du hast keine Ahnung, wie es mir geht. Nur, weil deine Mutter auch gestorben ist, gibt dir das noch lange nicht das Recht, über meinen Umgang mit dem Tod meiner Mutter zu urteilen.«

Er verzieht gequält das Gesicht und will etwas erwidern, aber ich bin noch nicht fertig. Die Schmerzen, die Erwähnung meiner Mutter, die Trauer, die sich in diesem Moment in mir Bahn brechen will. Das alles ist zu viel.

»Wir haben nicht das Gleiche erlebt. Du warst nicht allein, du hattest deinen Vater und deine Schwester. Ich habe mit einem Schlag meine ganze Familie verloren.« Wieder laufen mir Tränen über das Gesicht. »Ihr hattet nach der Diagnose noch anderthalb Jahre. Bei meiner Mutter und mir waren es keine sechs Monate. Das ist nichts im Vergleich. Und da willst *du* mir helfen? Ausgerechnet du?«

Bei meinen Worten zuckt er zusammen.

»Josi, das ist nicht fair.«

»Nicht fair?« Wieder lache ich auf. In dem Moment brennt eine Sicherung in mir durch. Ich werde blind vor Schmerz und Trauer. »Ist das dein Ernst? *Du* hast das Thema angeschnitten!«

»Weil ich mir Sorgen um dich mache, verdammt!« Maxi hebt einen Arm und deutet mit seiner Hand auf mich. »Was glaubst du, würde deine Mutter denken, wenn sie dich so sieht? Am Ende deiner Kräfte, ohne dass du dir das selbst eingestehst?«

Mir klappt der Mund auf. Das bringt das Fass zum Überlaufen. Meine Wut bricht sich im Bruchteil einer Sekunde Bahn. In meinem Inneren ist kein Platz mehr für etwas anderes, sie verdrängt sogar die Trauer und überdeckt den Schmerz.

»Jetzt reicht's«, zische ich. »Was glaubst du eigentlich, wer du bist? Du hast sie nicht gekannt. Wag es bloß nicht, in ihrem Namen ein Urteil über mich zu fällen.«

Meine Hände zittern, mein Puls ist auf hundertachtzig. Ich stemme mich auf die Knie und heiße das Brennen willkommen, das mich dabei durchzuckt. Weil es meine Wut nur noch weiter befeuert.

Maxi blinzelt ein paarmal, ehe er zu einer Antwort ansetzt.

»Josi, so habe ich das nicht –«

»Nein! Es hat sich ausge-Josi-t. Was auch immer das hier ist«, ich deute mit meinem Finger zwischen ihm und mir hin und her, »ist vorbei. Endgültig.«

Ich springe auf, ignoriere das Pochen, das bei der Bewegung durch meinen Körper rauscht, und raffe mein Badetuch zusammen.

»Ich will dich nie wieder sehen. Hörst du? Nie wieder!«

Maxi hockt noch immer mitten im Sand. Wie vom Blitz getroffen starrt er mich an, mit offenem Mund und offensichtlich unfähig, etwas zu sagen. Aber ich warte nicht ab, bis er sich wieder gefangen hat. Stattdessen drehe ich mich um und laufe los. Wie mein Körper das schafft, hinterfrage ich in diesem Moment nicht. Denn es ist mir völlig egal. Ich habe nur ein Ziel vor Augen: Juist so schnell wie möglich zu verlassen.

Kapitel 26

Als ich in meinem Pensionszimmer ankomme, reiße ich die Schranktüren auf, hole den Koffer unter dem Bett hervor und werfe meine Sachen achtlos hinein. Jedes Brennen meiner Muskeln befeuert meine Wut weiter.

»Josi? Was –«

Ich hebe den Blick und entdecke Lina, die fassungslos in meiner Tür steht und das Chaos um mich herum betrachtet.

»Ich fahre zurück nach Köln«, erwidere ich und sammele weitere Habseligkeiten ein.

»Was ist passiert?«

Mitten in der Bewegung halte ich inne. Mein Herzschlag poltert laut in meiner Brust, und ich spüre, wie meine Kehle eng wird.

»Ich ... ich will im Moment nicht darüber reden.«

Lina schaut mich mit zusammengekniffenen Augen an. Ich versuche, ihren durchdringenden Blick zu ignorieren, und packe weiter.

Eine Weile beobachtet sie mich dabei, dann sehe ich aus dem Augenwinkel, wie sie zu mir ins Zimmer tritt und nickt.

»Okay. Ich komme mit dir und kümmere mich um die Buchungen der Tickets.«

»Was?« Ich wirbele herum, was ein Ziehen in meinem Rücken verursacht. »Nein, auf keinen Fall. Du bist nach Juist gekommen, um Urlaub zu machen.«

»Stimmt, aber ich werde dich trotzdem begleiten. Und du hast keine Chance, es mir auszureden.« Sie zuckt mit den Schultern.

»Aber Biggi«, versuche ich es trotz ihrer Warnung.

»... ist eine erwachsene Frau, die ihr Leben auch ohne uns zwei im Griff hat. Außerdem ist Martin wieder da und ihr Zimmermädchen kommt nächste Woche ebenfalls zurück.«

Ich kaue auf meiner Unterlippe. Weitere Argumente fallen mir nicht ein, was Lina mit einem triumphierenden Lächeln quittiert. Dann deutet sie auf meinen Koffer.

»Lass dir Zeit beim Packen, heute kommen wir hier nicht mehr weg. Die nächste Fähre geht erst morgen früh.«

Damit dreht sie sich um und ist in wenigen Schritten bei der Tür. Mich überkommt eine tiefe Woge der Dankbarkeit. Zeitgleich steigen mir Tränen in die Augen. Ohne Fragen zu stellen, und obwohl sie keine Ahnung hat, welcher Teufel mich reitet, erklärt sie sich bereit, mich zurück nach Köln zu begleiten. Womit habe ich diesen tollen Menschen an meiner Seite bloß verdient?

»Danke.«

Meine Stimme ist so leise, dass ich mir nicht sicher bin, ob Lina mich überhaupt hören kann. Doch sie bleibt in der Tür stehen und wirft mir ein Lächeln über ihre Schultern zu.

»Jederzeit.«

Biggi reagiert überrascht auf unsere plötzliche Aufbruchstimmung. Aber wie Lina stellt sie keine Fragen. Zum Abschied drückt sie erst meine beste Freundin, dann mich lange und voller Liebe und Wärme. Als ich ihren Duft nach Pfirsich und Nelken einatme, steigen mir schon wieder Tränen in die Augen. Seit meinem Streit mit Maxi bin ich ein emotionales Wrack. Aber etwas Gutes hat mein Gefühlschaos: Es betäubt mich und drängt die Knochen- und Muskelschmerzen beiseite. Sie sind heute deutlich dumpfer als die zwei Tage zuvor. Vielleicht schlagen aber auch endlich die Schmerztabletten an.

Während Lina und ich darauf warten, auf die Fähre gelassen zu werden, gleitet mein Blick immer wieder unruhig über das Hafengelände. *Er wird nicht auftauchen*, rede ich mir innerlich gut zu. *Er hat Unterricht. Und außerdem hast du ihm klar und deutlich gesagt, dass du ihn nie wieder sehen willst.*

Als wir aufgefordert werden, unsere Tickets vorzuzeigen, und auf das Schiff gehen, atme ich trotzdem erleichtert auf. Ob ich eine weitere Begegnung mit ihm verkraftet hätte, kann ich in meinem jetzigen Zustand nicht genau sagen.

Die gesamten anderthalb Stunden Fährfahrt schweigen Lina und ich. Dieses Mal sitzen wir nicht an Deck, sondern im Innenraum der Fähre. Ich starre hinaus auf das Wasser und sehe dabei zu, wie wir uns mit jeder Minute weiter von Juist entfernen. Mein Herz verkrampft sich, je kleiner die Umrisse der Insel werden. Ich fühle mich, als würde ich ein Stück von mir zurücklassen. Für immer.

Wie von selbst schweifen meine Gedanken zu Maxi und seinen Worten gestern am Strand. Sie haben sich wie ein Vertrauensbruch angefühlt. Alles in mir zieht sich schmerzhaft zusammen, als ich daran denke, wie er meine Mutter ins Spiel gebracht hat. Von Lina und Biggi abgesehen, war er der erste Mensch, dem ich meine Trauer so offen gegenüber gezeigt habe. Und er macht es mir zum Vorwurf, dass ich den Verlust noch nicht so verarbeitet habe, wie ich es mir vorgenommen hatte.

Meine Augen füllen sich mit Tränen, und ich wende mich hastig ab, damit Lina es nicht bemerkt. Um mich abzulenken, stecke ich mir meine Bluetoothkopfhörer in die Ohren und lasse mich bis zur Ankunft am Festland von meiner Lieblingsplaylist ablenken.

Auch die Zugfahrt nach Köln verläuft weitestgehend schweigend. Nachdem Lina mich mit einem Seitenblick prüfend gemustert hat, holt sie ihr Tablet hervor und sucht eine Serie heraus, in die sie sich bis zur Ankunft in unserer Heimatstadt vertieft. Sie drängt mich nicht, mit ihr zu reden, wofür ich ihr sehr dankbar bin. Denn noch fühle ich mich dazu nicht bereit.

Als ich meinen Koffer bald darauf durch meine Wohnungstür schiebe, und sie hinter mir ins Schloss fällt, überkommt mich eine bleierne Müdigkeit. Statt auszupacken, lasse ich mein Gepäck im Flur stehen und verkrieche mich in meinem Bett. Dort halte ich meine Tränen nicht mehr zurück und gleite irgendwann in einen unruhigen Schlaf.

Am nächsten Abend klingelt es an meiner Tür. Als ich sie öffne, steht Lina mit zwei großen Eisbottichen, einer Flasche Sekt und einer Pizzaschachtel in der Hand davor.

»Mädelsabend. Keine Widerrede.«

Sie schiebt sich an mir vorbei in meine Wohnung und läuft in Richtung Küche. Perplex folge ich ihr und beobachte, wie sie zwei Löffel aus meiner Besteckschublade kramt, Gläser aus dem Schrank über der Spüle holt und alles auf einem Tablett anrichtet.

»Wohnzimmer?«

Ich nicke, immer noch zu verdutzt, um etwas zu sagen.

Lina stellt ihre Mitbringsel auf dem Couchtisch ab, schnappt sich die Fernbedienung und scrollt wenig später durch das Angebot eines Streamingdienstes. Als die ersten Töne meines Lieblingsfilms aus den Boxen erklingen, lehnt sie sich zufrieden zurück. Dann gleitet ihr Blick zu mir, wie ich im Türrahmen stehe. Fragend hebt sie die Brauen.

»Willst du da Wurzeln schlagen oder setzt du dich zu mir?«

»Lina, was –«

Sie drückt auf Pause.

»Ich brauche das jetzt. Einen Filmabend mit jeder Menge Eiscreme und meiner besten Freundin. Wir beide haben gebrochene Herzen.«

Ich öffne den Mund, um ihr zu widersprechen, aber sie winkt ab.

»Versuch's erst gar nicht. Wir wissen beide, dass unsere überstürzte Abreise etwas mit Maxi zu tun hat. Da reicht es, eins und eins zusammenzuzählen. Mein Gesicht sah genauso verheult aus wie deins, als ich das mit Tobis Affäre herausgefunden habe. Ich hatte an dem Abend einen ähnlichen Tatendrang wie du vorgestern.« Sie lehnt sich vor, greift sich einen der Eisbecher und schiebt sich einen vollen Löffel in den Mund. »Manchmal hilft es, sich die Dinge von der Seele zu reden. Und Eis sowieso.« Sie leckt sich über die Lippen und deutet mit ihrem Löffel auf mich. »Den Tag gestern habe ich dir Zeit gegeben, deine Gedanken zu sortieren. Jetzt will ich wissen, was zwischen dir und Maxi vorgefallen ist. Also?«

Erwartungsvoll klopft sie neben sich auf das Sofa.

Ich schaue sie mit offenem Mund an, hin- und hergerissen, ob ich lachen oder weinen soll. Lina ist eine Naturgewalt. Das war sie schon immer. Sie sagt offen und ehrlich, was sie denkt, nimmt kein Blatt vor den Mund, und weiß genau, was sie will. Sie bleibt hartnäckig am Ball, bis sie das bekommt, was sie sich wünscht. Wenn sie sich einmal etwas in den Kopf gesetzt hat, kommt niemand dagegen an. Auch nicht ich.

Also lasse ich mich seufzend zu ihr auf die Couch fallen. Und dann erzähle ich ihr alles.

Von meinem Date mit Maxi am Strand, bei dem wir uns von dem Verlust unserer Mütter erzählt haben. Von seiner Idee, meine Sorgen auf das Meer hinauszuschreien. Von dem Hochgefühl, das mich mit sich gerissen hat, als ich mich tatsächlich getraut habe. Von unserem Kuss. Unserer ersten gemeinsamen Nacht. Der zweiten Nacht, in der wir Arm in Arm eingeschlafen sind. Von dem Aufwachen am nächsten Morgen, meinen Schmerzen und meiner Panik, Maxi oder auch ihr und Biggi damit Sorgen zu machen. Zum ersten Mal gestehe ich mir ein, warum mir das alles so zu schaffen macht. Weil ich durch die Krankheit meiner Mutter genau weiß, wie sehr die Menschen, die einen lieben, mitleiden – auch, wenn man das nicht will, und es einem das Herz bricht.

Weil ich Angst hatte, eine Bürde für sie zu sein. Weil ich meiner Rolle von der Josi, die für Biggi und Lina stark ist, weiterhin gerecht werden wollte.

Ich erzähle weiter, wie Maxi mich am nächsten Tag am Strand gefunden hat. Wie ich vor lauter Verzweiflung und Wut – auf meinen Körper, auf die verdammten Schmerzen, auf meine Angst, Schwäche zu zeigen – nicht mehr wusste, wohin mit mir. Ich berichte von unserem Streit, wie ein Wort das andere ergeben hat, wie er meine Mutter ins Spiel gebracht hat. Wie er mir gespiegelt hat, dass ich mich selbst aufgebe, um für andere da zu sein, aber selbst keine Hilfe annehmen kann. Und, dass ich mich vor meiner Trauer verstecke.

»Als er über Mutter gesprochen hat, ist eine Sicherung bei mir durchgebrannt. Das war einfach zu viel. Also habe ich das mit ihm auf der Stelle beendet und bin zurück in die Pension. Den Rest kennst du.«

Eine Weile ist es still, nur unsere Atemzüge sind zu hören. Dann schlingt meine beste Freundin beide Arme um mich und legt ihren Kopf auf meine Schulter.

»Ach, Josi.«

Mehr sagt sie nicht. Und das ist auch nicht nötig. Denn sie ist da und fängt mich auf. Das ist alles, was zählt.

Kapitel 27

Am nächsten Morgen werde ich von einem Brummen geweckt. Noch mit geschlossenen Augen schnuppere ich. *Kaffee.*

Verschlafen strecke ich mich, ignoriere den leeren Pizzakarton und die Eisbottiche, die auf dem Wohnzimmertisch stehen, und tapse auf nackten Fußsohlen durch meinen Flur zur Küche.

»Guten Morgen, Sonnenschein!«

Lina lehnt mit einer frisch aufgebrühten Tasse Kaffee in der Hand an der Anrichte und schaut mir mit einem Grinsen entgegen.

»Morgen«, murmele ich.

»Möchtest du auch eine?«

Sie deutet auf die Tasse in ihrer Hand. Ich nicke, und sie reicht mir einen dampfenden Kaffee. Zwei Zuckerstückchen landen darin, dann gönne ich mir einen großen Schluck. *Aaah, tut das gut.* Ich spüre dem bitteren Geschmack nach, der sich in meinem Mund ausbreitet. Genau das, was ich gebraucht habe.

Einvernehmlich schweigend nippen wir beide an unserem Kaffee. Dabei betrachte ich meine beste Freundin über den Rand meiner Tasse hinweg. Sie sieht aus wie aus dem Ei gepellt. Wie schafft sie das nur? Ich fühle mich, als hätte ein Schwarm Vögel auf meinem Kopf genistet, so durcheinander sind meine Haare. Außerdem möchte ich dringend den Pelz auf meiner Zunge loswerden, den der Kaffee nur bedingt überdeckt.

»Wie geht es dir heute?«, erkundigt sich Lina, bevor sie einen weiteren Schluck aus ihrer Tasse nimmt.

Ich horche in mich hinein. Überrascht bemerke ich, dass meine Knochen kaum noch aufmucken. Der Schmerz ist nur dumpf zu spüren. Auch meine Muskeln fühlen sich weicher und lange nicht mehr so unbeweglich wie vor drei Tagen an. »Besser. Und irgendwie ... aufgeräumter. Du hattest recht: Das Reden hat wirklich geholfen.«

Meine beste Freundin lacht. »Siehst du? Du solltest öfter auf mich hören.«

»Ich überleg's mir.«

Mit einem Lächeln hebe ich den Kaffee an meine Lippen.

In dem Moment vibriert Linas Handy, das sie auf die Anrichte gelegt hat. Sie wirft einen Blick auf die Anzeige, macht aber keine Anstalten, den Anruf anzunehmen.

»Geh ruhig ran.«

Doch sie schüttelt den Kopf. »Das ist meine Chefin, ich rufe sie später zurück. Ich hatte ihr ein paar Infos zugeschickt für einen möglichen, neuen Auftrag. Vom Juister Bürgermeister höchstpersönlich.«

Bei dem Wort *Bürgermeister* klingelt es in mir. Dazu hatte Lina mir in meinem Schmerzdelirium vor ein paar Tagen etwas erzählt.

»Wie war denn dein Termin bei ihm? Entschuldige, dass ich nicht viel eher gefragt habe.«

»Ach Quatsch, alles gut. Es war superinteressant. Er war so begeistert von dem Pensionsfest, dass er wissen wollte, ob ich mir vorstellen könnte, das Konzept zu erweitern. Für eine neue Veranstaltungsreihe auf der Insel, wo die Freundschaft zwischen Juist und verschiedenen anderen Orten im Mittelpunkt steht. Das Ganze soll in mehreren Locations stattfinden, Hotels, Restaurants, im Januspark, am Strand ... Er hatte tausend Ideen. Eine davon war, mich als Projektleiterin für diese Eventreihe anzuwerben.« Sie zuckt mit den Schultern. »In der Größenordnung habe ich noch nichts allein auf die Beine gestellt, aber wenn meine Agentur den Auftrag annimmt, könnte ich mich vor Ort ausprobieren und vor allem: austoben.«

»Hättest du denn Lust dazu?«

Lina nickt. »Auf jeden Fall! Ich liebe meinen Job, das weißt du ja. Die Events, die wir betreuen, sind klasse. Aber so eine Veranstaltungsreihe hauptverantwortlich aus dem Boden zu stampfen, und das noch in einer anderen Umgebung als Köln, reizt mich. Vor allem, wenn meine Agentur mir den Rücken stärkt, mich auf Juist aber trotzdem selbstständig machen lässt.«

Ihr Blick gleitet nachdenklich aus dem Fenster, und ich sehe förmlich die vielen Ideen, die Lina schon jetzt in ihrem Kopf trägt. Freude breitet sich in mir aus, denn meine beste Freundin hat es mehr als verdient, so einen tollen Job an Land gezogen zu haben.

»Hast du schon Pläne für heute?«, durchbricht sie irgendwann die harmonische Stille.

»Tatsächlich ja. Ich habe überlegt, zum Haus zu fahren.« Das Haus, in dem meine Mutter bis zu ihrem Tod gelebt hat. Mein Haus.

Der Plan geistert schon seit der Zugfahrt zurück nach Köln in meinem Kopf herum. Denn so ungern ich das zugebe: Maxi hatte recht. Ich habe mir auf Juist tatsächlich kaum Zeit für meine Trauer genommen. Vielleicht hilft das, was ich am meisten scheue, dabei, ihren Verlust zu akzeptieren.

»Möchtest du, dass ich dich begleite?«

In Linas Worten liegt eine solche Wärme, dass mir beinahe wieder die Tränen kommen. Dieses Mal jedoch vor Rührung.

»Danke. Aber ich glaube, ich muss das allein schaffen. Ich will vielleicht sogar ein paar Tage dortbleiben. Dinge ausmisten und so.«

Lina nickt langsam. »Sollte etwas sein, ruf gern jederzeit an.«

»Das mache ich.«

Anderthalb Stunden später stehe ich mit klopfendem Herzen vor dem Haus, in dem ich aufgewachsen bin. Hier habe ich einen Großteil meiner glücklichsten Momente erlebt. Aber auch meine traurigsten.

Zitternd schließe ich die Haustür auf und trete ein. Mit angehaltenem Atem blicke ich mich um.

Seit der Beerdigung bin ich nicht mehr hier gewesen. Und auch da habe ich nur die wichtigsten Unterlagen zusammengesucht, mich ansonsten aber nicht lange hier aufgehalten. Dafür tat es zu weh. Weil die Erinnerungen an meine Mutter in jedem einzelnen Quadratzentimeter stecken.

Stumme Tränen laufen über meine Wangen, während ich den Anblick des Eingangsbereichs in mich aufnehme. An der Garderobe hängt noch ihre Jacke, darunter stehen ordentlich aufgereiht mehrere ihrer Schuhe. Meine Brust zieht sich zusammen. Zwar hat sich über die Monate eine feine Staubschicht auf dem Boden angesammelt, aber dieser Ort hat trotzdem nichts von seiner Lebendigkeit verloren. Beinahe erwarte ich, meine Mutter jeden Moment in den Flur spazieren zu sehen, um sich ihre Wildlederpumps überzustreifen und auf den Weg in die Schule zu machen.

Ein Schluchzen befreit sich aus meiner Kehle. Ich werde von einem Heulkrampf geschüttelt. Rotz läuft mir aus der Nase, Tränen tropfen auf den Boden. Mein Herz zersplittert mit jeder Sekunde ein bisschen mehr. Aber ich lasse es geschehen. Denn genau deshalb bin ich hier.

Nach einigen Minuten habe ich mich wieder so weit gefangen, dass ich meinen Weg durch das Haus fortsetzen kann.

Raum für Raum arbeite ich mich vor. Lasse mich in jedem Zimmer auf die Erinnerungen ein, die dort auf mich warten. Auf den Schmerz, der damit einhergeht. Und auf die Erkenntnisse, die langsam, aber sicher, in mein Bewusstsein vordringen.

Ich werde meine Mutter nie wieder auf dem Sofa sitzen und lesen sehen. In der Küche wird sie nie wieder lautstark zu ihrem Lieblingssong mitsingen, der aus dem Radio dudelt, während sie Popcorn mit Schmackes zubereitet. In ihrem Schlafzimmer wird nie mehr ein Berg Klamotten auf dem Bett liegen, weil sie beschließt, dass mal wieder Zeit für eine Ausmistaktion ist. Es wird keine Glitzerexplosion mehr in ihrem Büro geben, wenn sie zu Beginn des Schuljahres etwas für ihre Schützlinge bastelt.

All das gehört der Vergangenheit an. Denn meine Mutter ist nicht mehr hier. Sie wurde viel zu früh aus dem Leben gerissen, hat es aber in vollen Zügen genossen und so viel Liebe gegeben, dass sie trotzdem immer bei mir sein wird. Sie ist ein Teil von mir, und wird es mein ganzes Leben lang sein.

Als ich meinen Hausrundgang beende und keine Tränen mehr übrig sind, fühle ich mich auf eine seltsam befreiende Art leer. So ähnlich wie nach dem Herausschreien meiner Sorgen auf das Meer. Zwar spüre ich den Schmerz über den Verlust noch immer deutlich, doch er ist gepaart mit dem Wissen, dass ich ihn überstehen werde. Schritt für Schritt. Tag für Tag.

Inzwischen ist es draußen dunkel geworden, die Uhr zeigt weit nach Mitternacht an. Deshalb rolle ich mich auf dem Bett meiner Mutter zusammen und schlafe nach nur wenigen Minuten ein.

Die nächsten Tage verbringe ich damit, das Haus auf den Kopf zu stellen. Im Keller stehen jede Menge Umzugskartons, die ich mit all den Dingen fülle, die sich im Laufe des Lebens meiner Mutter angesammelt haben.

Einen Teil ihrer Sachen spende ich, einen Teil werfe ich weg. In einer Kiste sammele ich Erinnerungsstücke wie Fotos, ihre Lieblings-CDs, Geschenke ihrer Schüler.

Es ist heilsam, alles zu sortieren. Denn während ich ihre Habseligkeiten durchgehe, habe ich das Gefühl, ihr Leben noch mal Revue passieren zu lassen. Ich weine viel in diesen Tagen, unterdrücke die Trauer nicht länger und heiße alle Empfindungen willkommen, die sich in den letzten Monaten in mir angesammelt haben.

Traurigkeit darüber, den wichtigsten Menschen in meinem Leben verloren zu haben.

Wut darüber, dass sie mich allein zurückgelassen hat.

Verzweiflung darüber, dass der Brustkrebs erst so spät entdeckt wurde und keine Heilung möglich war.

Freude darüber, was für ein schönes Leben sie gehabt hat, und dass sie so vielen Menschen etwas bedeutet hat.

Glück darüber, dass sie meine Mutter war, und wir bis zum Schluss ein enges Verhältnis zueinander hatten.

Dabei hinterfrage ich die einzelnen Gefühle nicht, sondern gebe ihnen Raum, durchlebe sie in der Intensität, in der sie heranrollen. Manche kommen in sanften Wellenbewegungen, andere reißen mich wie ein Sturm mit sich, wieder andere begraben mich förmlich unter sich und nehmen mir die Luft zum Atmen. Ich halte jedes Gefühl aus. Und spüre, wie reinigend dieser Prozess ist. Er rückt alles in eine neue Perspektive, verschafft mir Klarheit und hilft mir, meine Gedanken zu sortieren.

In all den Tagen, die ich in dem Haus verbringe, in dem ich aufgewachsen bin, kümmere ich mich auch gut um meinen Körper. Ich massiere meine Beine und Arme, nehme Entspannungsbäder, reibe mich mit einer neuen Tube der heißen Salbe ein und mache Pausen, sobald ich merke, dass ein dumpfer Schmerz sich ankündigt. Ein Termin bei meinem Hausarzt bestätigt, dass ich mir in den letzten Wochen zu viel zugemutet habe und mein Körper deshalb an seine Grenzen gestoßen ist. Gemeinsam besprechen wir, auf welche Warnsignale ich verstärkt achten soll, damit es nicht noch einmal so weit kommt. Ich verlasse die Praxis mit einem guten Gefühl und dem dringenden Rat, es in nächster Zeit langsamer angehen zu lassen.

Als ich mich am Samstagmittag auf den Rückweg in meine Wohnung begebe, fühle ich mich emotional wie einmal durch den Fleischwolf gedreht, aber auch wie neugeboren. Die letzten Tage waren intensiv, schmerzhaft, heilsam und erkenntnisreich.

Ich weiß, dass ich meine Mutter immer vermissen werde. Doch ich habe auch endlich das Gefühl, mit der Emotion umgehen zu können. Die Trauer darf mich nicht hemmen, in dem, was ich mir für meine Zukunft wünsche.

Denn mein Leben geht weiter.

Mein Sabbatical dauert noch knapp zwei Monate. Und ich spüre deutlich, dass ich sie gern wie ursprünglich gedacht bei Biggi auf Juist verbringen will. Diese Insel ist mir unter die Haut gegangen. Noch nie habe ich mich so schnell an einem Ort zu Hause gefühlt wie im Töwerland. Das möchte ich gern weiter erkunden. Auch, wenn der Streit mit Maxi mir nach wie vor nachhängt, und ich, wie Lina vermutet hat, mit einem gebrochenen Herzen auf die Insel zurückkehre. Vielleicht ergibt sich im Laufe meiner Auszeit die Möglichkeit, noch mal in Ruhe mit ihm zu sprechen. Und mich zu entschuldigen. Denn mir ist mittlerweile klar, dass ich ihn furchtbar verletzt habe.

Nach einem Telefonat mit Biggi ist alles geklärt.

»Dass das aber klar ist, Josi«, stellt sie eine Bedingung, »wenn du die restlichen Monate deines Sabbaticals doch wieder zu mir kommst, möchte ich, dass du in der Zeit keinen Finger für die Pension rührst. Du machst hier Urlaub und erholst dich. Versprichst du mir das?«

Es fällt mir leicht, ihr darauf mein Wort zu geben. »Versprochen.«

»Wunderbar.« Ich kann das Lächeln in ihrer Stimme hören. »Dann hab noch einen tollen Tag in Köln. Ich habe das Gefühl, dass heute etwas Besonderes in der Luft liegt. Genieß es!«

Lachend schüttele ich den Kopf, als sie sich mit dieser kryptischen Botschaft verabschiedet. Doch kurz darauf überlege ich bereits, was ich in Juist noch alles unternehmen möchte. Deswegen denke ich nicht weiter darüber nach, sondern schicke stattdessen Lina eine kurze Sprachnachricht, um sie über meine Pläne zu informieren. Dann mache ich mich daran, meine Koffer zu packen.

Ich bin gerade dabei, meinen Kulturbeutel im Badezimmer zu bestücken, als es an meiner Tür klingelt. Ich hebe erstaunt den Kopf. Ob das Lina ist?

Ohne zu zögern, gehe ich im Flur zur Gegensprechanlage und drücke auf den Summer. Anschließend öffne ich meine Wohnungstür und schaue erwartungsvoll ins Treppenhaus.

Aber es ist nicht Linas dunkelbrauner Haarschopf, der sich die Stufen zu mir ins Dachgeschoss hochschiebt.

Mein Herz stolpert, bevor es in doppelter Geschwindigkeit lostrommelt. Meine Augen weiten sich.

»Maxi?«

Kapitel 28

Schweratmend kommt er vor mir zum Stehen, eine Sporttasche über die Schulter gehängt und die Hände in die Hüften gestemmt. Seine Brust hebt und senkt sich so schnell, dass ich kurz Angst habe, er könnte umkippen.

»W-was machst du hier?«, stottere ich. Dann stutze ich. »Und woher weißt du, wo ich wohne?«

Er lässt sich seine Tasche von der Schulter gleiten und bedeutet mir mit seinem Zeigefinger, dass er gleich antworten wird. Er ist noch immer dabei, nach Luft zu ringen.

»Himmel, ich dachte eigentlich, ich hätte eine bessere Kondition. Aber hier ist es locker zehn Grad wärmer als bei uns an der See. Das habe ich etwas unterschätzt.«

Mit einer Hand wischt er sich den Schweiß von der Stirn.

»Also. Zu deiner zweiten Frage: Biggi. Und zu deiner ersten Frage: Die Antwort ist ein bisschen länger. Darf ich dafür vielleicht reinkommen?«

Ich bin so perplex, dass ich mich keinen Millimeter bewege. Stocksteif stehe ich in meiner Tür und starre Maxi an, als wäre er eine Erscheinung. Seine geröteten Wangen. Seine verwuschelten Haare, die aussehen, als wäre er mitten durch einen Windkanal gelaufen. Ob er etwa hierher gerannt ist?

In meinem Inneren fahren die Gefühle Achterbahn. Es dauert einen Moment, bis ich reagiere.

»Reinkommen, okay. Ich meine, klar. Warum nicht? Jetzt, wo du eh schon da bist.«

Hastig beiße ich mir auf die Unterlippe, um mich davon abzuhalten, noch wirrer zu antworten, und trete einen Schritt zur Seite.

»Danke«, antwortet Maxi. Die Erleichterung ist ihm deutlich anzuhören.

Als er an mir vorbei in meine Wohnung geht, steigt mir sein Duft in die Nase. Mein Puls legt noch mal einen Zahn zu.

Maxi bleibt mitten im Flur stehen und dreht sich dann fragend zu mir.

»Josi?«

»Ja?«

Sein Blick huscht unsicher über die Türen, die vom Flur abgehen. Oh, natürlich. Er ist ja das erste Mal hier. »Entschuldige. Am besten gehen wir ins Wohnzimmer.«

Röte kriecht meinen Hals hinauf, bevor ich mit der Hand auf die Tür schräg gegenüber deute. »Setz dich schon mal, ich hole dir schnell was zu trinken.« *Und atme noch einmal tief durch.*

Froh darüber, etwas zu tun zu haben, eile ich in die Küche und fülle für ihn ein Glas mit Leitungswasser. Damit gehe ich die paar Schritte ins Wohnzimmer hinüber und stelle es auf dem Couchtisch ab.

»Danke.«

Er greift danach und stürzt es sich in wenigen Sekunden hinunter. Ich beobachte, wie sich ein Wassertropfen verselbstständigt und von seinen Lippen über sein Kinn und seinen Hals hinabläuft. Mir wird warm. Hastig wende ich den Blick ab.

Das Bild, dass Maxi hier in Köln bei mir auf meinem Sofa sitzt, kann mein Hirn noch nicht richtig verarbeiten. Mein Herz poltert in der Brust, all meine Nervenenden scheinen auf ihn und seine Nähe ausgerichtet zu sein.

Maxi ist hier. Bei mir. In Köln. Nur wenige Zentimeter entfernt.

Mit einem dumpfen Geräusch stellt er das Glas auf dem Couchtisch ab und dreht sich auf dem Sofa zu mir. Dabei streift sein Knie leicht meins – und ein Stromstoß jagt mein Bein hinauf.

»Um deine Frage zu beantworten, Josi,« seine Stimme klingt belegt, und er räuspert sich mehrmals, »ich bin heute hier, weil –«

»Ich muss mich bei dir entschuldigen«, platze ich heraus, bevor Maxi seinen Satz beendet. Überrascht hält er inne.

»Es tut mir leid, was ich zu dir gesagt habe. Ich hätte dich niemals so anfahren dürfen, das war nicht fair. Ich weiß, dass du mir nur helfen wolltest und dir Sorgen gemacht hast. Mir war das in dem Moment alles zu viel. Ich habe dich von mir gestoßen und bin einfach abgehauen. So sollte dich niemand behandeln, du hast was Besseres verdient. Ich kann nicht mehr rückgängig machen, was am Strand passiert ist. Aber ich möchte, dass du weißt«, zitternd atme ich ein und suche seinen Blick, »es tut mir von ganzem Herzen leid.«

Seine Augen heften sich auf mein Gesicht. Ich muss schlucken, als ich verschiedene Emotionen darin aufflackern sehe. Das Leuchten seiner grünen Iris intensiviert sich und nimmt mich völlig für sich ein. Himmel, ich werde mich niemals an diese Farbe gewöhnen. Wie kann man nur so grüne Augen haben? Er rückt ein Stück näher an mich heran, ohne meinen Blick freizugeben.

»Mir tut es leid, dass ich so vorgeprescht bin. Ich wollte dich nicht bevormunden. Und wofür ich mich besonders entschuldigen möchte: Mir stand es nicht zu, über deine Mutter zu reden und ihr Worte in den Mund zu legen. Du hast recht – ich kannte sie nicht und habe damit eine Grenze überschritten.«

Mit wild klopfendem Herzen starre ich ihn an. Dann verziehen meine Lippen sich zu einem Lächeln. »Nein, es war richtig, dass du mir das so gesagt hast. Ich wollte es nicht hören, aber du hast den Nagel auf den Kopf getroffen. Zu hundert Prozent. Nur dadurch habe ich es endlich geschafft, um meine Mutter zu trauern. Du musst dich für nichts entschuldigen, Maxi. Aber ich muss mich bei dir bedanken. Für alles, was du für mich getan hast.« Ich lache auf. »Hast du überhaupt annähernd eine Ahnung davon, wie wundervoll du bist?«

Maxis Blick liegt während meiner kleinen Rede ununterbrochen auf mir. Ich erkenne die Überraschung darin, und ein wenig Überforderung. Also hole ich weiter aus.

»Ich habe dich von Anfang an auf Abstand gehalten. Wenn man von unserem Kennenlernen absieht.«

Ein Grinsen huscht über sein Gesicht.

»Trotzdem warst du die ganze Zeit für mich da, hast mich nie zu etwas gedrängt oder mich für seltsam erklärt, wenn ich mich wieder zurückgezogen habe, obwohl ich dir vorher andere Signale gesendet habe. Ich konnte mich immer bei dir melden, wenn ich dazu bereit war, und du hast geduldig gewartet. Obwohl wir uns kaum kannten.«

Ich halte Maxis Blick fest, während mein Herzschlag sich verdoppelt. »Du hast mir von Anfang an das Gefühl vermittelt, dass ich mich bei dir fallen lassen kann. Wie du mich mit offenen Armen aufgenommen hast, werde ich dir nie vergessen. Mir war zu dem Zeitpunkt nicht bewusst, wie sehr ich einen Freund brauche. Aber du hast es gespürt und diese Rolle perfekt eingenommen.«

In seinen Augen flackert etwas auf, das ich nicht direkt greifen kann. Doch ich bin noch nicht fertig.

»Du hast mich aufgemuntert, mich ermutigt, neue Dinge auszuprobieren und mir gezeigt, dass ich in deiner Nähe ganz ich selbst sein kann. Du hast *mich* gesehen, auch wenn ich versucht habe, Seiten zu verbergen. Ich weiß nicht, wie du es geschafft hast, aber du hast hinter meine Mauer geschaut und mir geholfen, sie Stück für Stück abzubauen.«

Meine Kehle wird eng, als ich fortfahre. »Du warst nicht nur für mich da, sondern auch für Biggi und Lina. Ohne zu zögern. Dafür kann ich dir niemals genug danken.«

»Josi«, erwidert er mit heiserer Stimme, doch ich bedeute ihm mit einer Hand, dass da noch etwas kommt.

»Ich weiß nicht genau, wann es passiert ist. Aber ich weiß, wann ich es mir das erste Mal bewusst eingestanden habe. Bei unserem Date am Strand. Und ... in unserer ersten Nacht.«

Meine Wangen fangen Feuer und Maxis Blick verschleiert sich für einen Moment. Ich hole tief Luft.

»Du gehst mir unter die Haut, Maxi. Wie noch nie jemand zuvor. Ich bekomme dich nicht mehr aus meinem Kopf. Mein erster Gedanke morgens gilt dir, und abends ist dein Gesicht das letzte, das ich sehe, bevor ich einschlafe. Ich habe am Anfang versucht, mich dagegen zu wehren. Aber mittlerweile bin ich machtlos ... und genieße es viel zu sehr. Es ist das schönste und intensivste Gefühl, das ich jemals hatte. Weil ich mich in dich verliebt habe.«

Da. Jetzt ist es raus.

In den letzten Tagen hatte ich viel Zeit zum Nachdenken. Und vor allem auch zum Nachfühlen. Maxi ist mir die gesamte Zeit durch den Kopf gegeistert. Die Erinnerungen an ihn haben die Schmetterlinge in meinem Bauch dazu gebracht, wild aufzuflattern, und jedes Mal hatte ich ein glückliches Lächeln auf dem Gesicht.

Mit schnell pochendem Herzen und angehaltenem Atem warte ich auf seine Reaktion.

Maxis Blick liegt auf mir. Klar und ruhig. Darin erkenne ich so viel Wärme und Zuneigung, dass meine gesamte Haut anfängt zu prickeln.

»Wenn ich jetzt darf, würde ich gern deine Frage von vorhin beantworten.«

Irritiert blinzele ich. »Meine ... Frage?«

»Mmh.«

Maxi rückt wieder näher an mich heran, berührt mich aber weiterhin nicht. Die Luft zwischen uns lädt sich auf. Jede Zelle meines Körpers sehnt sich nach ihm.

Er senkt den Kopf, sodass seine Lippen kurz vor meinen schweben.

»Du hast mich vorhin zwei Sachen zur Begrüßung gefragt. Auf eine habe ich dir eine Antwort gegeben, auf die andere nicht. Erinnerst du dich?«

In diesem Moment erinnere ich mich an gar nichts. Mein Blick gleitet wie von selbst zu seinen Lippen, ehe ich mich zwinge, wieder in seine Augen zu schauen. Die Hitze, die von ihm ausgeht, sorgt für ein Summen in meinen Nervenenden. Ich stehe in Flammen. Aber das wissende Aufblitzen in seinem Blick gibt mir zu verstehen, dass er mich aus diesem Zustand erst befreien wird, wenn ich mich konzentriere.

Also reiße ich mich für einen Moment zusammen.

»J-ja«, stottere ich. »Ich wollte wissen, was du hier machst. Warum du zu mir nach Köln gekommen bist.« Sein Atem trifft auf meine überreizte Haut, und ich kann gerade so ein Keuchen unterdrücken.

Gott, was macht dieser Mann nur mit mir?

Maxis Mundwinkel verziehen sich zu einem Lächeln. Dann rückt er ein wenig von mir ab, sodass ich wieder Atem schöpfen kann.

»Es gibt mehrere Gründe, warum ich hier bin. Einer davon ist, dass ich dich bitten wollte, für dein restliches Sabbatical zurück nach Juist zu kommen. Auf die Idee bist du zum Glück auch schon selbst gekommen, wie mir Biggi eben geschrieben hat. Da war ich noch eine Haltestelle vom Kölner Hauptbahnhof entfernt.«

Er blinzelt mir zu, doch dann verschwindet das spitzbübische Funkeln aus seinen Augen. Als hätte man eine Lampe ausgeknipst. Stattdessen legt sich ein Ausdruck voller Schmerz auf sein Gesicht. »Du glaubst mir nicht, wie erleichtert ich war. Die letzten Tage habe ich viel über das nachgedacht, was am Strand vorgefallen ist. Ich habe mir große Vorwürfe gemacht, aber am schlimmsten war eine Sache: Ich habe den Gedanken nicht ertragen, dass du die Insel meinetwegen verlassen hast.«

Mein Herz verkrampft sich. »Maxi, ich –«

Ich verstumme, als er den Kopf schüttelt. Die Dringlichkeit, die in seinem Blick liegt, sorgt dafür, dass ich innehalte und ihm weiter lausche.

»Ich hätte es mir nie verziehen, wenn ich der Grund dafür wäre, dass du nie wieder nach Juist kommst. Dass du Biggi nicht mehr besuchst, weil du Angst hast, mir zu begegnen. Selbst, wenn du meine Entschuldigung nicht angenommen hättest, hätte ich alles dafür getan, dir diese Angst zu nehmen.«

Ich muss schlucken. Denn Maxi hat recht: Ich habe mich nicht nur in ihn verliebt, sondern auch ins Töwerland. Als ich abgereist bin, hatte ich das Gefühl, mein Herz zweimal gebrochen zu bekommen.

»Das ist wie gesagt der eine Grund, warum ich hier bin. Der andere lautet, dass ich dir etwas zu sagen habe. Oder besser: dass ich dir ein Geständnis machen muss.«

Maxi strafft die Schultern, bevor er seinen Blick in meinen bohrt. Mein Puls verdoppelt sich.

»Es gibt da diese Frau. Sie steht auf stürmische Begrüßungen, gerät ins Plappern, wenn sie nervös ist, verliert gern mal ihre Schuhe, ist auf die niedlichste Art tollpatschig und immer für andere Menschen da. Sie hat mir von der ersten Sekunde an den Kopf verdreht.«

Ui. Tränen der Rührung schießen mir in die Augen. Zeitgleich schlägt mein Herz nicht mehr nur in meiner Brust, sondern es tanzt. Vor Freude, vor Glück, vor Liebe.

Maxi greift nach meiner Hand und schaut mir tief in die Augen. Ich bin mir sicher, dass er in diesem Moment bis in den Grund meiner Seele schauen kann. So wie ich bei ihm.

»Josi, mir ist bewusst, dass wir uns noch nicht lange kennen. Aber manchmal reicht ein einziger Moment aus, und man weiß, dass sein ganzes Leben sich verändert hat. So fühle ich mich mit dir. Ich habe keine Ahnung, wie es für uns weitergeht, wenn dein Sabbatical vorbei ist, und du wieder zurück nach Köln musst. Aber wir finden einen Weg, da bin ich mir sicher. Weil das hier mehr für mich ist. *Du* bist mehr für mich. Von Anfang an. Du bist der tollste, warmherzigste und großartigste Mensch, den ich je kennengelernt habe. Und ich habe mich nicht nur Hals über Kopf, sondern bis über beide Ohren in dich verliebt. Egal, wie kitschig das klingt.«

Mittlerweile laufen mir die Tränen haltlos über das Gesicht, und ich lache unter ihnen auf. »Du hast Glück. Ich stehe nämlich auf Kitsch.«

Er hebt eine Hand und legt sie zärtlich an meine Wange, während ein Lächeln seine Mundwinkel umspielt. »Gut zu wissen.«

Ich spüre seinen Atem auf meinem Gesicht, seine Finger auf meiner Haut, und platze beinahe vor Glück. Jede Zelle meines Körpers kribbelt vor freudiger Erwartung.

»Maxi.«

»Mmh?«

»Könntest du mich jetzt bitte endlich küssen?«

Sein Lächeln wird breiter.

»Nichts lieber als das, Cinderella.«

Und dann liegen seine Lippen auf meinen. Dort, wo sie hingehören.

Unser Kuss schmeckt salzig, wodurch er mich an unsere vielen Begegnungen am Strand erinnert. Ich meine sogar, entferntes Meeresrauschen zu hören. Hinter meinen Lidern laufen die Bilder all dieser Aufeinandertreffen von Maxi und mir ab, während hier und jetzt Vergangenheit, Gegenwart und Zukunft miteinander verschmelzen.

Ich klettere auf seinen Schoß, und wir lassen uns gegen die Rückenlehne meines Sofas sinken. Halb sitzend, halb liegend vertiefen wir unseren Kuss.

Davon werde ich niemals genug bekommen – von ihm, von diesem Gefühl, von diesem Mitten-im-Moment-Sein.

Seine Zunge streichelt über meine, und ich spüre die Berührung bis in meine Zehenspitzen. Mehrmals wechseln wir das Tempo. Mal erkunden wir unsere Münder sanft und behutsam, dann wieder rau und heftig.

Bis meine Lungen irgendwann protestierend nach Sauerstoff verlangen, und ich meine Lippen von seinen löse.

Stirn an Stirn ringen wir beide nach Atem, halten uns dabei gegenseitig fest. Seine Hände liegen an meinen Seiten, während ich meine hinter seinem Nacken verschränkt habe.

Eine Weile sind nur die Geräusche unseres abgehackten Atems zu hören, dann ergreift Maxi das Wort.

»Kann ich dich um einen Gefallen bitten, Josi?«

»Mmh.«

Zu mehr Worten bin ich in meinem beseelten Zustand nicht in der Lage.

»Würdest du Tomasz und Joris bitte nichts davon erzählen, dass ich dich als den tollsten Menschen betitelt habe, den ich je kennengelernt habe? Ich traue den beiden glatt zu, dass sie sonst eine Revolte anzetteln. Wir haben da so einen Freundschaftsdeal, musst du wissen.«

Ich lache auf. »Du meinst so etwas wie *Bros before hoes*?«

»So in etwa.«

Grinsend schüttele ich den Kopf. Die drei sind schon eine Nummer für sich.

»Keine Sorge. Dein Geheimnis ist bei mir sicher. Großes Insulanerin-auf-Zeit-Ehrenwort.«

Maxis Augen leuchten auf, ehe sich Verschlagenheit in seinen Blick schleicht. Ich sehe ihm an, dass er etwas vorhat. Aber bevor ich auch nur darüber nachdenken kann, was sein Plan ist, hat er mich auch schon gepackt und wirbelt mich herum. Mit einem lauten Quieken lande ich mit dem Rücken auf der Sitzfläche des Sofas, Maxi über mir. Automatisch klammere ich meine Beine um seine Hüfte, was ihm ein Stöhnen entlockt – und meinen Unterleib ohne Vorwarnung zum Pulsieren bringt. Mit beiden Armen stützt Maxi sich neben meinem Kopf ab. Unsere Blicke verhaken sich. Ich kann in seinen Augen die gleichen Gefühle erkennen, die in diesem Moment auch durch mich hindurchwirbeln.

Ich beiße mir auf die Unterlippe und komme nicht gegen das Lächeln an, das sich auf meinem Gesicht ausbreitet. Maxi erwidert es. Ein paar Sekunden, die auch Minuten sein könnten, schauen wir uns einfach nur an, bevor er seinen Mund auf meinen senkt.

Und dann machen wir da weiter, wo wir aufgehört haben.

Epilog

Zwei Monate später

Als ich aus dem *Alten Warmbad* in der Friesenstraße trete, fährt gerade eine Pferdekutsche an dem Gebäude vorbei. Die Kutscherin winkt mir fröhlich zu.

»Hallo, Josi! Bis heute Abend, ich freue mich schon!«

»Hi, Katrin! Ich mich auch«, rufe ich zurück und schaue mit einem Lächeln dabei zu, wie die beiden Pferde mit dem gelben Planwagen um die Ecke biegen.

Es herrscht goldener Oktober auf Juist. Der Trubel des Sommers ist vorbei, im Moment bereitet sich die Insel auf den Ansturm in den Herbstferien vor, bevor die Nebensaison beginnt, und das Töwerland langsam, aber sicher in einen Winterschlaf versinkt. Zumindest bis zu den Feiertagen.

Noch befinden wir uns aber im Herbst, und die Sonne gibt alles, nachdem es in den letzten Tagen immer mal wieder geregnet hat. Ich wickele meine Jacke fester um mich und halte mein Gesicht den Sonnenstrahlen entgegen. Die Wärme breitet sich bis in meine Zehen- und Fingerspitzen aus.

»Hey, Cinderella.«

Noch immer reicht allein seine Stimme aus, um einen wohligen Schauer meine Wirbelsäule hinabrieseln zu lassen. Mit einem Lächeln im Gesicht öffne ich die Augen und schaue meinen Freund an. Er betrachtet mich mit der gleichen Mischung aus Liebe, Bewunderung und Glück, mit der er mich mittlerweile schon seit zwei Monaten ansieht.

»Hey.«

Ich stelle mich auf die Zehenspitzen, um ihm einen schnellen Begrüßungskuss zu geben. Doch Maxi scheint andere Pläne zu haben. Denn er schlingt seine Arme um meine Hüften und zieht mich enger zu sich heran. Mir entfährt ein wohliges Seufzen, als wir unseren Kuss vertiefen, und seine Zunge über meine gleitet. Schweren Herzens löse ich mich irgendwann von ihm, trete einen Schritt zurück und verschränke stattdessen unsere Hände miteinander.

»Hast du einen Spaziergang gemacht oder war die Sehnsucht nach mir zu groß, und du hast beschlossen, mir entgegenzukommen?«, erkundigt er sich scherzhaft, als wir uns auf den Weg zu Biggi in die Pension machen. Eigentlich sind wir dort verabredet gewesen.

Ich lächele geheimnisvoll. »Nicht ganz. Ich hatte einen Termin, von dem ich dir aber nicht hier erzählen will. Alle Ausquetschversuche sind also zum Scheitern verurteilt.«

Er wirft mir einen neugierigen Blick zu, lässt das Thema jedoch fallen. Mittlerweile kennt er mich und meinen Sturkopf gut genug, um zu wissen, dass er kein Sterbenswörtchen aus mir herausbekommen wird, bis ich beschließe, es ihm von mir aus zu erzählen.

»Ich habe gerade auf dem Weg hierher Piet aus der Buchhandlung getroffen. Er schafft es jetzt doch, heute Abend zu deiner Abschiedsparty zu kommen.«

Meine Lippen verziehen sich zu einem Lächeln. Heute ist der offiziell letzte Tag meines Sabbaticals und damit auch mein letzter Abend auf Juist. Morgen geht die Fähre zurück aufs Festland. Biggi und Lina haben beschlossen, mich mit einem kleinen Fest zu verabschieden – dessen Dimension gefühlt jeden Tag größer wird. Mittlerweile habe ich den Eindruck, die zwei haben alle Insulanerinnen und Insulaner eingeladen, die es auf Juist gibt. Tomasz steht schon den ganzen Tag in der Pensionsküche und bereitet ein Buffet der Extraklasse vor, wie er mir stolz berichtet hat.

»Was die Abschiedsparty angeht …« Ich schaue mich um und ziehe Maxi dann zu einer freien Bank im Januspark. Er folgt mir ohne Widerrede, aber ich sehe aus dem Augenwinkel, wie er fragend seine Brauen hebt. Als wir uns setzen, kaue ich auf meiner Unterlippe. Mein Magen flattert vor Nervosität.

»Hey, Josi.«

Maxi hebt eine Hand und streicht mir damit sanft über meine Wange. Ich lehne mich in die Berührung. Sofort lässt meine Aufregung ein wenig nach.

»Was ist denn los, Josi? Geht es darum, dass wir es ab morgen erst mal mit einer Fernbeziehung versuchen? Wir schaffen das. Oder zweifelst du daran?«

Ein Schatten huscht über sein Gesicht, auch wenn er versucht, ihn vor mir zu verbergen.

Ich drehe meinen Kopf so, dass ich ihm einen Kuss in seine Handfläche drücken kann. Wir haben in den letzten Wochen immer wieder darüber gesprochen, wie es mit uns beiden weitergeht, sobald mein Sabbatical vorbei ist. Meine negativen Erfahrungen, was Fernbeziehungen angeht, haben uns dabei nicht unbedingt in die Karten gespielt. Doch für Maxi würde ich alles versuchen. Weshalb ich meinen ganz eigenen Plan geschmiedet habe.

»Was hältst du davon, wenn das heute Abend keine Abschiedsparty, sondern eine Ich-komme-schon-ganz-bald-wieder-und-bleibe-dann-für-immer-Party wird?«

Seine Augen weiten sich. »Was?«

Ich verschränke unsere Finger miteinander.

»Die letzten beiden Monate waren die schönste Zeit meines Lebens. Ich liebe diese Insel und fühle mich angekommen. Je länger ich hier bin, desto stärker merke ich auch, wie sehr mir Biggi gefehlt hat. Es tut gut, in ihrer Nähe zu sein. Juist ist mein Zuhause geworden. Aus vielen verschiedenen Gründen. Aber natürlich auch deinetwegen.«

Ich suche seinen Blick.

»Ich liebe dich, Maxi. Das mit uns ist das Schönste, was mir hätte passieren können. Ich habe mich noch nie in meinem Leben so gefühlt wie mit dir. Alles ist bunter, einzigartiger, faszinierender, wenn du an meiner Seite bist.«

Ich mache eine Pause, weil ich von meinen Gefühlen überwältigt werde. Maxi hebt unsere verschränkten Finger an seinen Mund und haucht mir einen Kuss auf den Handrücken.

»Ich liebe dich auch, Josi. Mehr, als du dir vorstellen kannst.«

Mein Herz trommelt glücklich in einem schnellen Rhythmus vor sich hin. Ich räuspere mich.

»Wir würden das mit einer Fernbeziehung hinbekommen, das weiß ich. Aber … ich möchte in deiner Nähe sein. Morgens neben dir aufwachen. Abends neben dir einschlafen. Nicht nur am Telefon von den Dingen erfahren, die dich beschäftigen. Deshalb habe ich versucht, eine andere Lösung zu finden, mit der wir beide zufrieden sind.«

Er legt den Kopf schief. »Warum hast du bisher nichts gesagt?«

»Ich wollte dich überraschen. Und hatte auf der anderen Seite Angst, dass wir am Ende beide enttäuscht sind, falls meine Überlegungen doch nicht klappen sollten. Ein paar Dinge sind nämlich noch in der Schwebe.«

»Hat das etwas mit deinem geheimnisvollen Termin von eben zu tun?«

Ich nicke. »Ich hatte ein Vorstellungsgespräch beim Standesamt hier. Sie suchen derzeit Unterstützung, weil die Anfragen für Eheschließungen auf der Insel von Jahr zu Jahr steigen. Gerade habe ich signalisiert bekommen, dass sie mich gern für die Stelle hätten. Jetzt muss ich aber noch den Wechsel beantragen. Als Beamtin das Bundesland zu wechseln, ist mit einigen Hürden verbunden. Doch ich habe ein gutes Gefühl. Auch wenn es vielleicht noch ein wenig dauert.«

Maxi betrachtet mich, aber ich kann seinen Gesichtsausdruck nicht deuten. Freut er sich? Oder überfahre ich ihn gerade mit allem? In meinem Magen bildet sich ein Knoten. Ob er sauer ist, weil ich ihn nicht von Anfang an in meinen Plan involviert habe? Doch ich warte ab und lasse ihm Zeit, die neuen Infos zu verarbeiten.

»Kannst du dir wirklich vorstellen, aus Köln wegzuziehen?«, erkundigt er sich schließlich, nachdem wir ein paar Minuten still dagesessen haben. »Was ist mit dem Haus deiner Mutter?«

»Es gibt mehrere Interessenten. Nächste Woche haben der Makler und ich die ersten Vorgespräche. Danach schauen wir weiter. Und wenn uns niemand von sich überzeugen kann, steht immer noch die Option im Raum, das Haus zu vermieten.«

Das wäre zwar mit deutlich mehr Arbeit verbunden, aber gemeinsam mit Biggi und dem Maklerbüro, das wir für den Verkauf beauftragt haben, würde ich das hinbekommen.

»Bist du dir wirklich sicher, was das Haus angeht?«

Über das Thema haben wir in den vergangenen Wochen häufig gesprochen. Auch Biggi habe ich in diese Entscheidung miteinbezogen. Es war kein leichter Weg, aber ich fühle mich wohl damit.

Die Trauer um meine Mutter begleitet mich jeden Tag. Das wird immer so sein, schließlich war sie lange der wichtigste Mensch in meinem Leben. Aber ich lerne stetig, besser mit diesem Verlust umzugehen. Es ist ein Prozess, der auch mal Rückschlage für mich bereithält und Momente beinhaltet, in denen ich kaum atmen kann, weil sie mir so sehr fehlt. Doch die Erinnerungen an sie bleiben. Ich habe das Gefühl, ihr hier auf Juist viel näher zu sein als in unserem Kölner Haus.

»Ja, ich bin mir sicher. Zu hundert Prozent. Biggi nimmt einen Teil der Möbel für die Pension und für ihre eigene Wohnung, und sobald ich hier etwas Eigenes finde, übernehme ich auch ein paar der Sachen. Ansonsten wird alles verkauft, gespendet oder verschenkt. Dann kann es anderen Leuten Freude bereiten. Ich glaube, das wäre im Sinne meiner Mutter gewesen.«

Mal davon abgesehen, dass ich das finanzielle Polster gut zur Absicherung gebrauchen kann.

»Was ist mit Lina?«

Meine Mundwinkel heben sich wie von selbst. Maxi in der Rolle des Advocatus Diaboli gefällt mir. »Ich habe das Gefühl, dass wir sie in nächster Zeit ziemlich häufig hier auf der Insel zu Gesicht bekommen werden.« Meine beste Freundin hat mich in den letzten zwei Monaten mehrfach hier besucht. Außerdem steht ihre Eventagentur kurz davor, den Zuschlag für die Festivalreihe zu erhalten, die der Bürgermeister von Juist ausgeschrieben hat. Wenn alles gut läuft, soll sie die Planungen hier vor Ort übernehmen.

Außerdem bin ich mittlerweile der festen Überzeugung, dass ich nicht mehr der einzige Grund bin, warum sie Juist immer wieder einen Besuch abstattet …

»Du hast wirklich vor, auf die Insel zu ziehen.«

Maxis Blick huscht über die Bäume, den Fitness-Parcour, der hier aufgebaut ist, das *Lütje Teehuus* auf der gegenüberliegenden Seite, ehe er wieder bei mir landet.

Mein Herz legt einen Zahn zu, und ich muss den Drang unterdrücken, nervös an einem Fingernagel zu knabbern.

»Ist das … für dich in Ordnung? Wenn dir das zu schnell geht … verstehe ich das natürlich. Mein Plan lässt sich auch nicht von heute auf morgen umsetzen. Allein, bis das mit dem Job geklärt ist, dauert es wahrscheinlich noch eine kleine Weile. Und wenn ich dann hierhin ziehe, bleibe ich sowieso erst mal bei Biggi wohnen. Sie stellt mir das Zimmer weiterhin zur Verfügung. Wir könnten dann so weitermachen wie bisher. Aber natürlich nur, wenn das für dich okay ist.«

»Wenn das für mich okay ist? Machst du Witze? Josi, das ist fantastisch!«

Maxi springt auf, reißt mich in seine Arme und wirbelt mich einmal herum. Mir fällt ein Stein vom Herzen. Ich schlinge ihm meine Hände um den Hals und lache so befreit auf, dass sich ein warmes Gefühl in meiner Brust ausbreitet.

»Du wirst wirklich Insulanerin«, murmelt er an mein Ohr. Seine Stimme bricht vor Aufregung kurz weg, was meinen Puls in die Höhe schnellen lässt. Dass er mein

Vorhaben so positiv aufnimmt, macht mich noch glücklicher als ohnehin schon.

Ich grinse. »Bis ich von der Inselgemeinschaft wirklich als vollwertiges Mitglied akzeptiert werde, dauert es vermutlich. In Köln nennt man die Zugezogenen *Immis.* Den Stempel wird man nicht so schnell los.«

»Und wenn schon.« Maxi zieht mich noch enger an sich. »Dann bist du eine waschechte Insel-Immi. Kannst du dir etwas Schöneres vorstellen?«

Er lacht laut auf, bevor er mein Gesicht in beide Hände nimmt und seinen Mund für einen stürmischen Kuss auf meinen presst.

Meine Lippen verziehen sich zu einem Lächeln, als ich seinen Kuss mit der gleichen Intensität erwidere. Dabei spüre ich dem Prickeln nach, das sich in mir breitmacht. Genieße das Summen in meinem Inneren, das nur Maxi in mir auslösen kann. Und ich lausche den Geräuschen um mich herum. Dem sanften Wind, der durch die Bäume im Januspark raschelt. Dem charakteristischen Horn, das die Ankunft der heutigen Fähre am Hafen ankündigt. Den Möwen, die auf der Suche nach etwas zu essen, kreischend über die Insel fliegen. Und dem Rauschen der Nordsee, das bis zu uns ins Inselinnere klingt.

Ich habe das große Glück, gleich zweimal die Liebe meines Lebens gefunden zu haben. Und das auch noch am gleichen Ort.

Maxi – und das Meer.

ENDE

Danksagung

Ein Buch zu schreiben, ist immer eine Reise. Voller Höhen und Tiefen, emotionalen Achterbahnfahrten, Angst- und Glücksmomenten. So war es auch bei »Wie die Wolken über dem Meer«. Josi und Maxi, ebenso wie die Insel Juist, bedeuten mir unwahrscheinlich viel. In keiner meiner Geschichten steckt so viel Privates wie in dieser.

Denn Josis Knochenkrankheit kommt nicht von ungefähr: Es handelt sich um den Gendefekt, der mich selbst seit meiner Geburt begleitet. So offen und ehrlich über meine chronische Erkrankung zu schreiben, hat mich einiges an Überwindung gekostet. Aber es hat sich gelohnt. Denn diese Schreibreise war auf vielerlei Arten ein ganz besonderer Prozess. Und ich bin von Herzen dankbar für die Menschen, die mich dabei begleitet haben:

Das tolle Team von Piper Digital, allen voran Elke, Paulina und Daniela. Vielen Dank für euer Vertrauen in diese Geschichte, die lieben Mails, die Gespräche auf der Frankfurter Buchmesse, das geduldige Beantworten all meiner Fragen und die großartige Zusammenarbeit.

Ein besonderer Dank geht an meine Lektorin Cara Kolb. Bei dir wird »Teamwork makes the dream work« großgeschrieben. Von Herzen danke, dass du mir Mut gemacht hast, noch mehr von mir selbst in diese Geschichte einfließen zu lassen. Ich habe mich von der ersten Sekunde an bei dir bestens aufgehoben gefühlt.

Bedanken möchte ich mich auch bei der wundervollen Schreibgruppe *Writingtogether*, ehemals *Nanowriyeah*, ohne die dieses Buch nicht möglich gewesen wäre. Danke für all die gemeinsamen Nachtschichten, die gegenseitige Motivation und das Miteinanderfreuen!

Mama und Tim: Danke für eure bedingungslose Unterstützung in allen Lebenslagen.

Sophie, Mone, Giselle und André: Danke für die vielen langen Gespräche, Telefonate, Sprachnachrichten und dass ich euch mit meinen Ideen immer ein Ohr abkauen darf.

Ein großes Danke an Andrea, Betty, Chanti, Sanni, Ute und Felix. Dafür, dass ihr nicht nur das tollste Team, sondern wie eine zweite Familie für mich seid.

Auch an dich geht an riesiges Dankeschön, liebe*r Leser*in! Es gibt da draußen so viele tolle Bücher und ich kann kaum beschreiben, wie glücklich es mich macht, dass du dich für dieses hier entschieden hast. Ich hoffe, dir hat die Auszeit an der Nordsee gemeinsam mit Josi und Maxi gefallen.

Mein letzter Dank heute gebührt dir, lieber Papa. Du hast mir von klein auf beigebracht, dass wir unseren Weg gehen können – egal, welche Startschwierigkeiten uns das Leben gegeben haben mag. Danke, dass du dich nie unterkriegen lässt und mir gezeigt hast, wie charmant unser Pinguinwatschelgang ist. Und wer weiß: Vielleicht höre ich sogar eines Tages auf deinen Rat und nutze mein Glückspilzgen, um Lotto zu spielen. Damit das Haus auf Juist schon ganz bald Wirklichkeit wird!